國家古籍整理出版專項經費資助項目
國家社科基金重大項目『明清唱和詩詞集整理與研究』
（批准號 17ZDA258）重要成果

中華古籍保護計劃

ZHONG HUA GU JI BAO HU JI HUA CHENG GUO

·成 果·

明清唱和詩詞集叢刊提要

姚蓉 主編

國家圖書館出版社

圖書在版編目(CIP)數據

明清唱和詩詞集叢刊提要 / 姚蓉主編. —北京:國家圖書館出版社,2023.3
ISBN 978-7-5013-7841-8

Ⅰ.①明… Ⅱ.①姚… Ⅲ.①古典詩歌—詩集—中國—明清時代 Ⅳ.①I222.74

中國國家版本館 CIP 數據核字(2023)第 139348 號

書　　名　明清唱和詩詞集叢刊提要
著　　者　姚　蓉　主編
責任編輯　潘雲俠　程魯潔
封面設計　翁　涌

出版發行　國家圖書館出版社(北京市西城區文津街 7 號　100034)
(原書目文獻出版社　北京圖書館出版社)
010-66114536　63802249　nlcpress@nlc.cn(郵購)
網　　址　http://www.nlcpress.com
印　　裝　北京華藝齋古籍印務有限公司
版次印次　2023 年 3 月第 1 版　2023 年 3 月第 1 次印刷

開　　本　787×1092　1/16
印　　張　30
書　　號　ISBN 978-7-5013-7841-8
定　　價　168.00 圓

編輯委員會

凡例

一、《明清唱和詩詞集叢刊提要》揭示《明清唱和詩詞集叢刊》(以下簡稱《叢刊》)所收唱和集的客觀面貌,叙述基本信息,并爲讀者閱讀、使用與研究《叢刊》提供必要導引,或起到輔助性作用。

二、本書篇目的編排,依據《叢刊》之序次,以方便讀者檢索和閱讀。

三、各篇提要介紹該集重要撰者、輯編者。依《叢刊》體例,别集提要僅列撰者,總集提要撰者四人以内(含四人)全部列出,四人以上僅列前二人,後加『等』; 總集編輯者凡可考索者,亦列出。

四、各篇提要介紹該集版式,包括行款、書口、邊欄、魚尾等。

五、各篇提要爲該集重要撰者、輯編者撰寫小傳。如有唱和活動之關鍵或核心人物,亦爲撰寫小傳。小傳内容包括生卒年、字號、籍貫、仕履和學術撰述等,最後一般注明生平事迹之出處。如果相同撰輯者出現兩次以上,則自第二次始僅注明簡介見於某某集的提要中。

六、各篇提要介紹該集基本情況，包括序跋，重要鈐印，得名由來，唱和活動概況，唱和作品題材、體裁、數量、内容，對唱和集作品或主要撰者之重要評價，等等。

七、各篇提要最後標明該影印版本之館藏單位。

八、各篇提要中，同一年號僅在首次出現時標注公元年份，所出現地名僅在介紹撰輯者籍貫時標注今名。身歷明、清兩朝之撰輯者，其籍貫所在行政區劃兩朝不同者，以其生活時間較長朝代之區劃爲準。

前言

唱和（亦作『倡和』『酬唱』『唱酬』『酬和』『賡和』等）是指文人間通過創作文學作品（以詩詞居多）進行呼應贈答的行爲。它既是中國文學中重要的文學創作現象，也是中國文人間常見的文學交往方式。它濫觴於先秦，成熟於魏晋，興盛於唐宋，繁榮於明清，持續至當代。

自兩晋起，歷朝歷代皆有唱和專集産生。據目前學界研究成果可知，明清以前各朝有作品存世的唱和詩詞集數量爲晋代二種，唐代三十三種，宋代十七種，元代五十四種。而本課題組目前已編目的明清唱和詩詞集多達一千零一十八種，其中明代一百八十二種，清代八百三十六種，是明清以前歷朝唱和詩詞集總和近十倍，這還不是明清唱和詩詞集的全部。故明清唱和之繁榮，首先體現在其唱和專集數量衆多上。

明清唱和詩詞集的内容與形式之豐富也遠超歷代。風景園林、蟲鳥花卉、節日習俗、留别贈别、消寒消夏、祝壽賀喜等，是唱和常見的内容。而明清唱和集中還出現了不少前代唱和作品未曾涉及的題材。如明代外任官員赴京朝正過程中的唱和，顧璘、朱應登、趙鶴等人即有《朝正倡和集》； 明清使臣與域外文人之間的唱和，明代有文臣出使朝鮮與朝鮮文人的唱和，二十四部《皇華集》即是域外唱和的代表，清代亦有葉煒與日本小野長願等人的《扶桑驪唱集》、楊恩壽與越南裴文禩的《雉舟酬唱》、黎庶昌與日本中村正直等人的《癸未重九讌集編》《戊子重九讌集編》《枕流館讌集編》等多種域外唱和集； 明清文人與乩仙的唱和，明代周履靖編的《群仙降乩語》即是在扶乩占卜中出現的所謂凡人與『仙人』的唱和，清代亦有紅豆主人張雲驤扶乩請仙的《仙凡唱和集》； 祝壽唱和從宋代開始就很興盛，清代則出現了文人們爲蘇軾、歐陽脩、韓琦等先賢祝壽的唱和，留下了《蘇文忠公壽讌詩》《補柳亭唱和集》《四并堂唱和集》等相關唱和集。

再如科舉唱和，從北宋嘉祐二年（1057）歐陽脩等人的『禮部唱和』直到清末宣統元年（1909）雲南己酉科鄉試產生的《鎖院吟秋酬唱集》，闈場唱和一直持續不斷，清代即有五十餘種闈場唱和集。 除闈場唱和是前代已有，清代乾隆時期出現的重游泮水唱和、重宴鹿鳴唱和、重赴瓊林唱和，都是科舉唱和的新內容。 重游泮水是獲得生員資格的考生在一甲子後重舉當時的入學儀式，由此產生了《含飴堂重游璧水詩集》《含飴堂續重游璧水詩集》《泮林唱和集》等唱和集。 重宴鹿鳴乃士人在中舉六十周年時，與新科舉人一起赴鹿鳴宴，稱重宴鹿鳴，或重赴鹿鳴，徐棻所輯的《鹿鳴雅咏》即是此類唱和集。 重赴瓊林是士人在中進士六十周年時，與新科進士一起赴瓊林宴，相關唱和最有名的是嘉慶十九年（1814）翁方綱重赴瓊林唱和，然未結集。 重游泮水、重宴鹿鳴唱和之風，因其六十年的周期性，到科舉制度已經廢除的民國期間，仍頗爲興盛。 甚至到一九六五年，仍有《陳甲林先生重游泮水唱和集》面世。

清代還出現了一些頗爲奇特的唱和。《明清唱和詩詞集叢刊》（以下簡稱《叢刊》）收録了《吴下諸子和大觀園菊花社原韵詩》《紅樓夢戲咏》《紅樓詩借》等三種與《紅樓夢》相關的唱和集，分别唱和《紅樓夢》中的菊花詩、人物和故事情節。《叢刊》收録的《海寧州勸賑唱和詩》，乃嘉慶年間海寧知州易鳳庭爲救濟灾民，作《勸賑》七律四首勸諭殷紳富室出資以贍鄰里，引得『屬而和者數百人，并及鄰壤』，以致『旬日間集資數萬』（易鳳庭《序》）。《叢刊》收録的《論書目唱和集》，源於馬玉堂感慨歷來論詩、論詞、論畫之詩成帙，而於藏書目録，則未有論及者，因此他遍閲各家書目，作《論書目絶句十二首并序》，蔣光煦和之，兩人就此展開往還唱和，以成此集。

還有些唱和題材，前代僅有零星詩歌，明清纔開始系統結集。如疾病唱和從唐代開始出現，明代則有了專門的疾病唱和集即尤侗、湯傳楹的《賓病秋箋倡和集》，清初有歸莊等人的《養疾唱和詩》；獄中唱和於建安期間已有劉楨、徐幹之贈答，明代則有了四種專門的獄中唱和集——黄道周、葉廷秀、董養河的《西曹秋思》，文震亨與陳天定、董養河等人的《斗室倡和詩》，瞿式耜、張同敞的《浩氣吟》，楊爵、孫繼魯的《破碗集》（已佚）；夫妻（妾）唱和可以追溯到項羽、虞姬的垓下唱和，宋代張祺、史琰夫婦曾有唱和集《和鳴集》，然已亡佚，明末則有了存世夫妻唱和集，即錢謙益與柳如是的《東山酬和集》，清代亦有李元鼎、朱中楣夫婦的《唱和初集》《鏡閣新聲》《文江酬唱》《隨草詩餘》，郝懿行、王照圓夫婦《和鳴集》，李星沅、郭潤玉夫婦《梧笙唱和初集》，嚴永華、沈秉成《鰈硯廬聯吟集》等多種夫妻唱和專集。

明清時期的許多唱和，還具有延綿持久的特點。如《江南春詞集》唱和，從明弘治年間沈周和倪瓚《江南春》始，一時文人追和成風，一直延續至清末，此集也幾經編刻；《佛香酬唱集》是有蘇州潘氏家族六代人參與的持續了近百年的唱和活動之結集。再如《雨夜聯句卷》所示，明成化二十二年（1486）禮部主事楊循吉等七人酒間聯句的唱和，在嘉慶六年由趙亨衢等人接續；《浴日亭次韵詩》及續編、補編中所收，爲歷代次韵唱和蘇軾《浴日亭》詩之作，并引發道光十八年（1838）張維屏、金菁茅等人繼續唱和。至於其他持續數年或數十年唱和之作品集，《叢刊》所收比比皆是。

按理説，唱和集是文人與文人之間你來我往賦詩唱和的結集，應屬總集類文獻，然《叢刊》所收亦不乏個人别集。唱和集出現别集的原因大約有三：一是作品雖因唱和而産生，但祇收了其中某一位作者的作品。如明代薛岡與楊德周同和陸郡公《落花詩》，各成三十首，然《奉和陸郡公落花詩三十首》僅存薛岡之作；《文江酬唱》雖然是清代李元鼎唱和其妻朱中楣之詞，然集中僅有李元鼎和作，未收録朱中楣原唱；《炙硯集》收録了清人曹仁虎二十四次消寒集會唱和詩作，參與消寒會其他諸人之詩作均未收録，等等。二是某位作家追和作品之結集多爲别集。追和往往是文人出於傾慕前人或學習模擬的動機，主要以和韵的形式對前人之作加以呼應，實現精神上的交往。如明人戴冠《和朱淑真斷腸詞》，清代茹敦和《和茶烟閣體物詞》、蔣敦復《山中和白雲》、趙福雲《小石帚生和姜詞》等，皆是個人别集。然多位作家共同追和前人之作，如清代李恒、徐琪、嚴辰等人追和蘇軾《石鼓歌》韵的《名山福壽編》《蘇海餘波》，張祥齡、王鵬運、况周頤追和晏殊的《和珠玉詞》等，則屬總集。三是個人自和的唱和集，也多爲别集。如恒謙《不繫舟唱和稿》，集中詩多爲疊韵自和。

唱和詩詞多是在交往情境下創作的，作品之間具有内容或形式上的關聯性。唐以前，唱和詩以内容上和意爲主；唐以後，唱和詩詞形式上的關聯更加明顯。可以分爲聯句、同題、分韵、分題、和韵等多種形式。和韵又分爲次韵、依韵、用韵等方式。明清時期的唱和作品，以次韵之作最爲常見。『次韵』，又稱『步韵』，是指和詩所用的韵腳字與原唱一模一樣，且順序一致。『自元白至皮陸，此體乃成，天下靡然從之』（陸游《跋呂成叔和東坡『尖、叉』韵雪詩》）。次韵是和韵方式中最嚴格的一種，却也最容易引發詩人呈才炫技之欲望。明清唱和者樂此不疲，百篇同韵、數疊其韵的次韵唱和集屢見不鮮。如明代中峰和尚與馮海粟唱和《梅花百咏》，『一物而百篇，又限以一韵』（余振《叙》），後得到楊慎與王廷表追和，各成梅花詩百首，彙爲《梅花唱和百首》。『疊韵』唱和比『百咏』唱和更受青睞，清中期之後尤爲盛行。如方濬頤『長於疊韵押險之作』（林昌彝《鴻雪聯吟弁語》），《鴻雪聯吟》中其唱和詩作多至九疊其韵。再如《漸源唱和集》《唱和續集》《唱和三集》的最突出之特徵爲組詩次韵，其中王咏霓疊韵詩分别多達四十首、三十六首、九十首。

除了這些常見的和韵唱和，明清唱和詩詞集還有一些較爲獨特的唱和方式。如明人創造了以平聲三十韵部依次相押的唱和方式，宋燾《落花詩和沈存白工部韵》、邵捷春《次韵落花詩》、薛岡《奉和陸郡公落花詩三十首》都是唱和者依次用上下平聲三十韵創作三十首詩歌；葉廷秀、董養河、黃道周三人獄中唱和的《西曹秋思》亦是如此。再如清人創造了『詩鐘』這種唱和方式。詩鐘大約興起於清嘉道年間的福建地區，後逐漸風靡全國。在清末民初之際，趨於鼎盛。詩鐘是指以嵌字或分咏等規則爲限，創作的具有一定格律的七言對偶句，是文人在雅集時擊鉢催詩，香盡鐘鳴的唱和方式，由此還産生了《詩夢鐘聲録》等唱和集。

以上所舉，還遠不能道盡明清唱和詩詞集的豐富内容和形式。越是深入研究，我們就越會發覺唱和文學是尚待開采的寶庫。全面研究明清唱和詩詞集所反映的文學、文化信息，可以深化明清詩詞的研究和明清文學生態學的研究，拓寬明清文學的研究領域。而欲深化明清唱和文學的研究，當從系統梳理明清唱和詩詞集開始。本《叢刊》是明清唱和詩詞集的專題文獻集成，共收録明清唱和詩詞集三百一十八種，其中百分之九十以上的唱和集未被其他叢書收録過。這些唱和集中，不乏珍貴的善本、稿本及有特色的抄本。如南京圖書館所藏稿本《心交集》，乃同治年間吕浣、吴瑜兩位女史於離别之時，特揀往日唱和之舊稿，『彙書一卷，互相持贈』（吴瑜《心交集自序》），見證了二人真摯的友誼。再如國家圖書館所藏鈔本《冰花唱和集》，鈔録了乾隆十六年（1751）許山與友人題咏冰花的唱和詩作，頁眉上還寫有未署名的唱和詩作，相映成趣。《叢刊》還收録了天津圖書館所藏《邘上題襟集》一書的兩種刻本，其中約刻於乾隆五十八年的一册本，雖然收詩數量没有二册本多，但保存了最初版本的原貌，且存在諸多『异文』。

《叢刊》的文獻價值首先體現在保存了大量明清時期的詩詞作品，其中多有對無别集或别集亡佚之作家作品的保存之功；另外，《叢刊》還具有重要的輯佚、校勘功能及史料價值。如課題組成員王凱老師曾以清初唱和總集《素心集》爲《全清詞·順康卷》及《補編》輯補詞人三十家、詞作二百八十首。至於以唱和集補各家别集之遺，則更爲常見了。再者，將唱和集與作家别集、史志等文獻進行比勘，往往能發現各種文獻的舛誤之處，可以擇善而從。另外，唱和集前往往附有姓氏爵里録，記録了唱和作者姓氏或傳記資料，許多作者的生平信息賴此以傳。

本《叢刊》的編纂完成，感謝編輯委員會的共同努力。尚鵬老師對書目的初選與甄别，南江濤、潘雲俠老師對底本的收集與編訂，顧問團隊特别是朱則傑先生對編纂體例等問題的時時指點，貢獻尤多，至爲感激。此外，《叢刊》的編纂，還得到國家圖書館、上海圖書館、南京圖書館、首都圖書館、天津圖書館等收藏單位和國家圖書館出版社的大力支持，也得到學界諸多專家的關心與指導，在此一併致以誠摯的感謝。

《叢刊》所收唱和集，課題組均撰寫提要述其簡況，尹楚兵教授、蔡錦芳教授兩位副主編分别審閲，再由鄙人逐一修改審定，另彙爲《明清唱和詩詞集叢刊提要》（以下簡稱《提要》）一書，單本别行，以方便讀者檢索和閲讀。《提要》之撰，尤爲耗時耗力。從體例之確定，到内容之編排，皆幾經更易。每篇提要初稿完成後，經過四、五次審閲修改，方能定稿。故每篇提要看似字數不多，然於唱和活動、作者信息等之考索，時有所得。如《絮庭酬唱集》《海濱酬唱詞》等集，作者僅署别號，提要基本考出作者姓名，良足快慰。且《提要》完成於《叢刊》出版之後，得以對版本著録、作者信息等進行更深入之考察，亦得以吸納學界師友對《叢刊》之指正意見，故能對《叢刊》個别不當之處予以修正。如《叢刊》將元代倪瓚誤爲明人，著録元代趙孟頫時稱其字趙子昂，將《枯木禪十唱和詩》作者釋空塵誤爲釋超源,《提要》均有訂正。儘管慎之又慎,但從事如此大規模的叢刊編纂工作,限於才學和功力,必然仍有疏誤之處。祈海内外方家學者有以教之。

姚　蓉

二〇二二年十一月於上海大學

二〇二三年三月修訂

目録

昆山顧桂軒先生百咏天香集一卷

明顧恂、明支劭等撰，明顧恂輯。清乾隆桂雲堂刻《桂軒先生全集》本。一册。每半葉十一行，行二十二字，黑口，單黑魚尾，左右雙邊。

顧恂（1418—1505），字維誠，號桂軒，自署金粟居士。南直隸昆山（今江蘇省昆山市）人。顧鼎臣父。少學舉子業，未成，以吟哦爲事。有《桂軒先生全集》存世。生平見李東陽《明故贈文林郎翰林院修撰顧公墓誌銘》。

支劭，生卒年不詳，字克强，南直隸昆山（今江蘇省昆山市）人。少好學，博洽經史。早喪父，事母至孝。與顧恂姻婭友善，時稱『二老』。生平見《［光緒］昆新兩縣續修合志》卷三十二。

顧恂性僻，不尚浮靡，惟好天香桂樹。明景泰七年（1456）秋，偶得天香二株，植之窗外，『遂邀一二同志，若郤陽支君克强、渤海吴君惟錫、惟謙二公子，烹鷄酌酒，爲賞花之會』，『更唱迭和，不數日，共得詩一百餘首』，彙爲一帙，名曰《百咏天香集》。是集卷首有李桓《百咏天香題辭》，及景泰七年八月十五日顧恂撰《百咏天香集自序》。是集共收顧恂、支劭、吴恩、吴愈、陶濱、楊惠六人詩歌一百九十四首，依次爲顧恂《看花行》歌行一首，與支劭、吴恩、吴愈唱和《絶句》七絶六十五首，與支劭、吴恩、吴愈、陶濱、楊惠唱和《中秋夜賞桂玩月呈在座》五律一百二十首，皆爲次韵。末附顧恂《木犀八咏》八首，爲《種木犀樹》《采木犀花》《煮木犀茶》《飲木犀湯》《釀木犀酒》《咏木犀詩》《填木犀詞》《補木犀譜》，《木犀八咏》題下小序署『天順八年中秋日』。

李桓《題辭》評顧恂之詩曰：『蕭疏淡遠，有出塵之姿，而機趣洋溢，彌近自然，蓋白香山之流亞也。』

今據上海圖書館藏本影印。（王天覺）

玉堂聯句一卷

明李東陽、明彭澤撰，明李東陽輯。清末重印清道光十年（1830）養雲吟榭刻《攸輿詩鈔》本。一册，與《浯池集鈔》等合刊。每半葉十行，行二十一字，黑口，單黑魚尾，左右雙邊。

李東陽（1447—1516），字賓之，號西涯，湖廣茶陵（今湖南省茶陵縣）人。自曾祖起以戍籍居北京。明天順八年（1464）進士，改庶吉士，授編修。歷任侍講學士、左庶子、太常少卿、禮部侍郎、禮部尚書、户部尚書等職，遷少傅兼太子太傅，再加少師。卒贈太師，謚『文正』。著有《懷麓堂集》一百卷。生平見楊一清《李東陽墓誌銘》，張廷玉等《明史》卷一百八十一，法式善編、唐仲冕補編《明李文正公年譜》，錢振民《李東陽年譜》。

彭澤，生卒年不詳，字民望，湖廣攸縣（今湖南省攸縣）人。明景泰七年（1456）舉人。明弘治初任教職，官終應天府通判。著有《老葵集》。澤工詩，時與李氏相唱和。李東陽稱其詩『清而腴，簡而有餘，見之而可親，追之而不能及』，頗爲推尊。生平見《［乾隆］長沙府志》卷二十八。

是集前有明成化十年（1474）六月二十日李東陽序，并《懷麓堂詩話》中關於《玉堂聯句》記載一則。後有清嘉慶十六年（1811）半瓢居士韓戴錦跋。據知，成化七年彭澤寓居京師李東陽住所，已前後一年有餘。閑暇之餘，二人相互聯句，得詩近二百篇。三年後，李東陽閲舊稿而悵然感之，録爲一卷，名曰《玉堂聯句》。成化元年至十年，李東陽任翰林院編修。『玉堂』即指翰林院，《玉堂聯句》之得名蓋本此。而此集收聯句詩自《西山七十韵》起，至《與潘時用夜宿聯句》止，僅有詩六十一題七十九篇。如李東陽《懷麓堂詩話》所稱在此集中之《悲秋》詩長律七言四十韵即不見載。可見此本非李東陽所藏之舊，詩作已散佚大半矣。

李東陽序謂與彭澤之唱和曰：『詩多聯句。余詩固非所及，然其神交興洽，率然而成詩，比意續之，幸不至於牴牾者，亦多矣。』李東陽爲茶陵派代表人物，而彭澤爲其鄉人，又相互酬唱，透過此集可略見茶陵派之早期面貌及其在湖湘一帶之影響。李東陽與彭澤聯句詩風雄健奇崛，才力相當。不管是詩人身份，還是文學地位，頗類韓愈與孟郊聯句。二人聯句有自覺的詩歌追求，在聯句詩史上亦有重要價值。

今據國家圖書館藏本影印。（謝安松）

斯文會詩一卷

明沈魯、明甘霖等撰，明顧恂輯。清雍正十年（1732）刻《桂軒先生全集》本。一册。每半葉十一行，行二十二字，黑口，單黑魚尾，左右雙邊。

沈魯，生卒年不詳，字誠學，號玄谷子，南直隸昆山（今江蘇省昆山市）人。嘗應鄉試，以被搨官搜檢爲恥，旋即弃去。專工古學，爲文奇肆閎博。享年七十四。著有《經制權略》《人倫師表》《坐道論》《老成集》等。生平見方鵬《昆山人物志》卷五、張大復《昆山人物傳》卷三、王鏊《［正德］姑蘇志》卷五十四、王學浩等《［道光］昆新兩縣志》卷二十八。

甘霖，生卒年不詳，字用汝，南直隸昆山（今江蘇省昆山市）人。博學工文詞，屢試不售。明宣德十年

（1435）貢入太學，授福建延平府同知，轉浙江衢州。在任廉平不苛。衢大旱，徒步虔禱，雨大澍，民以爲神。三載滿考，遂致仕，縱情山水文酒間。享年八十五。生平見張大復《昆山人物傳》卷三、馮桂芬《[同治]蘇州府志》卷九十一。

顧恂簡介，見《昆山顧桂軒先生百咏天香集》提要。

是集乃顧恂晚年結斯文會之唱和詩集，又名《斯文會圖詩》，圖已不存。此本卷首無序，卷末有張棟跋二篇，陸夢履録《朱日南先生次沈誠學韵二首》及明萬曆三十年（1602）春所撰跋，萬曆三十年三月顧景運七律一首并序，柴大履詩一首并序，萬曆三十二年三月清明後一日朱隆棟跋二篇，黄雲《斯文會觴咏圖後序》，方鵬跋一篇，許騰蛟跋一篇。黄雲《斯文會觴咏圖後序》曰：『成化中，先輩致仕及隱而賢者，肇爲雅會，厥名「斯文」焉。會凡十有五人，人各賦詩，繪圖而繫之。』正文依次收録沈魯、甘霖、沈祥、張穆、張奎、孫瓊、朱夏、夏文振、朱瑄、周振譽、周叙、張謙、吕穆、周瓚、陳翊、張翔、徐明、陳旒、顧恂、武政二十人所作詩歌二十三首，則超過會中社員十五人之數。

陸夢履評集中詩歌曰：『尋其聲，恍惚如睹其人，渾厚爾雅，宛然先民遺則也。』

今據南京圖書館藏本影印。（王天覺）

雨夜聯句卷一卷七君子傳一卷七人聯句詩卷跋一卷

明楊循吉、明王佐等撰，清趙亨衢輯。清道光刻本。與《賜歸贈別卷》《鶯湖唱和卷》合刊爲一册。每半葉七行，行十四字，白口，單黑魚尾，四周雙邊。

楊循吉（1458—1546），字君謙，號南峰山人。南直隸吴縣（今屬江蘇省蘇州市）人。明成化二十年（1484）進士，授禮部主事。三十一歲因病致仕，居支硎山南峰讀書，以松枝爲籌，課讀經史。明正德十五年（1520），武宗南巡，以獻賦稱旨，扈從左右，帝以俳優畜之，故辭歸。著有《吴中往哲記》《蘇談》《吴中故語》《雪窗譚异》《合刻楊南峰先生全集》《松籌堂集》《七人聯句詩記》《南峰樂府》等。生平見楊循吉自撰《禮部郎中楊循吉生壙碑》、王兆雲《皇明詞林人物考》卷九、張廷玉等《明史》卷二百八十六。

王佐（1432—1501），字仁輔，一字仁甫，號古直，浙江黄岩（今屬台州市）人。成化、弘治間布衣。存世著述有《古直存稿》四卷、《王古直集》一卷。生平見李東陽《王古直傳》、謝鐸《書王古直傳後》。

趙亭衢（？—1848），字子鶴，南直隸吴縣（今屬江蘇省蘇州市）人。趙寬十世從孫。清嘉慶十五年（1810）舉人。道光九年（1829），發廣東候補知縣，改安徽，歷署天長、旌德、建平、歙縣、桐城知縣，二十五年任廣東高要知縣，二十八年任順德知縣，二月四日抵任，下車即捕盗安民，二十四日痰發暴卒。精於金石學。著有《閣帖彙考》。生平見《［咸豐］順德縣志》卷二十一。

是集内封題『雨夜聯句卷』，收録《七人聯句詩記》一篇，《七君子傳》一篇及趙亭衢等人題跋。成化二十二年，禮部主事楊循吉引疾將歸，八月二十四日晚，王佐、徐寬、趙寬、陳章、王弼、侯直六人爲之餞别，七人酒間聯句，成七言聯句詩二十一首，自述詩七首，互相贈答詩十四首，楊循吉爲文以記。《記》後有《會中勝事》、清乾隆十五年（1750）沈應樞跋、道光十二年冬十月趙亭衢跋。又有《七君子傳》一卷，及嘉慶六年七月上旬張問陶撰《七人聯句詩卷跋》，吴錫麒、楊芳燦、陸繼輅三人各撰《七賢聯句詩記跋》，楊炳春《冬雨積旬題雨夜聯句卷即次韵同子鶴作》詩一首，趙亨衢《冬雨積句次雨夜聯句卷韵》詩一首，趙亨衢、楊炳春、蒯伯塤、沈寶樹同題唱和詩《雨後大雪再次前韵》四首，顧兆芝《壬辰冬訪子鶴於郎溪即次雨夜聯句詩韵》詩一首，徐漢蒼《題夜雨聯句卷寄趙子鶴》詩一首，趙亨衢《徐荔庵鈔寄七君子傳補刻夜雨聯句卷後詩以謝之》詩一首及道光十八年初夏跋一篇。

張問陶《七人聯句詩卷跋》評價七人之作曰：『當時下筆又無意於必傳，故其情遠，其詞真，其閑愁冷慨又足以隱約彼一時朝野情事。』

今據南京圖書館藏本影印。（王天覺）

賜歸贈別卷一卷

明吳寬、明陳章等撰，清趙亨衢輯。清道光刻本。一册，與《雨夜聯句卷》《鶯湖唱和卷》合刊。每半葉七行，行十四字，白口，單黑魚尾，四周雙邊。

吳寬（1436—1504），字原博，號匏翁，南直隸長洲（今屬江蘇省蘇州市）人。明成化八年（1472）會試、殿試皆第一，中進士，授翰林修撰。纍官至禮部尚書兼翰林學士，掌詹事府事。卒後贈太子太保，謚『文定』。著有《匏翁家藏集》。生平見李東陽《吳公墓誌銘》、王鏊《文定吳公神道碑》、張廷玉等《明史》卷一百八十四。

陳章（1437—？），字一夔，華亭（今屬上海市）人。成化十四年進士，除刑部主事，歷郎中，降瑞州府同知，遷高州知府，移黄州。著有《西潭稿》。生平見焦循《國朝獻徵録》卷一百、過庭訓《本朝分省人物考》卷二十五、張萱《西園聞見録》卷八十五。

趙亨衢簡介，見《雨夜聯句卷》提要。

成化二十三年六月，趙寬歸鄉省親之際，友人贈别成卷。道光六年（1826）冬，趙亨衢重獲是卷，追和卷中吴寬之詩；七年，重裝是卷。内封題『賜歸贈别，太常卿任道遜書』。卷端大題『賜歸贈别卷』下低一格有成化二十三年吴寬《送趙栗夫副郎歸省詩并引》，稱該年五月十九日，天子率東宫暨文武群臣爲皇太后上徽號，二十一日下詔推恩及於臣庶，『凡仕於朝者六年，許歸省其親』。刑部郎中趙寬有祖父母在堂，將歸之際，陳章等友人爲詩以贈。集中依次收録吴寬、陳章、王仁甫、楊茂元、黄俌、王成憲、戴豪、湯冕、瞿俊、徐源、王鏊十一人詩十一首。後有清康熙四十七年（1708）秋徐釚跋、康熙五十二年何焯跋、張尚瑗跋。卷末有道光七年閏五月趙亨衢撰《重得賜歸贈别卷略》并《丙戌下第南歸重得賜歸贈别卷志喜即次卷中吴文定公韵就止大雅并求題咏焉》詩一首。

張尚瑗評曰：『榮其歸，故其音和，無感慨不平之語；樂同道，而望其亟來共職，故多箴勉之情。詩體皆恬適古澹，猶明初承宋元風格，世次駸駸與信陽、北地同時，而風味猶長沙流派，無模聲範句古詩必漢魏三謝、今體必盛唐少陵之習。』

今據南京圖書館藏本影印。（王天覺）

鶯湖唱和卷一卷

明趙寬、明莫旦、明曹孚、明崔澄撰，清趙亨衢輯。清道光刻本。與《賜歸贈别卷》《雨夜聯句卷》合刊爲一册。每半葉七行，行十四字，白口，單黑魚尾，四周雙邊。

趙寬（1457—1505），字栗夫，世居吴江之雪灘，因號半江，南直隸吴江（今屬江蘇省蘇州市）人。明成化十三年（1477）舉應天府鄉試，成化十七年進士第一。授刑部主事，歷員外郎、郎中。明弘治十一年（1498）遷浙江按察司副使提督學政，在浙東七年，遷廣東按察使，未逾月即以疾卒，年僅四十九。著有《半江集》。生平見王鏊《廣東按察使趙君寬墓誌銘》、楊循吉《七人聯句詩記》附《七君子傳》、過庭訓《本朝分省人物考》卷二十、潘檉章《松陵文獻》卷九、《[民國]杭州府志》卷一百一十九。

莫旦（1429—?），字景周，南直隸吴江（今屬江蘇省蘇州市）人。成化元年舉人，卒業太學。作《一統》《賢關》二賦，名動京師。授新昌訓導，九年遷南京國子監學正，乞歸。享年八十餘。著有《鱸鄉集》《新昌縣志》《嘉魚縣志》《吴江縣志》等。生平見《[嘉靖]吴江縣志》卷二十五、潘檉章《松陵文獻》卷九。

曹孚，生卒年不詳，字顒若，自號楓江布衣，訓導曹謹六世孫，南直隸吴江（今屬江蘇省蘇州市）人。隱居不仕，工詩文，兼善丹青。與同邑史鑑、尹寬，練塘凌震，號『四大布衣』。著有《楓江集》《平望鎮志》。生平見《[乾隆]震澤縣志》卷二十、潘檉章《松陵文獻》卷十。

崔澄（1465—1493），一作崔澂，字淵父、淵甫，南直隸吴江（今屬江蘇省蘇州市）人。少爲諸生，已厭場屋之習。成化二十年入太學，爲國子監生，遂絶意進取，出所藏經史閉門誦讀。三年學成，從其師曹孚謁同郡吴寬、沈周諸名公，質疑訂惑，必揮其底蘊而後已。尤工於詩，氣象風格力追唐人。著有《傳響集》。生平見史鑑《太學生崔澂墓誌銘》、潘檉章《松陵文獻》卷九、朱彝尊《静志居詩話》卷九、《[同治]蘇州府志》卷一百零四。

趙亨衢簡介，見《雨夜聯句卷》提要。

是集内封題『鶯湖唱和卷』，卷首有趙寛引，卷末有道光十二年閏九月趙亨衢跋。弘治元年正月廿二日，趙寛與岳父莫旦南游平望，遇友人曹孚、崔澄，四人且游且唱，一同出入於崔氏家族酒席筵間。臨別之際，趙寛擇其六題十首，彙爲一卷，贈與崔澄。六題者《泛鶯湖》《環翠堂燕集》《溪西别業燕集聯句》《贈别》《留别》《金魚漾》，皆七言律詩，押『衫』『帆』『銜』『緘』『凡』五字。趙寛謙曰：『第以予之謭鄙，廁於群玉，爲可愧耳。』

今據南京圖書館藏本影印。（王天覺）

江南春詞集一卷附録一卷附考一卷

元倪瓚、明沈周等撰，清金武祥輯。清光緒十七年（1891）江陰金武祥刻《粟香室叢書》本。一册。每半葉八行，行二十一字，白口，單黑魚尾，左右雙邊。

沈周（1427—1509），字啓南，號石田，晚號白石翁，南直隸長洲（今屬江蘇省蘇州市）人。家學丹青，又擅詩文。明景泰間，蘇州守汪滸欲以博學賢良舉於朝廷，辭而不赴。流連詩畫，優游藝文，終其一生。爲『吴門畫派』之祖，與唐寅、文徵明、仇英合稱『明四家』。著有《石田稿》《石田詩選》《石田先生集》《石田先生詩鈔》《石田先生文鈔》《客座新聞》《石田雜記》《沈氏客譚》等。生平見文徵明《沈先生行狀》、王鏊《石田先生墓誌銘》、張時徹《沈孝廉周傳》、焦循《國朝獻徵録》卷一百一十五、張廷玉等《明史》卷二百九十八。

金武祥（1841—1924），字溎生，號粟香、莪卿、陶廬，南直隸江陰（今江蘇省江陰市）人。捐班入仕，官廣東鹽運司同知。著有《芙蓉江上草堂詩稿》《粟香隨筆》《陶廬雜憶》《灕江雜記》等，編有《粟香室叢書》。生平見松龕老人編《聊園詩壇同人小傳》、金武祥自編年譜《粟香行年録》。

唱和圍繞元人倪瓚《江南春》展開。倪瓚（1301—1374），字元鎮，號雲林子，江浙行省無錫（今江蘇省無錫市）人。自幼好學，家有清閟閣，藏書數千卷，手自勘定。元亡後七年，回到家鄉，死於姻親鄒惟高家，年七十四。以畫知名，長於水墨山水，工書法，有詩名。著有《清閟閣全集》《倪雲林詩集》。生平見張廷玉等《明史》卷二百九十八、柯劭忞《新元史》卷二百三十八。

明弘治年間，吴縣人許國用家藏有倪瓚舊稿，邀沈周和倪瓚《江南春》，一時文人追和成風，遂爲盛事。此後，追和之風一直延續至清末，此集也幾經編刻。先是明袁表輯録正德、嘉靖間吴地三十八位文人追和倪瓚《江南春》詞一百一十四闋，編爲《江南春詞集》。明萬曆間，顧起元、朱之蕃各續和八闋，朱之蕃又合以袁表所輯及倪瓚原唱二闋，楷書鈔録。朱之蕃輯鈔本舊藏揚州馬氏，後爲仁和趙氏所得。清道光年間，方東樹將朱氏鈔本獻予兩廣總督鄧廷楨，鄧題詞卷中，復命人影鈔刊刻朱本，并詳載作者爵里於後。光緒十七年二月，金武祥得道光影刻本，遂重刊，并附録《清閟閣集》所載倪瓚原唱及周履靖、薛信辰及本人和作於後，收入其《粟香室叢書》中。

是集内封題『江南春詞集』，牌記題『光緒十七年江陰金氏刻』。卷首有光緒十七年二月江陰金武祥撰《重刻江南春詞集序》及《江南春詞》目録。目録以下依次分《江南春詞集》一卷、《江南春詞集附録》一卷、《江南春詞附考》一卷。《江南春詞集》一卷共收倪瓚、沈周、祝允明、楊循吉、徐禎卿、文徵明、唐寅等四十一人詩作，後附道光十八年（1838）六月鄧廷楨《高陽臺》一闋。據考察，現存《江南春》唱和作品的時間最早爲弘治二年（1489）。《江南春詞集附録》一卷收倪瓚原唱及周履靖、薛信辰、金武祥三人次韵之作，後有道光十八年六月方東樹跋。《江南春詞附考》一卷收録梁廷柟所輯各家小傳及道光十八年六月十六梁廷柟跋。

此集現藏南京圖書館，今據以影印。（王天覺）

西湖聯句一卷

明戴冠、明韓邦奇、明顧可學撰。明嘉靖二十七年（1548）張魯刻《戴氏集》本。一册。每半葉八行，行十八字，無魚尾，四周單邊。

戴冠（1485—1528？），字仲鶡，號邃谷。河南信陽（今信陽市）人，祖籍江西吉水。明正德三年（1508）進士。歷任户部主事、廣東烏石驛丞、延平知府、山東提學副使等職。《千頃堂書目》著録其有《邃谷集》十二卷又《詩集》二卷。今存《戴氏集》十二卷。生平見樊鵬《戴君冠墓誌銘》、王兆雲《皇明詞林人物考》卷五、張廷玉等《明史》卷一百八十九。

韓邦奇（1479—1556），字汝節，號苑洛，陝西朝邑（今屬大荔縣）人。正德三年進士，授吏部考功司主事，轉員外郎，調文選司。因上疏言時政得失，謫平陽通判。正德九年升浙江按察司僉事。嘉靖中歷任山東布政司參議、山西左參政、四川提學副使、詹事府右春坊右庶子兼翰林修撰、南京太僕寺丞、山東按察司副使等職，仕至南京兵部尚書。卒贈少保，謚『恭簡』。著述甚豐，有《易學啓蒙意見》《洪範圖解》《苑洛志樂》《易占經緯》《苑洛先生語録》《禹貢詳略》《樂律舉要》《苑洛集》《見聞考隨録》等。生平見馮從吾《苑洛韓先生傳》、黄宗羲《明儒學案》卷三、張廷玉等《明史》卷二百零一。

顧可學（？—1560），字與成，南直隸無錫（今江蘇省無錫市）人。明弘治十八年（1505）進士。官浙江參政，被劾斥歸。後厚賄嚴嵩以求進。官至太子太保、禮部尚書。謚『榮僖』。生平見焦循《國朝獻徵録》卷三十四、張廷玉等《明史》卷三百零七。

張魯，生卒年不詳，字汝才，號安厓，江西吉水（今吉水縣）人。舉人。嘉靖二十四年（1545）任信陽知州，後升府同知。生平見《〔乾隆〕信陽州志》卷五。

《戴氏集》卷十爲《西湖聯句》一卷。正德十年，戴冠貶謫嶺南途中，與韓邦奇、顧可學遇於浙東，三人聯句唱和，以成是集。卷首第一首詩前有韓邦奇小序，對唱和緣起言之甚詳，大意爲戴冠謫嶺南，與韓邦奇遇於越海之上。昔韓邦奇送戴冠北山之役，比戴冠還，韓邦奇已得罪，出判平陽。又三年，韓邦奇按浙東，戴冠則身爲逐客矣。三人『驚歲序之易流，慨升沉之靡定；舉目山河之异，回首故里之思；感時追昔，悵然興懷』，而有是集之作。是集共收詩十七首，其中聯句詩十三首，韓、顧二人贈詩各二首，贈詩多寓對戴冠貶官之同情。

今據南京圖書館藏本影印。（王天覺）

太湖新録一卷

明徐禎卿、明文徵明撰。明嘉靖十八至二十年（1539—1541）顧氏大石山房刻本。一册。每半葉十行，行十八字，白口，單白魚尾，左右雙邊。

徐禎卿（1479—1511），字昌穀，一字昌國，南直隸吴縣（今屬江蘇省蘇州市）人。明弘治十八年（1505）進士，授大理寺左寺副，後降爲國子監博士。著有《迪功集》《徐昌穀全集》《談藝録》等。生平見王守仁《徐昌國墓誌》、王兆雲《皇明詞林人物考》卷五、文震孟《姑蘇名賢小紀》下、張廷玉等《明史》卷二百八十六。

文徵明（1470—1559），初名璧，以字行。更字徵仲，號衡山，南直隸長洲（今屬江蘇省蘇州市）人。與徐禎卿、祝允明、唐寅號『吴中四才子』。官翰林院待詔。著有《甫田集》《文翰林甫田詩選》《梅花百咏》等。生平見文嘉《先君行略》、王世貞《文先生傳》、張廷玉等《明史》卷二百八十七。

弘治十六年夏五月，徐禎卿游洞庭西山，作《自胥口入太湖》《登縹緲峰》《下縹緲峰小憇西湖寺》《經桃花塢》《游林屋洞》《游林屋洞歸道中偶作》《謁毛公壇雨不果》《游資慶寺》八題，示文徵明，文徵明悉和之。是年秋冬時節，文徵明游洞庭東山，作《過太湖》《百街嶺》《游能仁彌勒二寺》《宿静觀樓》《宿靈源寺》《游翠峰寺》《游洞庭將歸再賦》七題，示徐禎卿，徐禎卿悉和之。二人并未一同携游，僅爲互贈互和。是集共收七言律詩三十一首，序二篇。依次爲徐禎卿《游洞庭西山詩叙》一篇，徐禎卿、文徵明洞庭西山諸景唱和詩十六首，文徵明弘治十六年冬十月撰《游洞庭東山詩序》一篇，文徵明、徐禎卿洞庭東山諸景唱和詩十四首，卷末附九柏山人吕㦂《題太湖新録後》一首。徐禎卿《游洞庭西山詩叙》中所言游歷之所與集中詩歌次第一致。文徵明《游洞庭東山詩叙》對二人唱和始末有詳細介紹，并言唐人皮日休、陸龜蒙雖有洞庭唱和，惜未賦咏洞庭東山之景，他與徐子之制可補『東山之勝』。

吕㦂謂是集曰：『湖上東西兩洞庭，二豪詩句動英靈。令人歆慕抛塵相，與世流傳勝《水經》。』

今據國家圖書館藏本影印。（王天覺）

和朱淑真斷腸詞一卷

明戴冠撰。明嘉靖二十七年(1548)張魯刻《戴氏集》本。一册。每半葉八行,行十八字,無魚尾,四周單邊。

戴冠簡介,見《西湖聯句》提要。

此集爲追和朱淑真詞而作。朱淑真,自號幽棲居士,錢塘(今屬浙江省杭州市)人。約生於北宋神宗元豐二年至三年(1079—1080),約卒於南宋高宗紹興初年。與李清照同時而略晚。著有《斷腸集》《斷腸詞》。生平見田藝蘅《詩女史》卷十、鍾惺《名媛詩歸》卷十九。

《戴氏集》卷十一爲《和朱淑真斷腸詞》一卷,乃戴冠追和朱淑真《斷腸詞》之作,共二十六闋。屬和時間爲明弘治十六年(1503)除夕。卷末有弘治十八年九月望後三日戴冠跋,曰:『始予得朱淑真《斷腸詞》於錢塘處士陳逸山。閱之,喜其清麗,哀而不傷。癸亥歲除之夕,因乘興遍和之。且繫以詩,蓋欲益白朱氏之心,非與之較工拙也。』癸亥即弘治十六年。是集遍和朱詞,和作全依舊本次第,詞題并同,多次韵,具有較高文獻價值。

今據南京圖書館藏本影印。(王天覺)

文待詔書落花唱和詩一卷

明沈周、明文徵明、明徐禎卿等撰，清徐琪摹録。清宣統元年（1909）影印徐琪摹録本。一册。行字不等，無格。

沈周簡介，見《江南春詞集》提要。

文徵明、徐禎卿簡介，見《太湖新録》提要。

徐琪（1849—1918），字玉可、花農，一字君玉，號俞樓，浙江仁和（今屬杭州市）人。俞樾弟子。清光緒六年（1880）進士，授編修。歷任山西鄉試副考官、廣東學政、内閣學士、兵部左侍郎等。工詩詞、書畫。著有《蘇海餘波》《粤軺集》《粤東葺勝記》《南齋日記》《留雲集》《墨池賡和》《名山福壽編》《玉可盦詞》等。生平見《道咸同光四朝詩史》甲集卷五、《［民國］海康縣續志》卷三十八。

卷首有載灣題『韵接停雲』四字。明弘治十七年（1504），沈周作《賦得落花詩十首》，文徵明、徐禎卿各和之十首，沈周又和十首，吕㦂見之又和十首，沈周三和吕㦂十首，共計六十首。由文徵明手鈔，并有跋語。宣統元年七月，徐琪蓋有感於文徵明書法之精美，摹録并追和之，成《追和石田先生落花詩十首》，并收録其母郭氏《咏落花》七古一首，徐琪《題容明經藏卷二絶句》，雲林居士載灐七律一首并《又題細草棲香圖册》七古一首。全書共收詩七十五首。文徵明跋語後，有徐琪所作後記。郭氏《咏落花》七古後諸作，多穿插徐琪題記，對諸人詩作多有點評。

文徵明跋評沈周落花詩曰：『興之所至，觸物而成。』徐琪後記贊文徵明曰：『書此卷時纔三十五歲耳。古人學成之早，於此益見。余録是册，視先生作書時蓋長二十六歲，未能得其萬一，深可愧也。』

今據國家圖書館藏本影印。（王天覺）

湖山唱和二卷

明馮蘭、明謝遷撰。清鈔本。二册。每半葉十行，行二十字，無格。

馮蘭，生卒年不詳，字佩之，號雪湖，浙江餘姚（今餘姚市）人。明成化五年（1469）進士，選庶吉士，官至江西提學副使。著有《雪湖咏史集》。生平見《［乾隆］紹興府志》卷五十四、《［光緒］餘姚縣志》卷二十三。

謝遷（1450—1531），字于喬，號木溪、木齋，浙江餘姚（今餘姚市）人。成化十年鄉試解元，十一年會試第三，廷試第一，授翰林修撰。歷任右春坊右諭德、左春坊左庶子、詹事府少詹事、兵部尚書兼東閣大學士、禮部尚書、武英殿大學士、户部尚書兼謹身殿大學士等職。卒贈太傅，謚『文正』。著有《歸田稿》《謝木齋稿》。生平見費宏《謝公遷神道碑》、顧祖訓《狀元圖考》卷二、毛奇齡《謝公傳》、張廷玉等《明史》卷一百八十一。

此集爲謝遷致仕後與致仕家居的江西提學副使馮蘭唱和之作。卷首有明正德十年（1515）謝遷《湖山唱和序》，下鈐『錢唐丁氏藏書』等印。卷末有明嘉靖三年（1524）十月十五日丘養浩《書重刊湖山唱和集後》。考集中有年份記載之詩，以《正德丙寅冬致仕歸途次懷雪湖憲副用同年洪都憲韵二首》爲最早，以《乙亥元旦紀興柬木齋》爲最晚，則集中詩歌始於正德元年，迄於正德十年。正德元年，謝遷以請誅劉瑾不納，與劉健一同致仕，遂歸里，與馮蘭唱和。二人同邑，并締爲姻親。謝遷序曰：『雪湖工於詩，酷好吟咏，興至輒有作。予雖拙，强而企焉，有唱斯和，用以爲樂，不知老之將至也。』劉應徵知餘姚縣事，爲二人輯鈔《湖山唱和》二卷，後丘養浩重刊之。卷一收詩二百四十四首，卷二收詩二百三十九首。卷末附《湖山聯句》三十六首，爲謝遷、馮蘭與友朋聚會牛屯山莊時所作。此本時有眉批校勘，訂正原本文字訛誤。

今據南京圖書館藏本影印。（王天覺）

陶園後集一卷

明楊鐸、明楊捷等撰，明楊亘輯。明鈔本。一册。每半葉十二行，行字數不等，白口，單魚尾，四周雙邊，藍格。

楊鐸（1451—？），字朝魯，福建莆田（今莆田市）人。明弘治三年（1490）進士。歷任江西布政司照磨、鶴慶知府、南京户部員外郎等職。生平見《［乾隆］莆田縣志》卷十三。

楊捷，生卒年不詳，山西朔州（今朔州市）人。明成化十九年（1483）舉人。歷官綏得德州知州、曲靖軍民府知府、南京户部主事、南京户部郎中。生平見《［萬曆］揚州府志》卷八、《［雍正］朔州志》卷九。

楊亘（1460—？），原名楊晃，更名亘，字恒叔，號陶園，福建建安（今屬建甌市）人。楊榮曾孫，楊旦、楊昜兄。成化十三年舉人。弘治九年授順天府通判，後升治中。明正德元年（1506）疏疾乞歸，辟園於所居之南，曰陶園。正德五年徵召赴闕，改授南京户部河南清吏司郎中。正德十年乞歸，升太僕少卿致仕。著有《紀行録》

《南都録》《文獻内集》《陶園録》《鳴鶴餘音》等。正德末，與弟楊昜同修《武夷山志》。生平見《［嘉靖］建寧府志》卷十五、《［民國］建甌縣志》卷三十四。

正德十年，楊亘因挂念母親，上章致仕，升南京太僕寺少卿以歸。歸鄉之際，南都士大夫餞行唱和，詩卷彙次成帙。楊亘家有陶園，故以名之。卷首有正德十一年春二月望林達《陶園後集序》、朝廷札文、正德十一年仲春陳墀《跋》、正德九年秋七月朔吴彰德《後陶園記》、正德十年九月望陳沂《陶園圖叙説》、正德十年冬十二月望梅純《陶園歸隱圖記》、正德十一年春正月上元節汪偉《陶園歸隱序》、正德十一年春正月中旬楊廉《送太僕少卿楊君致政序》、正德十一年正月下旬徐文溥《送楊大夫歸陶園序》、正德十一年春正月既望黄芳《和陶擬贈詩序》、正德十一年仲春既望朱琉《和陶擬贈詩序》、林塾《和陶擬贈詩序》。林達《陶園後集序》謂：『部曹郎致仕無持旨以留者，留之自公始。在南曹無晋秩列卿以歸者，有之亦自公始。』序之標題下鈐『吴興劉氏嘉業堂藏書記』等印。

正文共收詩一百九十八首，以編排順序大致可分爲和陶詩、補和詩及聯句詩三類。其中，和陶詩收《和停雲韵》《和榮木韵》《和九日閑居韵》等十六題一百零八首，補和詩收七十三首，聯句詩收十七首。唱和詩作者共有楊鐸、楊捷、黄謙、楊旦等八十二人。諸人多贊楊亘歸養隱退之舉，以陶淵明比之，正如黄芳《和陶擬贈詩序》所云：『工詩者和陶爲贈，順所好也。』

今據上海圖書館藏本影印。（王天覺）

游嵩集一卷

明喬宇、明薛蕙撰。明嘉靖二十二年（1543）薛蕡刻本。一册。每半葉七行，行十六字，白口，雙黑魚尾，四周雙邊。

喬宇（1464—1531），字希大，號白岩，山西樂平（今屬太原市）人。明成化二十年（1484）進士。歷官太常寺少卿、光禄寺卿、户部侍郎、吏部尚書。嘉靖三年以『大禮議』抗疏乞休。卒謚『莊簡』。有《喬莊簡公集》存世。生平見陳璘《光禄大夫柱國少保兼太子太保吏部尚書白岩喬公宇行狀》、王兆雲《皇明詞林人物考》卷三、何喬遠《名山藏》卷七十四、張廷玉等《明史》卷一百九十四。

薛蕙（1489—1541），字君采，號西原，安徽亳州（今亳州市）人。明正德九年（1514）進士。授刑部主事，改吏部，歷員外郎、郎中。以『議大禮』罷官。著有《老子集解》《約言》《西原先生遺書》《薛考功集》《薛西原集》《薛詩拾遺》《薛西原五言詩鈔》等。生平見唐順之《吏部郎中薛西原蕙墓誌銘》、王兆雲《皇明詞林人物考》卷六、黄宗羲《明儒學案》卷五十三、張廷玉等《明史》卷一百九十一。

薛蕡，生卒年不詳，安徽亳州（今亳州市）人。據郭正域《明敕封徵仕郎光禄寺良醖署署丞薛君墓誌銘》，薛森生琇、瓔、瑀三子，薛蕙爲琇之孫，薛蕡爲瑀之孫。《游嵩集》卷末署『蕙弟薛蕡重刊』，則薛蕙、薛蕡爲從兄弟。

是集爲嘉靖十年九月八日至十二日，喬宇與薛蕙游登封嵩山五日唱和之詩。嘉靖二十二年，薛蕡重刊，以廣流布。卷首有嘉靖十年九月十五日喬宇《游嵩記》，卷末有嘉靖十年十一月初一日濟南劉天民《書游嵩集後》。喬宇記曰：『辛卯秋八月，予歸自京口，取道爲嵩岳之游。道出亳州，州人薛君采來迓。予往官吏部時，君采嘗爲郎屬。因拉之同行。』正文首頁右下鈐『樂泉軒主珍藏』『沈印濟恩』『蝸廬藏書』印。集中收二人游嵩詩五十八首，附録道中詩十四首，共七十二首，人各三十六首，皆次韵之作，或七律、或七絶、或五律、或五絶。集中詩歌以寫景紀游爲主，間有懷人之作。唱和所涉之景有盧鴻岩、中岳廟、嵩門、嵩山絶頂、嵩陽觀柏、少林寺、達摩洞、伊洛河、太昊陵、子由亭、靈井、孟津河等。

顧璘評喬宇紀行之作曰：『正者準雅則，奇者抉幽險。』（《静志居詩話》卷八）

今據國家圖書館藏本影印。（王天覺）

梅花唱和百首二卷

明楊慎、明王廷表撰。民國三十二年（1943）大中印刷廠鉛印本。一册。每半葉十九行，行四十二字，無魚尾，四周雙邊。

楊慎（1488—1559），字用修，號升庵，四川新都（今屬成都市）人。楊廷和子。明正德六年（1511）進士第一，授修撰。世宗即位，充經筵講官，預修《武宗實録》。明嘉靖三年（1524），召爲翰林學士。因『大禮議』受廷杖下詔獄，貶戍雲南永昌衛，後卒於昆明高嶢寓所。天啓初，追贈光禄少卿。著述甚豐，達四百餘種。後人輯其詩文爲《升庵集》，散曲有《陶情樂府》，論詩之作有《升庵詩話》《詩話補遺》等。生平見游居敬《翰林修撰升庵楊公墓誌銘》、顧祖訓《狀元圖考》卷二、何喬遠《名山藏》卷八十六、張廷玉等《明史》卷一百九十二。

王廷表（1490—1554），字民望，號鈍庵，雲南阿迷州（今屬開遠市）人。正德九年進士，初授台州推官，轉刑部主事。歷員外郎、郎中，出爲四川按察司僉事，後罷官。著有《桃川剩集》。生平見楊慎《王鈍庵墓碣銘》、《［乾隆］雲南通志》卷二十一之二。

嘉靖十三年冬，楊慎自阿迷至臨安。一夕，與王廷表圍爐而坐，賭成梅花詩各百首，彙爲二卷，題曰《梅花唱和百首》。是集封面題簽：『明楊升庵、王鈍庵先生梅花唱和百首，石屏丁兆冠敬題。』卷首有民國三十二年元月騰冲李根源序、同年三月石屏袁丕佑序、民國三十一年季秋宣威繆爾紓序，及橘農趙宗瀚與淨明于乃義題辭各一篇。卷一爲『明楊升庵先生梅花詩百首』，卷二爲『明王鈍庵先梅花詩百首』，皆爲『後學何汝珍、萬崇、萬嵩校印』。集中詩歌全爲七言絶句，所標題目與元人馮海粟《梅花百咏》相同，知爲追和馮氏之作。繆《序》謂二人『嘗一夕賭成梅花詩各百首，艷稱於世』。另據繆《序》可知，『梅花詩未曾刊布，傳者均屬鈔本，兵燹迭經，鈔本存者亦已寥寥，且多殘缺訛舛』。民國三十一年，何汝珍、萬嵩二人於楊慎里中獲一鈔本，二百首詩具存，得以校印是集。

袁丕佑曰：『兩先生之咏梅也，非但見梅也，因梅而見遺世獨立之高士也，亦即見乎見危致命之志士也，亦即見乎公忠體國之純士也，而亦即見乎振風勵俗爲中流砥柱之賢士也。』

今據國家圖書館藏本影印。（王天覺）

西湖游咏一卷

明田汝成、明黄省曾撰。清光緒二十年（1894）錢塘丁氏八千卷樓重刻本。一册。每半葉十行，行二十字，白口，單黑魚尾，四周雙邊。

田汝成（1502—？），字叔禾，號豫陽，浙江錢塘（今屬杭州市）人。明嘉靖五年（1526）進士，授南京刑部主事，進員外郎。十年改禮部，遷祠祭郎中。十三年出爲廣東提學僉事，十四年謫知滁州，十五年升貴州僉事，十七年改廣西左參議，十九年遷福建提學副使，尋罷歸。有《炎徼紀聞》《遼紀》《西湖游覽志》《西湖游覽志餘》《田叔禾小集》等著述存世。生平見王兆雲《皇明詞林人物考》卷七、張廷玉等《明史》卷二百八十七。

黄省曾（1490—1546），字勉之，號五岳山人，南直隸長洲（今屬江蘇省蘇州市）人。嘉靖十年鄉試第一，後纍上春官不第，遂弃舉業。著有《五岳山人集》。生平見王兆雲《皇明詞林人物考》卷五、何喬遠《名山藏》卷九十六、黄宗羲《明儒學案》卷二十五。

是集内封正中題寫書名，右上署『光緒甲午九月』，左下題『楊學洛署』，牌記鐫『八千卷樓梓行』。卷首有嘉靖十七年三月初一日黄省曾《西湖游咏序》，卷末有嘉靖十七年春三月三日田汝成《西湖游咏後序》。嘉靖十六年冬，田汝成由京返杭，泊舟昌亭，與黄省曾相會。次年春天，二人同游西湖，唱和得詩三十六首，每人十八首，皆五言古詩。除前六首爲互相贈答之作外，其餘皆爲同題之作。前六首爲田汝成《投贈五岳山人黄勉之一首》與黄省曾《答贈豫陽方伯田叔禾一首》、田汝成《寄贈勉之一首》與黄汝成《叔禾寄我瑶咏答贈一首》、黄省曾

《南邁武林訪叔禾踐湖上之約初至一首》與田汝成《喜勉之至答贈一首》。後三十首，一律先列黄詩，次列田詩，黄詩十五首多題兩人同游之地景物，田詩一律以《同咏一首》爲題，從中可見二人之游蹤。田汝成於當年即付梓刊刻。田汝成《後序》曰：『總凡所得五言古詩若干首，緝次右方；近體雜篇，裒爲别集。』則當日唱和之作，遠不止這些。

黄省曾《西湖游咏序》謂二人之詩曰：『由是綴在娱心，咏非媚物。調惟神發，無片詞之杜鑿；言以核領，何一文之妄屬。如花芳足吐，靈靄滿世。』

今據首都圖書館藏本影印。（王天覺）

陽山新録一卷

明顧元慶、明岳岱撰。明嘉靖十八年（1539）刻本。一册。每半葉十行，行十八字，白口，單黑魚尾，左右雙邊。

顧元慶（1487—1565），字大有，號大石山人，南直隸長洲（今屬江蘇省蘇州市）人。邑庠生。其藏書堂曰『夷白』，藏書萬卷。刻有《陽山顧氏文房小説》《顧氏明朝四十家小説》。著有《雲林遺事》《茶譜》《夷白齋詩話》《陽山新録》《檐曝偶談》《大石山房十友譜》《瘞鶴銘考》等。生平見王穉登《顧大有先生墓表》、張廷玉等《明史》卷三百九十六、錢謙益《列朝詩集》丁集第八。

岳岱，生卒年不詳，字東伯，號秦餘山人、漳餘子，南直隸吴縣（今屬江蘇省蘇州市）人，衛籍。嘉靖間布衣。

辟草堂於陽山，隱居其中。中年出游恒、岳諸山，泛大江，覽南都名勝，又歷覽天姥、天台、雁蕩、匡廬而返，後不復出。著有《今雨瑶華》《岳山人集》。生平見張廷玉等《明史》卷三百九十六、錢謙益《列朝詩集》丁集第八。

是集卷首有顧元慶序，標題下鈐『泰和蕭敷政蒲村氏珍藏書籍之章』印。卷末有岳岱跋。卷末牌記鎸：『嘉靖己亥歲吴郡顧氏刻梓於陽山草堂之大石山房。』嘉靖十八年九月秋，顧元慶、岳岱同游陽山，顧氏遇景賦詩，岳氏輒和，共得七言律詩三十首，人各十五首。繕寫成帙，收入《顧氏明朝四十家小説》。顧氏《序》曰：『余自埭川移家山中，岳子素尚丘壑，相與沉冥山水，志道攸同。雖一觴一豆，必命輿躋討，遂得寺觀者七、古迹者四、泉石者二、晋柏一、山房一，共十五題，題各紀之以詩。』十五題依次咏：大石雲泉庵、龍母祠、澄照寺、文殊寺、净明寺、礶山道院、甑山寺、箭缺、丁令威丹井、耙石嶺、鷄峰仙洞、白墡嶺石壁、滴水岩瀑布、西龍祠古柏、脩緑山房。每題均爲顧元慶原唱在前，岳岱和詩緊隨其後。岳氏和詩無嚴格的次韻之作，以依韻、用韻居多，也有少數并不和韵。

今據南京圖書館藏本影印。（王天覺）

西湖八社詩帖一卷

明祝時泰、明高應冕等撰。清光緒七年（1881）錢塘丁氏嘉惠堂刻本。一册。每半葉十行，行二十字，黑口，單黑魚尾，四周雙邊。

祝時泰，生卒年不詳，字汝亨，號九山，福建侯官（今屬福州市）人。明嘉靖元年（1522）舉人。歷官户部員外郎、德府左長史。清人陳田《明詩紀事》戊籤卷十四記其有《九山集》，今不存。生平見《［乾隆］福州府志》卷六十。

高應冕（1503—1569），字文中，一作文忠，號潁湖，浙江仁和（今屬杭州市）人。嘉靖十三年舉人。授湖廣遂寧知縣，轉光州知州。歸後與諸師友唱和於西湖之上。著述現存《高光州詩選》二卷。生平見張瀚《光州知州高潁湖墓誌銘》、王兆雲《皇明詞林人物考》卷九。

童漢臣也是西湖八社活動的中心人物。童漢臣，生卒年不詳，字仲良，號南衡，浙江錢塘（今屬杭州市）人。嘉靖十四年進士。歷任魏縣知縣、御史、湖廣布政司都事、泉州知府，官終江西按察副使。致仕歸杭後，與祝時泰、高應冕等結社西湖，詩酒唱和。生平見張廷玉等《明史》卷二百一十、《［雍正］浙江通志》卷一百五十八。

是集内封有大興傅栻題寫書名，牌記署『光緒七年秋九月刊』。卷首有《欽定四庫全書總目》『西湖八社詩帖』提要、方九叙《序》及《社友》《社地》《社約》，卷末有童漢臣《跋八社詩帖後》。嘉靖四十一年，閩人祝時泰游杭州，與光州知州高應冕，承天府知府方九叙，江西按察副使童漢臣，庠生王寅、劉子伯，布衣沈仕結社西湖，與會者另有浙江右布政使孔天胤、錦衣從事李奎，共九人。西湖八社依景立社，以地點劃分，分别爲紫陽社、湖心社、玉岑社、飛來社、月岩社、南屏社、紫雲社、洞霄社。由詩社成員分主之，童漢臣一人曾主兩社，其餘六人各主一社。是集共收録詩社成員二十二次雅集唱和詩歌一百四十首，分『春社詩』『秋社詩』二目，其中春社有十次，收詩六十首；秋社有十二次，收詩八十首。所用詩體有七律、五律、五古、七絶，無一例次韵之作。諸人尚清談、崇古雅，故詩多談禪論道、賞花觀魚、對雨品茗等閑適之作。

《四庫全書總目》卷一百九十二評西湖八社曰：『明之季年，講學者聚徒，朋黨分而門户立；吟詩者結社，聲氣盛而文章衰。當其中葉，兆已先見矣。』西湖八社非政治詩社，乃文學詩社，《社約》第三條規定：『會間清談，除山水道藝外，如有語及塵俗事者，浮一大白。』四庫館臣將其視爲晚明黨争之先兆，未爲公允。該集完整保留了社序、社友、社地、社約、社詩等資料，是研究明人結社唱和的重要文獻之一。

今據首都圖書館藏本影印。（王天覺）

梅花什一卷

明陸承憲、明王穉登撰。明萬曆四十七年（1619）葉應祖刻《王百穀集》本。一册。每半葉十行，行二十字，白口，單綫魚尾，四周單邊。

陸承憲，生卒年不詳，字子永，華亭（今屬上海市）人。明隆慶元年（1567）舉人，萬曆五年進士。曾官蕭山知縣、樂陵知縣。生平見《［順治］樂陵縣志》卷四、《［康熙］蕭山縣志》卷十六。

王穉登（1535—1613），字百穀，號玉遮山人，南直隸長洲（今屬江蘇省蘇州市）人。明代著名山人。著有《國朝吴郡丹青志》《奕史》《重訂吴社編》《相思譜》《全德記》《王百穀集》等。生平見李維楨《王百穀先生墓誌銘》、鄒迪光《王徵君傳》、張廷玉等《明史》卷二百八十八。

是集卷首有陸承憲《梅花什序》，後列目録。乃王穉登與妻舅陸承憲同往洞庭西山沿途探梅唱和之作。陸承憲原唱十七首，王穉登同咏三十首。唱和時間，據祝燕娜考辨，爲王穉登三十二歲之前作品，即作於嘉靖四十五年（1566）之前。或與《采真篇》同期，或是爲父守孝期間（1565—1566）所作（參見《晚明布衣詩人王穉登研究》）。二人正月二日從蘇州何山出發，經木瀆，游雲岩寺，過玄墓山，訪光福寺，登支硎山賞梅，最後游天平山，謁范文正公祠。二人沿途唱和不斷，『詩成纍什，命曰「梅華」』。

集中王穉登《湖上梅花歌十首》頗爲後世所重。王夫之曾作《追和王百穀梅花絶句十首》，皆步韵和之，且在詩前小序中稱贊王穉登曰：『七字小詩，排宕有生趣。就中梅花十絶，尤爲清健。』

今據南京圖書館藏本影印。（王天覺）

清平閣倡和詩一卷

明李先芳、明宋登春、明李連山撰。清光緒定州王氏謙德堂刻《畿輔叢書初編》本。一册。每半葉十行，行二十二字，黑口，無魚尾，四周單邊。

李先芳（1511—1594），字伯承，號北山，山東濮州（今屬河南省范縣）人。明嘉靖二十六年（1547）進士，授新喻知縣，官至尚寶司丞、尚寶司少卿。與俞允文、盧柟、吴維岳、歐大任并稱『廣五子』。有《讀詩私記》《東岱山房詩録》《濠梁集》《高齋集》《李氏山房集》《李氏山房詩選》等著述存世。生平見于慎行《尚寶司少卿北山李公先芳墓誌銘》、邢侗《奉訓大夫尚寶司少卿北山先生濮陽李公先芳行狀》。

宋登春（？—1586），字應元，初號海翁，晚號鵝池生，河北新河（今新河縣）人。爲人狂放不羈，一生未仕。著有《宋布衣集》。生平見徐學謨《鵝池生傳》。

李連山，濮陽人，生平不詳。

明萬曆元年（1573），宋登春自荆州訪李先芳於濮洲，暇時聚於李先芳之清平閣，與李先芳、李連山飲酒唱和。此後數年間，宋登春或再訪清平閣，或與先芳書信往還。萬曆四年，李先芳將三人唱和之作勒爲一帙。此本共收詩四十一首，其中宋登春二十首、李先芳十六首、李連山四首，三人聯句詩一首。和詩多和意而不和韵。《清平閣倡和詩》另有清乾隆二十一年誠意堂刻本（《明别集叢刊》第五輯已影印），每半葉九行，行十九字，白口，單黑魚尾，四周單邊。是集共收詩五十三首，其中宋登春二十六首、李先芳二十二首、李連山四首，三人聯句詩一首。且卷首有李先芳《清平閣倡和小引》一篇，對唱和始末介紹甚詳：『余既歸田，構清平閣於宅之東偏，貯書數千卷，綜覽老莊之學，吟賞淵明之句，陶然相忘於無何有之鄉矣。歲癸酉，山人宋鵝池至自荆州見訊，頗有士氣，能詩畫，甚重之，館穀西堂。性嗜酒作狂，高貴之族，非造門不見。嘗着僧帽，食犬肉，讀《楞伽經》，玩世不恭，余亦不嫌其放也。暇則召飲閣上，倡和積數十首。比今别四載矣。聞隱嶧山間，寄山中之作，念兹不釋，遂梓前什以招來者。』

今據首都圖書館藏本影印。（王天覺）

歸田倡酬稿一卷

明王世懋、明王世貞、明屠隆撰。明萬曆十三年（1585）刻《王奉常雜著》本。一册。每半葉九行，行十八字，白口，單白魚尾，左右雙邊。

王世懋（1536—1588），字敬美，號麟洲，又號損齋、墻東生，南直隸太倉（今江蘇省太倉市）人。明嘉靖三十八年（1559）進士。歷任南京禮部主事、尚寶司丞、江西參議、陝西及福建提學副使、南京人常寺少卿等職。著有《易解》《經子臆解》《學書圃雜疏》《閩部疏》《關洛記游稿》《王奉常集》《藝圃擷餘》等。生平見王世貞《亡弟中順大夫太常寺少卿敬美行狀》、王錫爵《南京太常寺少卿麟洲王公世懋墓誌銘》、趙用賢《太常王敬美傳》、張廷玉等《明史》卷二百八十七。

王世貞（1526—1590），字元美，號鳳洲，又號弇州山人、天弢居士，南直隸太倉（今江蘇省太倉市）人。嘉靖二十六年進士。歷任大名兵備副使、浙江右參政、山西按察史、廣西右布政使、太僕寺卿、右副都御史、南京刑部尚書等職。著有《嘉靖以來首輔傳》《觚不觚録》《弇州山人四部稿》《弇州山人四部稿續稿》《弇州山人詩集》《弇山堂別集》《藝苑卮言》等。生平見王錫爵《太子少保刑部尚書鳳洲王公世貞神道碑》、陳繼儒《王元美先生墓誌銘》、張廷玉等《明史》卷二百八十七。

屠隆（1543—1605），字長卿，又字緯真，號赤水，晚號鴻苞居士，浙江鄞縣（今屬寧波市）人。萬曆五年進士。授潁上知縣，調青浦。入爲禮部主事，遷員外郎，擢郎中。後被劾削籍。歸後縱情聲色，游吴越間。著有《屠長卿集》《由拳集》《白榆集》《棲真館集》等。生平見何三畏《青浦令赤水屠侯傳》、張廷玉等《明史》卷二百八十八。

是集乃王世懋歸田之際與兄王世貞、友屠隆唱和之詩。萬曆九年，給事中牛維垣、御史孫承南以曇陽子事彈劾王錫爵及王世貞、王世懋兄弟，謂其誣妄。波及沈懋學、屠隆等友人。王世懋遂乞休，於八月七日歸家。王世懋作《乞歸後呈家兄元美王太史元馭》五古二首贈王世貞和王錫爵，王世貞以《仲氏弃官學道投詩見依抒此爲答》二首和之；屠隆又有《喜王敬美先生弃官歸隱》七言絶句七首贈王世懋，王世懋亦答以絶句七首；九月，王世貞、王世懋歸宿故墅，王世貞作《與敬美弟初出郭歸宿故墅》七律二首，王世懋亦奉和七律二首。以上二十二首詩歌即集中所收全部作品，附於王世懋《紀游稿》後，無序跋。

明人胡元瑞評王世懋之詩曰：『拔新標於四家、七子之外，勁逸遒爽。宗、吴、謝、李，方之蔑如。以配哲兄，誠無愧色。』（《明詩綜》卷四十七）

今據上海圖書館藏本影印。（王天覺）

武林怡老會詩集一卷

明潘翊、明褚相等撰，明張瀚輯。清光緒八年（1882）錢塘丁氏竹書堂刻本。一册。每半葉十行，行二十字，白口，單黑魚尾，左右雙邊。

潘翊，生卒年不詳，字汝昭，號韋泉，浙江錢塘（今屬杭州市）人。明嘉靖二十五年（1546）順天鄉試舉人。歷任寧都縣知縣、湖廣沅州知州、南直隸松江府同知、伊府左長史等職。生平見《武林怡老會詩集》卷首像傳、《［萬曆］杭州府志》卷五十七。

褚相，生卒年不詳，字朝弼，號元泉，一作原泉，浙江海寧（今海寧市）人。嘉靖二十二年舉人。歷任山西霍州知州、江西饒州府同知。生平見《武林怡老會詩集》卷首像傳、《［嘉靖］海寧縣志》卷九。

張瀚（1511—1593），字子文，號元洲，浙江仁和（今屬杭州市）人。嘉靖十四年進士。授南京工部都水司主事，歷任刑部右侍郎、工部尚書、吏部尚書，加太子少保。明萬曆五年（1577）以忤張居正奪情勒令致仕。卒謚

『恭懿』。著有《皇明疏議輯略》《臺省疏稿》《松窗夢語》《奚囊蠹餘》。生平見王錫爵《張恭懿公神道碑》、焦循《太宰張恭懿公傳》、王兆雲《皇明詞林人物考》卷十二、張廷玉等《明史》卷二百二十五。

是集卷首牌記題：『光緒八年正月錢唐丁氏竹書堂刊，凌瑕署檢。』武林怡老會，乃吏部尚書張瀚致仕歸杭州後，於萬曆十三年與同鄉縉紳所結之怡老會。張瀚序曰：『余歸休數年，始與同鄉諸縉紳修怡老會。會幾二十人，一時稱盛，集余嘉樹里第。已而訂爲四會，選勝湖山，迭爲主賓。』會事每年四次，以四季目之。會員輪流主會，賓主唱酬賦詩。萬曆十六年，張瀚將怡老會唱和之詩厘爲一卷板行。卷首有萬曆十六年張瀚《武林怡老會序》，次爲《怡老會約》六條，次爲十六位與會者畫像并小傳，十六人爲：潘翊、褚相、沈蕃、林鳳、顧楫、王體坤、孫本、張瀚、陳善、郇鑑、朱璣、張洵、饒瑞卿、沈友儒、吴臬、許岳。集中另有金鐘、張溥、錢文生三人詩歌，未有畫像。卷末有萬曆十六年沈友儒《後序》。是集共收十九位詩人一百二十八首詩歌，以『春會詩』『夏會詩』『秋會詩』『冬會詩』爲序編排，每首詩不另立標題。集中詩歌多爲七律，間有五律、歌行。諸人之詩，或繪耄耋之容、祈壽考之願，或興桑榆之嘆、行及時之樂，或情契釋道、希冀立言不朽，體現出怡情、崇禮、尚雅等特點。

沈友儒評價諸人之詩曰：『紀太平、宣情性，感慨諷諭，時時寄寓於篇什。閑適擬香山而不慕禪，齒侔睢陽而不嘆老，禮酌洛都而不苦節。此其爲會，近古未有。』

今據首都圖書館藏本影印。（王天覺）

鴛湖倡和稿一卷附咏烟雨樓舊作一卷

明周履靖、明何三畏等撰，明周履靖輯。明萬曆二十五年（1597）金陵荆山書林刻《夷門廣牘》本。一册。每半葉九行，行十八字，白口，單黑魚尾，四周單邊。

周履靖（1542—1632），字逸之，號梅墟，又號螺冠子，别署梅顛道人、梅顛居士、鴛湖釣徒，浙江秀水（今屬嘉興市）人。自幼多病，弃絶舉業，終身不仕。好金石、工書法、專力於詩古文詞。著有《閑雲稿》《泛泖吟》《咏物詩》《螺冠子詩餘》《茹草編》諸集，陳繼儒彙選爲《梅顛遺稿》。又編有《夷門廣牘》，并作傳奇《錦箋記》。生平見《螺冠子自叙》、陳繼儒《梅顛稿叙》、《［萬曆］秀水縣志》卷六。

何三畏（1550—1624），字士抑，號繩武，華亭（今屬上海市）人。萬曆十年舉人。選授紹興府推官，爲蜚語所中，掛冠歸。構芝園，日與賓客爲文酒會。著有《雲間志略》《漱六齋集》《拜石堂集》《居廬集》《芝園集》等。生平見《［崇禎］松江府志》卷四十、《［嘉慶］松江府志》卷五十四、《［光緒］重修奉賢縣志》卷十。

此集爲周履靖追和友朋鴛湖唱和之作。鴛湖爲嘉興名區。先是松江何三畏、孫孟芳、沈紹文游鴛湖，與嘉興人士唱和。萬曆二十二年秋，周履靖華亭訪鶴，邂逅朋儔，友朋示鴛湖唱和之作索和，周履靖一一和之，并輯爲一帙，編入《夷門廣牘》。是書卷首有張獻翼《鴛湖倡和序》、邢侗《鴛湖倡和引》、包文衡《鴛湖唱和詩序》、《刻鴛湖唱和姓氏》及《刻鴛湖唱和目録》。卷末有周履靖跋、《附咏烟雨樓舊作》、翁正春《後跋》。全書共收二十二位詩人一百九十首詩歌。其中，朱朝貞、陸萬言、張重華、何三畏、馮大受、董其昌、沈紹文、陳繼儒、孫孟芳九人爲雲間人，高繼元、包世傑、黄承玄、郁大年、郁彬如、范應宫、范國恭、徐弘澤、陸耀、周履靖、釋智舷十一人爲嘉興人，斯學悦爲鹽官人，鄭琰爲閩人。全書以體裁編排，鴛湖唱和詩一律先列周履靖和作，次列原作，和作皆爲次韵。依次爲四言二十五韵一首、聯句五言律四首、聯句七言律二首、五言律三十四首、七言律十八首、五言古十八首、七言絶七十五首、七言歌行四首、四言詩八首。《附咏烟雨樓舊作》收周履靖五言律五首、七言律十八首、七言絶一首、古詩二首。

翁正春對周履靖和詩評價甚高，謂：『鴛湖倡和諸君，得君此什，有愧佛頭着糞矣。』

今據首都圖書館藏本影印。（王天覺）

賓娥臺倡和詩詞一卷

明安希范、明顧憲成等撰，清安紹傑編。清木活字印《安我素先生年譜》本。一册，與《安我素先生年譜》合刊。每半葉九行，行二十字，白口，單黑魚尾，四周雙邊。

安希范（1564—1621），字小范，號我素，南直隸無錫（今江蘇省無錫市）人。官吏部驗封主事。明萬曆二十一年（1593）上《糾輔臣明正邪》，觸怒神宗，被削籍。歸鄉後主講於東林學院。萬曆二十三年，在宅之東南築賓娥臺，常與客登臺游賞賦詩。著有《天全堂集》等。生平見安紹傑《安我素年譜》。

顧憲成（1550—1612），字叔時，號涇陽，南直隸無錫（今江蘇省無錫市）人。萬曆八年進士，官至吏部文選郎中。因上疏朝政，引起閹黨魏忠賢嫉恨，被革職還鄉。後於東林書院講學。卒謚『端文』。著有《顧端文公集》。生平見顧樞《顧端文公年譜》。

安紹傑，生卒年不詳，字大啓，號澹園，江蘇無錫（今無錫市）人。安希范曾孫。著有《澹園草》。生平見《膠山安氏詩補編》。

此集爲安希范曾孫安紹傑所編，收録安希范諸友唱和之作及後人追和之作，共計三十人唱和詩詞三十二首。卷首有清雍正十一年（1733）仲春顧仔《賓娥臺倡和詩詞序》，及《賓娥臺倡和詩詞目録》。卷末有雍正十年孟秋安紹傑跋。萬曆二十三年安希范於膠山之南，臨流築臺，取名『賓娥臺』。每值清秋，安希范輒與客登臺開筵，詩酒唱酬。臺廢之後，四方文士過訪，憑吊徘徊，多有追懷之作。正文首列安希范《賓娥臺記》文一篇、《秋夜賓娥臺坐月》詩一首、《金縷曲·秋暮登賓娥臺懷高存之》詞一闋。接下來依次列顧憲成、葉茂才、劉元珍、顧允成、歸子慕、錢一本、薛敷教、鄒期楨、陳繼儒、高攀龍、陳幼學、安璿、秦松齡、嚴繩孫、顧貞觀、吳興祚、秦保寅、陳卿茂、司馬補先、顧柔謙、華長發、安嘉、顧祖禹、陸楣、秦道然、劉瞻榕、顧仔、秦爲龍、安紹傑二十九人各體詩詞三十首。

安紹傑跋稱此集之作曰：『雖祇屬流連光景，然非先光禄節概震古今，則凡過其游觀之所者，烏能不勝忻慕而發爲歌咏哉？』

今據南京圖書館藏本影印。（尚鵬）

古香亭官梅唱和集一卷

元趙孟頫、明楊師孔等撰。明萬曆天啓間刻本。一册。每半葉八行，行十八字，白口，無魚尾，四周單邊。

趙孟頫（1254—1322），字子昂，號松雪道人，浙江吴興（今屬湖州市）人。宋宗室秦王趙德芳之後，以父蔭補官，授真州司户參軍。入元，至元二十四年（1287）授兵部郎中，後遷集賢直學士，出同知濟南總管府事，遷知汾州。至大三年（1310），召至京師，爲翰林侍讀學士，遷集賢侍講學士，拜翰林學士承旨，官登一品。延祐六年（1319）南歸，再召不赴。卒後追封魏國公，謚『文敏』。著有《松雪齋集》。生平見楊載《大元故翰林學士承旨榮禄大夫知制誥兼修國史趙公行狀》、宋濂《元史》卷一百七十二、徐象梅《兩浙名賢録》卷四十六。

楊師孔（1570—1630），字願之，一字泠然，號霞標，貴州貴陽（今貴陽市）人，籍貫江西廬陵縣。楊文驄父。萬曆二十九年（1601）進士，歷官山陽知縣、户部主事、工部主事、順天府教授、國子學正、雲南提學副使、浙江右參政等職。著有《秀野堂集》。生平見陳子龍《明故亞中大夫浙江布政使司右參政魯源楊公墓碑》。

是集乃楊師孔在衙齋之中與李嗣善、徐象梅等友朋追和元人趙孟頫《官梅十咏》之作。唱和時間不詳，可能在萬曆四十六年至天啓二年（1622）楊師孔出榷浙關任員外郎期間。卷首有楊師孔《古香亭官梅唱和集小引》，言衙齋有官梅一株，爲南宋舊物，故視之爲友，時時醉卧其下，却遺憾未有佳句吟咏此梅。偶有人持一卷來售，中書『子昂先生十咏』，恰爲咏梅之作。遂和十咏，并求知己和咏。是集共收詩八十首，首列趙孟頫《官梅十咏》七言律詩十首，以下列楊師孔、李嗣善、徐象梅、周光祚、黄九鼎、薛岡、徐如翰七人次韵詩歌，各十首。其中，趙孟頫之詩不見於文淵閣《四庫全書》本《松雪齋集》。

陳田《明詩紀事》評楊師孔詩曰："瀟灑出塵，不染當時氣習。"集中詩歌，或狀衙齋生活之閑散、疏狂，或繪梅之冷、瘦、影、香，多以景襯人、以人喻景，形神畢肖，别具手眼。

今據國家圖書館藏本影印。（王天覺）

徐卓晤歌一卷

明徐士俊、明卓人月撰。清康熙刻本。一册。每半葉九行，行二十字，白口，無魚尾，四周單邊。

徐士俊（1602—1681），原名翽，字野君、三有、無雙，號紫珍道人、西湖散人，浙江仁和（今屬杭州市）人。少奇敏，好讀書，至老勿倦。工詩詞，尤擅樂府。著有《雁樓集》等詩文集及《絡冰絲》等劇，與卓人月合輯《古今詞統》。生平見王晫《徐野君先生傳》。

卓人月（1606—1636），字珂月、蕊淵，浙江仁和（今屬杭州市）人。明崇禎八年（1635）副貢生。工詩文，兼通詞曲。著有《蕊淵集》《蟾臺集》。生平見徐士俊《祭卓珂月文》。

此爲徐士俊、卓人月二人於明天啓五年（1625）秋至次年春唱和之詞。天啓五年，二人定交，填詞唱和，隨後一同編選《古今詞統》。是集附於《古今詞統》之後。卷首有《徐卓晤歌目録》，分調編排。是集共收詞一百三十六首，其中徐士俊詞六十九首，卓人月詞六十七首。或彼此唱和，或追和古人。欄上有小字評語，行間有圈點，未詳評者，一説爲二人互評。徐、卓唱和之詞承《花間》《草堂》之風調，間有曲化現象。

王庭評曰：『余見其與徐士俊棲水倡和，有《晤歌》諸篇什。迄今倚聲之學遍天下，蓋得風氣之先者。』（《古今詞話·詞評》）

今據上海圖書館藏本影印。（王天覺）

隱湖倡和詩三卷

明毛晋、明顧夢麟等撰，明陳瑚輯。清初毛氏汲古閣刻本。三册。每半葉十行，行十九字，細黑口，單黑魚尾，左右雙邊。

毛晋（1599—1659），原名鳳苞，字子九，後改今名，字子晋，號潛在，又號汲古主人、隱湖老人、篤素居士等，南直隸常熟（今江蘇省常熟市）人。明諸生。入清後以布衣自處。明末清初著名藏書家、刻書家。有《毛詩草木鳥獸魚蟲疏廣要》《毛詩陸疏廣要》《香國》《隱湖題跋》《虞鄉雜記》《和古人詩》《和今人詩》《和友人詩》《野外詩》等著作存世，另校訂、整理各類圖書數百卷。生平見錢謙益《隱湖毛君墓誌銘》、《清史列傳》卷七十一。

顧夢麟（1585—1653），字麟士，號織簾，南直隸太倉（今江蘇省太倉市）人。明崇禎六年（1633）鄉試中副榜，入國子監。入清，隱居太倉雙鳳里，一意注書説經。著有《四書説約》《詩經説約》《四書十一經通考》《雙鳳里志》《織簾居詩集》《織簾居文集》《中庵瑣録》《韵珠》等。生平見汪琬《楊顧兩先生傳》。

陳瑚（1613—1675），字言夏，號確庵，無悶道人，南直隸太倉（今江蘇省太倉市）人。崇禎十六年舉人。入清不仕，隱居昆山之蔚村。學者私謚『安道先生』。著有《確庵詩鈔》《確庵文鈔》《頑潭詩話》等。生平見王鎏

《陳先生瑚傳》、《清史列傳》卷六十六。

清順治十六年（1659）毛晉去世後，其子毛襃、毛表、毛扆董理其遺稿，并請陳瑚審定，命名爲《隱湖倡和詩》，分上、中、下三卷。卷首有清康熙二年（1663）盧紘《隱湖倡和詩序》、順治十八年馮斑《隱湖倡和詩序》、陳瑚《隱湖唱和詩選序》，卷末有康熙元年九月毛襃跋。集内收録毛晉與友人唱和詩歌共計九百五十八首，所涉友人有吴偉業、顧夢麟、錢謙益、黄淳耀、陳瑚、馮斑等一百六十五人。部分詩作與毛晉《和古人詩》《和今人詩》《和友人詩》重複，但詩題、詩序、文字等略有不同。集内詩歌的編次，除《題汲古閣》十一首置於卷首外，其他詩篇依時間先後編排。集中詩歌可考者，以崇禎七年七月二十八日《看梅雜咏》爲最早，順治十六年四月《己亥孟霞移居石村》爲最晚，本年毛晉即去世，則是集所録詩歌作於崇禎七年與順治十六年之間。

盧紘《隱湖倡和詩序》曰：『閱其詩之倡和者，悉皆名雋，方信子晉所感之最深，而所招之最廣，誠不愧朋友一倫。』

今據國家圖書館藏本影印。（王天覺）

雲山酬倡不分卷

清王崇簡、清魏裔介等撰，清徐崧輯。清康熙八年（1669）刻本。十六册。每半葉十一行，行二十一字，白口，單黑魚尾，左右雙邊。

王崇簡（1602—1678），字敬哉，宛平（今屬北京市）人。明崇禎十六年（1643）進士。清順治三年（1646）授内翰林國史院庶吉士，官至禮部尚書。著有《青箱堂詩集》《青箱堂文集》等。《王崇簡年譜》載其生平。

魏裔介（1616—1686），字石生，號貞庵，又號昆林，趙州柏鄉（今屬河北省邢台市）人。崇禎十五年舉人。順治三年進士。官至吏部尚書。著有《兼濟堂文集》《兼濟堂詩集》《昆林小品》《昆林外集》《林下集》《嶼舫詩集》《嶼舫近草》《孝經注義》《朱子四書全義》《希賢録》等。《清史稿》卷二百六十二有傳。

徐崧（1617—1690），字松之，又字嵩之，號臞庵，江蘇吴江（今屬蘇州市）人。善詩，好山水。著有《徐岳瞻遺稿》《東南輿地記》《臞庵集》《纈林集》等，編選有《詩南》《百城烟水》《雲山酬倡》《詩風初集》。卓爾堪《明遺民詩》卷十一載其生平。

此集卷首有康熙八年夏至徐崧撰《雲山酬倡凡例》，首頁右下鈐『九峰伊氏』印。《凡例》略述是集編撰因由、體例等，曰：『是集義取酬倡，以雲山爲重，凡高情、古思、勝迹、嘉會之作，并得采入。』又曰：『卷不分數目，但以古臞庵諸勝迹名别之，以便先刻先行。』故全書分爲『橫秋閣』『真竹齋』『聚遠樓』『楓林』『雲關』等五集，每集前有徐崧所撰《小引》及參定人姓名、收録詩人姓名，詩人名下有小字介紹其生平履歷。然集前所列詩人姓名與集中實際收録詩人姓名有不一致之處。『橫秋閣』集首頁右側鈐『青齋所閲書』『當湖徐氏思補齋珍藏』等印，共收録王崇簡、魏裔介、周廷鑨、梁維樞、梁清標、宋琬等七十六人詩作七百一十一首，其中侯世灌集前有目但集中未收其詩，潘居貞集前無目但集中收録其詩六首。『真竹齋』集共收録曹爾堪、徐乾學、吕大器、顧夢游、王光承等五十人詩作三百二十二首，張夏、許自俊、蘇淵、徐倬、馮思馭、釋大依、侯玄泓、侯榮、王象臣、錢嶙、衛巽、汪之驊、浦士瑋、莊永言集前有目但集中未收其詩。『聚遠樓』集共收録施閏章、潘居貞、文從簡、林雲鳳、吴偉業、朱鶴齡等五十一人詩作二百七十五首，侯玄泓、侯榮集前有目但集中未收其詩。『楓林』集收録釋讀徹、周胤昌、金俊明、宋實潁、嚴沆、尤侗、歸莊等九十七人詩作五百六十八首，顧真觀、鄒溶、趙穆、沈雄集前有目但集中未收其詩，周亮工集前無目但集中收録其詩三首。『雲關』集收録龔鼎孳、陳肇會、吴興祚、王日藻、周茂源等一百零八人詩作七百五十三首，釋净挺集前有目但集中未收其詩，釋本月、釋大燈集前無目但集中收録其詩。《雲山酬倡》集中所選詩作年代可考者，涉及崇禎九年至康熙十一年，唱和時間在康熙初年的詩作居多。《雲山酬倡凡例》云：『次答之作，獨濫觴於皮陸，終礙尖小。自今祈同人倡酬，但取意相關切及題中載某某姓氏，不必步韵。』由此可見徐崧之唱和觀念及選詩標準。

今據上海圖書館藏本影印。（楊春妮、郭雪穎）

奉和陸郡公落花詩三十首一卷

明薛岡撰。清末至民國初鈔本。一册。每半葉八行，行十八字，無格。

薛岡（1561—？），初字伯起，更字千仞，浙江鄞縣（今屬寧波市）人。髫時習舉子業，又能古文詞。喜游，屐痕半天下。晚年歸鄉，構居鑑湖東岸，建閣攬勝，自號天爵翁。明崇禎十七年（1644）尚爲張邦紀遺集作序，已年逾八十。後卒於里中。一生布衣，勤於著述。著有《天爵堂文集》《天爵堂筆餘》。生平見《甬上耆舊詩》卷二十四。

與此集相關之陸郡公，生平不詳。

崇禎十六年秋日，薛岡偕楊德周同和陸郡公《落花詩》，各成三十首。楊詩今不存，是集僅録薛詩，以上下平聲三十韵字編排，每韵一詩，共三十首，皆爲七律。此本卷首無序，卷末有陸寶、徐之垣、潘訪岳《落花詩評語》。卷端大題「奉和陸郡公落花詩三十首」，下署「古鄞薛岡千仞著，同社楊德周齊莊、潘訪岳師汝訂」。陸寶評曰：「今讀千仞先生三十首，精思妙解，靈音异色，無所不備，而更有不經人道語，如天廚禁臠、仙人樓閣，并沈、徐二公，亦非所及。」

此書另有明崇禎刻本，藏國家圖書館，卷首有楊德周《薛千仞先生落花詩序》、陳朝輔《薛千仞先生落花詩序》。

今據國家圖書館藏本影印。（王天覺）

遯渚唱和集一卷

明萬壽祺、明何堅、明嚴時撰，清孫運錦輯。清刻本。一册。每半葉十行，行二十一字，白口，無魚尾，左右雙邊。

萬壽祺（1603—1652），字年少，一字介若，又字内景，南直隸徐州（今江蘇省徐州市）人。明崇禎三年（1630）舉人。明亡後，誓不降清，與閻爾梅并稱「徐州二遺民」。後起兵抗清，兵敗得脱，祝髮爲僧，自號沙門慧壽、明志道人。多才藝，擅詩文書畫以及篆刻。著有《隰西草堂集》。《清史稿》卷五百有傳。生平還見於孫運錦《明孝廉萬先生傳》、羅振玉《萬年少先生年譜》、李輔中《萬年少先生年譜》。

何堅，生卒年不詳，字于范，南直隸文硎（今屬江蘇省蘇州市）人。爲萬壽祺門生，多與萬壽祺唱和。萬壽祺《隰西草堂集》卷八有《何大堅自江南至》，卷九有《和門人何堅、程軒上水遺懷》。

嚴時，字調御，江蘇省吴縣趨里（今屬蘇州市）人。生平不詳。

孫運錦（1790—1867），字繡田，一字心仿，別號鐵圍山樵，晚年號垞南老人，江蘇銅山（今屬徐州市）人。清道光五年（1825）拔貢，清咸豐元年（1851）舉孝廉方正。著有《搬姜録》《與我周旋齋百一詩録》《垞南詩草》《徐故》。《[同治]徐州府志》卷二十二有傳。

是集創作於清順治二年（1645）秋萬壽祺抗清兵潰至八月二十六日晨被清軍逮捕期間。萬壽祺避地斜江，與何堅、嚴時二人唱和往還，同作《采桑子·閑居》《浣溪沙·有憶》《減字木蘭花·望遠》《蝶戀花·過村西大士庵》《雙調望江南·秋悵》《南鄉子》《漁家傲·遯渚即事》《浪淘沙·荷花》《蝶戀花·京口》《思帝鄉·獨感》《蘇幕遮·病中風雨》《滿江紅·漁秋感懷》等十一調十二題，每一題下所録詞按萬壽祺、何堅、嚴時依次排列，最後一調《滿江紅》僅録萬壽祺、嚴時二人作品，故得詞三十五首。這是一場同調同題唱和，詞作内容是對萬壽祺及其友人於國破後顛沛生活、家國之痛、身世之悲的真實寫照。

今據國家圖書館藏本影印。（楊春妮、郭雪穎）

倡和詩餘六卷

清宋存標、清宋徵璧等撰，清吴偉業選定。清順治刻本。一册。每半葉九行，行二十字，白口，左右雙邊。

宋存標（約1601—1666），字子建，號秋士，華亭（今屬上海市）人。宋徵璧堂兄。明崇禎十五年（1642）副貢，候補翰林院孔目。入清後歸隱故里。存標少負才名，爲幾社領袖。著有《秋士偶編》《秋士香詞》《秋士史疑》等。《復社姓氏傳略》卷三、《［光緒］重修華亭縣志》卷十六有傳。

宋徵璧（約1602—1672），原名存楠，字尚木，號幽谷朽生、歇浦邨農，華亭（今屬上海市）人。崇禎十六年進士。入清後官至潮州知府。與從弟宋徵輿并稱『大小宋』。著有《抱真堂集》《三秋詞》等。《［嘉慶］松江府志》卷五十六有傳。

吴偉業（1609—1671），字駿公，號梅村，南直隸太倉（今江蘇省太倉市）人。崇禎四年榜眼。授編修，遷左庶子。南明弘光朝授少詹事。順治十一年被迫出仕，歷官秘書院侍講、國子監祭酒。後二年乞假歸。工詩，與錢謙益、龔鼎孳并稱『江左三大家』。著有《梅村集》《梅村詞》《綏寇紀略》。《清史稿》卷四百八十四、《清史列傳》卷七十九有傳。

是集收録明末清初松江六位文人之詞，依次爲：宋存標《秋士香詞》一卷，收詞二十九首；宋徵璧《歇浦倡和香詞》一卷，收詞三十六首；宋徵輿《海閶倡和香詞》一卷，收詞三十四首；錢穀《倡和香詞》一卷，收詞二十九首；陳子龍《湘真閣存稿》一卷，收詞二十九首（注：因避諱故，此卷未書著者姓名）；宋思玉《棣萼軒詞》一卷，目録列詞三十首，然實際存詞僅十八首，并殘句一首。書名頁右上標『吴駿公先生選定』，『駿公』乃吴偉業之字；左下標『棣萼軒二集』；中間題書名『倡和詩餘』四字。卷首有吴偉業序、宋徵璧序及再序。宋徵璧序言署『時維順治庚寅花朝』，則是集應刊刻於此時。集中宋徵璧《念奴嬌》小序謂此詞乃丁亥暮春與陳子龍、李雯、宋存標等人同游時作，且陳子龍有和作。由此可見，唱和活動發生在順治四年丁亥暮春，最初以宋徵璧、陳子龍爲主，而後宋存標、宋徵輿、錢穀、宋思玉賡和之。《倡和詩餘》所收六家詞，所用詞牌、所擬詞題大致相同，并排列次序亦大致相同。每卷詞始於《望江梅》，除宋徵璧、宋徵輿之外，其他四家詞止於《二郎神・清明感舊》。宋徵璧、宋徵輿之詞集中最後多《綺羅香・落花》《摸魚兒・送春》兩調，有爲唱和收場之意。

參與唱和諸詞人吸收宋代詞學名家之長而去其所短。宋徵璧序稱：『夫各因其姿之所近，苟去前人之病而務用其所長，必賴諸子倡和之力也夫。』可見此次唱和活動并非簡單的文學交際，而有明確的詞學創作主張，在詞史上具有重要意義。

今據國家圖書館藏本影印。（侯雨薇、謝安松）

浩氣吟一卷附録一卷

明瞿式耜、明張同敞撰，清瞿昌文輯。清順治八年（1651）瞿昌文東日堂刻本。每半葉八行，行十八字，白口，無魚尾，四周單邊。

瞿式耜（1590—1651），字伯略，又字起田，號稼軒、耘野，南直隸常熟（今江蘇省常熟市）人。明萬曆四十四年（1616）進士，授吉安府永豐知縣。甲申國變後擁立桂王，纍官至吏部右侍郎、文淵閣大學士、進太子太保兼兵部尚書。卒謚『文忠』。清乾隆朝追謚『忠宣』。有《虞山集》《瞿中丞啓稿》《瞿忠宣公集》等著述存世。生平見温睿臨《南疆逸史》卷二十一《瞿式耜傳》、王夫之《永曆實録》卷二《瞿嚴列傳》、張廷玉等《明史》卷二百八十。

張同敞（？—1651），字別山，湖北江陵（今屬荆州市）人。張居正長子張敬修之孫，瞿式耜門人。明崇禎十三年（1640）以蔭授中書舍人，永曆朝官至兵部右侍郎兼翰林侍讀學士。有《張忠烈公遺稿》《別山詩鈔》《宮詹司馬張公別山遺詩》《采薇集》等著述存世。生平見温睿臨《南疆逸史》卷二十一《張同敞傳》、王夫之《永曆實録》卷十八、張廷玉等《明史》卷二百十三。瞿昌文（1629—？），瞿式耜孫。

此爲南明永曆朝文淵閣大學士兼吏部尚書、兵部尚書瞿式耜與兵部侍郎張同敞獄中唱和詩集。南明永曆四年（1650）十一月五日，清兵攻陷桂林。次日，瞿式耜、張同敞同時被俘，囚於民舍。雖异室，但聲息相聞。兩人唱和賦詩四十餘日，至閏十一月十七日（1651年1月8日）就義於桂林獨秀峰仙鶴岩下。後瞿式耜子瞿昌文將唱和詩歌勒爲一帙，名《浩氣吟》。卷首有永曆五年冬至日錢謙益序，釋性因序，瞿式耜《臨難遺表》，卷末有瞿昌文《浩氣吟後記》。卷端大題下瞿式耜叙曰：『庚寅年十一月初五日，聞警，諸將弃城而去。城亡與亡，余自誓一死。別山張司馬自江東來城與余同死，被刑不屈。纍月幽囚，漫賦數章，以明厥志。別山從而和之。』是集共收詩五十四首，附釋性因《上孔定南王書稿》一篇。

錢謙益評瞿式耜詩曰：『其人爲宇宙之真元氣，其詩則古今之大文章，吐詞而神鬼胥驚，摇筆而星河如覆。』

今據常熟市圖書館藏本影印。（王天覺）

傳社唱和一卷贈言二卷

清申繼揆、清錢謙益等撰，清申繼揆輯。清順治刻本。一册。每半葉十一行，行二十一字，白口，單綫魚尾，左右雙邊。

申繼揆（1590—1674），字維志，號昜庵，晚號蘧園，南直隸長洲（今屬江蘇省蘇州市）人。縣庠生，承祖蔭補中書科中書舍人，授徵仕郎，遷刑部主事、員外郎，再升郎中，任廣東恤刑。入清未仕，歸於里，兩舉鄉飲大賓。著有《比部集》。《申氏世譜》卷三有傳。

錢謙益（1582—1664），字受之，號牧齋，別號蒙叟、絳雲老人，南直隸常熟（今江蘇省常熟市）人。早承庭訓，聰穎勤學。明萬曆三十八年（1610）進士，選翰林院庶吉士，授編修，官至禮部侍郎。明亡，入南明弘光朝廷爲禮部尚書。後降清，任禮部右侍郎，充修《明史》副總裁。順治三年（1646）稱疾辭歸。學問淵博，卓有文譽，與吴偉業、龔鼎孳并稱爲『江左三大家』。編有《列朝詩集》，著有《初學集》《有學集》等。《清史稿》卷四百八十四有傳。

是集卷首有順治十七年正月程邑序，首行下鈐『申世鶴字聞天』等印，附程邑小傳。順治十六年仲春，申繼揆壽七十，作《七十生朝自壽四章》發起首唱，後又兩次自疊前韵作八首，四方同人見之，争相屬和。不久，積稿成帙，申繼揆彙輯成《傳社唱和》。正文首行標題下鈐『吴縣申璋藏過』印。是集共收録申繼揆、錢謙益、文寵光、陸世廉、沈顥、何謙貞、胡周鼒、楊廷鑑、蔣棻、程邑、黄孔昭、袁于令、林古度、許楚、陸世鎏等一百零八人唱和詩作四百三十九首。附録『贈言』詩文兩卷，詩部收王時敏、李挺、李模、鄒式金等十九人詩作二十五首，文部收李模、陸世廉、何謙貞等九人文各一篇。集中唱和之作全部次韵，押平水韵『一先』『五歌』『十一尤』『四支』，除胡周鼒、錢謙益等少數人作一、二首外，大部分人均以四首爲一組，作四首或八首，以七言律爲多，凌衷、陸廷福、馬化麟等六人各作五律一組。

此集中俞霑《代汪君郁諸友祝》謂申繼揆云：『先生素善詩，推爲幽燕宿將。凡有題咏，無不韵叶笙簧，詞傾珠玉，視樂天之「援崔琴，彈姜《秋思》」，不啻過之。』

今據南京圖書館藏本影印。（王凱）

文江酬唱一卷

清李元鼎撰。清康熙緑蔭堂刻《百名家詞鈔》本。一册。每半葉九行，行二十字，粗黑口，單黑魚尾，四周單邊。

李元鼎（1595—1670），字吉甫，號梅公，江西吉水（今吉水縣）人。明天啓二年（1622）進士，官至光禄寺卿。降清後，兩爲兵部侍郎，兩定死罪，幸免。罷歸後，鑿池築室，與夫人朱中楣唱和其中。著有《石園集》。元鼎居官無可稱舉，獨喜從文士游，其詩詞因之負時名。聶先、曾王孫《百名家詞鈔》録其《文江詞》，詞前題爲『文江酬唱』。《清史列傳》卷七十九有傳。

是集乃清順治十六年（1659）李元鼎落職歸里後唱和夫人朱中楣之詞。卷首有《文江詞》目録，卷末有王士禛、鄧漢儀、聶先三人跋語。是集共收李元鼎詞二十二調，三十四闋。然集中僅李元鼎和作，未收録朱中楣原唱。

聶先跋曰：『吾鄉梅公侍郎之詞，極爲藝林推重。此稿爲曹秋岳先生手鈔，内多未刻酬唱。較雲間張硯銘、董蒼水兩孝廉藏本迥异。』王士禛跋曰：『司馬風神玉立，望之如神仙中人。又得遠山夫人，伉儷唱酬。

《文江》一編，不減金石千卷。』鄧漢儀跋曰：『文江詞，清真澹雅，而無富縟之累；深微高邈，而無膚淺之譏。體格樸雅，而風神自爾秀暢；胸懷磊落，而氣韵復極安閑。其得《花間》之正傳者乎？』

今據國家圖書館藏本影印。（張媛穎）

元元唱和集二卷

日本釋元政、明陳元贇撰。日本寬文三年（1663）書林村上勘兵衛刻本。一册。每半葉九行，行十八字，白口，無魚尾，四周單邊。

釋元政（1623—1668），又稱草山元政、深草元政，號妙子、不可思議、泰堂等，日蓮宗僧，俗姓菅原，石井氏。酷愛袁宏道詩文。著有《草山集》《本朝法華傳》《龍華歷代師承傳》《小止觀鈔》等。生平見釋通憲撰《行狀》（《草山集》卷首）。

陳元贇（1587—1671），名眗，字義都、士昇，號元贇、芝山、既白山人、升庵，室名菊秀軒，浙江餘杭（今屬杭州市）人。明萬曆四十七年（1619）隨明朝使節單鳳翔赴日，日本寬永年間受聘於尾張（今名古屋）藩主德川義直，後定居尾張。能拳術，知建築，會製陶。對日本文學、書法、醫藥、拳法等皆有重要影響。著有《老子經通考》《朱子家訓鈔説》《升庵詩話》《長門國志》《陸元贇書牘》等。生平見梁容若《陳元贇評傳》。

此爲陳元贇流寓日本後與日僧元政唱和詩集。唱和時間主要在日本寬文二年（1662）。陳元贇《元元唱和塵外塤篪集草山元政上人詩序》曰：『余自寬文壬寅仲春末旬入洛，與草山元政上人登山臨水，嘯月哦風。良辰美景，静室幽軒，吾兩人未嘗不聚，聚未嘗不吟，吟未嘗不和。唱和至九月末旬，長短各得百餘篇，蓋不啻伯仲之塤箎焉。』是集共分二卷，卷一爲釋元政詩，卷首有寛文二年九月下旬陳元贇序及目録，目録標題下鈐『吾所用心』印。正文首行詩集名稱下，鈐『苦雨齋藏書印』『十堂私印』等印。該卷依次收四言古一首、五言古三首、五言絶句十五首、五言律七首、五言排律一首、七言絶句十二首、七言律九首、雜體八首。卷二爲陳元贇詩，卷首有寛文二年十月下旬元政撰序及目録。正文首行詩集名稱下，鈐『苦雨齋藏書印』。該卷依次收四言詩一首、五言絶句六首、五言律八首、五言排律二首、七言絶句二十首、七言律三十一首、七言散體一首、歌四首、頌一篇、賦一篇、詞三闋、説兩篇、記一篇、書一篇，後附詩十四首。每卷末皆題『寛文三曆癸卯孟春日書林村上勘兵衛刊行』。

今據國家圖書館藏本影印。（王天覺）

養疾唱和詩二卷

明歸莊、明陸世儀等撰。稿本。二册。每半葉九行，行二十字，無格。

歸莊（1613—1673），字玄恭，號恒軒，明亡後曾改名祚明，又名歸藏，又署歸妹，或稱歸乎來，字爾禮，又號己齋，南直隸昆山（今江蘇省昆山市）人。明諸生。曾參加抗清鬥争，與顧炎武相善，時有『歸奇顧怪』之目。後人輯有《歸玄恭遺著》《歸玄恭文續鈔》。生平見趙逵經《歸玄恭先生年譜》、閔爾昌《碑傳集補》卷三十六。

陸世儀（1611—1672），字道威，號剛齋，又號桴亭，别署眉史氏，世稱桴亭先生。南直隸太倉（今江蘇省太倉市）人。明諸生。精研程朱理學，務實踐不尚虛談。與陳瑚、盛敬等結文會。明亡後，絶意仕進，以講學爲業。私謚『尊道』，又謚『文潛』。著有《桴亭先生遺書》。生平見凌錫祺《尊道先生年譜》，陳瑚《尊道先生陸君行狀》，陸允正《顯考文學崇祀鄉賢門人私謚文潛先生桴亭府君行實》，葛榮晋、王俊才《陸世儀評傳》。

清康熙三年（1664）四月，歸莊就醫於嘉定族弟家，作《病中雜詩前八首》《病中雜詩後八首》，遠近騷人，和者如林，後被輯選爲《養疾唱和詩》二卷。卷上收歸莊《病中雜詩前八首》《還家後自和病中雜詩前八首韻》及陸世儀、孫永祚等三十五人和詩，共計一百七十七首；卷下收歸莊《病中雜詩後八首》《秋日抱病僧舍者二旬復和得夏日病中雜詩後八首韻》及孫永祚、陳瑚等三十四人和詩，共計一百九十一首。諸人和詩，多爲次韻之作。此集之選非定於一時，如卷上目録下署『計選詩一百四十五首，又三十餘首』，三十餘首即後增之作，且全書有朱筆圈點，并有删改之批注。

歸莊《病中雜詩前八首》《病中雜詩後八首》有創體之新。許世忠和詩後跋云：『前作八章，一章言養疾，其七章即一章之末句，分賦曰老、病、迂、呆、狂、怪、頑；後作八章，一章言養疾，其七章即一章之末句，分賦曰藥、酒、棋、書、詩、字、花，體創而詩工。』

今據國家圖書館藏本影印。（尚鵬）

滬上秋懷倡和集一卷

清吴懋謙、清姜自明等撰，清張鑾輯。清康熙三年（1664）刻本。一册。每半葉八行，行十八字，白口，無魚尾，四周單邊。

吴懋謙（1615—1687），字六益，號苧庵、豫章，又號華蘋山人，華亭（今屬上海市）人。布衣。著有《苧庵遺集》九卷、《苧庵二集》十二卷、《華蘋山人詩集》六卷、《華蘋近律》一卷、《華蘋戲作》一卷。《［乾隆］華亭縣志》卷十四有傳。

姜自明，生卒年不詳，字誠矣，江西南昌（今南昌市）人。清順治十一年（1654）以第二名中舉，官教授。康熙三年秋至滬上，與張鑾、吴懋謙等人交游唱和。吴懋謙評其詩曰：『俊拔如高渤海，清空似劉隨州。』生平見《［乾隆］南昌縣志》卷十六。

張鑾，字遐音，華亭（今屬上海市）人。生平不詳。著有《學軒詞》，輯有《滬上秋懷倡和集》。

是集卷首有康熙三年季秋張一鵠題序及同年中秋張鑾所書凡例六則。張一鵠序叙述此番唱和緣自吴懋謙與其侄張鑾同游滬上。張鑾《凡例六則》篇首即謂：『余與苧庵來滬上，旅舍蕭條，相對岑寂。苧庵作《秋懷》八首，余依韵和之。』唱詩既出，群相賡和，各抒其懷，爲一時之盛。參與酬唱者有吴懋謙、姜自明、鄒元檄、李玟、張一鵠、張鑾等二十四人，每人各作七言律詩八首，共得詩一百九十二首。張鑾依得詩先後編輯成帙，名曰《滬上秋懷倡和集》。

張鑾《凡例》曰：『昔杜少陵有《秋興》八首，作者往往效之，遂成襲套。《秋興》誠不必八首，然而苧庵興之所至，行乎不得不行，止乎不得不止，則《秋懷》又何必不八首也。』《秋懷》唱和，多情文相生之作，由張鑾與吴懋謙等人評定。張鑾稱吴懋謙詩作曰：『俯仰古今，悲歌沉鬱，幾令杜少陵避席。』吴懋謙稱張鑾詩作曰：『此中唐佳調也。秀潤如初日芙蓉，清空如漣漪秋水。』稱張一鵠詩作則曰：『格調似高常侍，丰度如李東川。』

今據上海圖書館藏本影印。（郭繁榮、談莉）

秋水軒倡和詞二十六卷

清曹爾堪、清梁清標等撰，清周在浚輯。清康熙十至十一年（1671—1672）遥連堂刻本。二册。每半葉九行，行二十一字，白口，無魚尾，左右雙邊。

曹爾堪（1617—1679），字子顧，號顧庵，又號南溪，浙江嘉善（今嘉善縣）魏塘人。清順治九年（1652）進士，改庶吉士，散館授編修，升侍講學士。後因事罷歸。詩與宋琬、施閏章、沈荃、王士禛、王士禄、汪琬、程可則并稱『海内八家』，詞與山東曹貞吉并稱『南北二曹』。著有《南溪詞》二卷。生平見施閏章《翰林院侍講學士曹公顧庵墓誌銘》、沈季友《檇李詩繫》卷二十六、《[雍正]續修嘉善縣志》卷八。

梁清標（1620—1691），字玉立，正定（今河北省正定縣）人。明崇禎十六年（1643）進士，選庶吉士。福王時，以清標曾降附流賊李自成，定入『從賊』案。順治元年，投誠，仍原官。歷任宏文院編修、國史院侍講學士、詹事府詹事、禮部侍郎、吏部侍郎、兵部尚書、禮部尚書、刑部尚書、户部尚書、保和殿大學士等職。著有《蕉林詩集》。生平見《清史列傳》卷七十九。

周在浚（1640—1696），字雪客，河南祥符（今屬開封市）人。周亮工之子。官太原府經歷。夙承家學，淹通史傳，爲王士禛所稱。著有《南唐書注》十八卷、《天發神讖碑釋文》一卷、《雲烟過眼録》二十卷等。生平見《清史列傳》卷七十、《[嘉慶]重刊江寧府志》卷四十二。

是集牌記署『遥連堂藏板』，并鈐『獨存大雅』印。卷首有王士禄作《秋水軒倡和題詞》，首行右下鈐『木樨香館范氏藏書』印，還有康熙十年冬至汪懋麟撰《秋水軒倡和詞序》、杜濬撰《秋水軒倡和詞引》、康熙十年九月八日曹爾堪作《倡和詞紀略》，略述秋水軒倡和活動及創作情況。唱和主要發生於康熙十年夏秋，少數作品作於康熙十一年。由曹爾堪首唱，龔鼎孳廣爲揄揚并次韵和之，引發梁清標、紀映鍾、周在浚、陳維岳、杜首昌等名流踴躍賡和，周在浚裒輯成集。該集共計收録二十六家詞人一百七十六首詞作，所用詞牌均爲《賀新凉》，所用韵字完全相同，是典型的同調次韵唱和。

汪懋麟序曰：『及讀《秋水軒倡和詞》一編，始於南溪居士而廣於合肥宗伯，縱横排宕，若瑜亮用兵，旗鼓相敵。一時名流，相與争奇奪險，愈出愈工。』

今據南京圖書館藏本影印。（銀文）

山塘唱和詩不分卷

清宋德宸、清葉奕苞等撰。清康熙刻本。二册。每半葉九行，行二十字，白口，單黑魚尾，四周單邊。

宋德宸（1625—1686），初名德寛，改德宸，又改宓，字御之，又字儉齋，江蘇長洲（今屬蘇州市）人。康熙十六年（1677）舉人。文章風義素有聲名，四方人士從學者甚衆。著有《存笥稿》《玉壺堂詩集》。生平見王士禛《帶經堂集》卷八十五《誥贈光禄大夫刑部陜西清吏司主事御之宋公墓誌銘》。

葉奕苞（1629—1686），字九來，一字鳳雛，號二泉，江蘇昆山（今昆山市）人。諸生。學有根柢，擅詩文，工書法，於史志金石、詞曲傳奇、目録版本之學均有所涉及，藏書甚豐。著有《經鋤堂詩稿》《經鋤堂文稿》等。《清史列傳》卷七十一有傳。

是集卷首有康熙十三年中秋宋德宸撰《小引》。康熙十三年中秋，宋德宸於五十壽辰之際，用吴梅村《癸巳春日禊飲社集虎丘即事四首》原韵發起首唱，吴地諸君競相屬和，共得七言律詩三百六十一首，遂有是集。同和者有葉奕苞、陳鋭、陳鍔、姚夢熊、沈亮、汪森等九十四人。其中，顧開雍、張淵懿、張彦之各和詩一首，孫永祚、張乘、董俞、歸允肅、繆繼讓各和詩二首，錢金甫和詩八首，餘皆和詩四首，多爲次韵之作。

今據國家圖書館藏本影印。（王凱）

冰花唱和詩二卷

清嚴熊、清許山等撰，清許山輯。清鈔本。一册。每半葉九行，行二十字，無格。

嚴熊（1626—1691），字武伯，號白雲先生、楓江釣叟，江蘇常熟（今常熟市）人。明諸生。曾師從詩壇盟主錢謙益學詩。著有《嚴白雲詩集》。《［雍正］昭文縣志》卷七有傳。

許山（1627—1714），字山如，號青浮，江蘇常熟（今常熟市）人。不求宦達，甘貧苦吟。精繪事。著有《弃瓢集》。《［雍正］昭文縣志》卷七有傳。

是集卷首有錢朝鼎《冰花唱和集序》，闡發由『嚴子武伯示予以冰花唱和詩』而生『人之意者難工而天之偶者多巧』等感慨。序之標題下鈐『鐵琴銅劍樓』『古里瞿氏』等印，可知此本原爲江蘇常熟『鐵琴銅劍樓主』瞿氏所藏。鐵琴銅劍樓是『晚清四大藏書樓』之一，位於今江蘇常熟市古里鎮。

據正文大題下許山撰小序所言，可知冰花唱和詩會，乃清康熙十六年（1677）立春後一日許山邀請同人爲屠蘇集會，恰逢庭中殘冰將釋，其紋忽成花葉狀，衆人見而异之，詩興大發。由嚴熊首唱，衆人相與酬唱，遂成勝事。是集共收録四十三人所寫九十九首詩作。卷上收許山與嚴熊、孫永祚、錢朝鼎、鄧林梓、陳玉齊、錢曾等二十一人唱和之五七言律詩七十三首，作者多爲常熟人。卷下收録婁東錢嘏、雲間沈熾、仁和聞昱、吴門汪琬、雲間周琨等二十一人咏冰花詩，爲許山未及酬和之作，共二十六首。另外，卷上葉眉處小字題許嵎和詩十八首。錢朝鼎評該集詩作曰：『咏騷窮雅，和平樂易。』

今據國家圖書館藏本影印。（郭繁榮、談莉）

雙江唱和集一卷

清宋犖、清錢柏齡等撰，清王士禛評點。清康熙二十年（1681）刻本。一册。每半葉十行，行十九字，黑口，單黑魚尾，四周單邊。

宋犖（1634—1713），字牧仲，號漫堂，晚號西陂老人，河南商丘（今商丘市）人。以大臣子蔭入充侍衛。歷任山東按察使、江蘇布政使、江西巡撫、江蘇巡撫、吏部尚書等職。工詩文，擅書畫，精文物鑒賞。著有《西陂類稿》《漫堂説詩》《滄浪小志》《漫堂年譜》《筠廊偶筆》等。《清史稿》卷二百七十四有傳。

錢柏齡，生卒年不詳，字介維，號立山、鹿窗，華亭（今屬上海市）人。大學士錢龍錫孫。諸生。曾入宋犖江西幕府。晚年歸老泖山湖旁。年八十四卒。能詩，擅鑒畫。著有《泖湄草廬詩存》。生平見《[嘉慶]松江府志》卷六十一、《[光緒]青浦縣志》卷十九。

王士禛（1634—1711），一作士禎，字子真，一字貽上，號阮亭，又號漁洋山人，世稱王漁洋，山東新城（今屬桓臺縣）人。清順治十五年（1658）進士。歷任揚州府推官、禮部主事、户部郎中、翰林院侍講等職，官至刑部尚書，頗有政聲。卒謚『文簡』。著有《帶經堂集》《漁洋山人精華録》《池北偶談》《古夫于亭雜録》《香祖筆記》等。生平見王士禛《漁洋山人自撰年譜》、宋犖《資政大夫刑部尚書阮亭王公暨配張宜人墓誌銘》、《清史稿》卷二百六十六、《[嘉慶]重修揚州府志》卷四十五等。

是集卷首有高珩、汪琬、王士禛所撰序三篇，後列目録。康熙十七年十二月至十九年五月，宋犖以刑部員外郎奉命視榷贛關，公務之暇，如汪琬序所言：『偕賓從子姓，極風流好事之致，敷茵坐花，飛觴醉月，吊影孤之故墟，訪八境之遺址，往來翰墨，唱酬交作。』是集所收爲當時往來唱和之作，經王士禛圈點批評，付諸梨棗，曾風行於京師文人中，收録宋犖與錢柏齡、袁啓旭、魏禮、魏禧、王士禛、施閏章、陳維崧、林堯英、曹貞吉、曹禾、江懋麟、高士奇、謝重輝及其子宋至、宋著、宋基共十七人唱和詩一百二十四首，多爲和韵之作。其中，宋犖與錢柏齡之往還唱和尤多。

王士禛序評宋犖詩曰：『蓋山水之奇秀至先生而發露無餘，而康樂以還諸家之體製，亦至先生而綜括無遺憾矣。』

今據國家圖書館藏本影印。（薛夢穎、吴志敏）

聯句詩一卷

清高珩、清宋犖等撰，清宋犖編。清康熙二十年（1681）刻本。一册，與《回中集》合刊。每半葉十行，行十九字，黑口，單黑魚尾，四周單邊。

高珩（1614—1697），字蔥佩，號念東，晚號紫霞道人。山東淄川（今屬淄博市）人。明崇禎十六（1643）年進士，選庶吉士。入清後，歷任秘書院檢討、國子監祭酒、吏部侍郎、刑部侍郎等職。嗜詩，尤宗元白，生平撰著不減萬篇，然多率意而成。著有《棲雲閣詩文集》。《［道光］濟南府志》卷五十四有傳。

宋犖簡介，見《雙江唱和集》提要。

卷首有宋犖序，曰：『康熙庚申冬，偶讀韓孟聯句詩，遂與諸君子效之，矜新鬥險，嘗刻燭至丙夜。無何，高念東先生、曹實庵舍人去，此興索然矣。今檢篋中得若干首，蓋旬日間豪况若此。梓而傳之，知十丈塵中尚有閑情如我輩也。』是集收録康熙十九年冬，宋犖與高珩、曹貞吉、王士禛、謝重輝、施閏章、錢柏齡、袁啓旭、曹禾、潘耒、周紫海、程謙十二人聯句唱和六題七首，分别爲《初冬夜集聯句》五古一首、《聖安寺聯句》五古一首、《讀高念東先生瓊花觀詩因懷廣陵舊游即席聯句》七律一首、七律《即席奉送念東先生還山聯句二首》、《冬夜説餅聯句》五古一首、《筵上咏鐵腳聯句》五古一首。

鄭方坤評宋犖曰：『然當新城雷動風行之日，求其别開生面、旗鼓相當，而風流宏長，力能爲一代主持文柄者，恐亦舍西陂一老别無替人也。』（《國朝名家詩鈔小傳》卷二《西陂詩鈔小傳》）

今據國家圖書館藏本影印。（豆國慶）

西山唱和詩一卷

清宋犖、清宋至等撰，清王士禛評點。清康熙二十年（1681）刻本。一册。每半葉十行，行十九字，黑口，雙黑順魚尾，四周單邊。

宋犖簡介，見《雙江唱和集》提要。

宋至（1659—1726），字山言，晚號方庵，河南商丘（今商丘市）人。宋犖次子。康熙四十二年進士。選庶吉士，授翰林院編修。曾典貴州鄉試，督學浙江，所拔多名士。後丁憂歸，不復仕。著有《緯蕭草堂詩集》《泮泂集》等。生平見《［乾隆］歸德府志》卷二十五。

是集卷首有王士禛序、湯斌序，可知宋犖偕錢柏齡、兒宋至於休沐期間游西山，在西山道中及碧云寺、皇姑寺等處唱酬賦詩，『呼朋携子，極登臨之樂』。梁佩蘭、蔣景祁未得與會，亦依韵作詩。後經宋犖彙輯，王士禛批點，成《西山唱和詩》一卷。是集收録宋犖、宋至、錢柏齡、梁佩蘭、蔣景祁五人詩作三十五首。一般爲宋犖首唱，餘人和韵而作。宋犖詩喜用蘇軾、王士禛詩作之韵。諸詩寫景即事，皆蕭閑淡遠，別有風趣。

湯斌序評曰：『披覽一過，烟雲杳靄繚繞几席間，信牧仲於山水文章有深情也。』

今據國家圖書館藏本影印。（郭繁榮、談莉）

嵩陽酬和集一卷

清耿介、清竇克勤等撰，清竇克勤輯。清光緒十年（1884）大興黄振河刻本。一册。每半葉九行，行二十字，白口，單黑魚尾，四周雙邊。

耿介（1622—1693），原名冲壁，字介石，號逸庵，河南登封（今登封市）城關人。清順治九年（1652）進士，選庶吉士，授檢討。曾任福建巡海道按察司副使、江西湖東道按察副使、詹事府少詹事等職。篤志躬行，興復嵩陽書院。著有《中州道學編》《性學要旨》《孝經易知》《理學正宗》等。《清史稿》卷四百八十有傳。

竇克勤（1653—1708），字敏修，號静庵，一號艮齋，河南柘城（今柘城縣）人。清康熙十七年（1678）進士，選庶吉士。丁母憂歸，服除，授檢討。後以父老乞歸。康熙二十九年，於柘城東郊立朱陽書院，倡導正學。著有《理學正宗》《孝經闡義》《同志譜》《事親庸言》《尋樂堂詩文集》等。《清史稿》卷四百八十有傳。

是集卷首有清康熙二十七年三月吕履恒《嵩陽酬和集序》。康熙十九年至二十四年，竇克勤從耿介游，與嵩陽書院夫子及諸學子唱和往來，而成是集。唱和者共計有竇克勤、耿介、姚爾申、耿棟、梁家蕙、董遲、耿爾昌、宋爾公、鍾國士、景日昣、焦欽寵、王又旦等十二人，共收詩一百三十九首，以竇克勤、耿介唱和之作居多，多爲講學、游覽時之相互唱和贈答。

今據國家圖書館藏本影印。（喻夢妍、余夢婷）

梅莊唱和集一卷

清陳廷翰撰。清鈔本。收入《高都陳氏詩鈔》，與《梅莊詩集》等合爲一册。每半葉九行，行十九字，無格。

陳廷翰（1659—1692），字公幹，號行簏，山西澤州（今屬晋城）人。清代名臣陳廷敬之弟。清康熙二十三年（1684）舉人，揀選知縣。著有《梅莊唱和集》等。生平見《［雍正］澤州府志》卷二十七、《高都陳氏傳家集》卷一。

卷首署『梅莊唱和集，陳廷翰行簏著』。是集共收録七題十詩，依次爲《歲暮齋成咏懷八首之四》《立春日喜晴》《早春□□招飲次壁間湘北先生韵》《九日思母庵》《雨後過梅莊》《沙河曉發》《呈别五六七八家兄》，其中七律八首、五律二首，大抵以抒懷寫景爲主。詩作時間難以確考，僅知陳氏『思母庵』築於康熙二十一年，《九日思母庵》之作當不早於此年。《沙河曉發》《呈别五六七八家兄》後有小注曰：『以上二首不載唱和集内，容齋五叔口授者。』可見此二首原不屬唱和集，後編《高都陳氏詩鈔》闌入。

今據國家圖書館藏本影印。（王春）

素心集不分卷

清史旻、清范超等撰，清孫鋐輯。清康熙三十二年（1693）王世紀、孫鋐刻本。三册。每半葉九行，行十九字，白口，單黑魚尾，四周雙邊。

史旻，生平不詳。

范超，生卒年不詳，字同叔，號秋柳，青浦（今屬上海市）人。入國學，應京兆試，爲徐乾學、韓菼所欣賞，而卒無遇合，故自稱布衣。工詩詞，善篆刻，通繪事。嘗作《秋柳八首》最工，人呼爲『范秋柳』。族弟范逸亦有才名，二人同居黄渡，并稱『黄溪二范』。著有《同叔詩學》。《〔光緒〕青浦縣志》卷十九有傳。

孫鋐，生卒年不詳，字思九，一字思遠，號雪窗，青浦（今屬上海市）人。諸生。曾游徐乾學、宋實穎之門，與王士禛、朱彝尊往來。著有《繪影詞》《鏤冰詞》各一卷，編《皇清詩選》。《〔乾隆〕青浦縣志》卷三十有傳。

是集卷首依次有康熙二十八年九月張庚序，康熙三十二年五月王世紀序、六月董含題辭、五月十五盧元昌序，及張彦之序。鈐『張庚之印』『西厓』『朗齋』等印。康熙二十四年春，顧伯宿、柏古、孫鋐等八人以《起鳳堂看牡丹即席限八音領句天香爲韵》爲題，各作七言律詩二首，是爲素心吟社第一集。孫鋐任詩社社長。社名『素心』，化用陶淵明《移居二首》其一『聞多素心人，樂與數晨夕』之句。素心吟社持續近十年，前後舉行唱和活動三十六次，至康熙三十三年秋，素心吟社舉行完最後一次唱和活動之後方宣告結束，孫鋐等人將同社諸君多年來酬唱所得編輯爲《素心集》。是集共收詩詞一千零七首，包括詩七百零一首，詞三百零六首。參與唱和人員有史旻、范超、袁載錫、王毓任、唐璟、孫鐩、潘肇振、雷維馨、唐瑗、孫鋐等九十一人。

董含《題辭》評孫鋐及其唱和曰：『觀其長篇短什，標新領异，而又必招厥同調，靡不旗鼓相當，風流競爽。』

今據國家圖書館藏本影印。（王凱）

花果會唱和詩不分卷

清梅清、清鍾允諧等撰，清梅清輯。清康熙刻本。一册。每半葉十一行，行二十一字，黑口，單黑魚尾，左右雙邊。

梅清（1623—1697），字淵公，號瞿山，安徽宣城（今宣城市）人。清順治十一年（1654）舉人，考授内閣中書。工書善畫，好寫黄山勝景。著有《天延閣集》《瞿山詩略》，畫有《黄山紀游册》。《清史稿》卷四百八十四有傳。

鍾允諧，號書泉，安徽宣城（今宣城市）人。生平事迹不詳。

是集收録康熙二十六年（1687）中秋花果會和重陽花果會、康熙二十七年三月廿二日天延閣牡丹會和重陽花果會等四次唱和活動之詩作，共計九十六首。

康熙二十六年中秋，梅清與親友共二十二人集飲茶峽堂，舉花果會，即事賦詩。梅清作《花果會引》，并即席用四支韵賦五律四首，鍾允諧、湯逸、尤書、仲謙吉、沈善貞等五人和之，共得詩十二首。除沈善貞所作一首爲七律外，其餘十一首皆爲和韵之作。

康熙二十六年重陽，梅清與親友共二十七人登保豐臺，集茶峽堂爲花果會。吴雲作《丁卯九日花果會詩畫引》，并首作七律一首，湯逸、潘自甦、鍾允諧、仲謙吉、施閏毓、施彦恪、尤書、梅清、梅庚次韵和之，得詩十二首。此次花果會中，諸人還各寫菊花圖并題詩，得梅清、吴雲、蔡瑶、鍾允諧、仲謙吉、徐雲、陳亮、尤書、湯逸等九人七絶十首、五絶四首，含五言古絶一首。

康熙二十七年三月廿二日，天延閣牡丹盛放，梅清與其子梅蔚招親友十五人一同賞花。是集得湯逸、鍾允諧、梅清、梅蔚、梅翀、梅行等六人咏牡丹五律詩七首。

康熙二十七年重陽，梅清與親友共三十一人再登保豐臺，集茶峽堂爲花果會，觀女伶蕊珍演劇，梅清、沈泌、湯逸、沈善貞、仲謙吉、施閏毓、沈英、陳亮、王思仁即席賦七絶四十九首，施彦恪、戴本孝二人各作五古一首，共計得詩五十一首。是集前有沈泌《戊辰重陽日花果會約》、施閏毓《戊辰九日花果會詩畫引》。施文云：『從此傳之後會，應須重續新編。如其留向他年，遂志一時佳話。』

今據國家圖書館藏本影印。（薛夢穎、吴志敏）

無題倡和詩十八卷

清姜遴、清孫鐩等撰。清康熙刻本。二册。每半葉九行，行十九字，白口，單黑魚尾，四周雙邊。

姜遴，生卒年不詳，字萬青，華亭（今屬上海市）人。康熙三十年（1691）進士，選庶吉士，散館授編修。書法見稱於時。生平見《〔乾隆〕婁縣志》卷二十五。

孫鐩，生卒年不詳，字扆九，青浦（今屬上海市）人。《皇清詩選》載其詩。

此乃康熙二十八年王毓任與孫鋐主素心社，邀諸友集會唱和之詩集。卷首有康熙二十八年冬至前三日王灝撰《無題詩序》。是集共收姜遴、張德純、孫鐩、王灝、曹澐等十八人七律詩五百一十八首，皆爲依上下平韵三十字唱和之作，其中曹澐作八首，其餘諸人各作三十首，華亭姜遴首唱。集末附《素心集·己巳仲夏諸人集擁書堂效柏梁臺體》聯句詩一首，此詩前有范超引言，末有史旻跋語。

王灝序曰：『至於無題之作，當亦有會而言。李員外倡之於前，笙簧韵府；吴祭酒賡之於後，鼓吹騷壇。卧想燈幃，容光來於角枕；行吟花幙，艷影出於雲階。睹兹白鳳雕章，紫犀健筆，豈非彩高謝月、辭峻宋風者哉？』

今據國家圖書館藏本影印。（張媛穎）

西河慰悼詩二卷補遺一卷

清汪文柏、清吴景旭等撰，清汪文柏輯。清康熙三十一年（1692）自刻《汪柯庭彙刻賓朋詩》本。二册。每半葉十行，行二十一字，黑口，雙黑順魚尾，四周單邊。

汪文柏，生卒年不詳，字季青，號柯庭，安徽休寧（今休寧縣）人。康熙間，官北城兵馬司正指揮，三載歸里。工詩善畫，雅秀絶俗。晚年手定詩稿《柯庭餘習》，朱彝尊序之。又有《古香樓吟稿》等。阮元《兩浙輶軒録》卷七有傳。

吴景旭（1611—?），字旦生，號仁山，浙江歸安（今屬湖州市）人。明末諸生。耆德篤學。由前丘移城内之蓮花莊，築堂名南山，即趙孟頫故宅。景旭於此嘯咏終日。著有《南山堂集》六卷、《歷代詩話》八十卷。《［同治］湖州府志》卷七十六有傳。

康熙二十九年四月，汪文柏之子汪兆熙五歲而殤，汪氏卜地葬之，自爲文刻石，前後有哭子詩數首，不勝酸楚。同人『宜操哀誄之章，各和晝傷之句』，紛紛次其韵以慰悼之，所得詩詞彙爲是集，名之曰『西河慰悼詩』。卷首有陸之垓題辭、潘耒序、康熙三十年三月薛熙序，以及汪文柏所撰《汪兆熙墓誌銘》。後接西河慰悼詩姓氏，有王庭、吴景旭、毛奇齡、汪琬等一百零五人，得詩一百七十六首，詞六闋，并汪文柏原詩六首。後又得王澧、姚淳燾、蔣拱辰等二十二人詩四十三首，詞一闋，彙爲補遺一卷。卷末有原志與汪文柏跋。慰悼之作，多爲五律，言辭哀婉凄切。

潘耒序稱：『若夫友朋應和之辭，有悼有慰。悼者，惜童烏之不永，望非熊之再生；慰者，援澹臺之達言，引東門之高論。上則恐傷慈母，下則慮妨養疴，莫不委婉切至。』

今據國家圖書館藏本影印。（蔣李楠）

橘社倡和集一卷

清張雲章、清查嗣璉撰。清康熙五十三年（1714）刻本。一册。每半葉十一行，行二十一字，黑口，單黑魚尾，左右雙邊。

張雲章（1648—1726），字漢瞻，號樸村，嘉定（今屬上海市）人。清雍正初，舉孝廉方正，以老辭。著有《樸村文集》《樸村詩集》等。生平見方苞《張樸村墓誌銘》、《[民國]吴縣志》卷七十六下。

查嗣璉（1650—1727），字夏重，後改名慎行，字悔餘，號他山、查田、初白老人等，浙江海寧（今海寧市）人。康熙四十二年進士，特授編修，入直内廷，後充武英殿總裁纂述。著有《周易玩辭集解》《經史正僞》《江南通志》

《他山詩鈔》《敬業堂集》《補施注蘇詩》等。生平見《清史稿》卷四百八十四、方苞《翰林院編修查君墓誌銘》、全祖望《查慎行墓表》、沈廷芳《翰林院編修查先生慎行行狀》、陳敬璋《查他山先生年譜》。

是集收録張雲章與查嗣璉二人在洞庭東山橘社修書期間古今體詩歌唱和之作六十三首，及吴暻詩一首。卷首有顧圖河序、康熙二十九年九月三十日張雲章序、十月初一查慎行序。據知，康熙二十九年，徐乾學奉旨撰修《一統志》。四月，張雲章應邀前往昆山，到局中供事。秋，查慎行亦至書局供職。二人早在京城時已爲莫逆交，此番於九月十一日同渡洞庭時偶遇，遂共游洞庭東山，迭相唱答，『舉凡山中之景趣，及其他有所感觸，皆見之於詩』。半月後，張雲章以事先歸，查慎行此後也倦於游賞。臨别時，他們將詩作次第編輯，結集爲《橘社倡和集》一册，并由張雲章在吴中鏤刻出版。卷末有顧湄題跋及其次韵查慎行《夜坐篇》所作五古一首。

顧湄評曰：『今讀二君倡和集，高渾閎放，工力悉敵。』

今據上海圖書館藏本影印。（郭繁榮、談莉）

西城别墅倡和集不分卷

清王啓涑、清王啓大等撰，清王啓涑選。清康熙刻本。四册。每半葉十行，行二十字，黑口，單黑魚尾，上下單邊，左右雙邊。

王啓涑，生卒年不詳，字清遠，别號石琴山人，山東新城（今屬桓臺縣）人。王士禛長子。曾任茌平教諭。生性恬淡，不樂仕進，濡染家學，尤工詩歌。著《茌山詩存》《王阮亭行述》《讀書堂近草》《因繼集》等，殷彦來爲刻《聞詩堂稿》行世。《[道光]濟南府志》卷五十五載其生平。

王啓大，生卒年不詳，字東觀，號嵩菴，山東新城（今屬桓臺縣）人。康熙八年（1669）舉人。曾任莒州學正。善書法。詩尤得堂伯王士禛口授，有所作，必親爲指示，每謂群從侄中，啓大固可傳家學者。惜其詩多不傳，惟存《石帆亭》諸咏而已。《[道光]濟南府志》卷五十五有傳。

是集卷首有康熙二十九年冬張貞序、王戩序，後列西城别墅唱和姓氏，凡九十六人，并有王士禛《西城别墅記》及蔣景祁《西城别墅賦》。西城别墅者，濟南王士禛家宅。康熙二十九年，士禛子啓涑作《西城别墅十二咏》，分咏園中石帆亭、樵唱軒、半偈閣、大椿軒、雙松書塢、小華子岡、小善卷、春草池、三峰、嘯臺、石丈、竹徑等十二景。康熙二十九、三十年投寄和章者凡九十餘家，刻爲前集；康熙三十一年後所得詩作則别爲後集，前後共得詩一千一百五十二首。和者中，不乏朱彝尊、尤侗、趙執信等詩文大家。新城王氏，科名、勛業、文章之盛，傾動海内，衆人對西城别墅競相叠咏，『既與輞川争勝，兼與謝客同工』，可謂詩壇一大盛事。唱和詩作多爲五古，詩風閑澹清雅，頗有古風。

張貞序稱王啓涑曰：『故作爲聲詩，汪洋渟滀，清麗閑雅，稱其家學。』

今據國家圖書館藏本影印。（蔣李楠）

榕庵唱和編一卷

清林曒、清林偉等撰，清林曒輯。清刻本。一册。每半葉八行，行十八字，白口，四周單邊。

林皦，生卒年不詳，字竹筠，福建侯官（今屬福州市）人。清康熙間諸生。著有《榕庵詩集》。生平見郭柏蒼、劉永松纂輯《烏石山志》卷七。

林偉，生卒年不詳，字章臣，號陟廬，福建侯官（今屬福州市）人。康熙間諸生。與里中高兆、彭善長、陳日浴等俱有詩名，稱『國初七子』，著有《湖上焚草》。生平見《［民國］閩侯縣志》卷七十二。

榕庵在福建烏石山之麓，本爲韓錫、林蕙讀書之處。韓錫，生卒年不詳，一名廷錫，字晋之，福建侯官（今屬福州市）人。明萬曆末諸生。至孝篤學，博綜經史，爲鍾惺所知。卒於明崇禎年間。著有《榕庵集》。《［乾隆］福州府志》卷六十有傳。林蕙（1601—1678），字孟采，一字直哉，福建侯官（今屬福州市）人。明末諸生。早歲與韓錫交厚，同讀書於烏石山陰之榕庵，韓錫與郡人李時同等結社鄰霄，林蕙亦參與其中。詩作温厚和平，有陶韋之致。著有《讓竹亭詩編》等。《烏石山志》卷七有傳。

榕庵在韓氏身後五易其主，康熙二十九年（1690）爲林蕙之子林皦贖回修葺，遂成諸名士詩酒唱和之所。林皦輯成《榕庵唱和編》，并序其首云：『諸君子佳章積成卷帙，半皆念舊之作。余不知詩，一概梓之。』可見收詩以關涉榕庵及其歷史爲主，尤多讌集之作。如朱彝尊《夏五集榕庵席上賦咏》、林偉《社集榕庵噉荔是日驟風雨》、張鴻烈《丁丑冬初偕丘西軒洗馬徐敬思孝廉集榕庵》、梅之珩《壬申夏日集榕庵》等。是集共收録六十位詩人一百又六首詩作，包括古詩、律詩、絶句等各種體裁，其中不乏朱彝尊、查慎行、毛際可等名家，除韓錫、林蕙外，收詩集中於康熙朝中葉。

是書末署『蒹秋輯《烏石山志》用過，道光乙未』，并鈐『紅雨山房』『閩中郭蒹秋藝文金石記』印，可知曾爲郭蒼柏（1815—1890）所藏，郭氏纂輯《烏石山志》時參考該書。

今據國家圖書館藏本影印。（王春）

湖上倡和詩一卷

清周京、清馮協一等撰。清刻本。一册。每半葉十行，行十九字，黑口，單黑魚尾，左右雙邊。

周京（1677—1749），字西穆，一字少穆，號穆門，晚號東雙橋居士，浙江錢塘（今屬杭州市）人。監生，考授州同知。清乾隆元年（1736）薦試博學鴻詞，托病不赴試。中年南游閩海、北燕趙、西秦晋，登覽名山，憑吊古迹，書法奇逸，名卿倒屣相迎。晚年息影蓬廬，與里中詩老結吟社，詩酒酬唱。著有《無悔齋集》。生平見桑調元《周徵士穆門墓誌銘》、全祖望《周穆門墓誌銘》。

馮協一，生卒年不詳，字躬暨，號退庵，山東益都（今屬青州市）人。馮溥第三子。以溥廕官至臺灣知府。著有《友柏堂遺詩選》。《［光緒］臨朐縣志》卷十四有傳。

是集卷首有毛奇齡、李延澤序，卷端大題署『湖上倡和詩』。清康熙三十二年（1693）秋，馮協一游賞西湖，寓居輞川莊。輞川莊，又稱小輞川，營建於葛嶺下，爲邵遠平别業。周京過訪，適逢馮協一與友朋雅集宴會，遂作《過輞川莊贈馮躬暨使君》七律五首，馮協一依韵奉答，丁灐、徐逢吉、吴允嘉、邵錫榮四人亦依韵酬和，共收録此六人唱和詩作三十首。

李延澤序稱此宴游唱和曰：『此日之銜杯指顧，倡予和汝，非沾沾於紀勝情，蓋所以申縞紵而志不忘也。』

今據國家圖書館藏本影印。（尚鵬）

墨梅唱和一卷墨菊唱和一卷墨菊續和一卷

清吴文焕、清王日藻等撰，清吴文焕輯。清康熙刻本。一册。每半葉八行，行十八字，白口，單黑魚尾，左右雙邊。

吴文焕（1688—？），字觀侯，一字劍虹，號忍齋，又號觀虹，福建長樂（今屬福州市）人。康熙六十年（1721）榜眼，授編修。歷任刑部員外郎、湖廣道監察御史等職。著有《墨梅唱和》《劍虹詩鈔》等。生平見《〔乾隆〕福州府志》卷六十。

王日藻（1623—1700），字印周，號閑敉、却非、無住道人，華亭（今屬上海市）人。清順治十二年（1655）進士。授工部主事，出掌江寧蘆政分司，歷任工部郎中、江西提學僉事、浙江按察使、江西布政使、副都御史、河南巡撫、刑部侍郎、工部尚書、户部尚書等職。書法超妙，亦工詩文。著有《秦望山莊集》《梁園草》《愛日吟廬書畫别録》等。生平見《〔嘉慶〕松江府志》卷五十六。

是集由《墨梅唱和》《墨菊唱和》《墨菊續和》組成，共收七言絶句八十九首，其中墨梅唱和詩二十一首，墨菊唱和及續和詩六十八首。

《墨梅唱和》卷首有康熙五十八年重陽楊自牧撰《墨梅唱和詩引》。吴文焕首唱《題墨梅呈許鶴沙先生》七絶一首，王日藻、岑巘、孫繩武、圓機、陸昆曾、高不騫、趙炎、盛晋分别和韵一首，許垄、岳延、朱涵、余斯飈、楊自牧、沈登瀛和韵二首。

《墨菊唱和》前有康熙三十二年暮秋黄雲企序。吴文焕首唱《題晚香圖贈俞樸庵先生》七絶一首，許纘曾、徐乾學、余光魯、汪三省、余杲、查奇、潘宗泗等二十七人分别和韵一首，俞一桓、沈宗敬、余斯颸和韵二首。《墨菊續和》刊録戴本長、詹應元、戴元健、汪煃、吴震元、李菁等十八人和韵之作各一首，許生倬、吴震祚、朱涵、沈登瀛、劉宗瀚、楊自牧、岳延、王又曾各二首。

楊自牧謂墨梅唱和曰：『一時同人屬和，寒香淡墨，别有會心。』黄雲企謂墨菊唱和曰：『今諸君子掉鞅詞壇，俗情已盡，妙氣來宅，南村秋色，湧現筆端，不徒繼聲姚許諸公而已。』

今據國家圖書館藏本影印。（郭繁榮、談莉）

遂園禊飲集三卷

清徐乾學、清錢陸燦等撰，清徐乾學輯。清康熙三十三年（1694）徐乾學自刻本。一册。每半葉十一行，行二十一字，白口，單黑魚尾，左右雙邊。

錢陸燦（1612—1698），字爾韬，號湘靈，别號圓沙、鐵牛居士、黄山法子等，法名超護、道燦等，江蘇常熟河陽里（今屬張家港市）人。清順治十四年（1657）舉人。十八年，因『江南奏銷案』褫奪功名。在常州、南京等地執掌教席二十餘年。工詩文。著有《錢湘靈先生詩集》《調運齋集》《圓沙詩集》等。康熙年間，主纂《常熟縣志》二十六卷（世稱『錢志』），編撰《永慶寺志》。生平見《江南通志》卷一百六十五。

徐乾學（1631—1694），字原一，號健庵、玉峰先生，江蘇昆山（今昆山市）人。與弟徐元文、徐秉義皆有文名，人稱『昆山三徐』。康熙九年探花，授編修。歷任翰林院侍講、禮部侍郎、左都御史、刑部尚書等職。曾主持編修《明史》《大清一統志》《讀禮通考》等，著有《憺園集》三十六卷。《清史稿》卷二百七十一有傳。

康熙三十三年上巳日，徐乾學於其北山別業遂園舉耆年會。慕永和蘭亭之會，諸公酬唱賦詩，并徐氏子弟和詩彙成此集。卷首有康熙三十三年三月許汝霖《遂園禊飲集序》，標題上鈐『珠里蔣氏聽雨草堂圖章』，下鈐『檢亭藏書』等印章；次列《遂園禊飲集目録》，右下鈐『雙鑒樓珍藏印』；再次有尤侗《耆年禊飲序》、黄與堅《耆年禊飲記》；其後有《耆年會爵里姓氏》及《耆年會約》。是集共收詩一百四十五首，唱和者有錢陸燦、盛符升、尤侗、黄與堅、王日藻等四十二人。正文開篇有徐乾學小序，略叙遂園禊飲概況。卷一與三唱和詩皆以『蘭亭』字韵。卷二詩乃上巳前兩日秦松齡冒雨至遂園，徐乾學贈其詩一首，諸公見後隨意贈答，集非禊日所作并未至者董含、繆彤、韓菼所寄之詩而成，無固定韵字。集中詩以描摹遂園之雅致景色、集會之盛大和樂爲主，具有怡然自樂之貌與簡净明朗之風。

許汝霖序稱是集曰：『述賢豪之曠達，紀朝野之歡娱。』

今據國家圖書館藏本影印。（喻夢妍、余夢婷）

黄山唱和集一卷

清吴菘、清吴瞻泰撰，清顧嗣立選輯。清康熙三十七年（1698）刻本。每半葉十行，行十八字，白口，雙黑順魚尾，左右雙邊。

吴菘，生卒年不詳，字綺園，安徽歙縣（今歙縣）人。康熙四十四年舉人。官中書舍人。著有《箋卉》《娑羅草堂詩》。《［光緒］重修安徽通志》卷二百二十五有傳。

吴瞻泰（1657—1735），字東岩，安徽歙縣（今歙縣）人。諸生。著有《彙注陶詩》《杜詩提要》《循陔堂自訂詩集》。《［道光］歙縣志》卷八有傳。《清代學者像傳》第二集有其像傳。

顧嗣立（1665—1722），字俠君，號閭丘，江蘇長洲（今屬蘇州市）人。康熙五十一年進士。授知縣，以疾歸。喜藏書，耽吟咏，豪於飲，有『酒帝』之稱。博學有才名，喜藏書，尤工詩，著有《昌黎集注》《秀野集》《閭丘集》，輯有《元詩選》。生平見《閭丘先生自訂年譜》。

是集卷端大題『黄山唱和集丁丑』下署『新安吴菘綺園著、侄瞻泰和』。卷末有康熙三十七年八月顧嗣立跋，從中可知是集經顧嗣立删定，收詩十九首，含聯句一首，分别爲《十月十二日入黄山雨宿楊邨》《慈光寺》《文殊臺坐月適山人送酒至》《登蓮華峰》《蓮花峰瞰雪歌》《煉丹臺訪雁黄禪師》《從天海下皮篷》《雪夜圍爐雪公以山花圖見示》《雪紅聯句》《雪霽鋪海歌》十題，乃康熙三十六年十月，吴菘偕侄吴瞻泰游覽黄山諸景，沿途唱和之作，故以記叙行蹤、模範山水爲主。

顧嗣立跋語謂：『夫黄山山水之奇甲天下，二吴子生長於斯，倡酬其間，亦云樂矣。』

今據國家圖書館藏本影印。（尚鵬）

梁園唱和詞一卷

清程大戴、清佟世臨、清傅世垚撰，清李根茂評。清初刻本。一册。每半葉八行，行二十字，白口，單黑魚尾，四周雙邊。

程大戴，生卒年不詳，字會亭，湖北孝感（今孝感市）人。著有《西湖書院賦》等。生平見《［康熙］孝感縣志》卷二十三。

佟世臨，生卒年不詳，字醒園，江蘇上元（今屬南京市）人。諸生。佟國器之子。著有《如是游草》。生平見《清詩別裁集》卷十四、《［道光］上江兩縣志》卷十二中。

傅世垚，生卒年不詳，字賓石，號帚庵，河南汝陽（今屬汝南縣）人。清康熙十八年（1679）舉博學鴻詞，授延津教諭，後官四川資縣知縣。著有《六書分類》《盤石吟》。生平見《［民國］重修汝南縣志》卷十六。

李根茂，生卒年不詳，字實遂，號致庵，河南汝陽（今屬汝南縣）人。貢生。參與修訂《［康熙］汝陽縣志》，是集卷十保存有李根茂詩作。生平見《［民國］重修汝南縣志》卷三。

《梁園唱和詞》無序跋，卷首列《目次》，爲傅世垚、程大戴、佟世臨三人唱和而成。據其詞題、内容，可判斷唱和時間約爲康熙三十八年冬至次年春天。是集以詞調編排，每調都由一人首唱，另兩人和韵，共收録三人詞作一百四十一首。詞以吟咏日常生活之景、物、情、思爲主，風格總體上表現爲清麗典雅，正如李根茂所評：『極繾綣，極慰藉。如此寫情，當於古人中求之。』

今據國家圖書館藏本影印。（喻夢妍、余夢婷）

鴛湖倡和二卷

清屠又良、清錢霑等撰，清楊廷璧輯。清康熙刻本。二册。每半葉十行，行二十二字，黑口，單黑魚尾，左右雙邊。

屠又良，生卒年不詳，字伊和，號岫雲，浙江秀水（今屬嘉興市）人。康熙二年（1663）解元，康熙九年進士。後任扶溝縣知縣，升同知。解官歸里，四牆蕭然。工詩詞。著有《佇月軒詩草》。生平見《［康熙］嘉興府志》卷二十六。

錢霑，生卒年不詳，字上沐，江蘇吴江（今屬蘇州市）人。貢生。爲人重厚學，務博覽，好網羅舊聞。著有《吴江縣志續編》《詩正堂遺詩》。《［同治］蘇州府志》卷一百零六有傳。

楊廷璧，生卒年不詳，字玉山，浙江秀水（今屬嘉興市）人。詩作以咏物見稱，偏主清空，時人推爲作手。編訂有《鴛湖詩集》。《［光緒］嘉興縣志》卷二十五有傳。

清初嘉興一地詩酒唱和風氣盛行，康熙四十二年至四十五年間，鮑士騏、婁金鏞等文人結詩社，『月必有集，集必分題』。後唱和之作經楊廷璧編訂，厘爲《鴛湖詩集》二卷。是書内封右上署『松陵潘稼堂先生鑒定』，中鎸『鴛湖詩集』四字，左下署『曉亭藏板』。版心鎸『鴛湖倡和集』。卷前有康熙四十六年暮春潘耒序、楊廷璧《鴛湖倡和小引》。正文分二十集二十一題，依次爲『集曉亭咏雪分題』『暮春再集曉亭咏笋』『立夏前五日集新庵送春分題』『立夏前五日集新庵送春分韵』『賦得蟋蟀秋聲處處同』『癸未九月十九日集耐軒分題』『紅葉』『春暮郊行』『桐樓晚眺』『甲申六月六日集百斯堂分賦』『九月廿六日集樾蔭堂分賦得采菊東籬下限韵』『集葆真堂和濮子聖源自題小影用百卷圖書手自鈔起句』『甲申孟冬集盟鷗堂分賦』『人日集醉翁軒分韵』『乙酉三月九日集百斯堂分賦唐人詩句』『乙酉閏四月四日集棲雲閣分賦』『九月晦日再集桐樓觀晴雲用謝玄暉餘霞散成綺句爲韵』『丙戌正月下浣二日集真如雪滌山房分賦』『喜定先上人駐錫聞思精舍』『送周充庵學博升任台州』『丙戌七月既望集南州分咏諸景』，共得詩四百八十一首，多爲分韵、分題之作。其中上册卷末有盛遠跋。參與者共有鮑蘭、鮑士騏、陳傳禮、戴鴻、單廷言、顧雍、徐倬、楊廷璧、朱彝尊等六十五人。

潘耒贊曰：『長篇短章，唐音宋調，各極其才之所至，而不拘一律。登於帙者，皆高朗清雋，文質相宜，爛然而珠輝，温然而玉瑩，追蹤古人不難。』

今據國家圖書館藏本影印。（尚鵬）

雙溪倡和詩六卷

清沈涵、清吴曙等撰，清徐倬輯。清光緒二十四年（1898）刻本。二册。每半葉九行，行二十二字，白口，雙黑魚尾，左右雙邊。

沈涵（1651—1719），字度汪，號心齋，晚號象餘居士，浙江歸安（今屬湖州市）人。清康熙十五年（1676）進士，官至内閣學士。著有《左傳注疏纂鈔》《讀史隨筆》《賜硯齋詩存》。生平見蔡世遠《清苕書院碑記》、《[光緒]歸安縣志》卷三十四。

吴曙，生卒年不詳，字峙青，號芸齋，浙江歸安(今屬湖州市)人。康熙四十八年進士，官至濟南知府。著有《公餘草》《日下吟》《叢雲館詩存》。《[光緒]歸安縣志》卷四十二有傳。

徐倬(1624—1712)，字方虎，號蘋村，浙江德清(今屬湖州市)人。康熙十二年進士，官至翰林院侍讀。著有《蘋村類稿》，録有《全唐詩録》。《[同治]德清縣志》卷七十有傳。

是集内封右上署『德清徐蘋村先生選』，中鎸書名，左下署『壺盧重刊』，右下鈐『杜隨唐印』。卷首有康熙四十九年冬徐倬序、康熙五十年何焯序、柯煜序與光緒二十四年夏俞樾序。康熙年間，以沈涵爲首的竹墩沈氏與以吴曙爲首的前丘吴氏邀請文士，屢舉詩會，觴咏無間，詩酒酬唱之風頗興。戴璐《吴興詩話》即言：『康熙中葉後，吾湖詩派極盛於竹墩、前丘。』其唱和之作經徐倬選録，彙爲詩集六卷。因竹墩有竹溪，前丘有前溪，『兩溪相望不三里』，徐倬遂名該集爲『雙溪倡和詩』。是集共收録沈涵、吴曙、沈樹本、吴大煒、孫炌、嚴光夔等二十九位詩人四百八十首唱和詩作，共分爲七十二題，包括兩首聯句詩《秋夜聯句》《容齋餞别南陔即席聯句用裴晋公興化亭聯句韵》。此集唱和形式較爲多樣，既有次韵、分韵，又有同題、分題。

徐倬稱：『今集中所載宫詹(沈涵)之詩，誠爲大雅不群。諸英妙斐然繼聲，皆能得宫詹之指授，無背偭規矩之失，無纖艷不逞之譏。大體以唐人爲宗，而不規規於形似。然則唐人之真境，將自此而可以窺尋矣乎。』

今據上海圖書館藏本影印。(尚鵬)

雙溪唱和詩續稿不分卷

清沈樹本、清吴大受等撰。稿本。四册。每半葉十二行，行二十四字，無格。

沈樹本（1671—1743），字厚餘，號操堂，晚年號輪翁，浙江歸安（今屬湖州市）人。清康熙五十一年（1712）榜眼，授編修。與海寧楊守知、嘉善柯煜、平湖陸奎勳并稱『浙西四子』。後主講揚州安定書院。著有《竹溪詩略》《輪翁詩集》，輯有《湖州詩摭》。生平見吴大受《沈厚餘年譜》及宗源瀚修《［同治］湖州府志》卷七十六。

吴大受（1685—1753），字子惇，號牧園，浙江歸安（今屬湖州市）人。清雍正元年（1723）進士，授檢討。歷主四川、江南鄉試，督學湖南。丁母憂歸，時年五十，即無意出仕。後掌教蘇州紫陽書院。著有《詩筏》。生平見宗源瀚修《［同治］湖州府志》卷七十六。

清乾隆二年（1737），沈樹本、吴大受等人結溪社，詩酒唱酬，後彙集相關詩文，輯録爲《雙溪唱和詩續稿》。是集收録杭世駿、何其睿、胡天游、李重華、厲鶚、沈榮光、沈樹青、吴大受、吴啓褒等四十四人唱和詩作二百一十一首。此集承徐倬輯選《雙溪唱和詩》，乃竹溪沈氏、前溪吴氏風雅之延續。其中沈樹本、沈炳巽、沈炳謙、沈炳震、沈柱臣五人兩集均見著録。全書除乾隆二年夏沈炳謙與厲鶚兩人的十首唱和詩作外，餘皆以題繫詩，主要唱和有十五題，依次爲『自斟壺』『丁巳八月二日襄翼堂宴集同用杜陵集秋夕文宴韵』『即席同用東坡墨妙亭韵』『叠前韵贈沈輪翁先生』『鷄頭』『中秋後五日樹人堂溪社第二集同用小杜八月十二日移居霅溪館韵』『六客堂重修志喜』『賦得廣陵濤』『九月晦受祉堂舉溪社第三會與會者十三人賦得家在江南黄葉村分韵』『采菱曲』『十二月二十日來鶴軒小集分韵』『醃菜』『長至前一日受益齋小集同用老杜至日遣興二首韵』『七十一歲吟四首效香山體』『送潘健君之任松溪』。其中，《十月二十日來鶴軒小集分韵》缺吴大受詩；《七十一歲吟四首效香山體》僅見沈炳巽原唱，缺諸同人和作；《送潘健君之任松溪》爲乾隆三年京師諸友贈潘汝龍赴松溪知縣任之送别唱和，并非發生於湖州，僅因酬贈對象潘汝龍與唱和參與者沈榮仁爲湖州歸安籍，亦予收録，是題下有陳兆崙、潘汝誠二人《松溪贈行詩序》。集後還附有雍正十年至十二年間沈祖惠游陝甘學政幕所作《西征賦》。

今據南京圖書館藏本影印。（尚鵬）

典裘購書吟一卷

清吴騫、清劉志學等撰，清吴騫輯。清乾隆字香亭刻《當塗吴氏五種》本。一册。每半葉八行，行二十字，白口，單黑魚尾，左右雙邊。

吴騫，生卒年不詳，字益存，號樂園，安徽當塗（今屬馬鞍山市）人。貢生。官至山東按察使。著有《樂園文存》《粵東懷古詩》《惠陽山水紀勝》。《［乾隆］太平府志》卷二十四有傳。

劉志學，生卒年不詳，字士希，號勉齋，四川籍，安徽宣城（今宣城市）人。清康熙三十五年（1696）舉人。著有《勉齋詩集》。生平見《［嘉慶］宣城縣志》卷十三。

是集卷首有康熙五十八年張大受、吴褒二人序。康熙五十五年除夕前二日，國子監丞吴騫典裘購得《四朝詩選》一書，歸家作七言古詩《典裘購書歌》，遍邀同人和之。全書共收録吴騫原作一首與劉志學等一百一十六人和作一百五十二首。和作依『贈詩先後，隨到授梓』，『詩各一體』，無步韵、次韵吴騫原作者。其中體例較殊者有三：吴參公填《貂裘换酒》一闋，曹守謙作《典裘購書賦》及徐旭旦集唐人詩句作七律四首。集中馬益、劉玉威、劉國傑、許王猷、杜庭珠、何深六人均步劉志學七律二首韵。詩詞均頌吴騫嗜書之雅、名士之風。張大受稱：『重詩卷而輕裘馬，貴文學而耐饑寒。有倡必酬，此風實古。』

今據南京圖書館藏本影印。（尚鵬）

柯園唱和集不分卷

清王衮錫、清沈宜士等撰，清王衮錫輯。清康熙刻本。四册。每半葉十一行，行二十一字，白口，單黑魚尾，四周單邊。

王衮錫，生卒年不詳，字補臣，浙江山陰（今山陰縣）人。諸生。著有《十三樓詩集》《鵝還館詞》。生平見阮元《兩浙輶軒録》卷十六、《［乾隆］紹興府志》卷五十四。

沈宜士，生卒年不詳，字櫎元，號柯亭、柯園主人，浙江會稽（今屬紹興市）人。曾爲蘇州織造李煦幕僚。著有《柯亭吹竹集》。生平見陶元藻編《全浙詩話》卷四十三。

是集卷首有康熙五十七年（1718）秋王衮錫《柯園十咏序》，云：『柯園在蠡城東南，墨蓮橋之陽，地接稽山，巷隔深轍，沈子宜士卜居焉。』園中有柯亭，沈氏别號即由此來。柯園建成後，沈宜士在此與王衮錫、蕭暘、孟士楷等五十三位紹興友人游賞聯咏園中十景，分别題爲：《念昔軒》《淡影池》《牡丹臺》《梅花徑》《庭中鶴》

《水面魚》《修竹聲》《奇石磴》《橋下蓮》《閣外山》。以王衮錫爲首唱，除沈宜士連和五組外，每人皆以此題爲十詠，各得七絶十首，共計詩五百八十首，輯爲《柯園唱和集》。正文標題下鈐『苦雨齋藏書印』等印。

王衮錫序曰：『夫柯園山水不及孟城而酬倡過之。後之覽是集而有感者，微特却病，抑亦離塵俗而登仙，飄飄乎御風而行矣。或云柯亭地即沈園舊址，陸放翁夢游處。果爾，此十詠數百篇，恨劍南不及見之。』

今據國家圖書館藏本影印。（郭繁榮、談莉）

鸚湖花社詩三卷花龕詩一卷

清陸奎勳、清姚廷瓚、清于東昶撰。清康熙刻本。一册。每半葉十行，行二十字，白口，單黑魚尾，左右雙邊。

陸奎勳（1663—1738），字聚緱，號陸堂，又號坡星，浙江平湖（今平湖市）人。清康熙六十年（1721）進士，授編修，入史館，纂修《明史》。著有《陸堂詩集》《陸堂文集》《陸堂詩學》等。生平見鄭方坤《陸太史奎勳小傳》、《［乾隆］平湖縣志》卷七。

姚廷瓚，生卒年不詳，字述緗，號懶迂。先世江南華亭人，後遷浙江平湖。性豪邁，工詩。嘗築别墅於所居之西，蒔花種竹，積書萬卷。著有《懶迂小稿》《鵁水偶吟》《耄學集》《鐵蕉詞》等。《［光緒］平湖縣志》卷十七有傳。

于東昶，生卒年不詳，字湯穀，號兹山，浙江平湖（今平湖市）人。康熙五十九年副榜。好讀書，工書法。性愛山水。著有《錦旋閣詩稿》。《[光緒]平湖縣志》卷十七有傳。

是集卷首有康熙六十年頹石翁陸琰卓序。康熙五十七年，姚廷瓚居於浙江平湖，與里中諸名士結『花社』，因結社地點平湖又別稱『鸚湖』，故稱『鸚湖花社』，所得之唱和總集稱《鸚湖花社詩》。陸琰卓序云：『茸城姚子述緗具視草判花之才，而不汲汲於用世。僑寓當湖，偕里中諸子結爲花社，銜觴賦詩，倡予和汝，歌聲若出金石。』是集以人爲目進行編排，依次爲陸奎勳詩十六首、姚廷瓚詩二十六首、于東昶詩四十八首，共收三人詩作九十首，皆爲康熙五十七年至五十八年花社社集所得，詩題包括《花社》《三月晦日集秖念堂送春》《初夏梅垞即席》《咏薔薇》《早秋集秖念堂賞荷隸事拈得田田》《咏秋蓴》《秋日田園雜興》等，唱和形式主要爲同題、分韵。

卷末另附陸奎勳《花龕詩》一卷三十六首，分咏三十六種花，詩題包括《紅梅》《杏花》《海棠》《玉蘭》《紫荆》《杜鵑花》《月季》《白牡丹》《荷包牡丹》《同心蘭》《繡球》等，皆爲七言律詩。該組詩後有金介復跋語一篇。

陸琰卓序云：『余雖不及參末坐，而讀其詩，皆夷猶淡蕩，超然自得，蓋幾幾乎與春風沂水、童冠偕游者同一活潑潑地，非昌黎與顧所可同日而語也。如徒以其格律之高、詞彩之麗，以爲可樹騷壇赤幟，則猶淺之乎視諸子也夫。』

今據國家圖書館藏本影印。（王凱）

却掃齋唱和集二卷

清鄭方城、清鄭方坤撰。清雍正刻本。一册。每半葉十行，行十九字，白口，單黑魚尾，左右雙邊。

鄭方城（1678—1747），字則望，號石幢、霞村，福建建安（今屬建甌市）人。雍正十一年（1733）進士。官四川新繁縣令。後主講錦江書院。著有《行炙集》《燥吻集》《緑痕書屋詩稿》。《［民國］建甌縣志》卷二十六有傳。

鄭方坤（1693—？），字則厚，號荔鄉，福建建安（今屬建甌市）人。雍正元年進士。授直隸邯鄲知縣，纍官山東兖州、登州、武定知府，後以足病辭官。著述有《詩稗》《五代詩話》《全閩詩話》《國朝名家詩鈔小傳》《嶺海叢編》等，詩文集名《蔗尾詩集》《蔗尾文集》。生平見《清史稿》卷四百八十四、《清史列傳》卷七十一。

卷首有雍正十一年五月上旬吴文焕序，卷末有周長發跋。是集爲雍正元年至十一年，鄭方城、鄭方坤兄弟唱和之詩。據《［乾隆］福州府志》卷四十九記載：『時季弟方坤先登第，知邯鄲縣、景州知州，方城皆在署佐理，益負經濟才。暇則兄弟拈韵賦詩，今所傳《唱和集》是也。』全書共二卷，卷一收二人詩歌一百六十三首，卷二收二人詩歌一百一十二首，共收詩二百七十五首。

《全閩詩話》卷九評曰：『晋安鄭荔鄉方坤與兄石幢方城先後成進士，有《却掃齋唱和集》，妥帖排奡，最擅奇警。』

今據國家圖書館藏本影印。（王天覺）

梅村唱和二集十五卷

清鍾映雪撰。清乾隆刻本。二册。每半葉十行，行十九字，黑口，雙黑順魚尾，四周單邊。

鍾映雪（1683—1767），字戴蒼，號梅村，廣東東莞（今東莞市）横坑人。廪生。乾隆元年（1736）舉博學鴻詞，又舉孝廉方正，均力辭不就。工詩善畫。著有《梅村文集》《梅村詩集倡和集》《四吟集》《情真集》等。生平見《［民國］東莞縣志》卷六十八。

卷首有乾隆三年仲夏蕭坦序，及鍾映雪自序，序及正文首頁右下皆鈐『番禺凌海雅堂珍藏』印。是集收録鍾映雪作於清雍正元年（1723）至十三年之唱和詩詞二百六十九首。唱和體裁有七律、七絶、五律、五絶、古體；唱和形式有次韵、聯句、分韵、同作；主題有『人事之得失憂愉，友朋之死生離合，當道之感恩知己，世路之險阻艱難，以及君父之盛典大故』諸種。然是集僅録鍾映雪一人之作，而不收與之唱和諸人作品，不利於考察其唱和往還經過。

《［民國］東莞縣志》評鍾映雪諸作曰：『詩詞歌賦，各擅其妙。於綱常倫紀，死生離合，莫不淋灕歌哭，輒百十篇，情文兼致。』

今據國家圖書館藏本影印。（彭健）

廣陵倡和録三卷

清余元甲、清厲鶚等撰，清王藻編。一册。清乾隆寫刻本。每半葉十行，行二十一字，黑口，單黑魚尾，左右雙邊。

余元甲（1706—1765），字葭白、柏岩，號茁村，江蘇江都（今屬揚州市）人。諸生。工詩文。清雍正十二年

(1734)，趙之垣以博學鴻詞薦，不就。築萬石園，極文酒之樂。著有《濡雪堂集》，選有《韓蘇白陸詩選》。殁後蔣德選其詩九十六首編爲《余先生詩鈔》。生平見《[嘉慶]重修揚州府志》卷五十三、《揚州畫舫録》卷十五。

厲鶚(1692—1752)，字太鴻，又字雄飛，號樊榭、南湖花隱等，浙江錢塘(今屬杭州市)人。清康熙五十九年(1720)舉人。乾隆元年(1736)應博學鴻詞試，未中。著有《樊榭山房集》《宋詩紀事》《遼史拾遺》《東城雜記》《南宋雜事詩》等。生平見全祖望《鮚埼亭集》卷二十《厲樊榭墓碣銘》、申屠青松《厲鶚年譜長編》。

王藻(1693—？)，字載揚，號梅沜，江蘇吴江(今屬蘇州市)人。販米爲業。嫻於詩藝。乾隆元年舉博學鴻詞科，不第。著有《鶯脰湖莊集》，編有《廣陵倡和録》。《[道光]蘇州府志》卷一百一十有傳。

是集卷首乾隆八年五月初三厲鶚序曰：『《廣陵倡和録》者，吴江王君梅沜年來游廣陵，友朋往還之作也。』書中收録雍正六年、雍正十三年與乾隆八年王藻三次出游揚州，與余元甲、閔華、厲鶚等『廣陵之賢士大夫及寓公』文游唱和之作，共得詩作三百三十一首，含《燈花聯句》《踏燈聯句》二首。是集包含二十五次主要唱和，題目依次爲『題唐子畏畫韓叔言夜宴圖』『紅橋秋禊詞』『街南書屋雜題十二首』『燈花聯句』『正月四日集雙清閣以共知人事何嘗定且喜年華去復來二句中各拈平仄二字爲韵賦五言古詩二首』『歲首五日擬郭外作游以春寒甚厲不果坐史氏静寄東軒同用陶公游斜川詩韵』『薰香詞』『小石公石歌』『過濡雪堂讀茁村先生遺集各紀一律』『徐天池鳩硯歌追和余拙村先生』『踏燈聯句』『題沈石田水村圖以漠漠水田飛白鷺陰陰夏木囀黄鸝分賦六韵』『咏刀魚』『著老書堂落成同用東坡題薛周逸老亭韵』『初晴游王氏南園探春因過二分明月庵小憩晚集蟫書樓二首』『南園二首』『花朝小集花畦各成絶句四首』『晚晴』『題陳洪綬畫攖石圖』『懷方環山歸里』『二月十九日程君振華邀西唐巢林諸先生於寒木春華檻懸大士像清齋竟日晚飲梅花下各限寒字韵賦詩紀事梅沜玉井漁川俱因雨不及赴亦用其韵』『新燕』『山館送春和坡公三月二十九日詩韵即效其體』，以雅集宴游爲主，期間多品題書畫、題咏景物。如所收《街南書屋雜題十二首》，對馬曰琯、馬曰璐兄弟之街南書屋十二景（小玲瓏山館、看山樓、紅藥階、透風透月兩軒、石屋、清響閣、藤花庵、叢書樓、覓句廊、澆藥井、七峰草堂、梅寮）進行題咏，爲還原街南書屋提供了原始資料。卷末附王藻、閔華等十人《題廣陵唱和録後》詩十首。

厲鶚稱曰：『既以梅沜會合之難，知友朋文字游從爲可樂；又以見廣陵人士之盛，園林琴酒之適，有非他方可及者，亦太平勝事也。』

今據南京圖書館藏本影印。（尚鵬）

半春唱和詩四卷

清符曾、清唐學潮、清俞大受、清符元嘉撰。清乾隆元年（1736）自刻本。一册。每半葉十行，行十九字，白口，單黑魚尾，左右雙邊。

符曾（1688—1760），字幼魯，號藥林，浙江錢塘（今屬杭州市）人。乾隆元年舉博學鴻詞。歷官户部郎中。著有《春鳬小稿》《雪泥紀游稿》。與唐學潮、俞大受、符元嘉合稱『錢塘四布衣』。《清史稿》卷四百八十五有傳。

唐學潮，字雨江，浙江錢塘（今屬杭州市）人。生平不詳。

俞大受，生卒年不詳，字槐谷，浙江仁和（今屬杭州市）人。清雍正七年（1729）舉人。官漳州府同知。生平見阮元《兩浙輶軒録》卷二十八、《[民國]杭州府志》卷一百一十二。

符元嘉，字樹谷，浙江錢塘（今屬杭州市）人。生平不詳。

是集卷首有乾隆元年五月十二日杭世駿序，道詩集命名『半春』之意。正文標題下符曾小序曰：『乙卯二月中旬，讀書樹谷寓樓，於時春過半矣。樹谷約余日以一詩爲課，計得詩四十五首。』此間，符曾、唐學潮、俞大受、符元嘉四人『此唱彼和，綿宵竟夕』，所咏《山》《江》《曉》《晴》《水》《城》《雪》《月》《夜》《花》《雲》《雨》《燕》《蘭》《樹》《茶》《波》等題，多爲春日景物，律詩、絶句、古體俱有，且非和韵之作。四人詩各爲一卷，各作四十五首，共計收詩一百八十首。卷末左下題『秣陵鄧永昌鎸』。

李調元《雨村詩話》稱是集之詩曰：『皆一字題，語淡而意遠。』實則每卷開篇第一題均爲二字題，如卷一符曾詩爲《春耕》，卷二唐學潮詩爲《春風》，卷三俞大受詩爲《春雪》，卷四符元嘉詩爲《春日》。

今據國家圖書館藏本影印。（郭繁榮、談莉）

稽古齋讌集一卷

清弘晝、清斐蘇等撰。清重印清道光九年（1829）刻清道光十九年（1839）增刻《拜梅山房几上書》本。一册。每半葉九行，行二十字，白口，單黑魚尾，左右雙邊。

弘晝（1711—1770），鑲黄旗（滿洲）愛新覺羅氏。雍正帝第五子。清雍正十一年（1733）封和親王。十三年，設辦理苗疆事務處，與弘歷同領其事。乾隆間，預議政。著有《稽古齋全集》八卷。生平見《清史稿》卷四百八十一。

斐蘇（？—1763），鑲黄旗（滿洲）愛新覺羅氏。其祖愛新覺羅・常寧爲清世祖福臨第五子，清聖祖玄燁弟，康熙十年（1671）封恭親王。常寧第三子愛新覺羅・海善康熙四十二年襲貝勒，海善子愛新覺羅・禄穆布即斐蘇之父，愛新覺羅・斐蘇於雍正九年襲貝勒。生平見《清史稿》卷四百八十。

是集卷首有雍正十三年立夏前二日和碩和親王弘晝撰《稽古齋讌集小序》，卷後附拜梅山房《四書集注引用姓名考》，卷末署『甬上王啓元校』。據序可知，因弘晝齋西所植牡丹競相開放，恍疊雲霞，故列清筵，邀衆人以『共抒雅製』，不負芳辰。參與者皆爲重臣貴胄。

集中共收録十二人咏牡丹七言律詩十六首，其中諴親王胤秘、和親王弘晝、永璜、任啓運、常明、馬賢、張謙、來穩人各一首，寶親王弘曆、斐蘇、邵基、梁詩正人各二首。所咏一派皇家富貴雍容、閑適瀟灑氣象。弘晝序謂是集之撰曰：『庶幾識逸情於嘉會，并以傳樂事於升平云爾。』

今據國家圖書館藏本影印。（郭繁榮、談莉）

有秋唱和不分卷

清賈槐、清曹瀚等撰，清張皋輯。清乾隆五十二年（1787）刻本。一册。每半葉九行，行十八字，白口，黑單魚尾，左右雙邊。

賈槐，生卒年不詳，字念先，江蘇安東（今屬漣水縣）人。清雍正七年（1729）拔貢生。任安丘知縣，建立義學，復置義田以養孤貧。《［咸豐］淮安府志》卷二十二有傳。

曹潾，生平不詳。

張皋，賈槐門人，生平不詳。

是集封面題『有秋唱和』。正文首行題『有秋吟』，下有張皋小字注介紹賈槐生平，并述唱和之由，謂：『公喜有秋，萬民頌德。』

正文『賈公首唱』題下有乾隆二年中秋賈槐自序。據序可知，是集爲該年安丘知縣賈槐與地方士紳慶祝『禱雨祈晴皆立應』，從而『轉灾爲祥』的唱和之作。題爲『有秋』，意爲豐收，有收成。

賈槐首唱四首，依次爲《苦雨》古體一首、《望晴》古體一首、《喜晴》七律二首，和者有曹潾、秦勷、張在辛、李瀅、王壽長、孫懷祖等二十八人。或和韵而作，或和意祝頌，古今體不拘。由賈槐門人張皋輯録，以投到先後爲序，共收詩七十八首。

賈槐題序曰：『田祖有神，農夫之慶也。《書》云「乃以有秋」，庶幾其真有秋乎！短吟四首，以佐田謳。幸諸君子屬和焉。』

今據首都圖書館藏本影印。（郭繁榮、談莉）

齊太史移居倡酬集四卷首一卷尾一卷

清周長發、清齊召南等撰，清齊毓川輯。清宣統二年（1910）上海國學扶輪社石印本。一册。每半葉十四行，行三十一字，黑口，單黑魚尾，四周雙邊。

周長發（1696—1760），字蘭坡，號石帆，浙江山陰（今山陰縣）人。清雍正二年（1724）進士，選庶吉士，出知江西廣昌縣。清乾隆元年（1736），召試博學鴻詞，授檢討，歷遷侍講學士。著有《賜書堂詩鈔》等。生平見《［嘉慶］山陰縣志》卷十五。

齊召南（1703—1768），字次風，號瓊臺，晚號息園，浙江天台（今天台縣）人。乾隆元年舉博學鴻詞，選庶吉士，授檢討。歷任侍讀學士、内閣學士、禮部侍郎等職。病休返鄉後，曾任杭州敷文書院山長。著有《水道提綱》《寶綸堂集古録》《寶綸堂集》《賜硯堂詩文集》等。《清史稿》卷三百十一有傳。

齊毓川（1853—1930），字渭占，號擘古居士，浙江天台（今天台縣）人。齊召南從孫。輯有《齊太史移居倡酬集》《寶輪堂詩鈔》《齊召南外集》《天台齊氏殉難録》等書。生平見《［民國］續修台州府志》卷二十。

是集内封右上題『宣統庚戌仲冬』，左下題『上海國學扶輪社印行』。卷首有清光緒十二年（1886）三月十七齊毓川序、同年花朝前二日金文田序，後列目録。卷末有同年三月朱國華跋。據知，乾隆五年，翰林院檢討、充明鑑綱目館纂修官齊召南於京城喬遷至半截巷同僚周長發舊寓，且與之爲鄰，周長發作詩八首以賀，齊召南唱答，諸學士應和，故成是集。參與唱和者共十七人，依次爲：周長發、齊召南、沈廷芳、李重華、儲晋觀、周大樞、陳溥、胡駿、于振、鄒升恒、鄭江、張鵬翀、阮學浩、陳兆崙、張湄、沈光邦、胡國楷。齊召南從孫齊毓川輯録諸人所作，彙成四卷。是集收録詩作數量分别爲第一卷七十三首，第二卷八十四首，第三卷五首，第四卷四十八首，共二百一十首，以次韵唱和爲主。第一、二卷皆爲次韵七言律詩，且爲組詩。第三卷爲五首五言古體詩。第四卷詩作爲七言律詩，次韵與非次韵之作皆有，用韵也無規律。

是集附録，首一卷爲陳用光奉旨撰寫《齊太史入史本傳》一篇，尾一卷爲齊召南與周長發聯句一首。齊毓川序言謂：『即此倡酬之作，雖若餘技，靡不從真性情溢涌而出，亦極一代著作之盛者。』今據上海圖書館藏本影印。（喻夢妍、余夢婷）

擬樂府補題不分卷

清厲鶚、清陸培等撰，清查爲仁輯。清乾隆刻《蔗塘外集》本。一册。每半葉十行，行二十一字，白口，單黑魚尾，四周單邊。

厲鶚簡介，見《廣陵倡和録》提要。

陸培（1686—1752），字翼風，號南香，一作南薌，又號白蕉，浙江平湖（今平湖市）人。清雍正二年（1724）進士。授安徽東流知縣，轉署貴池。乾隆初年以不合上官意，辭官歸里。晚年以授徒爲業，先後主講東臺、當湖、九峰書院。工詩善詞。著有《白蕉詞》四卷。生平見《［光緒］平湖縣志》卷十六、張雲錦《文林郎知東流縣事南香君墓表》。

查爲仁（1693—1749），字心穀，號蓮坡，宛平（今屬北京市）人。清康熙五十年（1711）順天鄉試解元。次年因科場案被捕入獄，獲釋後移居天津水西莊。著有《蔗塘未定稿》《押簾詞》《蓮坡詩話》，與厲鶚合校《絶妙好詞箋》。生平見《［宛平］查氏支譜》卷二《查君蓮坡小傳》、杭世駿《查蓮坡墓誌銘》。

卷前有查爲仁乾隆十三年（1748）中秋序。是集乃仿宋遺民《樂府補題》而作，收録厲鶚、陸培、閔華、張弈樞、陳皋、張雲錦、萬光泰、吴廷采、樓錡、查爲仁十人咏物唱和詞作四十一首，共五調五題，分别爲：《天香·賦薛鏡》《水龍吟·賦漳蘭》《摸魚兒·賦芡》《齊天樂·賦絡緯》《桂枝香·賦銀魚》。所録詞非一時一地所作，後經查爲仁彙輯，并附以『繼聲之作』，付諸刊刻。

查爲仁序稱：『賦物詞以宋人《樂府補題》爲詣極，其語清雋，其旨遥深，不可一覽輒盡。近浙西六家多和之。此絶唱，不當和也。樊榭、南香諸君乃即其詞，别擬一題，織綃泉底，杼軸自我。鏘洋乎雅奏矣！』

今據國家圖書館藏本影印。（尚鵬）

西塘唱酬集一卷

清沈德潛、清周準等撰，清王廷魁輯。清乾隆十八年（1753）刻本。二册。每半葉九行，行十八字，白口，單黑魚尾，左右雙邊。

沈德潛（1673—1769），字確士，號歸愚，江蘇長洲（今屬蘇州市）人。乾隆四年進士，授編修。歷任侍讀學士、内閣學士、禮部侍郎、禮部尚書等職。工詩文。論詩主格調，强調温柔敦厚之詩教。著有《沈歸愚詩文全集》，選有《古詩源》《唐詩别裁集》等。生平見《清史稿》卷三百零五。

周準（1777—1858），字欽萊，號迂村，江蘇長洲（今屬蘇州市）人。諸生。能詩，宗唐音，尤善五古、七絶。著有《迂村文鈔》《虛室吟》等。《［同治］蘇州府志》卷八十八有傳。

王廷魁，生卒年不詳，字岡齡，號盤溪，江蘇吴縣（今屬蘇州市）人。歲貢生。游於沈德潛之門，爲名諸生。

喜帖括、善詩、工韵語，畫師文徵明。著有《小停雲館集》《盤溪唱酬集》《黄葉唱酬集》等。生平見《［道光］蘇州府志》卷一百零五、《［民國］吴縣志》卷七十五。

是集卷首有乾隆十八年蔣恭棐序。正文首頁右下鈐『佗山所藏善本書』印。乾隆五年，王廷魁卜居楓江西塘，蒔花叠石，種竹穿池，與客清談相賞。十餘年間，同人陸續以詩詞贈之，彙爲一卷。是集收録詩人沈德潛、周準、陸枚、蔣恭棐、朱受新、顧詒禄、李繩、吴德基等六十一人詩詞二百九十五首，其中詩二百九十二首、詞三首。正文首列沈德潛之詩，據其小序可知，乃沈氏游息於王廷魁之山居，『喜無俗韵』，作七絶八首以贈之。後又列沈氏七律一首，咏山居之雪蕙；七古一首，咏山居之四面松。卷中爲其他詩人題咏及和沈詩之作，後殿以王廷魁西塘雜咏十二首，最末綴以西塘停雲齋宴集分韵所得組詩十首。集中天頭偶有批點。

唱和多以即事即景爲題，或叙風景之佳，或稱林亭之勝，或贊秉性之雅，或嘆皮藏之富。詩作清新雅致、俊逸明快。《續修四庫全書總目提要稿本》評王廷魁《西塘雜咏》詩曰：『并情韵瀟灑，豐神獨絶，得歸愚之真諦，可謂登其堂而入其室者。其他諸什，亦復類是。』

今據上海圖書館藏本影印。（彭健）

韓江雅集十二卷

清胡期恒、清唐建中等撰，清全祖望輯。清乾隆十二年（1747）刻本。六册。每半葉十行，行二十一字，白口，單黑魚尾，四周單邊。

胡期恒（1671—1748），字元方，一字復齋，晚號復翁，湖南武陵（今屬常德市）人。清康熙四十四年（1705）舉人。時逢康熙南巡，胡期恒獻詩，得授翰林院典籍，與修《佩文韵府》。先後任遵義通判、夔州知府、陝西布政使、甘肅巡撫。清雍正三年（1725）因涉年羹堯案下獄，乾隆改元，始得放還。退居揚州期間與揚州文士宴游園林，賞玩山水，詩酒唱和。著有《蜀道集》。生平見全祖望《故甘撫復翁胡公墓碑銘》。

唐建中（1645—？），字赤子，號南軒，湖北天門（今天門市）人。康熙五十二年進士，授翰林院編修。散館時因舉筆過遲，不能終卷而免官。喜游歷，好讀書。撰有《周易毛詩義疏》《國語國策糾正》等。生平見《揚州畫舫録》卷四、《湖北詩徵傳略》卷二十八。

全祖望（1705—1755），字紹衣，號謝山，自署鮚埼亭長，浙江鄞縣（今屬寧波市）人。乾隆元年進士。翰林院散館後，因不附權貴，辭官歸里，致力於學術，相繼主講紹興蕺山書院、廣東端溪書院等。著有《七校水經注》《困學紀聞三箋》《漢書地理志稽疑》《古今通史年表》《經書問答》《句餘土音》《鮚埼亭集》《外編》《詩集》，編有《續甬上耆舊詩》。生平見嚴可均《全紹衣傳》、李元度《全謝山先生事略》、蔣天樞《全謝山先生年譜》。

是集卷首有乾隆十二年十一月沈德潛序，序前右端鈐『陳懋森印』『休庵』等印。序謂：『《韓江雅集》，韓江諸詩人分題倡和作也。』乾隆初年，揚州鹽商馬曰琯、馬曰璐兄弟與交游文人結邗江吟社，賓朋酬唱無虚日，《韓江雅集》即其詩酒唱酬之産物。韓江、邗江均爲揚州之代稱，酈道元《水經注》曰：『自廣陵城東南築邗城，城下挖深溝，謂之韓江，亦曰邗溟。』《韓江雅集》收録乾隆八年至十三年間馬曰琯、馬曰璐等邗江吟社同人各體唱和詩作六百九十二首，其中包括聯句詩八首，共涉及唱和活動九十六次，參與唱和者共計四十一人，其中頻繁參與者有馬曰琯、馬曰璐、汪玉樞、張四科、洪振珂、程夢星、張世進、方士庶、方士庱、王藻、陳章、全祖望、厲鶚、姚世鈺、胡期恒、唐建中、陸鍾輝、閔華十八人，而非沈德潛序言所説十六人。

沈德潛序言謂其唱和曰：『今韓江詩人不於朝而於野，不私兩人而公乎同人，匪矜聲譽，匪競豪華，而林園往復，迭爲賓主，寄興咏吟，聯結常課，并异乎興高而集、興盡而止者，則今人倡和不必同於古人。』

今據上海圖書館藏本影印。（尚鵬）

山心室倡和甲乙集一卷城南聯句詩一卷

清程夢星、清黃裕等撰，清程夢星輯。清乾隆十年（1745）刻本。二册。每半葉十行，行二十一字，白口，單黑魚尾，四周單邊。

程夢星（1678—1742），字伍喬，又字午橋，號汛江，又號茗柯、香溪、杏溪，江蘇江都（今屬揚州市）人。清康熙五十一年（1712）進士。著有《李義山詩集箋注》《詞調備考》《今有堂詩集》《茗柯詞》，編有《兩淮鹽法志》《江都縣志》《平山堂小志》。《國朝耆獻類徵》卷一百二十四有傳。

黃裕（1695—1769），字北垞，安徽歙縣（今歙縣）人。寓居揚州。工詩。著有《金竹居詩存》《白首江上集》。生平見《淮海英靈集》乙集卷四、《揚州畫舫録》卷十二。

卷首有乾隆十年秋姚世鈺序、乾隆十年八月二十日程夢星序。正文首頁右下鈐『紅縹館藏書印』等章。是集收録乾隆九年至十年程夢星與親戚故舊十三人唱和詩作一百一十二首。唱和者依次爲：程夢星、黃裕、楊溓、程夢鈞、盛唐、唐毓蒯、余昊、程名世、程志乾、許建華、汪惟豫、洪其籍、釋行吉。《山心室倡和甲乙集》主要包含十三個規模較小的唱和活動，分別題爲：『春日分和温飛卿樂府』『秋日雜咏』『分賦山陽古迹送楊蓮溪之淮陰』『落梅』『上巳雨後泛舟篠園分用六朝人三日詩韵』『新夏歌和昌谷韵』『篠園洗竹用香山洗竹韵』『秋夜舟中聽徐錦堂彈琴分賦』『小漪南分咏』『秋露』『暢餘軒分咏秋花』『南村分咏』『八月十六夜登平山堂分和宋人平山堂詩韵』。

卷末附有《城南聯句詩》一卷，收録《上巳後二日燈下集字》《茗實齋試茶用軒轅彌明石鼎聯句韵》《五覝樓對雪限覝字》《雪後聽五琅王吉途鼓琴限鼓字》《泛舟小漪南觀荷排律三十韵限南字》五首聯句詩。姚世鈺稱：『太史香溪先生復以餘閑偕其親戚故舊，賡續諧叶，如雲召龍，如霜感鐘，古體今情，同工异曲。時未再期，積詩盈卷，亦云盛矣。』

今據上海圖書館藏本影印。（尚鵬）

楚游紀行倡和詩一卷

清何元焕、清俞棠、清俞燿撰。清乾隆四十年（1775）刻本。一册。每半葉十一行，行二十一字，黑口，雙黑對魚尾，左右雙邊。

何元焕（約1707—？），字善章，號雪村，浙江海寧（今海寧市）人。監生。著有《拾遺集》。生平見阮元《兩浙輶軒録》卷三十、《［民國］杭州府志》卷九十二。

俞棠，生卒年不詳，字星源，一作省原，號甘村，浙江海寧（今海寧市）人。監生。著有《甘村詩集》八卷。生平見阮元《兩浙輶軒録補遺》卷十九、《[民國]杭州府志》卷九十二。

俞耀，生卒年不詳，字沛吾，一作配五，一字光遠，浙江海寧(今海寧市)人。監生。著有《楚游集》。生平見阮元《兩浙輶軒録補遺》卷五、《[民國]杭州府志》卷九十三。

是書封面書簽題『楚游集』，内封題『楚游詩集』，正文標題爲『楚游紀行倡和詩』。卷首有乾隆十年十二月初一日俞棠序、乾隆四十年正月十七日何元煥序。何序背面題六言絶句二首，未署名。

乾隆九年，俞棠父出任湖南永定縣令，俞棠因鄉試未能隨行。明年，俞棠偕四弟俞耀、及何元煥赴楚省親。九月十二日至十月二十四日，三人自硤川至澧州數千里舟行途中，見『匹練横江，秋高氣爽』，漸有感發之興，『日事咿哦，互相酬答』，得唱和詩凡一百五十二首。三十年後，何元煥追思往昔，於行笈中檢誦此稿，恐所作湮没，遂付剞劂，終成此集，『冀知音者互爲傳誦焉』。集中諸作，唱和時間、地點明晰，唱和内容多紀行旅所見風物，唱和形式有聯句、同題、分韵、次韵等多種類型。

今據國家圖書館藏本影印。(彭健)

南華九老會倡和詩譜一卷

清莊清度、清莊令翼等撰，清莊宇逵輯。清嘉慶刻本。一册。每半葉十行，行二十一字，白口，單黑魚尾，左右雙邊。

莊清度(1660—1749)，字係安，號省堂，江蘇武進(今屬常州市)人。清康熙三十年(1691)進士。先後官奉新知縣、鳳凰營通判、朔州知州、禮部員外郎、刑部郎中。莊清華纂修《毗陵莊氏增修族譜》卷二十八、《[乾隆]武進縣志》卷十有傳。

莊令翼(1666—1750),原名漢,字圖雲,號藻庭,江蘇武進(今屬常州市)人。康熙四十八年進士。歷任宜春知縣、建寧知府、延平知府、福州知府、分巡延建邵道、福建按察使。有文才,負詩名。莊清華纂修《毗陵莊氏增修族譜》卷二十八、《[乾隆]武進縣志》卷九有傳。

莊宇逵(1755—1812),字印山,一字達甫,江蘇武進(今屬常州市)人。嘉慶元年(1796)舉孝廉方正,教授鄉里。著有《群經輯詁》《春覺軒詩草》《無名氏詩》。莊清華纂修《毗陵莊氏增修族譜》卷二十八、張維驤編《清代毗陵名人小傳稿》卷五有傳。

是集爲莊氏後輩莊宇逵所輯,成於乾隆四十八年(1783),梓於嘉慶五年。莊子被道家尊稱爲『南華真人』,莊宇逵遂以『南華』指代莊姓,因九老均爲莊氏族人,即以『南華九老會』命篇。扉頁印有『南華九老會倡和詩譜』,卷前有洪亮吉、趙懷玉、楊夢符、左輔、吴士模、張惠言、惲敬七人序與乾隆四十八年三月莊宇逵自序。洪序首頁右下鈐『袁永慕堂圖記』印。卷中莊氏諸人附有小傳,記録其姓名字號、科第功名與仕宦經歷等。卷末有莊宇逵七古《輯詩譜既竣復題長句於後》一首,程景傳七律一首,盧文弨、蔣熊昌兩人各次《南華九老會詩譜》韵七律一首、莊復旦跋、莊宇逵乾隆五十六年孟秋二日跋與莊仲方跋。

乾隆初年,毗陵莊氏莊清度、莊令翼、莊祖詒、莊檽、莊歆、莊學愈、莊柏承、莊大椿、莊柱九人先後致仕,優游林下。乾隆十四年春,莊清度等人效香山九老之事,作南華九老會。莊檽以六麻韵首唱七律一首,押『家、涯、華、花』四字,諸人次韵和之。時莊大椿赴閩修志,實未與會,莊檽代和一首。後莊大椿詩筒遞至,次韵和詩二首，載其小傳中。莊橒又和二首。九老中除莊橒作三首、莊柱作兩首外，其餘七人均作詩一首。九老以外，和者衆多，莊宇逵擇莊氏『族中之周甲而未與會其和詩可録者』二十一人選入，分別爲：莊遜學、莊璿、莊源潔、莊國楨、莊逵、莊汾譽、莊鵬祥、莊學贄、莊懷屺、莊松承、莊沛惠、莊潤業、莊樹嘉、莊純慕、莊寧、莊令奐、莊枏榮、莊楷人、莊達、莊杜芬、莊粲徵。以上諸君皆作和詩一首。此外，莊宇逵按語稱『九老詩出，和者不下數十人，多散佚，惟存張鹿泉迪、錢鑄庵人麟、唐念尊孝本、管若谷心咸四先生詩』，并録有四人次韵詩作各一首。

吴士模序稱：『昔香山、洛下耆英諸會，千百年後傳爲美談。然其人足稱，其族則异。今莊氏九老乃不出一族之伯叔昆弟間，其歷官行事，至今縉紳家猶誦述之爲儀表，而乃以其餘暇，流連景物，把酒賦詩，以相娱樂，富貴壽考不足道。其聚於一門而又聚於一時，則不知天下之大，猶有人如吾莊氏者否？』

今據上海圖書館藏本影印。（尚鵬）

蘭花百咏一卷

清龔昇、清徐繼穉等撰，清浦道宗輯。清乾隆十七年（1752）刻《彙芬集》本。一册。每半葉九行，行十九字，白口，單黑魚尾，左右雙邊。

龔昇，生卒年不詳，字行惠，號耦影，江蘇吴江（今屬蘇州市）盛澤鎮人。著有《上枝樓詩稿》。生平見《[同治]蘇州府志》卷一百三十八。

徐繼穉，生卒年不詳，字惠南，號南村、集壽老民。江蘇吴江（今屬蘇州市）人。監生，好讀書，喜吟咏。乾隆二十七年皇帝第三次南巡時，徐繼穉尋唐、宋、元、明各朝詩句，集成《迎鑾詞》百首，每首中有一壽字，乾隆大加贊賞。著有《南村詩稿》。生平見《［同治］蘇州府志》卷一百三十八。

浦道宗，生卒年不詳，字孔傳，江蘇無錫（今無錫市）人。輯有《彙芬集》《蘭花百咏》。

顧晟也是此次唱和的中心人物之一。顧晟，生卒年不詳，字鈍伯，號耕岩、老鈍。江蘇昭文（今屬常熟市）人。以畫蘭、竹名，水墨花卉亦有生趣。間作近體詩，王應奎評曰：『是真有獨至之性、偏詣之情者也。』《［光緒］常昭合志稿》卷三十二、《歷代畫史彙傳》卷五十二有傳。

乾隆十九年秋，徐繼穉招集同人陪顧晟宴於可圃軒，期間顧晟繪墨蘭一幅，以喻『同心之言，其臭如蘭』，遂共擬分賦咏蘭百題，一時傳爲佳話。此集起初以稿本形式流傳，後經顧晟弟子金輅、浦道宗編次，附於《彙芬集》後刊刻。《彙芬集》卷前有乾隆十九年季秋上旬二日管嵩《蘭花百咏序》。《蘭花百咏》收録六人分賦蘭詩七絶一百零一首，其中顧晟二十一首、龔昇二十首、許瓊二十首、釋際明四首、釋際清十六首、徐繼穉二十首。卷後有林惺香題識及其七律《夢蘭》《憶蘭》二首、乾隆十九年季秋姚燦雲跋、嚴樹跋。

嚴樹稱：『因思《梅花百咏》創自中峰僧，而蘭自尼山一操外無專及者，諸君此編誠爲創作，豈徒志一時之佳話已哉？』

今據國家圖書館藏本影印。（尚鵬、喻夢妍）

東皋唱和詩一卷

清錢襄、清蔣重光等撰，清沈德潛評。清乾隆刻《于喁草三種》本。一册，與《燕邸述懷唱和詩》《玉峰秋興詩》合刊。每半葉九行，行十八字，白口，單黑魚尾，左右雙邊。

錢襄，生卒年不詳，字思贊，一字訥生，號鷺灘，江蘇吴縣（今屬蘇州市）人。師事徐葆光，與沈德潛友善。乾隆二十七年（1762）南巡，召試舉人，授中書。工書，潘奕雋贊其『書名重天下』。著有《百愧居士稿》。生平見《［民國］吴縣志》卷六十六下。

蔣重光（1708—1768），字子宣，號辛齋，江蘇長洲（今屬蘇州市）人。沈德潛弟子。乾隆三十七年獻書獲御詩褒獎。助沈德潛纂輯《國朝詩别裁集》，最有識見。著有《賦琴樓遺稿》《賦琴樓集》《缶音小草》《囈語集》等。生平見《［同治］蘇州府志》卷八十九。

沈德潛簡介，見《西塘唱酬集》提要。

卷首有乾隆二十二年七月四日顧詒禄序，集後有沈德潛跋。蔣重光五十生辰時，錢襄贈五古一首，蔣重光次韵答之，如是往復酬唱，共得二人唱和詩二十首，全爲五言古體次韵之作。後附楊韶、張玉穀、沈光熙三人和錢襄《東皋唱和詩》詩四首，亦皆次韵。

沈德潛跋曰：『花花相對，葉葉相當。所咏者，首重倫常，次及游藝，且叠韵孔多，不窘不複。於元白、皮陸外又增一勝。主賓之才，非可以斗石計也。』

今據國家圖書館藏本影印。（喻夢妍、余夢婷）

燕邸述懷唱和詩一卷

清錢襄、清蔣重光等撰，清沈德潛評。清乾隆刻《于喁草三種》本。一册，與《東皋唱和詩》《玉峰秋興詩》合刊。每半葉九行，行十八字，白口，單黑魚尾，左右雙邊。

錢襄簡介，見《東皋唱和詩》提要。

蔣重光簡介，見《東皋唱和詩》提要。

沈德潛簡介，見《西塘唱酬集》提要。

是集卷首有乾隆二十六年（1761）正月張玉穀序，述及唱和緣起。乾隆二十五年，錢襄以優貢滯留京師，賦七言律詩四首述懷，寄贈鄉里親友，蔣重光、張玉穀、沈光裕等人得而和之，爾後蔣重光彙刻成書。是集共收録十九位詩人唱和之作凡七十六首，均爲次韵之作，四詩分別押上平聲一東韵（中、同、通、蟲、紅）、下平聲十二侵韵（陰、音、林、心、深）、下平聲十一尤韵（秋、愁、舟、優、浮）、下平聲六麻韵（涯、賒、華、叉、花）。每組詩後，有沈德潛評語。

張玉穀稱錢襄原唱曰：『壯懷鬱勃，無寒瘦態。』沈德潛評曰：『用世襟懷，安分操守，於四詩中具見。志和音雅，知其得力於温柔敦厚之教深矣。』

今據國家圖書館藏本影印。（王春）

玉峰秋興詩一卷

清錢襄、清張玉穀等撰，清沈德潛評。清乾隆刻《于喁草三種》本。一册，與《東皋唱和詩》《燕邸述懷唱和詩》合刊。每半葉九行，行十八字，白口，單黑魚尾，左右雙邊。

錢襄簡介，見《東皋唱和詩》提要。

張玉穀（1721—1780），字蔭嘉，號樂圃居士，江蘇吴縣（今屬蘇州市）人。浦起龍、沈德潛弟子。廩貢生。精楷書，師法趙孟頫。工詩詞，尤擅樂府。精選學，長於古詩鑒賞。曾助浦起龍校勘《古文眉詮》，助沈德潛校讎《國朝詩別裁》。著有《樂圃吟草》《樂圃詞》《古詩賞析》等，輯有《古文鈔》《制義鈔》等。生平見《［民國］吴縣志》卷七十五上。

沈德潛簡介，見《西塘唱酬集》提要。

玉峰秋興唱和，由錢襄首唱，沈德潛、張玉穀等多人和之，所作詩彙刻而成是集。錢襄跋曰：『舊作秋興，辱承四方風雅君子屬和絡繹，歲月既久，篇什寖多。然皆隨時付刊，不序爵齒。』唱和還得到了遠在北京的果親王弘瞻響應，當錢襄收到沈德潛轉交弘瞻次韵和詩，因『天潢貴介不敢妄列諸君之後』，遂單獨置於原唱之前。故是集卷首列乾隆二十六年（1761）果親王弘瞻《冬夜因歸愚先生南旋寄懷訥生即次秋興原韵時辛巳長至後二日》七律四首，後有沈德潛、錢襄二人跋語。正文始列錢襄首唱《玉峰寓舍邀張子蔭嘉作》七律四首，又叠前韵四首，後列張玉穀、沈德潛、張祖謙、方懋福等三十六人和作，共得詩二百首，均爲次韵唱和。其中蔣重光六叠其韵，和詩達二十四首。每位詩人作品之後，有沈德潛評語。

今據國家圖書館藏本影印。（銀文）

栖雲唱和詩不分卷

清曹學詩、清朱爵等撰。清乾隆二十六年（1761）刻本。一册。每半葉九行，行十八字，白口，單黑魚尾，左右雙邊。

曹學詩（1697—1773），字以南，號震亭、香雪，安徽歙縣（今歙縣）雄村人。乾隆十三年進士。曾官内閣中書，麻城、崇陽縣令，皆有政聲。親殁，遂授徒終老。工駢文。詩才藻麗，援筆立就。著有《香雪詩文鈔》等。生平見鄭虎文《曹學詩傳》、《〔道光〕歙縣志》卷八。

朱爵，字廷序，生平不詳。

是集内封題：『乾隆辛巳夏月鐫，沈歸愚、齊息園兩宗伯評定，栖雲唱和詩，本衙藏版。』卷首有乾隆二十六年夏月曹學詩自序，稱『栖雲山在歙南』，『予自乾隆丁未夏偕竹舫、家大阮避暑讀書於寺中，其後戊寅與辛巳又偕諸及門往寓焉』。可知該集爲乾隆二十三年至二十六年，曹學詩偕親友及門生前後四次避暑游歷栖雲寺之唱和詩集，共收曹學詩等二十九人詩歌二百五十九首。第一次唱和時在乾隆二十三年夏，曹學詩作《戊寅夏月避暑栖雲寺中偕及門諸弟聯吟并索諸友同和》五律十首，朱爵、曹文埴、阮夢暘、程實芳、龔淮等十八人各作五律十首和之。第二場唱和，曹學詩作《丁未夏月避暑栖雲寺和演微上人八景原韵》七律八首，汪一貫、江蘭各作和詩八首。第三次唱和發生於乾隆二十五年夏，曹學詩作《庚辰暑月偕及門諸弟暨孫榜重游栖雲寺即景限韵分賦》七律兩首，程華國、殷立焕、汪玉、程學桓等八人各作和詩兩首。第四次唱和時乃乾隆二十六年暮春，曹學詩作《辛巳暮春偕及門諸弟重游栖雲寺限韵分賦》五言古體一首、七律一首，殷立焕、方賦思、朱嘉縠等十人皆各作五言古體及七律一首和之，江蘭則和作五言古詩及七律兩首。詩作多次韵。

曹學詩序謂栖雲唱和曰：『萬緑環合，一燈清熒，吟誦之聲與梵韵鐘魚相響答。暇則偕諸及門流連登眺，觸景謳吟。』

今據首都圖書館藏本影印。（張媛穎）

夏柳倡和詩一卷

清金永昌、清曹培亨等撰，清金永昌輯。清乾隆二十八年（1763）刻本。一册。每半葉八行，行二十字，黑口，單黑魚尾，左右雙邊。

金永昌，生卒年不詳，字際和，號醉墨，别署柳堂居士、凝雪主人，浙江嘉興（今嘉興市）人。善畫竹蘭，高潔無俗氣。與曹廷棟、錢載等人唱和。著有《凝雪書屋詩集》。《［光緒］嘉興縣志》卷二十七有傳。

曹培亨，生卒年不詳，字汝咸，一字孺岩，自號閑閑居士。浙江嘉興（今嘉興市）人。乾隆三年舉人。日事鉛槧，以著述自娱。工詩，精篆刻。著有《松風堂集》《閑閑居集句偶存》。《［光緒］嘉興縣志》卷五十一有傳。

是集卷前有乾隆二十八年錢陳群序、乾隆二十七年冬馮浩序、乾隆二十八年三月初一凌樹屏序、乾隆二十六年十二月十五日曹培亭跋、黄球繪《夏柳圖》、乾隆二十八年正月金永昌序，并羅列《夏柳倡和詩目次》。乾隆二十六年，金永昌賦七律《夏柳》一首，叠韵一首，一時名士皆有所和。金永昌遂輯録成帙，付之剞劂，名之曰《夏柳倡和詩》，爲咏柳唱和專集。依《目次》可見，金永昌原唱二首列於首，後列曹培亭、徐昭、嚴宗孟等一百八十一人和韵詩一百八十二首。其中曹培亭作和韵詩兩首，分列和詩第一首與第一百八十二首，餘者人各一首。金永昌仿沈周《落花詩》、汪琬《姑蘇楊柳枝》例，和作以得詩先後爲次。後附閨秀楊素中、楊素書、汪亮、姚静仁四人和詩四首，釋家實暹、成宏、乘戒、際一、際澈五人和詩五首，道士王偕敖和詩一首，此十人十詩未列入《目次》。

曹培亭跋曰：『凝雪主人首唱「夏柳」一題，字字清新。一時知名士屬而和者，各自鬥奇標异。彙次成帙，間以眎余。披讀之下，美不勝賞，從此「黄金」「白玉」盡屬陳言。留待後來，不又爲九烈君添一段佳話乎？』

今據國家圖書館藏本影印。（尚鵬）

刻燭集一卷

清曹仁虎、清王昶等撰。清嘉慶南匯吴氏聽彝堂刻《藝海珠塵》本。每半葉十行，行二十一字，白口，單黑魚尾，左右雙邊。

曹仁虎（1731—1787），字來殷，號習庵，嘉定（今屬上海市）人。清乾隆十一年（1746），補博士弟子。乾隆二十二年，高宗南巡，曹仁虎獻賦行在，召試列一等，特賜舉人，授内閣中書。乾隆二十六年，成進士，選翰林院庶吉士。散館，授編修。每遇大禮，高文典册多出其手。曾任右中允、侍講學士、廣東學政等職。博極群書，精於考據。著有《宛委山房集》《刻燭集》《炙硯集》《蓉鏡堂文稿》《轉注古義考》《二十四氣七十二候考》《轅韶集》《鳴春集》等。《清史稿》卷四百八十五、《清史列傳》卷七十二有傳。

王昶（1725—1806），字德甫，號述庵，又號蘭泉，青浦（今屬上海市）人。乾隆十九年進士。乾隆二十二年高宗南巡，召試，授内閣中書。官至刑部侍郎。乾隆五十八年以病辭歸。著有《春融堂集》《金石萃編》《湖海詩傳》《湖海文傳》《滇行日記》《明詞綜》《國朝詞綜》等。《清史稿》卷三百零五有傳。

乾隆二十八年至三十年，時任翰林院編修的曹仁虎與王昶、趙文哲、吴省欽、嚴長明、沈初、陸錫熊、程晉芳、阮葵生、董潮、汪孟鋗、吴省蘭等十一位在京爲官或應試科舉的友人，舉『城南聯句會』。程晉芳《勉行堂文集》卷四《書董東亭册子後》一文稱：『以文酒往來，爲聯句會。月必再三集，集時選題，定一人操管，六七人構思。各書所得，擇善者從之。衆咸謂可，乃登諸紙。』可見聯句會集會唱和之狀況。是集卷首列目録，共收録聯句唱和詩十八題二十七首，正是十八次集會唱和之産物。曹仁虎、趙文哲、吴省欽、陸錫熊四人十八次集會皆參與唱和，程晉芳參與十七次，嚴長明參與十二次，沈初參與十次，阮葵生參與七次，董潮參與六次，吴省蘭參與四次，汪孟鋗、王昶各參與一次。董潮爲乾隆二十八年進士，同年九月請假歸海鹽，故此後十二次集會唱和未曾參與。諸人聯句，内容以咏物爲主，體裁以五言居多。

吴省欽《白華前稿》亦收『城南聯句會』詩作，詩歌編排以集會唱和時間爲序，與此集編排次序不同。如此集以《覺生寺大鐘聯句》爲第一題，實則此題爲聯句會最末一次唱和所作。

今據首都圖書館藏本影印。（楊春妮、郭雪穎）

嶺海酬唱集一卷

清鄭熊佳、清金玉岡撰。清咸豐元年（1851）天津鄭氏刻本。一册，與《出嶺集》合刊。每半葉九行，行二十一字，黑口，單黑魚尾，左右雙邊。

鄭熊佳，生卒年不詳，字南翔，號蓬山，天津（今天津市）人。清乾隆二十五年（1760）進士。歷任廣東惠來、電白、樂昌等地知縣，欽州知州等職。博學識，工詩文。著有《蓬山詩存》等。生平見《［光緒］重修天津府志》卷四十三。

金玉岡（1711—1773），字西昆，號芥舟，又號黄竹老人，原籍浙江紹興，祖輩始移居天津。性高淡，不喜仕進，好出游，工詩善書畫。著有《黄竹山房詩鈔》《黄竹山房詩鈔補》等。生平見《［光緒］重修天津府志》卷四十三。

《嶺海酬唱集》又名《山舟草》，與鄭熊佳《出嶺集》合刊。卷末有咸豐元年三月沈兆澐跋。乾隆三十四年，鄭熊佳官廣東惠來知縣，金玉岡隨其往，客居鄭氏官廨中，鄭氏『以詩酒相娱樂，壺榼之需未嘗有乏，出則資其游覽』。兩人交契甚深，日相唱和，直至乾隆三十八年金玉岡卒於鄭熊佳電白知縣署中。鄭熊佳爲之經營身後事。是集收録乾隆三十四年至三十八年間鄭熊佳、金玉岡唱和詩六十八首。集中詩首列鄭熊佳和作，次録金玉岡原作，多爲次韵唱和。是二人朝夕相處、詩文歡娱之真摯友誼的見證。

今據國家圖書館藏本影印。（彭健）

炙硯集一卷

清曹仁虎撰。清刻本。一册。每半葉十行，行二十一字，黑口，單黑魚尾，左右雙邊。

曹仁虎簡介，見《刻燭集》提要。

此書爲曹仁虎消寒唱和詩作之結集，正文標題下鈐『然藜閣藏』印。卷首有錢大昕序，據《錢辛楣先生年譜》可知此序作於乾隆三十九年。序曰：『《炙硯集》者，習庵先生與其同年友爲消寒會，相與酬和之作也。其會旬日而一舉，會必有詩，或分題，或拈韵，始庚寅，訖癸巳，得詩若干篇。』從乾隆三十五年到乾隆三十八年，曹仁虎在京，公務之暇，與王傑、沈士駿、嵇承謙、謝啓昆、余廷燦等二十餘人舉消寒之會，每歲六集。此書共收録曹仁虎四年間二十四次消寒集會唱和詩作一百一十六首，題材以吟咏風物、古迹爲主，描摹雪景之作尤多。其中辛卯消寒第三集、第四集次蘇軾《聚星堂雪》詩韵作七古多達十首，尤爲特出。惜參與消寒會其他諸人之詩作均未收録。

錢大昕序評曰：『賦物之作，清新而瀏亮；咏古之作，磊落而激昂；迭韵之作，排奡而妥帖。』

今據上海圖書館藏本影印。（薛夢穎、吴志敏）

閩南唱和一卷

清費振勳、清汪新等撰。清乾隆刻本。一册。每半葉十行，行十九字，黑口，單黑魚尾，左右雙邊。

費振勳（1738—1816），字策雲，號鶴江，江蘇吴江（今屬蘇州市）人。乾隆四十年（1775）進士。以四庫館書簽叙勞，授内閣中書。歷任户部主事、郎中、廣西學政、吏部給事中等。以病退歸，主講正誼書院七年。《［道光］蘇州府志》卷八十七有傳。

汪新（1723—1795），字又新，號芍陂，浙江仁和（今屬杭州市）人。乾隆二十二年進士。官至湖北巡撫。卒謚『勤僖』。著有《芍陂詩稿》。生平見張雲璈《總督銜湖北巡撫汪勤僖公墓誌銘》。

乾隆三十六年汪新出任福建學政，督學郡縣，軺車途中，時與幕僚、親友詩酒唱和，後輯録乾隆三十六年、三十七年詩作爲《閩南唱和》一卷。卷前有乾隆三十八年秋汪新自序，序之首頁天頭上鈐『錢唐丁氏正修堂藏書』等印。後列唱和目録，僅署詩人姓名及詩作數量。卷末有清同治八年（1869）九月田園（丁丙自號）跋語。是集共收録十人唱和詩作一百一十一首，十人分别爲：丁傳、汪雙承、汪新、費振勳、李銑、張志寧、黄卷、馮元、王際甘、黄鵬南。這十人多爲汪新幕僚，如跋語云：『魯齋先生（丁傳）詩十九首，爲先生佐汪芍陂學使幕時所作。』全書以時爲序，分爲『辛卯』『壬辰』兩部分；以題繫詩，共有二十八題，如『龍岩道中』『晚春使車赴興郡途中作』等，多寫旅途所見之景。

汪新稱此集曰：『爲一展讀，如與化人攝袖倒影，俯視塵劫。縱或一二知交南北异轍，好句如仙，依然西窗剪燭茶話也。則此刻似不可少，爲識顛末，亦以見非門异炫奇之爲也。』

今據南京圖書館藏本影印。（尚鵬）

鳴秋合籟一卷

清管世銘、清崔龍見等撰，清錢維喬輯。清乾隆刻本。一册。每半葉九行，行十九字，白口，單黑魚尾，四周雙邊。

管世銘（1738—1798），字緘若，號韞山，江蘇武進（今屬常州市）人。乾隆四十三年（1778）進士，授户部主事。歷任雲南司員外郎、浙江道監察御史、廣西道監察御史等職。著有《韞山堂集》二十四卷。生平見《清代毗陵名人小傳稿》卷五、陸繼輅《掌廣西道監察御史管君世銘墓表》等。

崔龍見（1741—1817），字曼亭，又字翘英，號蓮坪，又號萬迴居士，本籍山西永濟（今永濟市），自父輩起移居江蘇陽湖（今屬常州市）。乾隆二十六年（1761）進士，選授陝西南鄭縣知縣。歷任乾州知州、順慶知府、荆州知府、荆宜施道等職。工詩詞。著有《萬迴小草》等。生平見《清代毗陵名人小傳稿》卷四、《［光緒］永濟縣志》卷八。

錢維喬（1739—1806），字樹參，號竹初，又號半園逸叟，江蘇武進（今屬常州市）人。乾隆二十七年舉人，官浙江鄞縣知縣。擅詩文，工書畫。著有《竹初詩文鈔》二十二卷。生平見《清代毗陵名人小傳稿》卷四、《［光緒］武進陽湖縣志》卷二十三。

是集前有乾隆四十二年張鳳孫序、乾隆四十年九月中旬錢維喬序，曹仁虎、嚴長明、錢琦、沈青任、湯元芑五人題詞三十五首，後有乾隆四十一年十一月十六日莊炘跋、乾隆五十年十一月上旬湯元芑跋。唱和活動主要發生在乾隆四十年秋天，是時崔龍見官陝西富平知縣，任上尤留心學校，一時文風丕振，暇時與管世銘等人酬唱往還，爲文酒之樂。是集收録管世銘、崔龍見、楊夢符、錢維喬、錢鍇、錢孟鈿、崔景儀七人詩詞計一百三十七首，含聯句一首，詞二首。全集共八題，依次爲《八月十三夜對月聯句》《中秋待月以平分秋色一輪滿分韵》《題西溪清影圖》《秋窗六咏》《關中雜咏》《九日分韵》《仿元人咏物體》《響泉硯歌》，聯句、分韵、分題、同題等形式兼備。

莊炘跋曰：『既乃得讀所謂《鳴秋合籟》者，始知諸人文酒之樂，無异往時。其或義兼比興，而詞致悽惋，則山丘華屋，怒乎有餘思焉。』

今據國家圖書館藏本影印。（王春）

石經閣鄘硯倡酬集一卷

清王昶、清曹學閔等撰，清馮登府輯。清道光刻本。一册。半葉十一行，行二十三字，黑口，單黑魚尾，左右雙邊。

王昶簡介，見《刻燭集》提要。

曹學閔（1720—1788），字孝如，號慕堂，山西汾陽（今汾陽市）太平村人。清乾隆十九年（1754）進士，選庶吉士。歷任河南道御史、吏科掌事中、鴻臚寺少卿、宗人府丞等職。著有《紫雲山房詩文稿》等。生平見張維屏

《國朝詩人徵略》卷三十六、《［道光］汾陽縣志》卷六。

馮登府（1783—1841），一作登甫，字雲伯，號勺園，又號柳東，浙江嘉興（今嘉興市）人。清嘉慶二十五年（1820）進士。曾任福建長樂知縣、寧波府學教授。治經通漢宋，古文宗桐城。精訓詁，好金石，工詩善詞。著有《十三經詁答問》《三家詩异文疏證》《拜竹詩龕詩存》《石經閣文集》《種芸仙館詞》等。生平見史詮《馮柳東先生年譜》、《［光緒］嘉興府志》卷五十。

明末廣東詩人鄺湛若（名露）有硯，長四寸六分，寬二寸有七，鐫『天風吹夜泉』五字隸書，又『湛若』二字楷書，并『明福洞主小印』。歷來文士多以此硯展開唱和，馮登府輯録成卷，題爲《石經閣鄺硯倡酬集》，附於《石經閣詩略》五卷後。是集卷首有道光八年（1828）馮登府記，標題下鈐『天風硯主』『八甎五研齋』印。是集收録乾隆四十一年至道光五年王昶、曹學閔、黄景仁等二十九人唱和詩三十二首。唱和形式以『分賦』『同作』爲主，如王昶作《消寒齋小集分賦鄺湛若硯四十韵》；又如郭麐《勺園太史齋頭觀鄺湛若天風吹夜泉硯》，郭鳳、錢清履、李遇孫等二十三人『同作』。

今據南京圖書館藏本影印。（彭健）

酒帘倡和詩四卷

清汪啓淑、清張霽等撰，清汪啓淑輯。清乾隆四十八年（1783）飛鴻堂刻本。每半葉九行，行十八字，白口，單黑魚尾，左右雙邊。

汪啓淑（1728—1799），原名華國，字秀峰，一字愼義，號訒庵、悔堂、秀峰山人、退齋居士，自稱印癖先生，安徽歙縣（今歙縣）人。經營鹽業，旅居杭州。後捐資入仕，官至兵部職方司郎中。能詩擅文，嗜好收藏。著有《飛鴻堂印人傳》《續印人傳》《焠掌録》《水漕清暇録》《小粉場雜識》《訒庵詩鈔》《蘭溪棹歌》，輯有《擷芳集》。《碑傳集補》卷四十五、《［道光］徽州府志》卷十四有傳。

張霽，生卒年不詳，號硯廬，浙江錢塘（今屬杭州市）人。乾隆十七年進士。歷任内閣中書、户部主事、江西道御史、貴州道御史等職。生平見《清史秘聞》卷十六、《國朝御史題名》。

是集内封題：『乾隆癸卯，酒帘倡和詩，飛鴻堂藏板。』正文首頁天頭鈐『錢唐丁氏正修堂藏書』印。乾隆年間，汪啓淑作七律《酒帘》二首，遍邀文人唱和，裒爲四卷。該集共收録汪啓淑、張霽、翁方綱、曹壽、陸錫熊、吴錫麒等一百二十九人唱和詩作二百三十八首。多數詩人僅唱和一、二首，其中吴蔚光、金慰祖兩人各和六首，爲和詩最多者。汪啓淑所作原唱詩歌，未見於其別集《訒庵詩鈔》，具體創作時間不詳。翁方綱《酒帘和汪秀峰户部韵二首》作於乾隆四十四年，吴壽昌《酒帘二首次汪秀峰農部韵》作於乾隆四十五年，據此推測汪啓淑原唱應在乾隆四十四年左右。集中所收程晋芳、吴錫麒、秦瀛等人詩作，均未見於諸家別集，具有重要文獻價值。

此四卷本非全本。杭州圖書館所藏六卷本，比此本多乾隆六十年王昶序、詩家九十五人及和作一百五十五首。王昶序言稱：『凡二百十六人（按：目前所見爲二百二十四人），共詩三百九十三首，皆用七言律，皆次一韵，皆摹寫物情，刻畫工妙，盛矣哉。』

今據南京圖書館藏本影印。（尚鵬）

樂游聯唱集二卷

清畢沅、清吴泰來等撰。清乾隆四十七年（1782）西安節署刻本。一册。每半葉十一行，行二十一字，黑口，無魚尾，左右雙邊。

畢沅（1730—1797），字纕蘅，一字湘衡，號秋帆、弇山、靈岩山人、弇山畢公，江蘇鎮洋（今屬太倉市）人。乾隆十八年舉人，授内閣中書，值軍機處。二十五年進士，狀元及第，授編修。曾先後出任陝西巡撫、河南巡撫、山東巡撫、湖廣總督等職。著有《靈岩山人詩集》《經典文字辯證》《三楚金石記》《山左金石志》《關中金石記》《中州金石記》《吴中金石記》《西安府志》《山海經新校正》等。生平見王昶《畢公沅神道碑》、《清史稿》卷三百三十二、《清史列傳》卷三十。

吴泰來（？—1788），字企晋，號竹嶼，江蘇長洲（今屬蘇州市）人。乾隆二十五年進士。車駕南巡，召試，賜内閣中書，不赴。受畢沅延請，主講關中書院。後主河南大梁書院，與洪亮吉、錢泳等詩酒唱和。著有《硯山堂集》《净名軒集》《曇香閣琴趣》。生平見《清史稿》卷四百八十五、《清史列傳》卷七十二。

是集内封右有篆書題寫書名，左書『乾隆四十七年壬寅夏五月開雕，西安節署藏板』。卷首有畢沅門人楊芳燦序，標題下鈐『錢唐丁氏正修堂藏書』印。後列《樂游聯唱集目録》。是集爲乾隆四十七年，畢沅與其幕府中人吴泰來、嚴長明、洪亮吉、孫星衍、錢坫聯句之詩，共上下兩卷。卷上爲古體詩，收《華岳聯句一百韵》《龍門聯句》《昭陵石馬聯句》《周忽鼎聯句》《集終南仙館觀董北苑瀟湘圖卷聯句》五題五首；卷下爲近體詩，收《開成石經聯句》《華清宫故阯聯句》《上巳前五日同人觀桃杜曲聯句》《重修灞橋紀事聯句》《同人集環香吟閣分賦聯句》《石供軒小集賦得關中食品聯句》五題十六首，全書共二十一首。

楊芳燦評價諸人之作曰：『古體今體，五言七言，標骨氣之端翔，極音情之頓挫。』

今據南京圖書館藏本影印。（王天覺）

蘇文忠公壽讌詩一卷

清吴泰來、清嚴長明等撰。清乾隆四十七年（1782）西安節署刻本。一册，與《樂游聯唱集》合刊。每半葉十一行，行二十一字，黑口，無魚尾，左右雙邊。

吴泰來簡介，見《樂游聯唱集》提要。

嚴長明（1731—1787），字冬友、東有、用晦，號道甫，江蘇江寧（今屬南京市）人。年十一，爲李紱所賞，受業於方苞。乾隆二十七年召試，賜舉人，授内閣中書，旋入值軍機，官至内閣侍讀學士。晚主廬陽書院。生平著述甚豐，詩集有《歸求草堂詩集》《秋山紀行詩》《今闕攀松集》《玉井搴蓮集》，合刊爲《嚴東有詩集》。生平見錢大昕《内閣侍讀嚴長明傳》、姚鼐《嚴冬友墓誌銘》、《清史稿》卷四百八十五、《清史列傳》卷七十二。

是集内封右有篆書題寫書名，左書『乾隆壬寅冬十二月刊於西安節署』。乾隆四十七年壬寅冬十二月十九日，爲蘇軾誕辰，畢沅邀幕府同人設宴於終南仙館，以爲公壽，各成七古一章。與會者有畢沅、吴泰來、嚴長明、徐堅、王開沃、王瑜、洪亮吉、朱璿、錢坫、王思濟、孫星衍、吴紹昱、諸葛廬、王心種十四人，共成詩十四首。畢沅詩前小序曰：『七百餘歲，撫几而如存；十有四人，操觚而競賦。』宋犖撫吴時，曾邀東南名士於蘇文忠公誕辰設祀。閲數十年，而復有畢沅同其勝舉，清人風雅於斯可見一斑。

今據南京圖書館藏本影印。（王天覺）

官閣消寒集一卷

清嚴長明、清畢沅等撰。清乾隆四十八年（1783）刻本。一册，與《樂游聯唱集》合刊。每半葉十一行，行二十一字，黑口，無魚尾，左右雙邊。

嚴長明簡介，見《蘇文忠公壽讌詩》提要。

畢沅簡介，見《樂游聯唱集》提要。

是集内封右上書『乾隆癸卯刊』，中以篆書題寫書名，左下書『環香堂藏板』。卷首有乾隆四十八年癸卯八月上旬王昶撰《官閣消寒集序》。該集收録乾隆四十七年十一月至四十八年二月，嚴長明、畢沅、吴泰來、王思濟、洪亮吉、朱璿、吴紹昱、徐堅八人在西安舉消寒會唱和詩七十二首。乾隆四十七年唱和之詩，除一組爲分韵詩外，其餘皆爲同題之作，包括五古、五律、七古、七律、七絶共七十首以及一字至七字體二首。故王昶序曰：『詩不拘體，體不拘格。往往馳騁上下，出怪奇以相角勝。』集中詩以同題居多，無次韵之作。同題所咏，皆冬春之際官閣中習見之景物節俗，如同賦庭中花木臘梅、天竹、水仙、木瓜，同賦席上食品鐵雀、銀魚，同賦歲事活動掃室、糊窗、試香、烹茗等。另，畢沅幕府每至蘇軾壽辰之日，多壽蘇唱和，集中《十二月十九日爲蘇文忠公生辰中丞集同人設祀終南仙館賦詩紀事即題陳洪綬畫像之後》爲吴泰來唱和陝西巡撫畢沅之作，二人祭祀壽蘇之詩收録雖少，亦是代表性唱和活動。此外，嚴長明、畢沅、吴泰來、徐堅、洪亮吉五人效元稹《生春》詩作《新正三日立春集絢雲閣效香山體分賦生春詩四首》，元詩以『何處生春早？春生某某（如雲色）中』爲程式開頭，而諸人改爲『何處生春早？春生在某某（如研池）』，於唱和體格頗有出新。其中徐堅詩取地曲江、灞橋、鹿原等，亦具地域特色。

王昶序評曰：『讀是詩也，區宇之隆平，政事之易簡，賓主之盛而能文，皆於此稔之。』

今據南京圖書館藏本影印。（王天覺）

秘閣唱和集六卷

清翁方綱、清程晉芳等撰。民國鈔本。一册。每半葉十行，行二十一字，黑口，單黑魚尾，四周單邊。

翁方綱（1733—1818），字正三，一字忠叙，號覃溪，晚號蘇齋，大興（今屬北京市）人。清乾隆十七年（1752）進士，授編修。歷督廣東、江西、山東學政，官至内閣學士。工詩書善畫，通金石譜録，創詩論『肌理説』。著有《經義考補正》《復初齋詩文集》《小石帆亭著録》《石洲詩話》等。生平見《清史稿》卷四百八十五、沈津《翁方綱年譜》等。

程晉芳（1718—1784），初名廷璜，又名志鑰，字魚門，號蕺園，安徽歙縣（今歙縣）人。乾隆三十六年進士。歷任内閣中書、吏部主事等職。通經史，善文辭。著有《周易知旨編》《尚書今文釋義》《蕺園詩文集》《勉行齋文集》等。生平見《［光緒］重修安徽通志》卷二百二十五。

乾隆四十七年，翁方綱入文淵閣輪值，同校理、檢閲等學士詩歌唱酬，輯爲《秘閣唱和集》。此本封面題有『杶蔭叢録』『秘閣倡和集』等字樣，鈐『王君復』印。集前有楊幼雲鈔翁方綱親筆數記，記録翁氏等文淵閣輪值期間酬唱之時間、重要參與人員以及詩歌數量等。卷末有民國三十二年（1943）十二月王復《跋》與《再跋》。該集收録翁方綱、程晋芳、張塤、季學錦、鮑之鍾、陳崇本、顧宗泰七人詩作六十六首，其中以翁方綱、程晋芳、張塤三人唱和最爲頻繁，翁方綱多爲首唱，餘人和作。詩歌以五七言近體爲主，主題涵蓋『送行唱和』『咏物唱酬』等。『送行唱和』如送别『張塤祕檢假歸蘇州』『雅堂舍人赴熱河换班』等；『咏物唱酬』如咏寶章、假山、題畫、新栽小松、題書、御題宋版《春秋分記》等。另有以突發事件爲唱酬主題者，如『早詣同官未至』『次兒出痘延醫未克』『病足不入直』等次韵唱酬。還有追和宋人同人館鄧忠臣《初入試院》詩韵等唱和。其中不乏表現主聖臣賢、歌咏太平之作，具有明顯的娱樂消遣性質，是校閲書稿之餘文人活動與心理的再現。

今據國家圖書館藏本影印。（彭健）

雙江倡和集二卷

清陳燮、清黄騂撰。清刻本。一册。每半葉十一行，行二十二字，黑口，雙黑魚尾，左右雙邊。

陳燮，生卒年不詳，字理堂，一字澧堂，江蘇泰州（今泰州市）人。清嘉慶三年（1798）舉人。曾官通州、邳州等地學正。著有《憶園詩鈔》《半芥山房初稿》，編纂有《［嘉慶］邳州志》。《［同治］續纂揚州府志》卷十三有傳。

黄騂，生卒年不詳，字岳嶺，一作約領，號藥林，江蘇興化（今屬泰州市）人。清乾隆三十六年（1771）舉人。歷任甘肅靖遠縣令、平凉鹽茶同知、寧夏西寧知府等職。著有《岳嶺詩鈔》。《［咸豐］重修興化縣志》卷八、《［同治］續纂揚州府志》卷九有傳。

卷首有潘純鈺序，卷末有乾隆五十五年王復跋。乾隆四十九年至五十年，陳燮、黄騂旅居贛州，『淹蕭瑟於江關，抒幽憂於旅館』，借詩筆以寄興，更唱迭和，遂成是集。是集共收録詩作一百二十九首，其中黄騂六十八首、陳燮六十一首，從中可得兩人完整唱和之作十六組，分别爲《百憂》《夜步》《水仙花四首》《望家書不至感賦》《甲辰臘月廿四日立春》《廿五日雨》《甲辰除夕》《山茶》《雨》《登八境臺》《廉泉》《筆峰山》《夜雨》《雨窗遺興同理堂》《感春》《漲灘得雙字》。因清康熙十八年（1679）宋犖秋榷贛州，與錢柏齡等唱和往還，刻有同名唱和詩集《雙江唱和集》。故黄騂、陳燮在唱和時，追慕前賢，多用宋犖詩韵，如黄騂《郁孤臺歌用宋漫堂先生韵》、陳燮《客思用漫堂先生使院即事示錢介維韵》等。

是集另有泰州圖書館藏民國鈔本，比此本多收録唱和詩作六首，分别爲黄騂、陳燮《冬蘭和金蓉塘韵》、陳燮《夜半》《蓮花》、黄騂《寄遠曲二首》。

今據國家圖書館藏本影印。（尚鵬）

鹽官倡和集不分卷

清周春、清陳焯等撰，清陳焯輯。清刻本。一册。每半葉十行，行二十一字，白口，單黑魚尾，左右雙邊。

周春（1729—1815），字芚兮，號松靄，浙江海寧（今海寧市）人。清乾隆十九年（1754）進士。官廣西岑溪縣令，有古循吏風。後以丁憂去職，不復出。清嘉慶十五年（1810），重赴鹿鳴宴。學識淵博，精通韵學。著《十三經音略》《小學餘論》《遼詩話》《海昌盛覽》《閲紅樓夢隨筆》《松靄遺書》等。《清史稿》卷四百八十一有傳。

陳焯（1733—約1807），字映之，號無軒，浙江烏程（今屬湖州市）人。歲貢生。官上虞、杭州、海寧、鎮海等地訓導。勤學修節，能詩工書。著有《湘管齋筆記》《清源雜志》《湘管齋集》等，編有《湖州詩録》。《［民國］杭州府志》卷一百二十二有傳。

是集卷首有乾隆五十年四月陳焯所寫《寓齋雅集詩》引言一篇，略述詩集産生的時間、地點與性質。乾隆五十年，陳焯官海寧訓導，爲慰羈愁，不時邀周春、陳炘、孫霦、林國翰等親友至東城寓齋，結契宴飲，此唱彼和，吟咏性情，所作輯爲此集，共計詩歌九十二首，參與唱和者二十人。其中大型唱和活動有三，依次爲：二月十六日陳焯招同人至寓齋雅集唱和及十七日重集再和作詩，由周春首唱，和者十六人，陳焯唱和尤多，至六疊其韵；二月十五日夜諸人寓齋唱和，次劉過《鹽官權學》《鹽官借沈氏居》二詩之韵，陳炘即席賦詩二首，和者八人，唱和詩歌十六首（含聯句一首），前附劉過原詩；陳焯《移居錢氏》二首唱和，和者十二人，共計二十八首。所作詩均爲七律，唱和方式皆爲次韵酬唱。

今據國家圖書館藏本影印。（豆國慶）

三橋春游曲唱和集一卷

清吴蔚光、清毛琛等撰，清宗廷輔編定。清光緒刻民國六年（1917）徐兆瑋重印《宗月鋤先生遺著八種》本。一册。每半葉十行，行二十一字，黑口，雙黑魚尾，左右雙邊。

吴蔚光（1743—1803），字哲甫，號竹橋、執虚，安徽休寧（今休寧縣）人，寄籍江蘇常熟（今常熟市）。清乾隆四十五年（1780）進士。官禮部主事。後辭官鄉居，潛心著述。著有《洪範音諧》《毛詩臆見》《讀禮知意》《春秋去例》《方言考據》《春明補録》《求閑録》《杜詩義法》《蘇陸詩評》《詩餘辨訛》《素修堂詩集》《素修堂文集》《小湖田樂府》等。《［光緒］蘇州府志》卷一百三十有傳。

毛琛（1733—1803），字寶之，號畹香，又號壽君，自號俟盦老人，江蘇常熟（今常熟市）人。少年攻詩，中歲饑驅四方，垂老就居僧舍。其詩蒼渾激越，戛然自异。著有《俟盦剩稿》。《［同治］蘇州府志》卷一百零三有傳。

宗廷輔（1825—1899），字子贊，號月鋤，晚號佛懶老人，江蘇常熟（今常熟市）人。清同治六年（1867）舉人。後因太平天國戰亂，寓居滬上。所著經後人編爲《宗月鋤先生遺著八種》。《［民國］崇明縣志》卷十二有傳。

清乾隆五十年（1785），江蘇常熟人吴蔚光仿竹枝體作《三橋春游曲》十六首，後又自和原韵十六首，毛琛、王岱、張燮、孫原湘、陳聲和、王家相、夏廷桂、席佩蘭八人陸續和之，亦各作十六首，共得唱和詩作一百六十首。卷首有光緒十六年初夏張鴞庭序。後經宗廷輔取諸家别集，校勘批點，撰寫詩人小傳，增添詩間注解，并於孫原湘詩作後録入其《天真閣集》中《三橋春游曲》十六首，相較可見別集改動唱和原作之痕迹，又於王家相詩作後録入其《茗香堂詩集》中再和詩作十六首，及宗廷輔追和之作三十二首（道光十七年擬作十六首與道光二十一年塾課之作十六首），共計二百二十四首詩作，故卷端大題下署『常熟宗輔編定』。

三橋乃指江蘇常熟山前塘上的三座橋，分別爲殿橋、程家橋與拂水橋，俗稱分別爲『一條橋』『二條橋』『三條橋』。此集作者均爲江蘇常熟人，帶有鮮明地域特徵。

此集另有上海圖書館藏《三橋春游曲》，光緒十六年（1890）刊刻，每半葉八行，行十八字，白口，左右雙邊。卷前有光緒十六年初夏張鶚廷序。僅刻印一百六十首詩作，上有宗廷輔朱筆標點校勘，及增補小傳、詩注。後附鈔録孫原湘、王家相別集詩作及其自和詩作。此本應爲南京圖書館藏刻本之底本。從《三橋春游曲》至《三橋春游曲唱和集》，編纂校勘過程清晰可見。

今據上海圖書館藏本影印。（尚鵬）

沈蘧翁壽杯歌一卷

清周春、清陳萊孝等撰，清吴騫輯。清鈔本。一册。每半葉九行，行二十字，無格。

周春簡介，見《鹽官倡和集》提要。

陳萊孝（1728—1787），字微貞，一作維楨，號誰園，浙江海寧（今海寧市）人。監生。早負才名，館碭山汪氏最久。後與其弟子汪皋鶴相偕入秦凉，凡十年。性好古錢，精金石之學。爲詩摹查慎行。著有《古錢圖譜》《誰園詩集》等。《[民國]杭州府志》卷一百四十五有傳。

吴騫（1733—1813），字槎客，一字葵里，號兔床，浙江海寧（今海寧市）人。諸生。清代著名藏書家，存書四萬五千餘卷，築拜經樓庋藏。著述甚豐，有《國山碑考》《陽羨名陶録》《拜經樓詩話》《愚谷文存》《拜經樓詩集》《拜經樓文集》等。《清史列傳》卷七十二有傳。

是集外封書籤題『沈蘧翁壽杯詩』，下鈐『拜經樓』印。正文標題爲『沈蘧翁壽杯歌』，下鈐『用拙齋珍藏記』等印。沈蘧翁爲沈筠父。沈筠（1651—1683），字開平，號晴岩，浙江仁和（今屬杭州）人。清康熙十八年（1679）進士，以庶吉士召試鴻博，授編修。著有《斗虹集》。沈筠中進士之年，曾爲其父蘧翁慶生，製銀杯十二副爲壽。後爲沈筠婿陳峻齋所藏。傳至峻齋孫陳于蕃時，銀杯僅存其五。清乾隆五十一年（1786）重午後三日，俞思謙等人在陳于蕃書齋觀銀杯，由楊湘浦繪圖，俞思謙先成七古長詩一首，周春、陳萊孝、俞寶華、陳于蕃、沈開勛、吴騫、陳鱣七人各和詩一首，沈開勛另填《蘭陵王》一首。是集共涉唱和者八人，詩八首，詞一首，皆以『壽杯』爲主題。後由吴騫彙輯諸人所作，厘成一卷，以鈔本行世。

今據國家圖書館藏本影印。（王凱）

簾鈎倡和詩不分卷

清吴錫麒、清査瑩等撰。清乾隆穆禮賢刻本。每半葉九行，行二十一字，黑口，單黑魚尾，四周單邊。

吴錫麒（1746—1818），字聖徵，號穀人，别號清凉居士，浙江錢塘（今屬杭州市）人。乾隆四十年（1775）進士。官至國子監祭酒。乞歸後僑寓揚州，任梅花、安定、樂儀等書院講席。工詩善詞，兼熟駢文。著有《有正味齋集》《有正味齋文續集》《有正味齋尺牘》《有正味齋日記》《有正味齋曲》等。生平見《清史稿》卷四百八十五、劉歡萍《吴錫麒年譜》等。

查瑩（1743—？），字韞輝，號映山，别署竹南逸史、依竹居士，原籍浙江海寧，寄籍山東海豐。乾隆三十一年進士。官至吏科給事中。善書法，精鑒藏。《四庫全書》編修時獻書若干種，《四庫全書總目》著録查瑩家藏本僅一種一卷，入史部存目爲《讀史圖纂》。生平見《長蘆鹽法志》卷十七、《[民國]海寧州志稿》卷二十六。

與此集唱和活動相關之中心人物是吕星垣。吕星垣（1753—1821），字叔訥，號湘臯、映微、應尾，江蘇陽湖（今屬常州市）人。乾隆五十年辟雍禮成，進頌册，欽取一等一名，選訓導，後官河間知縣。著有《毛詩訓詁》《春秋經緯史》《讀史紀事》《制藝心解》《湖海紀聞》《白雲草堂詩文鈔》，雜劇《康衢新樂府》十種。《毗陵吕氏族譜》有傳。

是集收録乾隆五十一年吕星垣等三十三人以『簾鈎』爲題之唱和詩作。卷前有阮葵生、曹仁虎、馮應榴與凌廷堪四人題辭，卷末附吕星垣《詩話五則》。唱和因張竹厂、段星川兩人約吕星垣賦簾鈎詩而起，經潘榖堂、康夢芸二人播之掖垣，同人絡繹投贈，和章遂繁。三十三人者，依次爲：吴錫麒、查瑩、江漣、潘有爲、沈颺、周學元、莊逵吉、陳廷慶、丁履端、楊棽、楊揆、馮培、秦潮、張塤、甘運源、言朝標、董教增、程振甲、牛坤、汪彦博、孫輿、馬履泰、席濂、李符清、李馥香、趙希璜、吴竣基、朱觀光、許肇封、饒重慶、胡辰告、錢清履、吕星垣。正文共收七言律詩一百三十八首，除吕星垣作十首外，其餘每人均作四首，多借題咏『簾鈎』，表達相思離别之情。

今據國家圖書館藏本影印。（尚鵬）

松陵唱和鈔八卷

清周允中、清姚梓生等撰，清周允中輯。清乾隆刻本。兩册。每半葉八行，行十九字，白口，單黑魚尾，左右雙邊。

周允中，生卒年不詳，字磵阿，一字味閑，號鏡湖，江蘇吴江（今屬蘇州市）人。乾隆十八年（1753）貢生。從沈德潛游。與沈夢祥、沈樂、金士松、金學詩、陳毓乾、陳毓咸、徐作梅、王逸虬結春江吟社。著有《因拙軒雜著》《澹愉堂詩集》。《［同治］蘇州府志》卷一百零六有傳。

姚梓生，字春崖。生平不詳。

是集牌記鎸『曬寶室藏板』。卷前有乾隆五十三年（1788）二月吴舒帷序，乾隆五十二年十二月上旬金學詩序與乾隆五十三年五月周允中自序。乾隆五十二年至五十六年間，周允中、姚梓生、陳懋學、姚瀛、朱逢泰、朱爾澄、葉兆泰、倪天鈞、金學詩、周京、周義、沈棒、翁楨等十三人時爲雅集酬唱之舉，得詩六百四十三首，包括聯句詩《秋曉泛湖聯句》《九日三里橋即目聯句》二首，後經周允中輯爲《松陵唱和鈔》八卷。『松陵唱和鈔』之名，有追慕效仿皮日休、陸龜蒙《松陵集》之意。金學詩曾對周允中言：『吾與君效皮陸倡和，可乎？』集中卷一、二爲『丁未集』，卷三、四爲『戊申集』，卷五爲『己酉集』，卷六、七爲『庚戌集』，卷八爲『辛亥集』，借此可知唱和發生之時間。諸人唱和纍計一百三十八題，以周允中參與創作最多，達一百一十七題。諸人詩作，或題咏春秋風物，或記叙登覽之行，多咏吴江一地之景物名勝，多爲同題唱和，形式自由，體式不限，僅《游靈岩山館詩次錢宫詹韵》《秋蘭》等十二題爲次韵唱和。

周允中自序云：『每春秋佳日，明窗净几，作文字飲，壺觴未竟，謳吟間作，洵韵事也。』

今據上海圖書館藏本影印。（尚鵬）

荆圃倡和集十卷詞六卷

清楊芳燦、清楊揆等撰，清楊芳燦輯。清嘉慶四年（1799）刻本。四册。每半葉十行，行二十一字，白口，單黑魚尾，四周雙邊。

楊芳燦（1753—1815），字蓉裳，一字才叔，江蘇金匱（今屬無錫市）人。清乾隆四十二年（1777）拔貢。曾官靈州知州、户部員外郎。工詩詞。著有《真率齋稿》《芙蓉山館詩詞稿》等。《清史列傳》卷七十二有傳。

楊揆（1760—1804），字荔裳，一字同叔，江蘇金匱（今屬無錫市）人。楊芳燦之弟。乾隆四十五年召試，賜舉人，授内閣中書。與兄芳燦齊名，有『二難』之目。著有《衛藏紀聞》《桐華吟館詩稿》等。《清史列傳》卷七十二有傳。

卷首有嘉慶四年十一月楊芳燦序、十二月楊揆序。是集乃楊芳燦於乾隆五十二年至嘉慶四年間與友人唱酬之作。正文右下鈐『王培孫紀念物』等印。唱和分爲三階段：第一階段從乾隆五十二年至五十三年，楊芳燦、楊揆由京城赴甘肅，途中多有唱和；第二階段從乾隆五十三年至嘉慶四年，楊芳燦官靈武，與侯士驤、周爲漢等人相唱和；第三階段乃嘉慶四年楊氏兄弟重逢，并老友黄騂相與賡唱。是集分詩十卷，詞六卷，共收詩詞一千一百三十一首，包括詩七百四十一首，詞三百九十首。唱和者依次爲：楊芳燦、楊揆、楊棽、郭楷、侯士驤、周爲漢、陸芝田、楊承憲、張森、李華春、秦承霈、俞訥、秦嵩源、黄騂、楊之灝、馬鐷、楊英燦、楊奎曙，凡十八人。楊揆《荆圃唱和集》序曰：『卷中所作，大率羈旅行役居多焉。』

今據上海圖書館藏本影印。（王凱）

前後元夕讌集詩二卷

清顧駉、清顧諟等撰，清冒篁輯。清末刻本。一册。每半葉十行，行二十四字，粗黑口，單黑魚尾，左右雙邊。

顧駉，生卒年不詳，字牧園，號木原，江蘇如皋（今如皋市）人。清乾隆二十六年（1761）進士。歷任廣西平南知縣、湖北麻城知縣、安陸知府等職。暇則集名流分韵賦詩，語多奇警。工書法。《［嘉慶］如皋縣志》卷十七有傳。

顧諟，號此山，生平不詳。

冒篁（1741—？），字笙林，號馥軒，江蘇如皋（今如皋市）人。縣廩生。工詩詞歌賦，擅棋。編有《前後元夕讌集詩》。生平見《蒲上題襟集同人齒録》。

是集封面有孫家鼐題簽『如皋冒氏叢書』，内封題『前後元夕讌集詩』，收録如皋冒氏於乾隆、嘉慶年間前後兩次正月十五宴集、觀燈之唱和詩作。前後兩次唱和，相隔近三十年。

卷上收録清乾隆五十三年正月唱和之詩，前有該年正月顧駉《霞映閣前元夕讌集記》。據題記可知，此次唱和『主客凡十五人，賦七言長句凡三十首』。然是集僅收録冒篁、顧駉等十一人詩二十二首，另有八首已佚。卷下收録清嘉慶二十年（1815）冒氏正月觀燈唱和詩三十一首，冒篁、凌霄、吴廷瑞等十六人參與此次唱和。卷前有嘉慶十六年凌霄《倚虹閣後元夕讌集記》。卷後有民國元年（1912）冒廣生跋。跋云：『《前後元夕讌集詩》二卷，從江寧凌芝泉《蒲上題襟集》録出，凡七言詩五十三首，中缺前讌集詩八首。當時并各有圖，今不知流落何所矣。』

今據國家圖書館藏本影印。（喻夢妍、余夢婷）

和茶烟閣體物詞一卷

清茹敦和撰。清刻本。一册。每半葉十一行，行二十一字，白口，單黑魚尾，四周單邊。

茹敦和（1720—1791），字三樵，一字遜來，浙江會稽（今屬紹興市）人。幼嗣婦翁李姓爲子，占籍廣東。十五歲執教鄉學，門生多年長於他，然均敬其才學。清乾隆十九年（1754）進士，復歸本宗茹姓。曾任南樂知縣、大理寺評事、德安府同知等職。晚年致仕後居鄉，專研《易》學。著有《周易二間記》《周易小義》《越言釋》。生平見《清史稿》卷四百七十七。

是集卷首有虞山許朝序，標題下鈐『知堂收藏越人著作』，及金鉠題詞、邱錫疇《三樵先生詩餘小引》。後列八十一首詞作目録，實際收詞八十二首。在目録所列最後一首『踏莎行·和沈南屏』後，詞集實則還有一首

『又，再叠前韵』。除結尾五詞一首和尤侗詞韵、一首和南宋李南金贈妓詞韵、三首和沈銓詞韵外，其餘七十七首均爲追和朱彝尊《茶烟閣體物集》之作。《茶烟閣體物集》收詞一百一十四首，茹敦和追和達三分之二以上。且追和之詞，詞調、詞題、詞韵皆與朱彝尊原作完全一致。

許朝序謂茹敦和之追和曰：『曾取竹垞朱氏《茶烟閣體物詞》，按韵和之，得數十闋。賦物象形，極妍盡態，情見乎辭矣。』

今據國家圖書館藏本影印。（銀文）

邗上題襟集兩種

清曾燠、清吴錫麒等撰，清曾燠輯。清兩淮官署刻本。前一種一册，後一種兩册。每半葉十一行，行二十一字。黑口，雙黑魚尾，左右雙邊。

曾燠（1760—1831），字庶蕃，號賓谷，又號西溪漁隱，江西南城（今南城縣）人。清乾隆四十六年（1781）進士。歷任户部主事、員外郎、兩淮鹽運使、湖南按察使、湖北按察使、廣東布政使、貴州巡撫、兩淮鹽政等。著有《賞雨茅屋詩集》《駢體文》，輯有《續金山志》《江右八家詩》《江西詩徵》《朋舊遺詩》《國朝駢體正宗》等。生平見《清史列傳》卷三十三、包世臣《曾撫部别傳》等。

吴錫麒簡介，見《簾鉤唱和詩》提要。

乾隆五十八年曾燠就任兩淮鹽運使，閑暇之時與幕府友人詩酒唱酬，一時之間，天下能詩之人皆趨於揚州。

一册本内封書名下題『兩淮官署藏板』，卷前有乾隆五十八年汪中序，序之首頁右側鈐『曹印秉章』『理齋』等印。是集收録乾隆五十八年曾燠與吴錫麒、吴煊、詹肇堂、吴照、徐嵩、徐寶瓚、胡森、吴嵩梁、陳燮等幕府諸友唱和各體詩歌，共計十八人詩作七十二首（含《古赤刀聯句》一首）。此集起於曾燠《蘭亭硯詩》，止於汪溥《呈賓谷先生》。末有『維揚柏志高刻』。其中較具規模之唱和有六題，分别爲：蘭亭硯詩、九峰園秋禊詩、康山留别詩、賦咏銀槎詩、題西溪漁隱圖與賦咏雁來紅。

兩册本内封書名下亦題『兩淮官署藏板』，卷首卷末無序跋。正文首頁除鈐『曹印秉章』『理齋』等印外，天頭鈐『王研堂』印，收録乾隆五十八年至六十年間曾燠與幕府友人唱和之各體詩歌，共計四十九人三百七十首（含聯句詩一首）。此集起於曾燠《秋禊詩》，止於李保泰《讀題襟集賦呈》。兩册本以一册本爲基礎，删減部分詩作，如蘭亭硯詩、賦咏雁來紅，增加後續詩作。其中較具規模之唱和有十七題，分别爲：九峰園秋禊、康山留别詩、賦咏銀槎詩、題西溪漁隱圖、十二月十九日東坡壽、賦咏白蓮、消寒會分咏、題周文矩明皇擊梧圖、觀賞篠園芍藥、題咏趙南星鐵如意、長至後四日題襟館消寒分韵、賦咏西洋玻璃器、消寒席上賦咏鐵簫、題袁枚隨園雅集圖、題袁枚給假歸娶圖後、題袁枚十三女弟子西湖受業圖與咏袁枚贈文信國公緑端蟬腹硯。餘下多爲文人間題贈酬答之作。

汪中序稱曾燠曰：『先生鄉望、科第、文名、宦迹，事事與文忠同。而是集之成，又足增此邦之掌故，補前人之墜典。雖謂有過文忠，可也。』將曾燠與歐陽脩作比，高度頌揚曾燠詩壇地位。

今據天津圖書館藏本影印。（尚鵬）

邗上題襟續集一卷

清曾燠、清徐嵩等撰，清曾燠輯。清嘉慶二年（1797）刻本。兩册。每半葉十一行，行二十一字，黑口，雙黑魚尾，左右雙邊。

曾燠簡介，見《邗上題襟集》提要。

徐嵩（1758—1802），字鏡唐，號朗齋、閬齋，後改名爲鑅慶，江蘇金匱（今屬無錫市）人。清乾隆五十一年（1786）舉人。官至湖北蘄州知州。著有《玉山閣集》《朗齋錢譜》。生平見《清史列傳》卷七十二、王芑孫《署湖北蘄州徐君墓誌銘》。

是集内封書名下題『兩淮官署藏板』，卷前有嘉慶二年四月曾燠序，序之首頁右側鈐『曹印秉章』『理齋』等印。是集上承《邗上題襟集》，收録乾隆六十年至嘉慶二年曾燠幕府主賓唱和之作，共計四十二人各體詩作二百五十一首，起自曾燠《袁簡齋前輩八十生日以詩爲壽》，止於樂宫譜《秦夫人良玉錦袍歌》。其中較具規模之唱和有十二題，分别爲：揚州柳枝詞、題投筆從軍圖、題黄賁生紅橋泛月圖、題郭厚庵種蕉别館、六月廿一日集平山堂下爲歐公壽、題宫娥乞巧圖、題襟館看菊、消寒分咏、題襟館種竹、上方寺看梅、題顧閎中書韓熙載夜宴圖、題秦夫人良玉錦袍歌。除此之外，是集多收録當時文人讀《邗上題襟集》之贈詩。

曾燠自序言：『余本薄殖，又早從簿書，未能肆力於風雅。徒以性之所近，周旋諸作者間，蓋怯戰久矣。主不如客，夫何待言？然而邾莒之國，不廢會盟，庶幾借此務自繕修，振其積弱，且不敢没諸家之美，故復梓是編而行之。』

今據天津圖書館藏本影印。（尚鵬）

邗上題襟集選二卷

清吴嵩梁、清王文治等撰，清孫星衍選輯。清嘉慶六年（1801）兩淮官署刻本。二册。每半葉九行，行二十一字，黑口，單黑魚尾，左右雙邊。

吴嵩梁（1766—1834），字子山，一字蘭雪，號石溪漁老，江西東鄉（今屬撫州市）人。嘉慶五年舉人，授國子監博士。後以内閣中書官貴州黔西知州。喜交游，得王昶、翁方綱、法式善等推重。工詩善詞。朝鮮吏曹判書金魯敬以梅花一龕供奉之，稱爲『詩佛』。著有《香蘇山館全集》。生平見《清史稿》卷四百八十五。

王文治（1730—1802），字禹卿，號夢樓，江蘇丹徒（今屬鎮江市）人。清乾隆二十五年（1760）探花，授編修。官至雲南臨安知府。工書法，喜戲曲，癡佛禪。著有《夢樓詩集》《快雨堂題跋》等。生平見《清史稿》卷五百零三、姚鼐《中憲大夫雲南臨安府知府丹徒王君墓誌銘并序》、王漢民《王文治年譜》。

孫星衍（1753—1818），字伯淵，又字淵如，號季逑、芳茂山人，江蘇陽湖（今屬常州市）人。清乾隆五十二年（1787）一甲二名進士，授編修。歷任刑部主事、刑部郎中、山東兖沂曹濟兵備道、山東督糧道、山東布政使等職。晚年主講南京鍾山書院、泰州安定書院、杭州詁經精舍等處。深究經、史、文字、音訓之學，旁及諸子百家，尤長於校勘，爲乾嘉學派代表。著有《尚書今古文注疏》《周易集解》《芳茂山人文集》等。《清史稿》卷四百八十一有傳。

此集是以《邗上題襟集》《續集》《後續集》爲底本的選本。孫星衍稱：『擇其最雅訓者，重録成編。』全書共收唱和詩作二百十三首。其中如《邗上題襟續集》所收《秋湖觴芰詩》，原有袁慰祖等十九人詩作，《選集》僅收郭堃一人詩作。此外，《邗上題襟集選》還收録少量《邗上題襟集》《續集》《後續集》未收詩作，如曾燠、詹肇堂、何錦、劉嗣綰、胡森、郭琦、張彭年、陳燮八人所作《分體效江醴陵雜體詩》等。全集由孫星衍『評定』，以圈點與眉批的方式對部分詩作加以評點。

今據南京圖書館藏本影印。（尚鵬）

涉園修禊集一卷

清胡文蔚、清周春等撰，清吴騫輯。清吴氏拜經樓鈔本。一册。每半葉十行，行二十字，白口，無魚尾，左右雙邊。

胡文蔚，生卒年不詳，字茂栽，一字茂齋，浙江海鹽（今屬嘉興市）人。貢生。工詩文，擅書法。築小圃，讀書其中，顔曰『穰園』，學者稱爲穰園先生。著有《書屏近語》《備荒先政》《穰園詩稿》。生平見《［光緒］海鹽縣志》卷十七。

周春簡介，見《鹽官倡和集》提要。

吴騫簡介，見《沈蘧翁壽杯歌》提要。

是集卷前有秦瀛題詩二首，後列《涉園修禊同人姓氏》，同人姓氏首行下鈐『愉庵所得』等藏書印，之後列吴騫《涉園修禊記》及其首唱七律四首、七古一首、答周春七律一首。據知，清乾隆五十九年二月三日，吴騫等人集海鹽張氏涉園修禊，吴騫以所藏明楊繼盛寄鄭曉手書真迹歸還鄭曉十一世孫鄭鼎鋓，同人修禊觴咏之樂，遂增名臣氣節之慕，後詩作輯録爲《涉園修禊集》一卷。正文末端鈐吴騫之號『夜明竹軒主人』印。卷末還有清宣統二年（1910）初夏楊葆光題詩二首。胡文蔚詩小序稱：『會者凡十有七人，某某。有詩者幾人，無詩者幾人，不與會者有詩者幾人。』可知當時與會者共十七人，然《涉園修禊同人姓氏》僅列十六人。且有與會未作詩者，不與會而補作詩者。《涉園修禊同人姓氏》中人，僅吴騫、黄運亨、張鶴徵、張燕昌、李聘、李濟光、鄭鼎鋓、朱焕雲八人留有詩作。而胡文蔚、周春、張柯、曹森、查揆、朱瑞榕、陳孝達七人，爲未與會而作詩者。是集共收録十五人唱和詩詞二十五首（詩二十三首，詞兩首），其中吴騫作六首，黄運亨、鄭鼎鋓各三首，李聘作二首，餘人皆各一首。唱和詩作古近體不限，形式自由。

楊葆光咏涉園修禊曰：『武林耆舊集，儼作永和人。及放吴門棹，還回洛水濱。歸途徵故事，高義軼前塵。耿耿忠肝在，非從袚濯新。』

今據國家圖書館藏本影印。（尚鵬）

濟上停雲集一卷

清孫星衍、清趙懷玉等撰。清光緒十一年（1885）長沙王氏刻《孫淵如先生全集》本。一册。每半葉十行，行二十字，白口，雙黑對魚尾，左右雙邊。

孫星衍簡介，見《邗上題襟集選》提要。

趙懷玉（1747—1823），字億孫，又字味辛，號牧庵，江蘇武進（今屬常州市）人。乾隆四十五年賜舉人，授內閣中書。歷官青州同知、登州知府等。性坦易，工古文辭，精校勘之學。著有《亦有生齋集》六十八卷。《清史稿》卷四百八十五有傳。

是集正文標題下署『芳茂山人詩録弟四』。卷末有龔慶跋、清嘉慶二十三年（1818）六月楊文蓀跋。據龔慶跋語所稱，《濟上停雲集》本爲乾隆六十年孫星衍任兖沂曹濟兵備道時，『適阮督部元視學山左，諸名士會萃一方，多文讌唱酬之作，曾刊《濟上停雲集》』。而此《孫淵如先生全集》中的《濟上停雲集》，則是將原刊本《濟上停雲集》中孫星衍的詩作及和作録出而成，并附録了孫氏在清嘉慶五年至六年間主講詁經精舍時所作詩歌，共收孫氏詩作七十六首，阮元、張問陶等人原唱或和韵之作十三首。

楊文蓀跋稱孫星衍未登第以前所爲詩曰：『大抵原本六朝，而出入昌谷、玉溪之間，七古縱横跌宕，一時與洪稚存、黄仲則兩先生并稱鉅手。中年以後，覃精漢學，校勘群籍，袁簡齋太史以爲遁入考據，至貽書相責，不知先生之詩之工，猶夫少日也。』是集頗可反映孫星衍中年之後詩歌風貌。

今據國家圖書館藏本影印。（王春）

甫里倡酬集一卷

清陸廷楷、清周秉鑑等撰，清周秉鑑輯。清嘉慶十年(1805)周氏易安書屋活字本。一册。每半葉十行，行十八字，白口，單黑魚尾，四周單邊。

陸廷楷(1735—?)，字寶傳，號澹齋、梅塘一老，江蘇吴江(今屬蘇州市)人。諸生。能文工詩。著有《澹齋詩鈔》，輯有《陸氏祖先遺像》。生平見《[同治]蘇州府志》卷一百三十八。

周秉鑑(1733—?)，字顯光，一字易安，江蘇元和(今屬蘇州市)人。著有《易安齋詩草》，刊有《甫里逸詩》《竹素園古文》《假年録》。《中國古籍版刻辭典》有傳。

是集卷前有嘉慶元年八月下旬翟璜序，卷末有嘉慶十年閏六月周秉鑑跋。卷内某頁天頭鈐『張寶勝記』印。據序可知，嘉慶元年，秀水翟璜寓居吴縣甫里，與『風雅諸君子及寶山黄君平泉相與揣摩聲韵，更倡迭和。并各出其篋中近作，彙爲一編，名曰「甫里倡酬集」』。是集以人繫詩，每位詩人下署地望、字號，共收録十七位詩人二百一十一首詩作。十七位詩人依次爲：陸廷楷、周秉鑑、翟璜、黄臣燮、魏標、金成、胡震、李鑑、王夢翔、潘掌珍、陳心鏡、戈咸熙、馬大椿、曹榕、高衡、曹逢源、馬文雄。因此集各附以『近作』，故相對削弱唱和之内涵。其中最爲明顯的唱和之題爲『杏花春雨詞』，由翟璜首唱，黄臣燮、金成、胡震、魏標、李鑑、王夢翔、陳心鏡七人均次其韵。

此集書版輾轉於數人之手，後彙入《假年録》刊刻，因此版心有鎸『甫里倡酬集』者，亦有鎸『假年録』者，有標卷次者，亦有不標者，前後不一，甚至《讀吴泰伯廟》有目無篇，故統視爲一卷。

今據國家圖書館藏本影印。（尚鵬）

吴下諸子和大觀園菊花社原韵詩一卷補題詩一卷

清李福、清吴嘉泰等撰。清嘉慶刻《後紅樓夢三十回》本。一册。每半葉九行，行十八字，白口，單黑魚尾，四周單邊。

李福，生卒年不詳，字子仙，一字備五，江蘇吴縣（今屬蘇州市）人。嘉慶十五年（1810）舉人。官州同。能文，擅詩詞，工書善畫。著有《花嶼讀書堂詩鈔》《嘯月軒集》等。《［同治］蘇州府志》卷八十四有傳。

吴嘉泰，生卒年不詳，字東屏，江蘇吴縣（今屬蘇州市）人。吴蔭培曾祖父。諸生。與同郡顧蒓、李福、陶賡等相友善，詩札往來，殆無虚日。有文才，尤精於鑒賞。《［同治］蘇州府志》卷八十九有傳。

《紅樓夢》第三十八回，史湘雲、林黛玉、薛寶釵、賈寶玉等人結菊花詩社，薛寶釵作《憶菊》《畫菊》，賈寶玉作《訪菊》《種菊》，史湘雲作《對菊》《供菊》《菊影》，林黛玉作《咏菊》《問菊》《菊夢》，賈探春作《簪菊》《殘菊》，共十二首菊花詩。乾嘉時期，吴下諸子追慕大觀園菊花社風雅，亦倡立菊花社，并以原韵作菊花詩。所得詩作編爲兩卷，卷一爲『後紅樓夢附刻詩第一種』，即『附刻吴下諸子和大觀園菊花社原韵詩』，共收李福、翁義海、蔣莘等二十三人七言律詩三十五首，分别和大觀園菊花社《憶菊》《畫菊》《訪菊》等詩；卷二爲『後紅樓夢附刻詩第二種』，即『附刻吴下諸子爲大觀園菊花社補題詩』，共收董國華、張思孝、李福三人七言律詩三十六首，一詩一題，補《早菊》《晚菊》《評菊》《枕菊》《菊屏》《菊釀》《菊香》《菊色》《菊品》等三十六題，皆爲《紅樓夢》菊花詩所無之題。

今據南京圖書館藏本影印。（王凱）

晉甎酬唱詩一卷

清謝啓昆、清阮元等撰，清胡虔輯。清嘉慶二年（1797）刻本。一册。每半葉九行，行十七字，黑口，單黑魚尾，左右雙邊。

謝啓昆（1737—1802），字蘊山，一字良璧，號蘇潭，江西南康（今屬贛州市）人。清乾隆二十六年（1761）進士，改庶吉士。歷任浙江按察使、廣西巡撫等。著有《西魏書》《小學考》《樹經堂詩集》《文集》，輯有《邗江録别詩》，主持編纂《廣西通志》。生平見《清史稿》卷三百五十九、姚鼐《廣西巡撫謝公墓誌銘》。

阮元（1764—1849），字伯元，號雲臺、雷塘庵主，晚號怡性老人，江蘇儀徵（今屬揚州市）人。乾隆五十四年進士。先後任禮部、兵部、户部、工部侍郎，山東、浙江學政，浙江、江西、河南巡撫及漕運總督、湖廣總督、兩廣總督、雲貴總督等職，官至體仁閣大學士。所至之處，以提倡經術、振興文教爲己任，勤於軍政，治績斐然。清道光十八年（1838）致仕，返回揚州定居。道光二十六年重宴鹿鳴，加太傅銜。卒謚『文達』。曾主持編纂《經籍籑詁》，校刻《十三經注疏》，彙刻《皇清經解》等，撰有《揅經室集》《十三經注疏校勘記》《定香亭筆談》等。《清史稿》卷三百七十一、《清史列傳》卷三十六有傳。生平還見於張鑑等《阮元年譜》、黃章濤《阮元年譜》等。

胡虔（1753—1804），字雒君，號楓原，安徽桐城（今桐城市）人。嘉慶元年舉孝廉方正。師從姚鼐。工古文，精考據。後受謝啓昆延請，主講廣西秀峰書院。著有《柿葉軒筆記》《識學録》《皇朝輿地道里記》《江南江夏豫章三郡沿革考》等。生平見《[道光]續修桐城縣志》卷十六、方東樹《儀衛軒文集》卷十《先友記》。

是集卷首有晉甎文拓本八幅，首幅右下鈐『萱鈴』『王氏北堂』印，後有胡虔序言一篇。據序可知，嘉慶二年三月，浙江布政使謝啓昆修葺署齋，胡虔於土中得晉甎八塊，遂拓其文於册，以『永平』二字考證出甎爲晉惠帝永平年間造。謝啓昆賦詩紀事，同人和之，胡虔彙爲《晉甎酬唱詩》。是集共收録謝啓昆等二十九人唱和詩作三十首。其中，謝啓昆、阮元、張曾誼、張映璣、秦瀛、謝振定、侯鳳苞、錢泳、潘相、侯烈、馮應榴、李堯棟、沈德鴻、吴廷鏞、許慶宗、袁鈞、項墉、趙魏、楊秉初、顧式金、陳廣寧、繼昌等二十二人各作七古一首，王聘珍、張寶鎔、張燕昌、許元仲等四人各作五古一首，王廉作五律集句一首，邵志純作七律二首，周春作雜體詩一首。諸人詩作多描摹晉甎，考訂金石，感慨今昔。

黄裳《來燕榭書跋》稱：『此册十年前得之湖上，未甚重之，無暇裝池。近檢書得之，漫閲一過。一時才俊，都在卷中。時世承平，士大夫文酒風流，考訂金石文字，令人健羡。』

今據國家圖書館藏本影印。（尚鵬）

續刻菉竹山房贈詩不分卷

清法式善、清秦瀛等撰，清吴台輯。清嘉慶二十四年（1819）刻本。一册。每半葉十一行，行二十二字，白口，單黑魚尾，左右雙邊。

法式善（1753—1813），原名運昌，詔改法式善，字開文，一字梧門，號時帆，又號陶廬，正黃旗（蒙古）烏爾濟氏。清乾隆四十五年（1780）進士，改庶吉士，授檢討。歷官國子監司業、侍講學士、國子監祭酒、文淵閣校理、左庶子等。喜宏獎風流，一時有龍門之目。著有《存素堂集》四十九卷。生平見《清史稿》卷四百八十五。

秦瀛（1743—1821），字凌滄，號小峴，又號遂庵，江蘇無錫（今無錫市）人。乾隆三十九年舉人。歷任內閣中書、浙江按察使、湖南按察使、浙江布政使、順天府尹、刑部右侍郎等職。與姚鼐相推重，詩文篤雅有節。著有《小峴山人集》三十七卷。生平見《清史稿》卷三百五十四。

吴台，生卒年不詳，字位三，安徽涇縣（今涇縣）人。附貢生。歷官兵馬司正指揮、長沙府通判。著有《涇水考》《吴台詩草》等。生平見《［嘉慶］涇縣志》卷十五。

是集卷首有嘉慶二十四年吴台所撰《自志》與《附舊作并叙》、吴應年《菉竹山房圖》，後有嘉慶二十四年吴台跋文。據叙文知，菉竹山房本爲吴葆孫所築，後其子吴台重加修葺，工竣，賦七律二首，得和章甚衆。吴台爲避免日久散逸，便將和詩隨到隨刊，計收百餘家，輯録爲《菉竹山房詩咏》一卷。嘉慶三年後，吴台交游所得復有數十家，而《菉竹山房詩咏》舊刻原板已損，印本也爲同人索盡，於是在女婿翟柳村家藏本的基礎上，將原先贈詩與諸家續贈詩彙成一卷付梓。其中既有關於菉竹山房的各體贈詩，也有對吴台七律舊作的次韵和作。全書共收法式善、秦瀛、洪亮吉等八十四家詩、詞凡一百七十三首，大抵以寫清景、抒幽懷爲主。

吴台《自志》謂是集之刻曰：『荒田售十雙，續刻願斯遂。琅玕千個匀，香草一編萃。醫俗賴此君，妙勝青囊秘。』

今據國家圖書館藏本影印。（王春）

皋亭倡和集一卷

清阮元、清陸繼輅等撰，清阮亨輯。清光緒二十四年（1898）錢塘丁氏刻本。一册。每半葉十行，行二十字，白口，單黑魚尾，四周雙邊。

阮元簡介，見《晋甄酬唱詩》提要。

陸繼輅（1772—1834），字祁孫，一字修平，江蘇陽湖（今屬常州市）人。清嘉慶五年（1800）舉人，選合肥訓導。遷知江西貴溪，三年引疾歸。工詩文。有《崇百藥齋詩文集》《合肥學舍札記》。《清史稿》卷四百八十六、《清史列傳》卷七十二有傳。

阮亨（1783—1859），字梅叔，一字仲嘉，江蘇儀徵（今屬揚州市）人。阮元從弟。嘉慶初嘗入阮元浙幕。嘉慶二十三年副貢。清咸豐元年（1851）舉孝廉方正，不就。工詩，時人有『阮蕉花』之稱。所撰駢文、古近體詩等十一種三十六卷，彙爲《春草堂叢書》刊行，輯校有《廣陵名勝圖》《皋亭唱和集》《淮海英靈續集》《廣陵詩事補》等。生平見《續纂揚州府志》卷十三。

是集封面有楊譽龍書『皋亭倡和集』，牌記署『戊戌閏三月錢塘丁氏刊』。皋亭，又名半山，地處杭州北郊，風景秀麗。《湖壖雜記》載：『湖墅有三勝地，西溪之梅，皋亭之桃，河渚之蘆花。』嘉慶間，阮元主政杭州，多次與友人赴皋亭賞桃探春，吟咏唱酬。嘉慶二十年，阮元已離任杭州，其弟阮亨赴皋亭觀桃修禊，友人出示《皋亭雲隱圖》，囑其寫録阮元及同人先後唱和之作，遂隨檢舊稿，輯成《皋亭倡和集》一卷。是集收録阮元、阮亨、陸繼輅、陸耀遹、蔣徵蔚、陳文述、吴文溥、孫韶、程邦憲、許珩、黄文暘、張鑑、童槐、林述曾、郭麐、張興鏞、閔志塏、阮常生、顧廷綸、阮蔭曾等二十人詩作凡二十五首，記載了阮元等詩壇名彦於嘉慶三年、嘉慶五年、嘉慶八年、嘉慶九年、嘉慶十年等五次皋亭集會活動，見證了他們賞花題圖、詩酒唱酬之風雅往事，也爲杭城增添了一段繼美蘭亭之佳話。

今據首都圖書館藏本影印。（谷文虎、謝安松）

溪南倡和集四卷

清陸學錦、清陸學欽等撰，清錢大昕評定。清刻本。四册。每半葉九行，行十九字，黑口，單黑魚尾，左右雙邊。

陸學錦（1761—1823），字仲章，一字子尚，江蘇鎮洋（今屬太倉市）人。諸生。與陸學欽、沈端、錢宗穎、沈靖、吴本合稱『溪南六子』。著有《毛詩叶韵考》《直方齋詩文集》等。生平見《［宣統］太倉州志》卷二十一。

陸學欽（1763—1806），字子若，號敦書，江蘇鎮洋（今屬太倉市）人。陸學錦之弟。從錢大昕學。清嘉慶五年（1800）舉人。著有《蘊真居詩集》。《［宣統］太倉州志》卷二十一、《湖海詩傳》卷四十一有傳。

錢大昕（1728—1804），字曉徵，號辛楣，又號竹汀，嘉定（今屬上海市）人。清乾隆十九年（1754）進士，選庶吉士，授編修。歷任右贊善、侍講學士、少詹事等職，典山東、湖南、浙江、河南鄉試，提督廣東學政。著有《廿二史考异》《元史藝文志》《疑年録》《十駕齋養新録》《潛研堂集》等。《清史稿》卷四百八十一、《清史列傳》卷六十八有傳。

卷首有嘉慶四年三月錢大昕序。是集收録陸學錦、陸學欽、沈端、錢宗穎、沈靖、吴本六人唱和詩二百八十首，其中卷一收詩六十九首，卷二收詩五十五首，卷三五十六首，卷四一百首，多爲同題唱和。各體兼備，以擬古居多。如卷四以《元宫詞》爲題，陸學錦、陸學欽、沈端、錢宗穎、沈靖各作七絶二十首。錢大昕評曰：『隸事奥博而筆足以副之，一唱三嘆，异曲同工，較之張光弼、楊允孚更勝一籌。』

今據國家圖書館藏本影印。（陳思晗、楊春妮）

淮上題襟集十二卷

清程虞卿、清徐端等撰，清黄承增輯。清刻本。每半葉九行，行十九字，白口，單黑魚尾，左右雙邊。

程虞卿（1762—1820後），字趙人，號禹山，安徽天長（今屬滁州市）人。清嘉慶十二年（1807）舉人。五應禮闈不中，主講文津書院。著有《五經彙解》《漕河紀略》《石梁耆舊集》《水西閑館詩集》等。生平見《［光緒］重修安徽通志》卷二百二十九。

徐端（1751—1813），字肇之，號心如，浙江德清（今屬湖州市）人。清乾隆年間以通判官東河河工，嘉慶年間纍官至江南河道總督。著有《回瀾紀要》。生平見《［同治］湖州府志》卷七十、《清代河臣傳》卷三。

黄承增（1757—1821），號心盦，安徽歙縣（今歙縣）人。著有《櫧山草堂詩稿》《寄鷗閑館詞》，輯《漢口漫志》《廣虞初新志》《今詩所見集》《吴下朋箋小録》《淮上題襟集》《新雨聯吟》《大梁偶成唱和詩鈔》。范鍇《漢口叢談》卷五有傳。

與此集唱和活動相關之中心人物是鐵保。鐵保（1752—1824），字冶亭，一字鐵卿，號梅庵，正黄旗（滿族）棟鄂氏。清乾隆三十七年（1772）進士。官至兩江總督。著有《梅庵詩鈔》《梅庵文鈔》，輯有《熙朝雅頌集》。《清史稿》卷三百五十三有傳。

是集内封書名下署『鐵保題』，并鈐『鐵』印。卷前有嘉慶六年五月陳鴻緒序。正文首頁右下鈐『享壽藏書畫印』等印章。全集收嘉慶四年至七年鐵保任漕運總督期間，與幕府詩友唱和詩歌四百首。唱和者共計有鐵保、程虞卿、徐端、黄承增、張振德、張錤、高樹穎、彭兆蓀等六十七人。全集分爲十二卷，每卷一題，卷一咏飛絮影、落花聲，程虞卿等四十七人參與；卷二爲鐵保作《春雪》詩，黄承增等十二人次韵和之；卷三爲鐵保集召同人宴游荻莊，黄承增效王士禛冶春詩體賦呈六首，鐵保等七人次韵和之；卷四爲鐵保意有未盡，再次黄承增韵，賦詩六首，黄承增等三人和之；卷五爲鐵保等十二人以杜甫《古柏行》韵咏諸葛菜；卷六爲徐端等十人咏夢船；卷七爲鐵保作《天津道中寫懷》四首，惠齡等八人次韵和之；卷八爲鐵保等十五人題《臨榆觀海圖》，體、韵不限；卷九爲閻學淳作《秋夜有懷心盦》，黄承增次韵酬之；卷十爲鐵保作《歲杪寫懷》四首，程虞卿等九人次韵和之；卷十一爲鐵保作《淮安古迹》八首（漂母祠、枚皋宅、杜康橋、公路浦、劉伶墓、娑羅碑、枸杞井、萬柳亭），程虞卿等五人同作；卷十二爲鐵保作《偶題十首》（破寺、荒塚、壞橋、斷碑、敗壘、崩岸、缺岸、廢宅、空城、枯井），程虞卿、黄承增兩人同作。

陳鴻緒序稱：『聯主賓而擊鉢，挈僚佐以題襟。言情寓物，依然贈李答蘇；叠韵分箋，寧或前王後駱。』

今據首都圖書館藏本影印。（尚鵬）

三君酬唱集三卷附録一卷雙紅豆圖題咏彙録一卷

清孫原湘、清王曇、清舒位撰，清孫雄輯。清宣統二年（1910）油印本。一册。每半葉十二行，行二十二字，無格。

孫原湘（1760—1829），字子瀟，一字長真，號心青，江蘇昭文（今屬常熟市）人。清嘉慶十年（1805）進士，改庶吉士，充武英殿協修官。以疾歸。歷主昆山玉峰書院、旌德毓文書院、通州紫琅書院、本邑游文書院。嘗受業於袁枚。著有《天真閣集》。孫原湘與王曇、舒位并稱『後三家』或『江左三君』。生平見《清史稿》卷四百八十五、李兆洛《清故翰林院庶吉士孫君墓誌銘》、陳壽祺《清故翰林院庶吉士孫君墓誌銘》。

王曇（1760—1817），又名良士，字仲瞿，號蠡舟，浙江秀水（今屬嘉興市）人。當地有瓶山，因以瓶山自號。清乾隆五十九年（1794）舉人。會試不第，白衣終身。因曾爲和珅幕僚，和珅被誅，王曇從此不齒於士列，乃益放縱，而有狂怪之名。時人將他與常州詩人黄仲則詩合刻，題曰『乾隆二仲』。著有《烟霞萬古樓詩選》《烟霞萬古樓文集》等。生平見龔自珍《王仲瞿墓表銘》。

舒位（1765—1816），字立人，號鐵雲，自號鐵雲山人，小字犀禪，大興（今屬北京市）人，生長於江蘇吴縣（今屬蘇州市）。乾隆五十三年舉人，屢試進士不第。貧困潦倒，游食四方，以館幕爲生。博學，善書畫，尤工詩、樂府，書各體皆工。著有《瓶水齋詩集》《乾嘉詩壇點將録》等。又有《瓶笙館修簫譜》，收入其所作雜劇四種。生平見《［民國］烏青鎮志》卷三十。

孫雄（1867—1935），原名同康，字師鄭，號鄭齋，江蘇昭文（今屬常熟市）人。清光緒二十年（1894）進士。歷任吏部文選司主事、北洋客籍學堂監督、京師大學堂文科大學監督等職。民國時兩次出任北京政府財政部秘書，後又任財政部顧問。著有《師鄭堂集》《眉韵樓詩話》《讀經救國論》等。生平見《民國藏書家手札圖鑑》。

孫原湘與舒位、王曇齊名，三人遭際相似、詩名相埒，法式善爲作《三君咏》，故人稱『三君』，又稱『後三家』。以此，孫原湘之玄孫孫雄輯録三人往還唱和作品爲是集。所收三人唱和詩歌大約作於乾隆六十年至嘉慶十五年間。卷一輯録孫原湘《天真閣集》中與舒位、王曇唱和詩作三十四首，卷二輯録王曇《烟霞萬古樓集》中與舒位、孫原湘唱和詩作十八首，卷三輯録舒位《瓶水齋集》中與王曇、孫原湘唱和詩作三十四首，附《瓶水齋詩話》一則。

附録一卷，收李兆洛、陳壽祺所撰孫原湘墓誌銘兩篇，龔自珍撰《王仲瞿墓表銘》一篇，陳文述撰《舒鐵雲傳》一篇。

後有《雙紅豆圖題咏彙録》一卷，正文大題下有宣統二年九月孫雄小序，述編輯緣由。孫原湘因喜愛吴綺『把酒祝東風，種出雙紅豆』名句，自署雙紅豆齋主人，請邵聖藝繪圖，填《雙紅豆》詞八闋於其上，當時名流多有題咏。後孫雄復爲徵之，成此一卷。是集共收録孫原湘、吴晉、邵雲巢、王昶、吴蔚光等七十五人作品一百九十七首，其中詩一百三十五首，詞六十一首，南九宮曲一套。

今據南京圖書館藏本影印。（周丹丹）

花塢聯吟四卷存三卷

清沈奎、清徐雲路等撰，清唐仲冕編。清嘉慶六年（1801）唐氏刻本。二册。每半葉十行，行二十一字，白口，單黑魚尾，左右雙邊。

沈奎，生卒年不詳，字復始，號見亭，江蘇吴縣（今屬蘇州市）人。清乾隆四十八年（1783）順天副貢，官石埭教諭。生平見《［民國］吴縣志》卷十七。

徐雲路，生卒年不詳，字企萬，一作起萬，號懶雲，江蘇昆山（今昆山市）人。嘉慶十五年貢生。工詩文，長於詞，善書畫。著有《釀花居集》。生平見《［同治］蘇州府志》卷九十六。

唐仲冕（1753—1827），字六枳，一作枳六，號陶山，湖南善化（今屬長沙市）人。少隨父客居山東肥城。乾隆五十八年進士。歷官宜興、吴江、吴縣知縣，海州、通州知州，署松江、蘇州知府，官至陝西布政使。工詩善畫，著述宏富。著有《陶山文録》《陶山詩録》《露蟫吟詞鈔》等。生平見陶澍《護理陝西巡撫布政司布政使陶山唐公墓誌銘》，葉衍蘭、葉恭綽《清代學者像傳》第一集，《［同治］蘇州府志》卷二十二。

嘉慶四年，唐仲冕調任吴縣知縣，以明人唐寅族裔身份修繕唐寅祠墓，作七律《重修六如居士祠墓落成紀事四首》，諸名士相和，詩作編爲四卷（含卷一補遺）。因六如居士祠墓在桃花塢，唱和集遂以『花塢聯吟』命篇。因此集『隨到隨編，不拘次序』，現存有一卷、二卷、三卷與四卷本等四種版本。本《叢刊》影印底本爲四卷本，爲所見最全本，收録潘奕雋、李堯棟等二百零六人和詩四百六十九首，均次唐仲冕原唱韵。然此本缺卷一及卷一補遺兩部分詩作，故衹存一百八十六人唱和詩三百九十七首。各人和作多寡不一：多者如潘世俊前後次韵兩次，得和詩八首；少者若吴毓金、宋人鶴等各和詩一首。卷二大題下署『詩榜原卷』，唐仲冕編集時『拔取長洲副貢沈奎詩壓卷』（《[民國]吴縣志》卷六十四），故開篇即録沈奎詩。卷三卷大題下署『平江書院課卷』，應爲書院課藝之作，但卷末不乏方外、女士之作，卷末載刻工姓名『蘇城鐵瓶巷有耀齋王鳳儀刻字』。卷四後附有楊芳燦『詞』七首，實爲套曲。

卷三金禮嬴詩前小序稱：『造物忌才，書生薄命。梁鴻慕要離，死豈無情？賈誼哭三閭，生寧無怨？』點出《花塢聯吟》悲士不遇之主題。

今據國家圖書館藏本影印。（彭健、尚鵬）

是程堂倡和投贈集二十五卷

清胡元杲、清朱人鳳等撰，清屠倬輯。清道光五年（1825）錢塘屠氏刻本。六册。每半葉十一行，行二十三字，白口，單黑魚尾，左右雙邊。

胡元杲，生卒年不詳，字應元，號秋白，浙江錢塘（今屬杭州市）人。清嘉慶十五年（1810）舉人。官嘉興教諭。生平見《兩浙輶軒續録》卷二十六。

朱人鳳，生卒年不詳，原名壬，字謂卿，號閑泉，浙江錢塘（今屬杭州市）人。朱彭次子。廩生，久困場屋。後幕游廣東，官訓導。著有《畫舫齋稿》《祖硯堂集》。生平見《杭州藝文志》卷八、《兩浙輶軒續録》卷十九。

屠倬（1781—1828），字孟昭，號琴隖，又號耶溪漁隱，晚號潛園。浙江山陰（今屬紹興市）人，寄籍錢塘。嘉慶十三年進士，改庶吉士。歷任江蘇儀徵知縣，江西袁州知府、九江知府等職。主講紫陽書院、笠澤書院。著有《是程堂集》《是程堂二集》《耶溪漁隱詞》，編有《是程堂倡和投贈集》《潛園集録》《紫陽書院課餘選》。生平見屠倬《潛園漫士傳》、沈欽韓《屠孟昭哀詞》、夏寶晋《江西九江府知府屠公墓誌銘》。

是集牌記書『道光五年乙酉刊』。卷前有道光五年八月十五日胡敬序、屠倬《潛園漫士傳》，後列《是程堂倡和投贈集總目》。總目有三十卷，其中卷二十六至二十八雜文、卷二十九至卷三十尺牘未見刊刻。除詩餘外，每集卷前均有屠倬序。是集收録嘉慶六年至道光五年間屠倬與友朋唱和、投贈詩詞共兩千兩百四十首（含聯句五首），分爲二十五卷。

卷一、二《山居足音集》，係嘉慶六年至十一年屠倬於清平山拂塵庵讀書期間與里中諸子、四方名士唱和投贈之作，收録胡元杲、郭麐、查初揆等五十七人詩作二百二十四首。

卷三《僧寮吟課》，緣於嘉慶八年朱彭至清平山中，見庵前古樹，作七古一首，詩友紛紛和作。經屠倬輯録，分爲《拂塵庵古樸行》《賽濤曲》《奚丈鐵生雲林圖舊爲葑塘先生作也琴塢於市上得之携歸書農孝廉同人爲作還畫詩》《題陳道山鍾山圖》四題，收録朱彭、胡敬、查揆、朱人鳳、蔣炯、胡元杲、殳春源、屠倬、范崇階、許乃濟十人詩作三十二首。

卷四《銷夏彙存》，乃嘉慶十一年許宗彦邀集詩友作銷夏會，凡八集，席間擬唐人詩作，收録許宗彦、胡敬、屠倬、許乃濟、姚樟、許乃普六人詩作四十五首。

卷五爲《小檀欒室題辭》。小檀欒室爲屠倬清平山中讀書之所。後屠倬請友人作圖，時人多有題咏。此集收録王昶、姚鼐、張問陶、阮元、法式善等五十人詩作九十三首。

卷六《説詩類編》，乃嘉慶八年郭麐館於杭州，查揆寓居屠倬家中，三人以詩論交，作《説詩圖》，同人題咏，屠倬另彙其他詩友談詩之作於此，共得郭麐、法式善、劉逢禄等四十八人詩作一百二十六首。

卷七《讀畫録》，乃屠倬學畫於奚岡，繪圖若干，邀詩友鑒賞，題詩於上。經屠倬輯録，得奚岡、吴騫、范崇階等五十二人詩作一百一十九首。

卷八《耶溪漁隱題辭》，乃屠倬托隱於江湖之上，王學浩爲其繪《耶溪漁隱圖》，屠倬作題畫四絶，以抒其志趣，同人紛紛和之，共得何琪、吴錫麒、陶澍等三十九人詩作一百零一首。

卷九《日下題襟集》，乃嘉慶十四年屠倬與京師諸友以文字相酬，得沈欽韓、董國華、錢儀吉等二十三人詩作八十五首。

卷十《雙藤録别詩鈔》，乃嘉慶十五年屠倬離京外放，京師友人多賦其所居雙藤老屋以相贈别，共録翁方綱、秦瀛、顧蒓等三十八人詩作五十七首。

卷十一爲《從政未信録》。嘉慶十五年，屠倬出任江蘇儀徵知縣，任職期間多有惠政。此集收録友人投贈贊譽其捕盜、課桑、織布等政績之詩，共得桂芳、吴慈鶴、金學蓮等二十八人詩作五十六首。

卷十二《弦韋贈處集》，收録詩友饒絢春、陳廷慶、吴鼒等四十三人投贈之作七十一首。題名『弦韋』，語出《韓非子·觀行》：『西門豹之性急，故佩韋以自緩；董安于之心緩，故佩弦以自急。』有自我警勉之意。

卷十三、十四《湘靈館雜鈔》，收嘉慶十五年至十九年屠倬儀徵任内友朋過訪唱和投贈之作，共得查揆、郭麐、舒位等三十七人詩作一百七十首。諸友曾得湘靈峰石，贈置於屠倬新修縣齋，故名其所爲『湘靈館』。

卷十五《鑾江懷古集》，收録屠倬與友人題咏儀徵古迹之詩，共得沈欽韓、王安瀾、施應心等十七人詩作五十三首。所咏古迹，『皆考之傳聞，證之正史，蓋以紀實』，以備後人修撰方志之用。

卷十六《江上咏花集》，收録屠倬儀徵任上與友人觀荷、賞梅等唱和之作，共得劉嗣綰、姚椿、汪端光等十七人詩作四十五首。

卷十七《官舍十二咏》，乃嘉慶十五年屠倬修繕儀徵縣知縣官舍，成《官舍十二咏》，後另附《題就竹亭詩》，此二題友人皆有和作，共收録吴錫麒、貴徵、樂鈞等二十三人詩作一百八十首。

卷十八爲《三十六峰吟》。三十六峰爲屠倬收藏的三十六塊奇石，嘉慶二十三年屠倬邀友觀賞，同人皆有題咏之作。是集共收録周濟、吴嵩梁、屠秉等十九人詩作九十三首。

卷十九、二十爲《潛園吟社集》。嘉慶二十一年至道光八年間屠倬於潛園與友人結吟社，吟社時斷時續。此集收録期間部分詩作，多爲咏物、觀景之作，共計得馬履泰、潘眉、錢師曾等四十五人詩作二百三十一首。

卷二十一、二十二爲《養痾雜編》。屠倬體弱多病，常需調養。養病期間不廢吟咏，多與友人唱和，共得黄凱鈞、郭鳳、許兆熊等四十二人詩作一百九十五首。

卷二十三爲《病榻拜恩集》。此集上承《養痾雜編》，乃道光元年屠倬蒙恩先後授袁州、九江知府之職，因病未赴，仍避居潛園，與友人詩酒酬唱，共得沈欽韓、陳來泰、屠秉等四十二人詩作一百四十七首。

卷二十四、二十五《詩餘》，收録嘉慶七年至道光五年屠倬與友人唱和投贈詞，多爲題畫、咏物之作，共得朱人鳳、沈起潤、夏寶晋等四十一人詞作一百一十七首。

胡敬稱：『潛園（屠倬）同譜，性情邁往，結納宏通。羔雁之投，贄以行遠；騷雅之什，唱而愈高。溯自通籍以前，暨乎歸田而後。交遍海内，酬答綦多。編存篋中，瓊玖同視。梨棗之壽，金石之契存焉。』

今據天津圖書館藏本影印。（尚鵬）

蛟橋折柳圖題咏一卷

清吴衡章、清儲成章等撰，清吴騫輯。稿本。一册。每半葉十行，行二十二字，無格。

吴衡章，生卒年不詳，字菊畦，江蘇宜興（今宜興市）人。博學嗜古，不事舉子業。尤精繪畫，繪有《蛟橋折柳圖》等，畫作秀潤高逸。卒年八十六。《[光緒]宜興荆溪縣新志》卷八有傳。

儲成章，生卒年不詳，字達君，號静齋，江蘇宜興（今宜興市）人。著有《静齋集》。曾與里中任安上、徐騰蛟等結長溪詩社。生平見《[道光]重刊續纂宜荆縣志》卷七。

是集卷首有『拜經樓主人』吴騫《蛟橋折柳圖記》，詳記集會唱和之緣起。清嘉慶八年（1803）仲春，吴騫赴無錫秦瀛慧麓探梅之約，因過陽湖鍾溪訪舊。將歸時，諸友於二月二十六日爲之餞别，集於周迪雲浪山房。『雲浪山房者，周子藕塘讀書處也。適當東城之隈，蛟橋之滸，水木明瑟，雲壑幽迤。』吴衡章爲作《蛟橋折柳圖》，同人取吴騫詩『舊雨尚嫌三過少』句即席分韵，各賦詩詞，遂爲《蛟橋折柳篇》。同集者儲成章、任安上、周迪、徐騰蛟、潘兆熊、吴衡章、吴騫，共七人。作詩三首、詞四首。閏二月花朝後二日，潘兆熊復招集諸友至任安上『澹和堂』相會。諸君『以次持春酒上壽，清談暢飲，一如前月』，以周迪贈句『竹垞而還幾博學，簡齋以後一文星』十四字分韵，或作詩或填詞。儲成章作七律二首；方炘因至松江掃墓未與會，後補賦七絶二首；潘允喆作五律一首；吴上翰作七古一首；萬之衡、周星垣、徐樫、潘兆熊、徐騰蛟、蔣稱、吴衡章、任安上、周迪、汪玉珩各作詞一首；卷末列吴騫《萬年歌》詞一首，共收録十五人詩詞十七首，彙爲《蛟橋折柳圖題詞》。兩次集會酬唱，共得『蛟橋折柳圖題咏』詩九首、詞十五首。

吴騫謂：『然則是會也，人物之盛雖不及西園，而諸君情致之深、風誼之篤，殆復過之。』

今據上海圖書館藏本影印。（郭繁榮、談莉）

燕市聯吟集四卷

清袁通、清楊夔生等撰。清嘉慶九年（1804）刻本。一册，與《討春合唱》合刊。每半葉十行，行二十一字，白口，單黑魚尾，左右雙邊。

袁通（1775—1829），字達夫，號蘭村，浙江錢塘（今屬杭州市）人。本爲袁樹之子，袁枚之侄，出生即過繼袁枚爲嗣子。監生。曾官汝陽、河内知縣。清道光九年（1829）二月，因疾病卒於開封。著有《捧月樓詞》《捧月樓綺語》等。生平見《［道光］河内縣志》卷三十六、《兩浙輶軒續録》卷二十四。

楊夔生（1781—1841），原名承憲，字伯夔，號浣薌，一作浣香，江蘇金匱（今屬無錫市）人。楊芳燦之子。諸生。四次參加鄉試均名落孫山。道光九年任望縣知縣。道光十三年任固安知縣。道光十五年任薊州知州。著有《真松閣詞》《過雲精舍詞》《樊桐山館唱和集》《續詞品》《匏園掌録》等。生平見楊芳燦自撰《楊蓉裳先生年譜》、黄燮清《國朝詞宗續編》卷七。

卷首有清嘉慶九年三月初一日陳文述序，卷末有嘉慶十九年十二月邵廣銓跋。燕市聯吟始於嘉慶八年秋袁通入京後，結束於嘉慶九年春。參與唱和者有袁通、楊夔生、陳基、邵廣銓、吴自求、李元塏、楊芳燦、錢枚、許景誥、陳文述、蔡鑾揚、戴鼎恒、錢廷烺、何湘、繆元益、楊芸、李佩金、李鼎元、汪全德、程同文、浦夢珠、朱渌、鄧廷楨、王德修、陳用光、許夔、張問安、陶涣悦、孫燧、江芾，共三十人。唱和地點有楊芳燦芙蓉山館、袁通寓齋、李元塏少摩山室、陶然亭、極樂寺等。是集共收詞二百三十八首，詩十六首，涉及咏物、記游、思鄉、懷人、懷古、閨怨、送别、悼亡等内容，唱和形式多樣，有次韵、分韵、聯句等。集中附楊夔生《附西溪禪隱圖記》、吴鼒《送袁蘭村之官廣陵序》。

陳文述序稱：『可謂極鏤玉之勝場，盡雕璚之能事矣。』邵廣銓跋回憶昔日唱酬盛况云：『一二素心人晨夕過從，此倡彼和，殆無虚日。友朋歡聚之樂，可謂盛已。』

今據上海圖書館藏本影印。（楊春妮、郭雪穎）

竹園集紀詩一卷附百秋閑咏一卷吟秋百律一卷

清阮復祖、清阮燦輝等撰，清阮復祖輯。清道光二十一年（1841）刻本。一册。每半葉十行，行二十一字，白口，單黑魚尾，左右雙邊。

阮復祖（1744—1823），字輪源、臺峰，號竹園，江西安福（今安福縣）人。清乾隆五十二年（1788）舉人。曾任會昌縣訓導。著有《夢蛟山人詩集》《百秋閑咏》《竹園集記》等。《［同治］安福縣志》卷十一有傳。

阮燦輝，生卒年不詳，字升甫，江西安福（今安福縣）人。清嘉慶二十四年（1819）進士，授編修。工詩賦、書法。年未五十而卒。著有《匏庵詩鈔》等。《［同治］安福縣志》卷十一有傳。

是集封面題簽有缺損，疑爲『竹園集記百秋閑咏吟秋百律』。卷首有道光二十一年四月阮烜輝《新鎸竹園集紀詩叙》。是集收録阮氏父子等十八人唱和詩作一百一十一首。嘉慶八年，阮復祖獲選會昌訓導，嘉慶九年二月到任，於署旁『構房屋八九間』，門前園中『種竹十餘竿』。阮復祖與諸子、諸友人酬唱於此，彙爲《竹園集紀》一卷。唱和者依次爲：阮復祖、盧浙、阮燦輝、阮烜輝、黄榜、惲敬、馬廷楠、顧述、阮炳輝、王應麒、劉企垛、方楷、張瓊英、程邦弼、吴蘭修、阮烔輝、阮啓輝、盧洵。詩作以次韵唱和爲主，多爲五言詩和七言詩，僅有張瓊英《題少臺小照》、阮炳輝《酬鶴舫先生題句》兩首四言詩。

後附阮復祖《百秋閑咏》一卷及阮烜輝《吟秋百律》一卷。《百秋閑咏》卷前有嘉慶十九年九月十二日阮復祖自序。《吟秋百律》卷前有嘉慶十九年九月十六日阮烜輝自序。據阮烜輝序『因奉家君命，趣之急，勉成百首』，及正文大題下所刻『百秋詩和家大人作』，可知《吟秋百律》爲阮烜輝唱和阮復祖《百秋閑咏》之作。《百秋閑咏》與《吟秋百律》各收五言律詩一百首，題目皆冠以『秋』字，如『秋吟』『秋水』『秋意』等，均爲吟咏秋事之作。

今據首都圖書館藏本影印。（喻夢妍、余夢婷）

撫浙監闈紀事詩一卷

清阮元、清潘世恩等撰，清阮元輯。清《儀徵阮氏文選樓遺稿十二種》稿本。一册。每半葉八行，行二十一字，無格。

阮元簡介，見《晋甄酬唱詩》提要。

潘世恩（1770—1854），字槐堂，號芝軒，江蘇吴縣（今屬蘇州市）人。清乾隆五十八年（1793）狀元，授修撰。歷任内閣學士、軍機大臣等職。著有《思補堂集》。《清史稿》卷三百六十三有傳。

是集卷前有阮福序。題名爲『撫浙監闈紀事詩』，實則可分爲三：一爲清嘉慶九年（1804）浙江甲子科鄉試唱和。其時潘世恩、盧蔭溥任主考官，阮元任監臨，同人遂以是科試題『試院煎茶得泉字』賦詩。阮元詩先成，主試、提調、内外監試及各簾官皆和原韵。出闈後阮元彙集成卷，又作《試院煎茶用蘇公詩韵》《八月十五闈中作坡公八月十五催試官詩韵》，并署中諸友之作附録入卷，共三十首。二是清道光元年（1821）廣東辛巳恩科鄉試唱和。阮元出任是科監臨，和德保乾隆三十五年監臨時所題詩；費丙章、葉申萬見阮元出示之浙闈煎茶唱和詩卷，以蘇軾《試院煎茶》《催試官考較戲作》詩韵和之，共三首。三爲道光二年壬午科廣東鄉試唱和。阮元捐修粵闈號舍，并出任監臨，賦詩志喜，主試祁寯藻、程德潤皆有和作，共四首。三次闈場唱和共得詩作三十七首，其中以嘉慶九年浙闈煎茶唱和最爲完整，并以手卷的形式流傳於世。吴錫麒《潘芝軒侍郎浙闈唱和詩卷序》、徐熊飛《潘芝軒夫子試院倡和詩卷跋》《盧南石夫子試院倡和詩卷跋》均爲此事而作。

吴錫麒稱浙闈煎茶唱和曰：『吾知爇蘇門之瓣香，作士林之準格，不又爲藝林添一故事也哉。』

今據南京圖書館藏本影印。（尚鵬）

樽酒銷寒詞一卷附録一卷續録一卷

清邵廣銓、清董國華等撰。清光緒十一年（1885）刻本。一册。每半葉九行，行二十二字，白口，單黑魚尾，四周雙邊。

邵廣銓（1774—1821），字蘭風，江蘇昭文（今屬常熟市）人。清嘉慶諸生。著有《蘭風詞》。生平見《［同治］蘇州府志》卷一百零二、一百三十八。

董國華（1773—1850），字容若，一字琴涵，又作琴南，江蘇吴縣（今屬蘇州市）人。嘉慶十三年（1808）進士，選庶吉士，授編修。歷任山東萊州知府，雲南廣南知府、昭通知府，廣東雷瓊兵備道。著有《雲春堂詩文集》《香影庵詞》。《［同治］蘇州府志》卷八十四、《［民國］吴縣志》卷六十六下有傳。

與此集唱和活動相關之中心人物還有方履籛。方履籛（1790—1831），字彦聞，一字術民，號薌齋，又號江左僑民，祖籍大興（今屬北京市），從高祖始移居江蘇陽湖（今屬常州市）。嘉慶二十三年舉人。曾官福建閩縣知縣。著有《萬善花室文集》《萬善花室詩》《萬善花室詞》《金石萃編補正》，輯《伊闕造象題字目録》，纂《河内縣志》《武陟縣志》。《［光緒］武進陽湖縣志》卷二十三有傳。

是集内封小篆題『尊酒消寒詞二卷續録一卷』，卷端大題署『樽酒銷寒詞』，内實爲詞一卷附録一卷續録一卷。牌記鐫方楷署『光緒乙酉刊於粤東』。卷首有袁通序，序後有嘉慶二十二年陸繼輅識語。附録後有光緒十一年方楷跋。據序跋可知，是編正集及附録所收爲嘉慶九年、十年前後，詞人方履籛游京師，與諸友結社定約、消寒唱和之作，故以『樽酒銷寒』名集。正集共收録邵廣銓、董國華、趙植庭、方履籛、董曾臣、蔡鑾揚、蔡鴻燮、顧翰、蔣錫愷九人十三次消寒集會唱和詞八十五首，而非方楷跋中所説八十八首。附録一卷收以上諸家小令五十闋。兩卷詞多爲同調同題唱和。

續録一卷前有劉庠序，後有光緒十一年五月十六日方賓穆跋，共收方楷、劉庠二人光緒三年唱和詞十八首，屬同題、依韵唱和。

今據國家圖書館藏本影印。（袁馨）

綏江偉餞集二卷續刻一卷

清聶肇奎、清李實等撰。清嘉慶十年（1805）志道堂刻本。一册。每半葉九行，行二十二字，白口，單黑魚尾，四周雙邊。

聶肇奎（1750—1812），字季觀，號藻庭，湖南衡山（今衡山縣）人。聶燾子，聶肇基弟。清乾隆五十七年（1792）舉人。其墨藝士林傳誦，詩、古文超越時流。嘗主講數處書院，晚年官益陽縣教諭。著有《星岩文集》《粤游詩草》《曉岳山房編年詩集》等。《［道光］衡山縣志》卷三十九有傳。

李實，生卒年不詳，廣東新會（今屬江門市）人。乾隆六十年進士。曾官肇慶、惠州教授。著有《鋤月軒詩鈔》。生平見《〔道光〕新會縣志》卷六。

與此集相關唱和活動之中心人物是陳蕃。陳蕃（1730—1818），字梅林，廣東潮陽（今屬汕頭市）人。乾隆三十年拔貢。嘉慶元年授四會教諭。倡建綏江書院，日集諸生講學論文。纂輯《經史析疑》《綏江偉餞集》等。《〔光緒〕潮陽縣志》卷十七有傳。

是集内封中題書名，右上書『嘉慶十年新鐫』，左下題『壘石山房藏版』。卷首有嘉慶十年閏六月上旬馮敏昌序及同年三月高超倫序。陳蕃於嘉慶十年致仕，作《留別同學諸子四章》《留別諸年先生二章》《留別紫貝能振黄寅長一章》等七言律詩七首，聶肇奎、李賓、劉統基、蕭燧等同僚及親友九十五人和詩、贈詩二百一十五首，古體近體皆有，并《滿庭芳》詞一闋，彙爲此集。卷二末還收録嘉慶六年十月高超倫《恭祝梅林陳老師臺暨元配周孺人七十加一雙壽序》一篇。

馮敏昌詩評陳蕃曰：『昌黎去後久無師，世有翁門或未知。試看廣文耽道味，何如區趙共心期。光風霽月同千古，易聖經神各一時。教澤綏江流不盡，別歸那不繫人思。』

今據南京圖書館藏本影印。（喻夢妍、余夢婷）

曲江亭閨秀唱和詩一卷

清張因、清孔璐華等撰，清王瓊輯。清嘉慶刻本。一册。每半葉七行，行十八字，白口，單黑魚尾，左右雙邊。

張因（1741—1807），原名張英，字浄因，一字淑華，江蘇甘泉（今屬揚州市）人。黄文暘妻。善畫，工詞。夫婦館阮元琅嬛仙館，諸夫人從其問學。著有《緑秋書屋詩集》。生平見《淮海英靈續集·辛集》卷一，《揚州畫舫録》卷二。

孔璐華（1777—1832），字經樓，山東曲阜（今曲阜市）人。阮元繼室。著有《唐宋舊經樓詩稿》。生平見《［民國］山東通志》卷一百四十五。

王瓊，生卒年不詳，字碧雲，晚號愛蘭老人，江蘇丹徒（今屬鎮江市）人。周維延妻，王豫妹。著有《愛蘭軒集》《愛蘭詩話》。生平見阮亨《瀛洲筆談》《珠湖草堂筆記》。

是集又名《曲江亭唱和集》，卷首有嘉慶十三年（1808）五月五日華亭王凝香序及同年四月十五王瓊自序。王瓊自序云嘉慶十一年春，阮元夫人孔經樓『携張浄因、劉書之、唐古霞、家凝香諸子與瓊互相賡和以爲樂，而江瑶峰、鮑茝香二子亦先後寄詩訂交，曁侄女輩共得十有一人，洵爲一時閨閣盛事』。是集實收嘉慶十一年前後孔璐華、王瓊等十三位閨秀唱和詩作五十五首，非止十一人也。唱和内容以懷人居多，體現了女性特有之細膩情感，形式多爲五七言次韵之作。

今據國家圖書館藏本影印。（尚鵬）

詩巢唱和二卷

清陳廷慶、清周師濂等撰。清嘉慶刻本。一册。每半葉八行，行十八字，白口，單黑魚尾，左右雙邊。

陳廷慶（1754—1813），字兆同，號古華、桂堂、非翁等，奉賢（今屬上海市）人。清乾隆四十六年（1781）進士，選庶吉士，改户部主事，晋員外郎，出任湖南辰州知府。丁父憂歸。工詩詞，通古文，喜收藏奇石异珍。著有《謙受堂全集》《法帖集古録》等。《［光緒］重修奉賢縣志》卷十二有傳。

周師濂（1765—1837），字又溪，號竹生，浙江會稽（今屬紹興市）人。清嘉慶六年（1801）拔貢。善書畫，工墨竹。著有《竹生吟館詩草》。生平見《兩浙輶軒續録》卷二十一。

卷首有嘉慶十一年六月海鹽石麟《叙》。正文首頁標題下鈐『林蔭居』『酣飲賦詩』等印。該集收録嘉慶十一年春，陳廷慶在越州送袁耐亭赴定海，與友人唱和之詩，及其他友人追和之詩。集中作者除首唱陳廷慶外，還有周師濂、王陳培、何一坤、紀珩、吴傑、潘寧、陳石麟、陳光鑾、壽鈺、郭麐、陳世縉、俞超、朱鴻、陳秋水、陳鴻墀、高錫麒、涂日燿，共計十八人。全書分上下兩卷，上卷收七言律詩三十六首，全爲陳廷慶作品；下卷收七言律詩六十二首，共九十八首，皆次韵，押『槎』『霞』『叉』『華』『夸』五字。

石麟評價諸人唱和之詩曰：『因難見巧，穿來一一之珠。觸緒生新，悟到三三之偈。』

今據南京圖書館藏本影印。（王天覺）

白燕倡和集六卷

清王之佐、清凌雲鶴等撰，清王之佐輯。清嘉慶二十年（1815）青來草堂刻本。一册。每半葉十行，行二十一字，白口，單黑魚尾，左右雙邊。

王之佐，生卒年不詳，字硯農，又字澹霞，江蘇震澤（今屬蘇州市）人。清道光元年（1821）舉孝廉方正制科。爲人疏財好義，工詩善畫，好治印。以白燕詩知名，人或呼爲『王白燕』。著《青來集》十六卷、《繪水集》八卷，輯《寶印集》六卷。《[同治]蘇州府志》卷一百零八有傳。

凌雲鶴，生卒年不詳，字得階，號吟香，江蘇吴江（今屬蘇州市）人。長於詩文。著有《緑蘿山房詩草》八卷。生平見《[同治]蘇州府志》卷一百三十八。

是集内封右上署『錢塘吴穀人先生鑒定』，中題書名，左下署『乙亥仲春青來草堂鎸板』。卷前依次有嘉慶二十一年三月錢塘吴錫麒手書序、嘉慶十九年九月六日楊復吉序、同年秋吴玉樹序，同年十一月上旬周楚題詞，及王之佐所撰『例言』。集後有嘉慶十九年十二月上旬沈璟序。據知，嘉慶十四年，王之佐見白燕『翔於同里張氏庭中，興有所觸』，遂賦七律四首。六年以來，『所得和章甚夥』，王之佐彙輯而成是編。是集共收録王之佐、凌雲鶴、沈璟、周鵬飛等二百八十五位詩人唱和詩三百八十四首。首列王之佐原唱四詩，次鈔録和作。卷一、二爲次韵詩；卷三、四爲和韵詩，名曰『和韵』，實收除次原韵之外唱和諸作，均以得詩先後爲次。卷五爲閨秀詩，卷六爲方外詩。詩前作者名下，小字注明字號、籍貫。此集體例完整嚴謹，可謂唱和集編選的典範之作。

吴玉樹序曰：『今復見王澹霞茂才《白燕》之作，大江南北，臺閣巨卿、山林逸客、閨秀方外，無不争相遞和。』可見此次唱和影響之廣。

今據國家圖書館藏本影印。（彭健）

涉趣園倡和集十卷首一卷涉趣雜吟一卷涉趣十咏一卷

清楊堃、清張彭齡等撰，清楊堃輯。清嘉慶二十五年（1820）萃一草堂刻本。六册。每半葉九行，行二十字，白口，單黑魚尾，四周單邊。

楊堃（1764—1818），字雨蒼，號青溪，浙江嘉善（今嘉善縣）人。太學生，贈朝議大夫。通經史，尤工書法。著有《世系考略》《蕉雨山房詩草》，輯有《涉趣園倡和集》。生平見《草里生楊氏家譜》。

張彭齡，號漁舫。生平事迹不詳。

嘉慶二年春，楊堃於宅西北隅構亭，適逢友人贈以董其昌所書『涉趣』舊額，遂以涉趣名亭。錢增賦《涉園十景》贈之。楊堃感名不副實，深以爲愧。至嘉慶十四年，楊堃復辟地爲小園，叠石疏泉，點綴花木，既成，仍以『涉趣』名之。涉趣園營有十景，四時兼備，分别爲：涉趣梅芬、含風松嘯、石屋棋聲、釣磯魚躍、涵鏡荷風、層屋霞彩、閣聞稻香、橋窺月印、林巘招涼、筠廊挹翠。楊堃吟成五言古詩十首，分賦十景，一題一首。一時江浙詩家皆從而和之。楊堃彙輯成集，將付梓而先逝。嘉慶二十五年，由其子楊錦、楊錀刊行。是集内封右上題『嘉慶庚辰新鐫』，中題書名，左下署『萃一草堂藏板』。卷前有嘉慶二十一年序五篇、記一篇與自識一則，依次爲：五月郭麐序，高塏序，三月十六日陳鴻壽序，十月上旬蕭樹芳序，楊堃《涉趣園小記》及其仲秋自識。并有《涉趣園倡和詩目次》，列唱和諸人姓名，亦包括題詞作者。卷首收録楊堃原唱五古十首，孫錫彪、周學泗等二十人各體題辭二十二首。正文十卷，以得詩先後爲序，共收録張彭齡、孫元琦等二百三十七人和作九百三十七首。一題一卷，分咏十景。和詩多以同題爲主，各體兼備。其中次韵之作於題中標注。和詞僅一首，乃趙華恩《浪淘沙》。末附《涉趣雜吟》《涉趣十咏》各一卷。《涉趣雜吟》共計二十四首，爲錢斗樞、楊堃二人以趙孟頫《天冠山題咏詩帖》韵分咏涉趣園十景以外的作品。《涉趣十咏》共計二十首，爲楊錦、楊鑰二人分咏涉趣園十景之作。卷末有嘉慶二十一年秋日楊錦、楊鑰跋語。

高塏序稱：『長篇短什，莫不斐然。略一展誦，怳若登降其林亭樓閣，而游矚於小山窠石之間也。』

今據南京圖書館藏本影印。（尚鵬）

東山酬唱二卷

清張問陶、清段瑮等撰，清馮春暉輯。清道光十六年（1836）弋陽馮氏刻本。一册。每半葉九行，行十九字，白口，單黑魚尾，四周雙邊。

張問陶（1764—1814），字仲冶，一字柳門，號船山，四川遂寧（今遂寧市）人。清乾隆五十五年（1790）進士，授檢討。歷任江南道監察御史、吏部郎中、山東萊州知府等職。後辭官寓居蘇州虎丘山塘。與袁枚、趙翼合稱清代『性靈派三大家』，與彭端淑、李調元合稱『清代蜀中三才子』。著有《船山詩草》。《［道光］蘇州府志》卷一百零八有傳。

段瑮，生平不詳。

馮春暉（1772—1836），字麗天，號旭林，河南光州（今屬潢川縣）人。清嘉慶十年（1805）進士。歷官東昌府知府、清州知州等。詩文斐然，頗有政聲。其子馮喜賡輯其著述爲四卷，題爲《椿影集》。生平見《［道光］濟南府志》卷三十二。

是集附於《椿影集》後，内封題：『道光丙申，東山酬唱，基福堂藏。』卷首有道光十六年冬楊榮光序，卷尾有該年十月下旬馮喜賡跋。全書分爲上下兩卷，每卷開端各列目録，首行下端題『男喜賡、載賡敬梓』，共收録張問陶、段璞、秦延慶、袁恒炳、張開文等八十一人與馮春暉酬唱往來之詩二百八十三首，卷上收一百二十八首，卷下收一百五十五首。唱和時間起自嘉慶十五年，終於道光十三年。上卷前半部分『以人序詩』，多收録馮春暉與一二好友的往來贈答之篇；後半部分與下卷均『以時序詩』，先後記載了兩次酬唱活動，依次爲『和馮氏自壽詩唱和』和『餞别馮氏辭别東郡唱和』。道光十年，馮春暉作《五十九歲自壽詩》，和者四十三人，共計詩歌六十八首，收録於上卷。道光十三年，馮春暉作《留别東郡四首》，和者三十七人，共計詩歌一百五十五首，收録於下卷。諸人和詩多采用次韵唱和，押韵穩切。詩歌體裁多爲七律，間有五七言絶句、排律，四言古詩等，衆體兼備，特色鮮明。是集唱和活動雖圍繞馮春暉展開，却未收馮氏詩作。

馮喜賡曰：『讀同官贈答之篇，可以見文采風流，備極一時之盛；讀士民所上之篇，可以見歌功誦德，無閑百里之封。』

今據國家圖書館藏本影印。（豆國慶）

討春合唱一卷

清汪瑚、清袁通等撰。清嘉慶刻本。一册，與《燕市聯吟集》合刊。每半葉十行，行二十一字，白口，單黑魚尾，左右雙邊。

汪瑚，生卒年不詳，字海樹，浙江錢塘（今屬杭州市）人。附監生。曾任新寧典史、新會典史等職。生平見丁紹儀《國朝詞綜補》卷二十三、《〔道光〕新會縣志》卷五。

袁通簡介，見《燕市聯吟集》提要。

卷首依次有嘉慶十九年（1814）十二月邵廣銓跋、嘉慶十七年三月十六日李濱序、嘉慶十七年二月龔自珍序。是集收録嘉慶十七年前後袁通與友人賞游金陵時唱和詞作五十九首。參與唱和者爲汪瑚、袁通、汪度、金惪恩、馬功儀、周介福、汪瓏、車持謙、史錫賢、汪世泰，共十人。討春合唱共含十二次唱和，每次唱和得一題。袁通、汪度二人參與唱和始終，馬功儀參與九次，金惪恩參與七次，周介福參與五次，汪瑚、史錫賢二人參與四次，車持謙參與三次，汪瓏參與兩次，汪世泰參與一次。十二次唱和中袁通首唱七次，汪瑚首唱四次，汪世泰首唱一次，可見討春合唱以袁通爲核心。詞作内容多咏金陵及隨園風物，抒發别離之苦，亦有對歷史興亡的感慨與思考。體制上多長調慢詞，以同題异調之作居多。僅《翠微亭晚眺》《上巳修禊隱仙庵飲老梅花下》《乘月登清涼山坐江光一綫閣平臺上敷席酣飲聽章髯渠賓吹洞簫》三題爲同題同調唱和。

李濱序稱：『此倡彼和，前喁後于。思乙其各抽，語申申而并茂。斯蓋東南英聚，金箭材多。』龔自珍序稱：『金荃舊裔，鐵撥新唱，選玉多麗，聽春得聲。其辭之工、藻之逸，則既讀而善之矣。』

今據上海圖書館藏本影印。（楊春妮、郭雪穎）

鄂渚唱酬詩草一卷

清馬慧裕撰。清嘉慶十八年（1813）刻本。一册。每半葉八行，行十八字，白口，單黑魚尾，左右雙邊。

馬慧裕（?—1816），字朗山，號朝曦，正黄旗（漢軍）人。清乾隆三十六年（1771）進士，改庶吉士，授主事。歷任河南巡撫、湖南巡撫、湖廣總督、禮部尚書等職，有廉能之名。卒謚『清恪』。著有《河干詩鈔》《集聖教序字詩》《八音律》等。生平見《國朝耆獻類徵》卷一百、《[民國]奉天通志》卷一百九十八。

是集内封中間題寫書名，右上書『三韓郎山氏著』，左下書『貽穀堂藏板』。卷首有嘉慶十八年九月十六日鮑桂星序及同年十二月中旬馬慧裕自序，後有該年十一月胡應璇跋。正文首頁右下鈐『富察恩豐席臣藏書印』等章。嘉慶十八年三月，馬慧裕出任湖廣總督，與湖北學政鮑桂星、江漢書院山長陳詩等人集資修繕勺庭書院。事畢，陳詩即事賦詩四章，馬慧裕和之，并由此詩興大發，『遂取蒞楚後朋友見贈之作，公暇時逐日依韵和之。又自是即事懷人，自行吟唱者，亦復不少』。於是將此百六七十日間詩作彙爲一卷，而成是集。共收録馬慧裕唱和他人之詩作三百七十二首，多次韵之作。遺憾的是，此集僅録馬氏一人之作，未收所和朋友見贈原作。

鮑桂星序稱馬慧裕曰：『蓋先生秉性静而績學深。静則不煩，深則有本。不煩則無滯，有本則不窮。譬之江漢之水，未出岷嶓，淵涵渟蓄，其勢不過濫觴。一旦下三峽，過九江，則風驅濤湧，吞天沃日，茫洋灝漾，滂沛不放乎海不止。先生之於詩，亦若是則已矣。』

今據國家圖書館藏本影印。（周丹丹）

蘭坡先生三圖題咏不分卷

清吴芳培、清石韞玉等撰，清朱珔輯。民國上海國光書局石印本。一册。每半葉二十八行，行三十二字，黑口，單黑魚尾，四周單邊。

吴芳培（1753—1822），字霽菲，號雲樵，安徽涇縣（今涇縣）人。清乾隆四十九年（1784）進士，選庶吉士，未散館授編修。歷任詹事府善贊、侍講學士、詹事府詹事、禮部侍郎、兵部侍郎、吏部侍郎等職。詩工七律，著有《雲樵詩集》。《［道光］涇縣續志》卷三有傳。

石韞玉（1756—1837），字執如，號琢堂，又號花韵庵主人、獨學老人，江蘇吴縣（今屬蘇州市）人。乾隆五十五年狀元，授修撰。歷任重慶知府，山東按察使、布政使等職。後因足疾乞歸。主講蘇州紫陽書院二十餘年。著有《獨學廬詩文集》《竹堂類稿》《花韵庵詩餘》等。《［民國］吴縣志》卷六十六下有傳。

朱珔（1769—1850），字玉存，一字蘭坡，安徽省涇縣（今涇縣）人。清嘉慶七年（1802）進士，選庶吉士，散館授編修。歷官侍讀學士、右春坊右贊善、侍講學士等職。後辭官歸家，歷主鍾山、正誼、紫陽書院講席近三十年。與桐城姚鼐、陽湖李兆洛并稱『儒林三大宿望』。著有《經進稿》《小萬卷齋詩稿》等。生平見《清史稿》卷四百八十八、李元度《右春坊右贊善前翰林院侍講朱蘭坡先生傳》。

是書又名《蘭坡酬唱集》，卷首有涇縣人胡韞玉題序及其爲朱琦所作小傳，正文由《雪夜綳兒圖》《霜帷課讀圖》《山居擁卷圖》三圖題咏組成。爲紀念本人出生、讀書爲官及治學，朱琦曾先後請人繪就三圖，并遍徵名家題咏。參與者共計七十三人，共收詩一百六十八首，詞三首，文一篇。

《雪夜綳兒圖》爲紀念朱琦生母趙氏所作，由王澤繪於嘉慶十八年。現存圖爲何維樸補繪，畫上有圖名及落款。朱琦、吴芳培、石韞玉、胡承珙、葉紹本、陶澍、唐仲冕、董國華等四十四人參與此圖之題咏酬唱，共收古今各體詩六十六首，詞兩首，文一篇。在朱琦題咏之後，有清同治二年（1863）其子朱葆元對《雪夜綳兒圖》及題咏流傳始末之概述。

《霜帷課讀圖》爲紀念朱琦嗣母汪氏所作，由汪梅鼎學士繪於嘉慶十九年。現存圖爲何維樸補繪，畫上有圖名及落款。朱琦、石韞玉、唐仲冕、胡承珙、陳文述等三十四人參與此圖之題咏酬唱，共收古今各體詩五十七首，詞一首。

《山居擁卷圖》作於清道光十二年（1832）。朱琦歸田後，築別墅於望科山，藏書甚富，教學治經之餘與諸多吴中名士交游酬唱。朱琦、吴廷琛、胡世琦、胡承珙、梁章鉅等二十一人參與此圖之題咏酬唱，共收古今各體詩四十五首。

胡韞玉評此集曰：『傳爲弓冶箕裘，宜後嗣之寶貴者也。』

今據上海圖書館藏本影印。（郭繁榮、談莉）

雪南倡和編三卷

清陳鑾、清王直淵、清温曰鑑、清陳經撰。清嘉慶二十五年（1820）陳氏説劍樓刻本。二册。每半葉十二行，行二十三字，白口，無魚尾，左右雙邊。

陳鑾，生卒年不詳，字金坡，號苓谷，浙江歸安（今屬湖州市）人。廪生。從楊鳳苞、阮元學。早卒。著有《本事詞》，輯有《十八家晋書》。生平見《［光緒］歸安縣志》卷三十七。

王直淵，字深甫，浙江會稽（今屬紹興市）人。生平不詳。

温曰鑑，生卒年不詳，字霽華，號鐵花，浙江烏程（今屬湖州市）人。監生。從楊鳳苞學。好蓄書，有金石癖，尤精地理學。著有《魏書地形志校録》《古壁叢鈔》《拾香草堂集》《勘書巢未定稿》等。《［同治］湖州府志》卷九十六有傳。

陳經（1792—？），字抱之，號辛彝，一號新畬，浙江歸安（今屬湖州市）人。陳鑾之弟，與兄同從阮元學。嗜金石，藏三代尊彝及秦漢以下古錢、私印、古磚極多，題所居曰『求古精舍』，又工隸書。著有《求古精舍金石圖》《名畫經眼題記》《求古精舍印譜》等。生平見《［光緒］歸安縣志》卷三十七。

是集内封右上刻『嘉慶二十五年夏四月』，左下署『吴興孝義里陳氏雕』，收詩二百六十七首，乃嘉慶十九年陳鑾、王直淵、温曰鑑、陳經唱和之作。除《虎丘用清遠道士韵》等四次唱和人數不全外，集中各題唱和皆爲四人共同參與，詩作皆按上述四人先後次序排列。卷一收録四人三輪唱和八十四首，其中兩輪唱和前有題序，以道唱和原由。首題由温曰鑑撰寫詩序，四人作《十臺懷古詩》七古四十首；二題爲《棲賢探梅》，四人作五古四首；三題由陳經撰寫詩序，四人作《補宋吴贊府齋居十咏》五律四十首。卷二收録四人五輪唱和一百零四首。首題爲《玉湖治春詞》，四人各作七絶四首；二題由王直淵撰詩序，四人作《十放詩》五律四十首；三題爲《讀明史分咏十六朝事》，四人各作七律四首；四題由陳經撰寫詩序，四人作《春日湖郵雜曲仿張王樂府體》七古二十四首；五題《續補蘭亭會詩》，由温曰鑑撰寫詩序，四人各作四言一首、五古一首。卷三收録四人九輪唱和七十九首。首題爲《謝文節公琴歌爲吴素江賦》，四人各作七古一首；二題爲《道場山雜咏》，四人各作五言六句詩六首；三題爲《寒食後二日泛舟碧浪湖復登湖上諸山各賦花游曲追和鐵崖元韵》，四人各作追和楊維楨《花游曲》七古一首；四題爲《虎丘用清遠道士韵》，僅温曰鑑、陳經二人參與唱和，各作五古一首；五題至七題分别爲《短薄祠》《白公祠》《萊陽二姜先生祠》，僅陳鑾、温曰鑑、陳經參與唱和，每題各作七律一首；八題由陳鑾撰寫詩序，四人各作《五臺行》七古五首；九題爲《題七巧圖詩并叙》，四人各作七絶四首。除標明和韵之作外，四人唱和很少次韵賦詩。

今據國家圖書館藏本影印。（苑麗麗）

八老會詩集不分卷

清方品元、清張世慶等撰，清張世慶輯。清道光十三年（1833）刻本。一册。每半葉九行，行二十三字，白口，單黑魚尾，四周雙邊。

方品元，生卒年不詳，浙江山陰（今屬紹興市）人。候選布政司理問。著有《白雲詩集》。生平見《八老會詩集》卷首《方省吾先生小傳》。

張世慶，浙江山陰（今屬紹興市）人。生平不詳。

卷首有道光十三年五月張世慶《八老會詩集序》，卷末有其跋。序後有『八老』傳，據知八人名姓爲：方廷貴，字馭良，號省吾（見《方省吾先生小傳》）；李鈞，字鳴韶，號陶然（見《李陶然先生小傳》）；沈濤，字允兼（見《沈允兼先生小傳》）；徐步雲，字濟川，號信齋（見《徐濟川先生小傳》）；張大經，字律天，晚號笠天（見《張笠天先生小傳》）；郭鳳鳴，字虞祥，號曉山（見《郭曉山先生小傳》）；婁廷法，字景尉，號水心（見《婁水心先生小傳》）；顧瀠，字廣凝，號省庵（見《顧省庵先生小傳》）。

據此集序跋、小傳與各篇詩前小序可知，清嘉慶十九年（1814）五月十三日，『八老』之一顧瀠集同里耄耋老者於繼志堂爲八老會，『各家子孫暨親朋長於風雅者絡繹篇章，以綜一時之盛』，以詩到之先後爲序，『歌咏成帙，彙集付梓』，共收録『八老』子孫親朋方品元、張世慶、顧文煒等十七人古今體詩歌四十一首、詞一首，由張世慶輯爲一卷。

方品元詩前小序云：『昔白太傅在洛爲九老會，杜祁公退居南京爲五老會。以今視昔，雖出處不同、隱顯迥异，而尊德尚齒之義則一也。』

今據南京圖書館藏本影印。（郭繁榮、談莉）

吾亭唱和詩一卷

清諸翃、清王衍梅等撰。清光緒刻本。一册。每半葉七行，行二十一字，白口，單黑魚尾，四周單邊。

諸翃，生卒年不詳，號丹蘿，浙江山陰（今屬紹興市）人。書畫琴酌以自娱。生平事迹未詳。

王衍梅（1776—1830），字律芳，號笠舫，浙江會稽（今屬紹興市）人。清嘉慶十六年（1811）進士。授粤西武宣縣令，未履任。後入阮元兩廣總督幕府。喜文嗜酒愛畫，爲人耿介自傲，跌宕自喜，不修邊幅。著有《緑雪堂遺稿》等。《清史列傳》卷七十三有傳。

嘉慶二十年，諸翃築『小結構亭』於所居『丹蘿書館』北側，『日與故園朋好掎裳聯襼於其間』。游冶雅集間，諸人多詩酒唱和，所得詩文彙爲《吾亭唱和詩》一卷。卷首有《丹蘿吟館圖》、諸翃《丹蘿吟館記》、王衍梅《丹蘿小結構亭記》及《吾亭詩序》。是集收録王衍梅、諸翃、陳祖望、施琦、徐淦、鄔鶴徵、姚宗木、陳祖佑八人詩歌凡三十九首。詩作以五七言律詩爲主，既有對『小結構亭』及『丹蘿書館』的吟咏，又有對主人殷勤好客的盛贊，展現了衆人在亭中賞花題畫、詩酒文會之風流雅韵。

今據首都圖書館藏本影印。（蔣李楠）

南浦酬唱集四卷

清呢瑪善、清湯望久等撰，清陳珄輯。清刻本。二册。每半葉九行，行十八字，白口，單黑魚尾，左右雙邊。

呢瑪善，生卒年不詳，鑲黄旗（滿洲）呢瑪奇氏，其先世居蘇完。提督達三泰子。自小從父在軍中效力，以戰功授藍翎侍衛。清嘉慶三年（1798），達三泰在川東剿匪時遇害，呢瑪善繼其父之業轉戰三省，纍擢頭等侍衛，授河北鎮總兵。後歷任鄖、衢州、南陽諸鎮總兵。道光初，擢成都將軍，平果洛克番匪。後卒於任，謚『勤襄』。生平見《清史稿》卷三百四十九。

湯望久，生卒年不詳，字雨時，浙江石門（今屬桐鄉市）人。國子生。工書法，精醫理。客游粤中，晚歸僑寓烏程，賣藥自給。著有《無人愛稿》。生平見《［光緒］石門縣志》卷八。

陳珄，生卒年不詳，字士竹，江西金溪（今金溪縣）人。嘉慶三年舉人。歷任浙江常山知縣、福建浦城知縣等職。在任期間廉明樸信，恤民疾苦。卒於官。工詩文，精書法。著有《賜錦堂詩文集》。生平見《［同治］金溪縣志》卷二十三、《［光緒］常山縣志》卷三十七。

是書無序跋，具體刊刻年份難以斷定。從詩作涉及時間可推斷，唱和大致發生於嘉慶十九年至二十一年，收録呢瑪善、湯望久、鄒家儲、梁章鉅、陳珄、趙在田、單可垂、林鵬超、余瑛、李佳言、賀樹環、陸壽銘等一百二十一位詩人詩作共計三百七十六首，以時間先後爲序。卷一收録呢瑪善、湯望久、鄒家儲等七十七位詩人詩作一百一十二首，唱和時間爲嘉慶十九年。第一首呢瑪善《送陳士竹先生之宦浦城》詩前小序曰：『予宦游浙東，未及百日，得識士竹先生。』『今因方伯柏溪楊公來浙，回避入閩，自文武同寅以及士庶，無一不祝先生仍回浙水。』可知唱和起於送陳珄從浙江常山知縣離任赴福建浦城任知縣。還有陳珄到浦城後主持及參與之雅集唱和，如仙樓小集，春暉堂小集等。尤值一提的是中秋南浦書院雅集，參與人數較多，唱和形式主要爲七律次韻唱和。卷二收録陳珄、李佳言、謝金魁等二十七位詩人詩作一百零五首，唱和時間爲嘉慶十九年中秋之後，有夢筆山房雅集、有斐園十咏、中秋後重集南浦書院，以及十三子祠雅集等唱和内容，形式主要爲同題唱和。卷三收録李佳言、陳珄、林鵬超等二十位詩人詩作七十六首，唱和時間從嘉慶十九年冬至次年秋，内容包括冬日消寒之作，次年元日、新春之作，以及秋日同人小集夢筆山房之作，唱和形式多爲分韵，詩體以七律、七絶爲主。卷四收録陳珄、林鵬超、余瑛等三十一位詩人詩作八十三首。唱和時間爲嘉慶二十一年，内容包括祀夢筆山六君子堂雅集、有斐園同人雅集、報功祠落成唱和、寶夢亭落成唱和等，唱和形式多爲分韵，亦有同題等。

今據國家圖書館藏本影印。（周丹丹）

海寧州勸賑唱和詩四卷

清易鳳庭、清張青選等撰，清易鳳庭輯。清嘉慶二十年（1815）刻本。四册。每半葉九行，行二十字，白口，單黑魚尾，左右雙邊。

易鳳庭，生卒年不詳，字梧岡，廣西靈川（今靈川縣）人。嘉慶七年進士。歷任浙江永康、平湖、海昌、德清知縣，海寧知州，貴州平遠知州等職，以父老乞歸。爲官清廉素著，輕徭薄賦，爲百姓稱頌。爲人學養深醇，工各體書法。著散文《泉亭記》，栩栩描摹嶺南山水情貌。生平見《〔民國〕靈川縣志》卷六。

張青選，生卒年不詳，字商彝，號雲巢，廣東順德（今順德市）人。清乾隆五十四（1789）舉人。歷任浙江瑞安等地知縣、東海防同知、直隸按察使、湖北按察使、兩淮鹽運使等職。長於詩畫。生平見《〔咸豐〕順德縣志》卷二十七。

是集内封右上題『嘉慶己亥』，中題『勸賑唱龢詩』，左下題『州署藏板』。卷首有嘉慶二十年五月張青選序、六月易鳳庭自序，卷末有龐紹福跋、東海半人鍾大源跋，末附『諸董事開賑公稟』『諸董事賑竣公稟』。據知，嘉慶十九年德清知縣易鳳庭轉任海寧州知州，適逢海寧旱災，與諸官吏多方籌謀，救濟災民。明年春，災情仍未解，易鳳庭遂一邊勸諭殷紳富室出資以贍鄰里，一邊作七律四首以勸賑，并捐俸倡之，借咏歌以行其惠。『一時文人學士，不問俗、吏，詩之工與不工，屬而和者數百人，并及鄰壤。因此踴躍樂輸，旬日間集資數萬』，共得張青選、劉肇紳等官員及士人、州民、僧人等三百二十三人唱和詩作一千三百六十四首，易鳳庭裒爲一帙，題爲《海寧州勸賑唱和詩》。首列易鳳庭《勸賑詩四律》，前三卷爲州人和詩，第四卷爲『鄰壤和章』，形式上以次韵唱和爲主。

鍾大源跋曰：『撫字心勞，品既是救荒之穀；篇章語妙，詩亦爲饋貧之糧。』

今據國家圖書館藏本影印。（彭健）

蠙山聯唱集不分卷

清金鐸、清凌霄等撰。清嘉慶二十年(1815)刻本。二册。每半葉十行,行二十一字,黑口,單黑魚尾,左右雙邊。

金鐸,生卒年不詳,字葉山,安徽蕪湖(今蕪湖市)人。工山水、花鳥。生平見《歷代畫史彙傳》卷三十九。凌霄(1772—1828),字芝泉,號一飛,江蘇江寧(今屬南京市)人。諸生。工小學,善書畫,錢塘袁枚重之。曾入畢沅幕府,與洪亮吉、孫星衍交最厚。負經濟才,參謀戎幕,多建奇勛。著有《測算指掌》《快園詩話》《古文剥蕉集》等。《[同治]續纂江寧府志》卷十四有傳。

蠙山,「掘港」之舊稱,乃南通市如皋縣,清時爲泰州所轄。乾嘉時期,泰州經濟富庶,文化繁榮,雅集唱和蔚然成風。嘉慶二十年下半年,蠙山詩人結「蠙山吟社」,社員近九十人,主要來自丹徒、儀徵、江寧、歙縣,尤以如皋詩人居多。該社常舉社事,雅集少則七八人,多則四五十人。每次集會之作都爲一集,且常附應景圖於集前。所結諸集分别爲《秋日分咏》《僧寮雅集》《紅豆齋雅集》《叢緑山房雅集》《中秋日桴寄齋雅集》《秋分日十友吟社分體》《九日種玉山房會飲》《文杏山房雅集》《蠙山送别》《蠙山小築圖》《桴寄軒圖》《退一步齋圖》《倚樓圖》,共十三集,統一編爲《蠙山聯唱集》。是集共收金鐸、應讓、梁承綸、洪允恭、管慎安、吴雲、江本、沈大棨、凌霄、吴壽民等八十九位作家作品四百一十四篇,包括詩三百九十六首,詞十四首,文四篇。唱和形式以分題、分韻爲主,各體兼備。

卷末有嘉慶二十年十二月黄學圮跋，云：『讀《蠙山聯唱》諸集，各體俱備，工力悉敵。既極唱酬之雅，復罄賓主之歡。近社以來，未之有也。』

今據南京圖書館藏本影印。（王凱）

小詩龕同人唱和偶存集二卷

清汪之選、清汪錚等撰，清汪之選輯。清嘉慶二十四年（1819）刻本。二册。每半葉十行，行十九字，黑口，無魚尾，左右雙邊。

汪之選（1782—？），字月樵，浙江仁和（今屬杭州市）人。監生。嘉慶年間任兩淮餘東鹽場大使、海安鹽場經歷。著有《小詩龕集》，輯有《淮海同聲集》《小詩龕同人唱和偶存集》《續刻小詩龕同人唱和偶存集》。《兩浙輶軒録補遺》卷四有傳。

汪錚（1756—1818），字鐵夫，又字崧，號崧廬，江蘇儀徵（今屬揚州市）人。嘉慶六年舉人。生平務爲根柢之學，好讀三禮，尤耽左氏。著有《三禮异同考證》《三傳异同考證》。《〔同治〕續纂揚州府志》卷十三有傳。

是集内封以篆書題『小詩龕同人唱和偶存集』，右下鈐『丁丑以後景鄭所得』印。卷前有嘉慶二十四年四月錢栻序、汪端光序，及李琪跋。該集收録嘉慶二十年至二十四年間以汪之選爲中心之同人唱和詩詞一百八十八首。參與唱和者有汪之選、汪錚、汪全泰、沈在廷、陳鴻壽、吴錫麒、江漣、郭麐、阮元等六十九人。此集多題畫觀花、消寒迎春之雅集酬唱，然因『非一時之聚、一人之作』，而稍顯零散。卷上大題下鈐『潘承弼藏書印』。

李琪跋稱：『月樵明府善屬詩，花晨月夕，輒招同輩咏水觴山，寄情草木，故有是集。雖非一時之聚、一人之作，而篇什中闡理發意，所期乎正如鮑庾之清俊、王孟之澹遠，庶幾知所進取矣。』

今據上海圖書館藏本影印。（尚鵬）

小詩龕同人唱和偶存二集二卷附小詩龕四十壽言一卷

清程元聰、清裴正文等撰，清汪之選輯。清道光元年（1821）刻本。二册。每半葉十行，行十九字，黑口，無魚尾，左右雙邊。

程元聰，字半人，安徽歙縣（今歙縣）人。生平不詳。

裴正文，生卒年不詳，字端齋，山西曲沃（今屬臨汾市）人。貢生。歷任刑部郎中、中憲大夫等職。輯有《裴氏世譜》。生平見《［同治］臨江府志》。

汪之選簡介，見《小詩龕同人唱和偶存集》提要。

是集内封以篆書題『小詩龕同人唱和偶存二集』。卷首有道光元年八月十六日張雲璈撰《續刻小詩龕倡和詩序》，道光元年六月陳文述序，張鏐題詞二首及汪之選所擬《凡例》。據《凡例》可知，是集爲《小詩龕同人唱和偶存集》續集，『初集於己卯夏刊成，是集即自己卯夏續編至辛巳夏止』。是集收録清嘉慶二十四年（1819）至道光元年以汪之選爲中心之同人唱和投贈詩詞，共計一百八十九首。參與唱和者共計五十四人，其中二十六人已見於《小詩龕同人唱和偶存集》，新增裴正文、黄純嘏、鮑文逵、陳邦泰、陳文述等二十八人。是集唱和仍以分題、分韵爲主，其中道光元年湖上送春雅集規模最大，有二十三位詩人參與。

卷末附《小詩龕四十壽言》一卷，收録道光元年汪之選四十壽辰時汪端光等四十八人唱和詩詞九十二首。除顧廣圻、吴魯、孫繼鎧、孫熙元、宋翔鳳外，其餘諸人均和汪端光《詩祝月樵明府四十壽辰》二首詩韵。

陳文述序稱：『汪君月樵以所著小詩龕續刻同人詩見示，并乞爲序。受而讀之。其表微也，如其徵材；其測交也，如其煉格。以雅潤爲宗，以清華爲體。蓋月樵詩才清妙，故采擇符其譔著焉。』

今據上海圖書館藏本影印。（尚鵬）

松風草堂謝琴詩鈔聯吟一卷

清吴景潮、清姚樟等撰，清吴景潮輯。清嘉慶松風草堂刻本。一册，附於《松風草堂謝琴詩文鈔》後。每半葉十行，行二十字，粗黑口，雙黑對魚尾，左右雙邊。

吴景潮，生卒年不詳，字憲文，號素江，安徽歙縣（今歙縣）人，僑居杭州。嘉慶年間貢生。喜藏琴。輯有《松風草堂謝琴詩文鈔》。《〔民國〕歙縣志》卷十有傳。

姚樟，生卒年不詳，字薌林，一作香林，浙江會稽（今屬紹興市）人。清乾隆五十九年（1794）舉人。官麗水教諭。《兩浙輶軒續録》卷十七有傳。

是集卷首有嘉慶二十一年（1816）秋吴景潮所題詩并序，卷末有其子吴紹淦寫於嘉慶二十二年秋之小字跋語，可知唱和發生於此兩年間。吴景潮於杭州購得宋代謝枋得遺琴，乃繪《謝琴圖》廣徵題咏，投贈之作頗多，遂結集爲《松風草堂謝琴詩文鈔》付梓。此後又得各方郵寄吟咏謝琴之作若干首，感慨不已，作七律四首，謂『意興所寄，聊步後塵』。引發親友紛紛唱和，是以有《聯吟》之編，共收詩三十六首。除首唱吴景潮外，和者九人，依次爲姚樟、岑振祖、王辰、錢埅、張駿、陳琮、孫麗彬、王寶傳、趙銘，所作多次韵。附末一卷，收吴景潮妻張尚玉和韵四首，吴景潮、張尚玉夫妻次韵聯句四首，其子吴紹淦所作七律四首，共計收詩十二首。

今據首都圖書館藏本影印。（苑麗麗）

二柳村莊吟社詩選一卷附梅花百絶一卷

清陳蔭庭、清蔡文浩等撰，清華文彬、清華文模輯。清道光元年（1821）鵝湖小緑天刻本。一册。每半葉八行，行二十二字，黑口，無魚尾，左右雙邊。

陳蔭庭，號花峰。生平不詳。

蔡文浩，號復初。生平不詳。

華文彬（1784—1859），字伯雅，號秋蘋，江蘇無錫（今無錫市）人。偕其弟文模，集朋輩結『二柳村莊吟社』，頗知名於時。工詩詞、書法、篆刻、繪事，兼擅琵琶、昆曲。著有《秋蘋印稿》《琵琶譜》《借雲館小唱》《詩詞草》。生平見《華氏山桂公支宗譜》、楊蔭瀏《華秋蘋資料聞見録》。

華文模，生卒年不詳，字仲修，號瘦吟，江蘇無錫（今無錫市）人。華文彬弟。增生。與華文棫輯有《六朝唐賦約編》。生平見《［光緒］資州直隷州志》卷十一。

是集内封題『二柳村莊吟社』雙行六字，卷首有陸煌繪『二柳村莊圖』、道光元年陳蔭庭題辭，及該年五月張立本序。清嘉慶年間，張立本掌鐸梁溪，所居鵝湖之二柳村莊，無塵世喧囂，『宜乎花晨月夕，吟咏其中，蕭然有物外意也』。興之所至，遂與同人結『二柳村莊吟社』，拈題分韵，名噪一時。自嘉慶二十一年(1816)至二十四年，社中諸友頻繁舉行集會，積稿甚多，後經華文彬等人删選，編成《二柳村莊吟社詩選》。是集收陳蔭庭、蔡文浩、薛金輅、浦鎔、華江涵、華鼎奎、華福奎、華白、華用楫、華文彬、華文模、華文柏、華文桂等三十一人唱和詩作一百九十一首。社員中有近一半爲華氏家族成員，創作形式爲同題唱和，包括六大主題，即《春曉八咏》《咏唐人》《鵝湖竹枝詞》《咏物四題》《二柳村莊吟社》《暑窗十咏》，詩體主要是七言律詩。張立本序曰：『余見其卷中無非逸格俊詞，爽心豁目者多也，因略加采擇以還之。』

另附華文模《梅花百絶》一百首，體裁爲七言絶句。卷末華文模跋曰：『辛巳之春，植梅舍後，有感余懷，因作詩至百首，所謂口頭言語，隨意所適，不暇計工拙也。覽者其一笑之。』

今據南京圖書館藏本影印。(王凱)

蓉影詞一卷

清張琦、清邵廣銓等撰。清嘉慶二十二年(1817)刻本。一册。每半葉九行，行二十字，白口，單黑魚尾，四周雙邊。

張琦(1764—1833)，初名翊，字翰風，號宛鄰，江蘇武進(今屬常州市)人。嘉慶十八年舉人。歷任鄒平、章丘、館陶知縣。與兄張惠言并稱『毗陵二張』。著有《戰國策釋地》二卷、《素問釋義》十卷、《宛鄰詩文集》四卷、《立山詞》一卷等。《清史稿》卷四百七十八有傳。

邵廣銓簡介，見《樽酒銷寒詞》提要。

唱和集由董基誠輯録。董基誠（1787—1847），字子詵，號玉椒，江蘇武進（今屬常州市）人。嘉慶二十二年進士。歷任户部主事，刑部郎中，河南懷慶、南陽、開封等地知府，卒於開封知府任上。工駢體文及詞，與弟董佑誠及方履籛齊名。著有《玉椒詞》八卷，與弟佑誠合著《移華館駢體文》四卷。《［光緒］武進陽湖縣志》卷二十二有傳。

卷首有嘉慶二十二年十二月十六日董基誠序，略述輯詞緣由。後列收詞目録。是集共收録張琦、邵廣銓、魏襄、趙植庭、余鼎、董基誠、楊士昕、管貽萼、包世臣、徐准宜、董士錫十一人詞作一百六十八首。主要唱和之題有：『畫夫容』八首，用《疏影》調；『題徐清蓉「落花人獨立，微雨燕雙飛」小照』十首，用《水龍吟》《長亭怨》《琵琶仙》《燭影揺紅》《鵲橋仙》《憶舊游》調；『爲徐清蓉題洛神畫像』五首，用《燕山亭》《琵琶仙》《長相思》《水龍吟》調；詠『秋海棠』八首，用《八聲甘州》調；『有寄』六首，用《祝英台近》調；詠『羅浮蝶』十首，用《滿庭芳》調；『賦雪』七首，用《齊天樂》調；『賦梅』七首，用《揚州慢》《探春慢》《水龍吟》《疏影》《賀新凉》《暗香》調；雜賦一百零七首，用《菩薩蠻》《南浦》《摸魚兒》《賀新凉》調，其中《菩薩蠻》多達八十首。詞作内容多咏物，不乏閨怨及感傷之意。

今據國家圖書館藏本影印。（銀文）

杉湖酬唱詩略二卷

清李宗瀚、清鄧顯鶴撰。清道光二年（1822）刻本。一册。每半葉十行，行二十一字，白口，單黑魚尾，四周單邊。

李宗瀚（1769—1831），字公博，一字北溟，號春湖，江西臨川（今屬撫州市）人。清乾隆五十八年（1793）進士，選庶吉士，授編修。歷任侍講學士、湖南學政、太僕寺卿、左副都御史等職。孝謹恬退，書法尤爲世重。著有《静娱室偶成稿》二卷。《清史稿》卷三百五十四有傳。

鄧顯鶴（1777—1851），字子立，一字湘皋，號南村，湖南新化（今新化縣）人。清嘉慶九年（1804）舉人。先後主講朗江、濂溪等書院，晚官寧鄉訓導。工詩及古文，於湖南文獻搜討尤勤。湖南後學尊爲『楚南文獻第一人』，梁啓超譽爲『湘學復興之導師』。編纂《資江耆舊集》《沅湘耆舊集》《楚寶增輯考异》，搜刻《蔡忠烈公遺集》《船山遺書》，編校《歐陽文公圭齋全集》，重訂《周子全書》等。著有《南村草堂文鈔》二十卷及《詩鈔》二十四卷。《清史稿》四百九十三有傳。

嘉慶二十一年，李宗瀚在桂林爲其父李秉禮（字松甫）建湖西莊，張維屏《桂林日記》有載：『湖西莊，李春湖宗瀚少司空别墅也，門臨杉湖。』李宗瀚與鄧顯鶴及友人於湖西莊及杉湖周邊名勝游覽酬唱，作品輯而存之，名曰『杉湖酬唱詩略』。是集卷首有道光二年十月十六日李宗瀚序，略述他與鄧顯鶴杉湖游覽往來及友朋酬唱經歷。序後有李宗瀚小傳。所涉唱酬活動起止時間爲嘉慶二十三年至道光二年。此外，是集亦收録這五年來李宗瀚赴廣州、北京期間以及鄧顯鶴赴章江（今江西贛州市）期間各自所作之詩。

是集正文首頁下鈐『之正所藏』等印。卷上收李宗瀚詩七十三首，其中與鄧顯鶴同作及酬唱題贈之詩有三十九首；卷下收鄧顯鶴詩九十首，其中與李宗瀚同作及酬唱題贈之詩有五十五首。李宗瀚與鄧顯鶴的九十四首酬唱詩兼有同作、同題、次韻、叠韻、贈答等多種形式，在游覽唱和中描繪出一幅幅優美的桂林山水圖景。

今據首都圖書館藏本影印。（苑麗麗）

梧笙唱和初集二卷

清李星沅、清郭潤玉撰。清道光十七年（1837）芋香山館刻本。二册。每半葉十行，行二十一字，白口，單黑魚尾，四周雙邊。

李星沅（1797—1851），字子湘，號石梧，湖南湘陰（今湘陰縣）人。道光十二年進士，授編修。歷任廣東學政、漢中知府、河南糧儲鹽法道、陝西按察使、江西布政使、雲貴總督、兩江總督等職。道光三十年代林則徐爲欽差大臣，是年十二月抵達廣西，鎮壓以洪秀全太平天國運動爲首的起義。清咸豐元年（1851）四月支撑病體前往武宣督戰，卒於軍中，謚『文恭』。有《李文恭公奏議》《李文恭公遺集》《芋香山館詩文集》等。《清史稿》卷三百九十三有傳。

郭潤玉（1797—1838），字昭華，號笙愉，别號壺山女史，湖南湘潭（今湘潭縣）人。郭汪燦次女，湘陰李星沅妻。著有《簪花閣詩集》，輯有《湘潭郭氏閨秀集》七卷。《［光緒］湘陰縣圖志》卷三十四有傳。

是集外封與内封均題書名爲『梧笙館聯吟初輯』，正文題爲『梧笙唱和初集』。内封左下署『丁酉夏日開雕』。卷首有道光十七年六月李星沅序、同年八月何淞序。李序首頁及正文首頁右下均鈐『子敦』『緱山一鶴』印。是集編次以時間先後爲序，收録清嘉慶二十三年（1818）至道光十七年李星沅與其妻郭潤玉的唱和之作，共收詩五百一十四首，卷上收詩二百六十八首，卷下收詩二百四十六首。李星沅、郭潤玉夫妻二人唱和形式多様，有次韵、聯句、分咏、同題、同作等，多爲七言律詩和七言絶句。何淞贊其二人『雖爲佳耦，宛似吟朋』。集後附諸家題詞三十八首，題詞者十七人，依次爲：潘世恩、戴熙、程恩澤、祁寯藻、許乃普、吴傑、潘曾瑩、潘曾綬、鄭開禧、鄧廷楨、沈筠、王青蓮、許祥光、張深、厲同勳、王利亨、鄧顯鶴。

何淞序稱：『我歌彼賡，前唱後和。從此吟風弄月，玉堂之佳話重重；應教紫韵紅腔，花樣之流傳處處。』

今據上海圖書館藏本影印。（苑麗麗、郭雪穎）

江南貢院唱和詩不分卷

清卞斌、清余霈元、清姚祖同撰。清嘉慶二十四年（1819）拓本。共二十六行，行十八字。

卞斌（1778—1850），字叔鈞，號雅堂，浙江歸安（今屬湖州市）人。嘉慶六年進士。官至光禄少卿。著有《聲律》《説文箋證》《静樂軒詩鈔》。《續碑傳集》卷十六有《誥授通議大夫致仕少禄寺少卿卞君墓誌銘》。《[同治]湖州府志》卷七十三、《[光緒]歸安縣志》卷四十二有傳。

余霈元（1766—1831），字蔚農，號鷺門，江西德化（今屬九江市）人。嘉慶四年進士。官至江寧知府。《［同治］九江府志》卷三十二有傳。

姚祖同（1762—1842），字秉璋，又字亮甫，浙江錢塘（今屬杭州市）人。清乾隆四十九年（1784），乾隆帝南巡召試，賜舉人。後因纂輯《剿平教匪方略》補鴻臚寺少卿。官至都察院左副都御史。著有《三省方略》《剿平教匪方略》。《續碑傳集》卷十有《誥授資政大夫都察院左副都御史姚公神道碑銘》。《清史稿》卷三百八十一有傳。

此碑刻拓本收詩六首，分爲原唱與次韵，詩後有姚祖同跋。嘉慶二十四年，卞斌、余霈元與姚祖同監江南鄉試時，卞斌作《至公堂古柏》《衡鑒堂老桂》五古兩首，姚祖同、余霈元次韵和之，遂有此刻。

今據國家圖書館藏本影印。（尚鵬）

萍聚詞一卷

清裘琨鳴、清蔣學沂等撰。清嘉慶二十四年（1819）刻本。一册。每半葉九行，行二十字，白口，單黑魚尾，四周雙邊。

裘琨鳴，生卒年不詳，字澤蘭，浙江慈溪（今慈溪市）人。嘉慶二十一年舉人，揀發湖南，署藍山知縣，後歷靖州知府、寶慶知府等職。善文章，尤工詩。客京邸時，與蔣學沂、王曦、董士錫、張成孫、程應權諸人相唱和，有《萍聚詞》行世。《［光緒］慈溪縣志》卷三十二有傳。

蔣學沂，生卒年不詳，字小松，江蘇陽湖（今屬常州市）人。與周儀暐、董士錫等人相友善。著有《菰米山房詩文集》《藕湖詞》等。《清代毗陵名人小傳稿》卷七有傳。

程應權於此書有編次之功。程應權（1788—？），字子衡，號小莊，江蘇武進（今屬常州市）人。清道光六年（1826）進士，選庶吉士。道光九年散館，授編修。工詞，著有《聽泉館詞》。《清代毗陵名人小傳稿》卷七有傳。

是集卷首有嘉慶二十四年十二月武進張成孫序。正文首頁下鈐『葉恭綽』『遐庵居士』等印。嘉慶二十四年秋，程應權、董士錫、蔣學沂、裘琨鳴、王曦、張成孫六人同客京師，時常詩酒唱和，其中程應權、董士錫往來唱和尤多。其冬，則各奔東西。是以程應權輯六人唱酬之作爲此一卷，卷末還收録唐秉鈞、費開綬、蔣振南三人寄和《摸魚兒》詞各一首，共收九家詞人九十三首詞作。形式上，既有同題同調唱和，又有同題異調唱和，尤以長調居多。創作上，以常州詞派爲宗，『托微禽而寄響，假芳草以言思』，多抒發『聚散之慨』。

今據上海圖書館藏本影印。（王凱）

淮上唱酬集一卷

清盛大士、清達麟等撰。清道光元年（1821）刻本。一册。每半葉十行，行二十一字，白口，單黑魚尾，左右雙邊。

盛大士（1770—？），字子履，號雪蘭，江蘇鎮洋（今屬太倉市）人。清嘉慶五年（1800）舉人。曾官淮安府山陽縣教諭，後辭官歸鄉。工詩精畫。著有《蘊愫閣詩集》《蘊愫閣詩續集》《蘊愫閣文集》《樸學齋筆記》《溪山卧游録》。《[民國]鎮洋縣志》卷九有傳。

達麟，生卒年不詳，字厚庵，遼寧鐵嶺（今鐵嶺市）人。諸生。生平不詳。

是集内封書名下署『一枝巢藏板』，卷首有道光元年二月盛大士自序，正文首頁右下鈐『木樨皂館范氏藏書』印。嘉慶二十五年盛大士自京師南歸，絶意進取，日與同人交游。『一載以來，唱酬之什，積成卷帙，因録如干首』，彙爲一帙，名曰《淮上唱酬集》。是集共收録盛大士、達麟、邱彬、李友香、盛徵璵、李續香、朱紵、成儁、郝其燮、陸從星十人詩作一百四十五首。内容共分爲七部分，依次爲：盛大士招友人於一枝巢即事分韵唱和，和者六人；李續香招同人於堞影軒分咏淮陰古迹唱和，和者七人；達麟招諸人至看萍書屋分擬古體詩唱和，和者二人；成儁再次至淮唱和，和者六人；邱彬招同人集十一聲山房分咏梅花唱和，和者十人；盛大士招諸人至一枝巢分東坡韵唱和，和者七人；陸從星招友人集少白齋分韵唱和，和者五人。故其詩多爲次韵組詩，兼具分韵唱答，古體、今體兼有。

徐元潤《蘊愫閣詩集序》贊盛大士詩曰：『近體學西昆，古體學長慶，如時華美女，珊瑚木難，鮮新華耀，爲一時流輩所推挹。』

今據南京圖書館藏本影印。（豆國慶）

東湖酬唱詩略二卷

清曾燠、清鄧顯鶴撰。清光緒十三年（1887）刻本。一册。每半葉十行，行二十一字，白口，單黑魚尾，左右雙邊。

曾燠簡介，見《邗上題襟集選》提要。

鄧顯鶴簡介，見《杉湖酬唱詩略》提要。

清道光元年（1821），鄧顯鶴與毛岳生客居南昌，值曾燠乞假歸故里，三人遂交游唱和無虛日。此後數年，三人既有重逢，亦不免離别，然期間贈答酬唱，未曾間斷。道光七年，鄧顯鶴追念舊游，『惘惘如夢』，故彙酬唱之篇什，輯爲此集，又言：『以迹始南昌，名曰《東湖酬唱詩略》。』是集外封書籤與内封均有歙縣程恩澤題寫書名，一爲楷書，一爲篆文。卷首有道光七年立秋前三日鄧顯鶴自撰序言一篇。是集分爲兩卷，共收詩一百二十二首。卷一收四十一首，爲曾燠所作；卷二收八十一首，乃鄧顯鶴所作。既有鄧、曾二人次韵唱答之作，亦有二人同題分賦之篇。詩歌體裁涉及七律、五律、歌行等，題材多樣，内容頗豐。

陶澍《南村草堂詩序》評鄧顯鶴詩曰：『湘皋之詩，導源於魏晋，而馳騁於唐宋諸老之場。雄厚峻潔，磅礴沉鬱，情深而意遠，氣盛而才大。』王昶《湖海詩傳》評曾燠詩曰：『而擘紙揮毫，散華落藻，攬《題襟館詩》兩集，遂覺烟月争輝，江山生色。』

今據國家圖書館藏本影印。（豆國慶）

海壖倡和詩六卷

清鮑桂星、清林則徐等撰，清汪仲洋輯。清道光四年（1824）成都汪氏刻本。二册。每半葉十行，行二十二字，黑口，單黑魚尾，左右雙邊。

鮑桂星（1764—1825），字雙五，又字覺生，號雙湖，安徽歙縣（今歙縣）人。清嘉慶四年（1799）進士，選庶吉士，授編修，遷中允。纍遷至内閣學士、工部侍郎。少從同縣吴定學，後師姚鼐，詩古文并有法。著有《覺生詩草》《咏物咏史感舊詩》《進奉文鈔》，輯有《唐人詩品》《廉吏録》《廉士録》《歙縣志》。《清史稿》卷三百七十七有傳。

林則徐（1785—1850），字元撫，又字少穆、石麟，晚號七十二峰退叟竢村老人，福建侯官（今屬福州市）人。嘉慶十六年進士，選庶吉士，授編修。歷任江南道監察御史、浙江監運使、江蘇按察使、陝西按察使、江蘇巡撫、湖廣總督、兩廣總督等。厲行禁烟。鴉片戰争後，被革職貶官，遣戍新疆伊犁。著有《雲左山房詩鈔》《雲左山房詩餘》《畿輔水利議》等。《清史稿》卷三百六十九有傳。

汪仲洋（1777—1844），字少海，四川成都（今成都市）人。嘉慶六年舉人。歷任浙江桐廬、山陰、海鹽、錢塘等地知縣，有政聲。著有《海鹽縣新辦塘工成案》《心知堂詩稿》等。《［同治］重修成都縣志》卷六有傳。

是集卷首有道光四年七月十六日汪仲洋自序，共收録汪仲洋、鮑桂星、林則徐、宋鳴琦等一百零六人詩作四百一十五首，編排體例兼具『以人序詩』與『以時序詩』。全書分爲三部分，依次爲：卷一至四爲和詩，卷五爲汪仲洋唱詩，卷六爲附録雜文。第一部分包括道光三年兩次大型唱和活動：卷一至三爲海鹽障海樓建成，汪仲洋邀諸同人共登高觀景唱和，和者一百人，共計詩歌三百二十八首；卷四爲汪仲洋調任錢塘，同道好友爲之餞别唱和，和者二十人，共計詩歌六十四首；卷五共計詩歌二十三首，均爲汪仲洋所作，所咏多與海鹽風物有關，是引發諸人唱和之由。集中詩以七律與歌行居多，唱和多次韻。卷六共收文八篇，其中汪仲洋四篇、杜寶辰兩篇、帥承瀛與林則徐各一篇。

姚椿《心知堂詩稿序》評汪仲洋詩曰：『沈縋奥鑿，句鏤字鍛，又善用事相佐證。』

今據南京圖書館藏本影印。（豆國慶）

吴會聯吟集不分卷

清王賡言、清潘奕雋等撰。清道光四年（1824）刻本。一册。每半葉十行，行十九字，白口，單黑魚尾，左右雙邊。

王賡言（1762—1825），字贇虞，號篔山，山東諸城（今諸城市）人。清乾隆五十八年（1793）進士。歷任吏部郎中、廣信知府、江西江安督糧道、江西布政使、江蘇布政使、江蘇按察使等職。著有《四書繹文》《篔山堂詩鈔》《東武詩存》等。《［同治］廣信府志》卷六有傳。

潘奕雋（1740—1830），字守愚，號榕皋，又號三松居士，晚號三松老人，江蘇吴縣（今屬蘇州市）人，祖籍安徽歙縣。乾隆三十四年進士。歷任内閣中書、户部主事。乾隆五十一年，任貴州鄉試副主考，旋即歸田。道光九年重宴瓊林，年九旬。楷書宗顏柳，篆、隸入秦漢之室。山水師倪黄，不苟下筆。詩文俱雋妙。著有《三松堂集》。《［同治］蘇州府志》卷八十三有傳。

萬臺，字浣筠，一作浣雲，江西南昌（今南昌市）人。乾隆六十年舉人。曾任松江婁縣知縣、江蘇吴縣知縣、蘇州府總捕同知等職。生平見《［民國］吴縣志》卷三。

是集内封題：『道光四年春刊，吴會聯吟集，隨到隨刻，不序甲乙，本衙藏板。』卷前有石韞玉序，述及此集緣起，曰：『道光三年，王簣山先生以繡衣直指陳臬吴門，樹德除惡。既已政舉人和矣，公餘有暇，親至紫陽書院，聚諸生而督課之，復賦詩述其事。諸生心焉嚮往，群起而和之，裒然成帙。』卷末有道光三年十二月十六吴縣知縣萬臺《滄浪倡和詩後跋》，可知是集亦名《滄浪倡和詩》，并署『蘇州小市橋李渭璜刻』。

道光三年，王賡言調任江蘇布政使，居所鄰近滄浪亭，作《權陳臬篆寓居滄浪亭用榕臯年丈滄浪亭即事韵》五律二首、《紫陽書院即景》五律二首，後附其子王履亨、王履正次韵唱和詩各四首。又得潘奕雋、石韞玉等耆宿及萬臺等僚佐和詩，後紫陽和正誼書院諸生皆依韵和之。萬臺擇其善者，彙爲一册付梓，共收録王賡言、潘奕雋、石韞玉、延隆、俞德淵、王有慶等一百四十七人詩作四百零二首；附録收録洪錫嘉、佘文植等七人詩作三十首，皆爲次韵之作。

卷前有石韞玉序，并稱此集之作，有『作養人才』之助。

今據國家圖書館藏本影印。（周丹丹）

銅江唱和草一卷續刊一卷

清劉秉彝、清徐如澍等撰。清刻本。一册。每半葉七行，行十八字，白口，單黑魚尾，四周雙邊。

劉秉彝，生卒年不詳，字叙堂，别號小醉侯，湖南武陵（今屬常德市）人。諸生。游幕貴州，遂占籍石阡。著有《雙梧吟》《粤游草》《自怡草》。《［民國］貴州通志》人物志五有傳。

徐如澍（1752—1833），字郇南，又字雨芃，號春帆，別號静然，貴州銅仁（今銅仁市）人。清乾隆四十年（1775）進士，選庶吉士，授編修。歷任山東道監察御史、侍讀學士、順天府丞、通政使司副使等。著有《寶硯山房詩集》《文集》《隨筆雜記》，編纂《［道光］銅仁府志》。《［民國］奉天通志》卷一百四十一有傳。

清道光三年（1823）十二月至四年閏七月，徐如澍應銅仁知府敬仁之邀纂修《銅仁府志》，期間主賓相歡，時舉唱和，後編爲《銅江唱和草》。卷前有道光四年四月初四日徐如澍序，卷末有劉秉彝跋。是集共收録劉秉彝、徐如澍、鄭吉士、敬文、陳延綬等二十七人唱和詩詞二百七十五首（含詞四首）。全書可分爲十二題：一是道光三年十二月，劉秉彝至銅仁府衙賦詩敬呈徐如澍，同人次韻和之；二是道光三年除夕，劉秉彝仍疊首唱詩韻賦詩，同人次韻和之；三是徐如澍爲劉秉彝詩集作序，提及詩集中無與鄭吉士唱和之作，鄭吉士因此作七絶十首，劉秉彝、敬文、徐如澍次韻和之；四是道光四年新春，徐如澍分賦銅仁十二景，敬文、劉秉彝、鄭吉士次韻和之；五是敬文將同人唱和詩集編册，命名爲《銅江唱和草》，并遣人連夜繕寫，劉秉彝遂賦轆轤體詩三章，敬文次韻和之，後張光郢、劉錫榮、王毓濂等亦和之；六是姚斌桐游銅仁名勝蓮池庵賦七律一首，劉秉彝游東山時次韻和之，同人亦和韻賦詩；七爲同人題劉秉彝醉月亭圖册；八是鄭吉士邀劉秉彝到費武曾家花園賞牡丹，劉秉彝賦七律一首，同人亦紛紛和之；九是敬文與劉秉彝等游蓮池庵，有詩紀事，同人多賦詩和之；十爲劉秉彝繪悼亡圖，追念如夫人夏氏，同人多有所作，其中續刊所録均爲題悼亡圖詩；十一是劉秉彝因留别、移居等事，與友朋之唱和；十二爲道光四年閏七月初七日，徐如澍、劉秉彝、費武曾賦閏七夕唱和。

徐如澍序謂：『游目騁懷，按毫落紙。一十二景，景景有詩；五六七人，人人能賦。自癸未之殘臘，迄甲中之暮春，花信探尋，二十四番剛過；錦箋稠疊，百七十首而羸。』其小字注曰：『續人詩章，不止此數。』

今據國家圖書館藏本影印。（尚鵬）

問梅詩社詩鈔四卷

清尤興詩、清黄丕烈等撰。清嘉慶刻本。二册。每半葉十行，行二十一字，黑口，單黑魚尾，四周雙邊。

尤興詩，生卒年不詳，字肄三，一字進嘉，號春樊，一作春帆，又號月舫，江蘇吴縣（今屬蘇州市）人。清乾隆五十一年（1786）舉人，以揀選知縣就教職，署奉賢縣訓導。注選内閣中書。丁憂歸。主講平江書院十九年。著有《延月舫詩集》等。《［同治］蘇州府志》卷八十三有傳。

黄丕烈（1763—1825），字紹武，一字承之，號蕘圃、蕘夫、佞宋主人等，江蘇吴縣（今屬蘇州市）人，佔籍長洲。乾隆五十三年舉人，嘉慶六年（1801）注銓部主事，次年會試落第歸里。博通經史，能書工詩，酷嗜藏書。著有《士禮居藏書題跋記》《蕘言》《士禮居詩鈔》等。生平見江標《黄丕烈年譜》，《［同治］蘇州府志》卷八十三。

清道光三年（1823）春，黄丕烈邀集同郡尤興詩、彭希鄭往蘇州城西積善庵探梅，乘興决定成立『問梅詩社』，并邀黄氏表兄石韞玉參加。正月廿五日，於尤氏宅延月舫内舉辦第一集，尤興詩首唱，黄丕烈、彭希鄭、石韞玉次韵和之。從道光三年始，至六年末，詩社陸續又有新社員加入，基本每月一集，共舉行正式集會四十八次，大多由尤興詩、黄丕烈、彭希鄭、石韞玉四人輪流作東。第一集石韞玉詩中有『相期風雅招同調，俗士淫哇要别裁』，指明詩社宗旨重在友朋之間提倡聲氣，切劘詩藝。除四十八次正式集會之外，卷一附録《東籬會記》、卷二附録《消寒會詩》、卷三附録《東籬會展重陽會詩》等集會之作，單獨排定，未被詩社正式納入集會次數之列，由此可見，詩社實不止四十八集。全書共收黄丕烈、尤興詩、石韞玉、彭希鄭、張吉安、蔣寅、潘奕雋、吴雲、吴信中、潘世璜、尤崧鎮、宋鎔、彭藴章、董國華十四人詩作四百一十首，體裁以五七言古體、五七言律詩爲主，唱和形式包括同題、分韵、次韵。正文首頁右上鈐『八千卷樓藏書之記』印。

本書末有耀南主人朱筆題字，曰：『祇此一卷，甚爲悵悵。』

今據南京圖書館藏本影印。（王凱）

紅樓夢戲咏一卷

清楊維屏、清何大經等撰。清光緒二十八年（1902）味青齋刻本。一册。每半葉九行，行二十字，黑口，無魚尾，左右雙邊。

楊維屏（1797—1879），字大邦，號翠岩，又號樨竹，自號湘秋居士，又號粟海庵居士。原籍福建連城，後因其父楊簧遷居福州，遂占籍。清道光十五年（1835）舉人。歷任甘肅隆德、中衛知縣。少負异才，尤工詩。著有《雲悦山房存稿》《燕臺鴻爪集》等。生平見《［民國］閩侯縣志》卷四十八、《楊維屏朱卷》。

何大經（1790—1862），字述信，號左卿，福建侯官（今屬福州市）人。道光三年進士。官湖北施南知府。善書法。《［同治］增修施南府志》卷二十一有傳。

道光三年至六年間，楊維屏與福建同鄉何大經、楊慶琛於京師福州會館舉辦荔香吟社，擊鉢鬥詩，刻燭聯咏，後曾元海輯録爲《擊鉢吟》十二卷。《紅樓夢戲咏》最早附刻於《擊鉢吟》後，僅收楊維屏、何大經、楊慶琛、曾元海四人之作。楊維屏首唱，分咏《紅樓夢》中人物賈寶玉、林黛玉、薛寶釵、史湘雲、賈探春、李紈、王熙鳳、秦可卿、妙玉、鴛鴦、平兒、香菱、紫鵑、晴雯、襲人，一人一詩，得七律十五首。何大經、楊慶琛、曾元海三人并有和作，各作七律十五首。清同治三年（1864），任恩錫於黄見三處見楊維屏等人之作，捧讀一過，香生齒頰，遂爲追和，分咏十五人，一人兩詩，得七律三十首。是集爲再輯本，附刻於黄見三《紅樓夢廣義》後，共收録楊維屏、何大經、楊慶琛、曾元海、任恩錫五人七律九十首。

張培仁《妙香室叢話》卷九曰：『閩中楊翠厓大令維屏同諸詩友分咏《紅樓夢》中諸美，得十四人，而以寶玉一人爲綱領，鈎心鬥角，刻翠吟紅，美不勝收。』諸人之作均爲題咏《紅樓夢》中人物，表達對書中人物形象與故事情節之感受，對紅樓夢研究具有參考價值。

今據國家圖書館藏本影印。（尚鵬）

碧蘿吟館唱和詩詞五刻

清馬錦、清朱文治等撰。清道光三至八年（1823—1828）刻本。八册。每半葉十行，行二十一字，大黑口，單黑魚尾，左右雙邊。

馬錦（1783—？），字謙尊，號古芸，又號笙谷，浙江海寧（今海寧市）人。附貢生，候選運判。擅繪畫，畫山水宗元人黄公望、倪瓚，兼能寫意花卉。亦工詩，有《碧蘿吟館詩集》。生平見《〔民國〕海寧州志稿》卷十五、卷三十一。

朱文治（1757—1842），字詩南，號少仙，浙江餘姚（今餘姚市）人。清乾隆五十三年（1788）舉人，清嘉慶六年（1801）大挑一等，官海寧州學正。曾在京師預吴錫麒『心蘭詩社』，名聲大噪。以能詩爲巡撫阮元所賞。道光二十一年，重游泮宫。著有《繞竹山房詩稿》。《［光緒］餘姚縣志》卷二十三有傳。

卷首有道光三年三月十六日仁和宋咸熙序。正文首頁右下鈐『文偉』『一斐』等印。是集共分五刻：初刻爲道光三年春，朱文治訪馬錦，下榻碧蘿吟館，與同人多有唱和；二刻爲道光四年春，應時良偕徐紹曾、周思兼過訪馬錦，同人相與觴咏，得若干首；三刻爲道光六年秋，張青選邀朱文治同訪馬錦於瑶華仙館，館中諸名士相與唱和；四刻爲道光七年春，方成珪訪馬錦，與同人復舉詩課；五刻爲道光八年春，吕榮訪馬錦於碧蘿吟館，與諸君子流連觴咏，相得甚歡。是集共收馬錦、朱文治、孟晁、應履墀、馬瀛、李祥金、李遇孫、馬鴻寶、宋咸熙、潘有琦、許鎔等九十七人唱和詩詞一千零五十六首，包括詩一千零三十七首，詞十九首。所作諸體皆備，唱和形式以次韵、分韵、同題爲多。

宋咸熙於卷首序中評馬錦詩曰：『其自然流出，若春雲之卷舒；其妍麗動人，若春花之坼苞。豐約盡致，卓然成家。』

今據首都圖書館藏本影印。（王凱）

清尊集十六卷附東軒詩社畫像一卷

清胡敬、清吴衡照等撰，清汪遠孫輯。清道光十九年（1839）錢塘汪氏振綺堂刻本。五册。每半葉十一行，行二十四字，黑口，單黑魚尾，左右雙邊。

胡敬（1769—1845），字以莊，號書農，浙江仁和（今屬杭州市）人。清嘉慶十年（1805）會元。歷任武英殿、文穎館纂修官，《全唐文》《治河方略明鑑》總纂官，纍遷侍講學士。著有《崇雅堂詩鈔》《文鈔》，編有《國朝院畫録》。《兩浙輶軒續録》卷二十三、《東軒詩社畫像》有傳。

吴衡照（1771—？），字夏治，號子律，又號辛卯生，浙江仁和（今屬杭州市）籍，浙江海寧（今海寧市）人。嘉慶十六年進士。曾官金華府教授。精通詩詞音律，工人物畫。著有《辛卯生詩》《辛卯生詩餘》《蓮子居詞話》，輯有《海昌詩淑》《續集》。《［民國］海寧州志稿》卷二十九、《東軒詩社畫像》有傳。

汪遠孫（1794—1836），字久也，號小米，浙江錢塘（今屬杭州市）人。嘉慶二十一年舉人。曾官内閣中書。著有《三家詩考證》《國語三君注輯存》《國語韋注發正》《經典釋文補續偶存》《借閑生詩》等。胡敬撰有《内閣中書汪君墓誌銘》。《清史列傳》卷六十八、《國朝耆獻類徵》卷一百四十八、《東軒詩社畫像》有傳。

是書封面有錢塘趙之環題於補羅迦室之『清尊集』書題，牌記鎸『道光十九年太歲在己亥二月錢塘振綺堂開雕』。卷首有道光十八年九月十一日吴德旋序，序下鈐『武林葉氏藏書印』等印。後列《清尊集凡例》十二條及目録。卷末有楷書『武林愛日軒朱兆熊刊』。後附光緒二年振綺堂《東軒詩社畫像》一卷。

是集乃道光四年至十三年間杭州東軒吟社唱和詩作之結集，收録詩家張云璈、查楠春、景謙、趙銘、嚴杰、李富孫、張廷濟等七十六人，《清尊集目》下列其籍貫、字號與生辰。是集收録東軒吟社唱和之題多至一百六十八個，『每題即席外，或咏古，或咏物，或志勝游，與夫書事、紀時、餞别、感逝，題不一例，各隨所值；詩不一體，各從所長』（《凡例》第二條）。東軒吟社活動前後延續十年之久，集會唱和達百餘次之多，這在明清乃至中國古代唱和文學發展過程中都值得一提。所集《清尊集》體量之大，編纂之精，在唱和文獻中亦屬少見，具有重要文獻價值與文學意義。

所附《東軒詩社畫像》一卷，卷前書名頁有海昌王鴻朗題寫書名，牌記題『光緒二年丙子秋八月泉唐汪氏振綺堂開雕』，後有光緒元年八月張炳堃序。序之首行下鈐『武林葉氏藏書印』等印。是集含東軒吟社畫像、道光十四年冬至黄士珣記、汪鉽等三十三人小傳（其中二十七人見於畫像）、張珍臬等十六人題詞與陳奐等三人跋語。

吴德旋序稱：『今錢塘汪君小米之《清尊集》，雖迭爲其主者僅有八人，而浙東西千里間知名之士以及寓公過客之嫺吟事者咸在，而閨秀之遥同者亦附録焉。可謂極一時觴咏之盛，而爲前此所未有矣。』

今據上海圖書館藏本影印。（尚鵬）

佛香酬唱初集一卷二集一卷三集一卷

清潘奕雋、清石韞玉等撰。民國十一年（1922）刻本。一册。每半葉十行，行二十一字，黑口，單黑魚尾，左右雙邊。

潘奕雋簡介，見《吴會聯吟集》提要。

石韞玉簡介，見《蘭坡先生三圖題咏》提要。

自清道光四年（1824）始，潘奕雋等潘氏族人及其親友以『娑羅花』爲主題進行唱和，唱和活動延續近百年，涉及潘氏家族六代人。唱和作品裒爲是集，卷首有潘奕雋題『道院佛香』四字。初集一卷，牌記鎸：『壬戌仲春月，秦綬章謹署。』道光四年四月五日，潘家擷芳亭娑羅花開，潘奕雋招女弟子賞花，并賦七律一首，後囑外侄孫女李定之爲娑羅花作畫，又叠前韵一首，親友紛紛唱和之。初集收詩四十八首，唱和者爲潘奕雋、石韞玉、吴雲、黄丕烈、陳文述、歸懋儀、潘世恩等三十九人。二集一卷，牌記鎸『壬戌仲春，孝胥』，鈐『鄭』印。二集收録清同治十二年（1873）至清光緒十三年（1887）潘遵祁同友人雅集所作詩六十八首，其中唱和詩作五十四首，并附録潘遵祁《重游泮宫述懷四律》及蔣德馨《重游泮宫咏懷十首》，結尾收光緒二十七年三月汪鳴鑾《補題壬午三松堂宴集娑羅花圖時辛丑三月》七絶二首。唱和圍繞『娑羅花』展開，參與唱和者爲潘遵祁、李鴻裔、彭慰高、吴雲、顧文彬、吴艾生、蔣德馨等十四人。三集一卷，牌記鎸：『壬戌中春，元和王同愈題。』收録民國元年至十年潘敦先、潘祖年等八位潘氏族人與吴振棫、秦綬章、費樹蔚、鄒福保、吴乃健、沈玉麒以『娑羅花』爲主題的唱和詩五十四首，多次潘奕雋首唱咏娑羅花之韵。

今據南京圖書館藏本影印。（楊春妮、郭雪穎）

潼關倡和詩草一卷

清岳良、清高星紫等撰。清刻本。一册。每半葉七行，行十六字，白口，單黑魚尾，四周單邊。

岳良（1786—1841），字崧亭，正紅旗（滿洲）哈達瓜爾佳氏。玉德第四子。初爲理藩院主事，歷任汾州知府、太原知府、陝西潼商道、江西布政使、内閣侍讀學士、烏什辦事大臣等職。著有《崧亭詩集》《塞上紀行詩》《關外紀程百咏草》，輯有《潼關倡和詩草》。生平見恩齡《正紅旗滿洲哈達瓜爾佳氏家譜》、法良《誥授資政大夫前江西布政使護巡撫事先兄岳公墓表》。

高星紫，生卒年不詳，字次薇，江蘇武進（今屬常州市）人。清嘉慶時舉人，官甘泉訓導。博學多才，胸無城府。工隸書，兼善畫。刻有《玉堂楷法帖》。生平見《［光緒］武進陽湖縣志》卷二十六。

是集無鈐印，亦無款識，前後無序，故具體刊刻年份難以斷定。據集中作品可知，清道光五年（1825）秋至六年春，任陝西潼商道的岳良與流寓文人高星紫、莊魯駉等時有唱和之舉，詩作後經岳良輯録爲《潼關倡和詩草》。是集共收録岳良、高星紫、錢晋、莊繩曾、張駿、莊錫璋、莊魯駉、賀應槐、朱紹穎、顧雲韶十人唱和詩作一百六十八首，其中七律一百五十六首、五律十二首。主要分爲九場唱和：一爲道光五年秋，莊魯駉至潼關，岳良賦七律二十首，五疊其韵，高星紫、錢晋、莊繩曾、張駿、莊錫璋、莊魯駉、賀應槐七人次韵和之，其中莊繩曾、莊魯駉兩疊原韵。二爲是年冬，岳良賦《冬夜偶成》七律八首，四疊其韵，莊魯駉、高星紫、莊繩曾、莊錫璋、錢晋五人次韵和之，其中高星紫、莊繩曾兩疊原韵。三爲岳良賦詩五律二首柬莊魯駉，莊魯駉、莊繩曾、高星紫、莊錫璋四人次韻和之。四爲莊魯駉重寓潼關僧院，感懷賦七律四首，岳良、高星紫、莊錫璋、錢晋四人次韻和之，其中岳良六疊原韻，得詩二十四首，莊錫璋、錢晋次韻詩作各録二首。五爲陳森携水仙贈莊魯駉，莊魯駉賦五律一首，岳良依韻和之。六爲岳良作秦中懷古七律四首，分賦鴻阪、五丈原、驪山、灞橋四處古迹，高星紫次韻和驪山、灞橋二首。七爲是年臘月十五日莊魯駉接家書，賦詩作七律一首示侄莊錫璋，高星紫次韻慰之。八爲朱紹穎回任寧陝，莊魯駉偕書院諸生賦詩送之，收録莊魯駉原唱七律四首，岳良、朱紹穎次韻詩作各四首。九爲道光六年春岳良邀莊魯駉、錢晋等人游華山玉泉院，本人却因事未能偕游，賦詩七律六首，三疊其韻，錢晋、莊魯駉、顧雲韶三人次韻和之，其中錢晋兩疊原韻。此外還收録有岳良《冬日雜咏》七律四首、《斯才以詩見贈即和原韻》七律二首。唱和雖然規模較小，每會不過四五人，却勾畫了西北風物與民俗，展現了唱和詩人之真摯交誼。

今據國家圖書館藏本影印。（周丹丹、尚鵬）

雪映廬唱和稿存一卷

清孫祖望、清徐家駒等撰。清光緒十七年（1891）芳潤閣刻本。一册。每半葉九行，行二十一字，黑口，單黑魚尾，左右雙邊。

孫祖望（1796—1874），字芝眉，號輔周，浙江海寧（今海寧市）人。監生，候選衛千總。清道光元年（1821）與弟孫祖珍、孫祖京受業於徐紹曾。工詩善畫。著有《半存吟》一卷。生平見《［民國］海寧州志稿》卷十五。

徐家駒，生卒年不詳，字仲駒，號小魚，浙江海寧（今海寧市）人。徐紹曾子。諸生，工篆刻。著有《補讀齋詩鈔》。生平見《[民國]海寧州志稿》卷十五。

《雪映廬唱和稿存》原名《雪映廬唱和集》，約作於道光五、六年前後。經太平天國運動而散佚，後經孫祖望之孫孫清輯佚，彙爲《唱和稿存》一卷，附於《雪映廬遺稿》三卷後。孫清（1849—？），字申甫，號霞峰，浙江海寧（今海寧市）人。貢生。曾與修《海寧州志稿》。著有《琴厢吟草》《依舊吾廬吟草》等。生平見《[民國]海寧州志稿》卷十五。

是集卷首有光緒十二年六月朱蕚序，共收録孫祖望、孫祖珍、孫祖京、徐家駒、周在恩、管廷芬六人唱和詩五十二首，含附録九首，此九首『皆當年唱和之作，原作已失，故不得例入唱和集，不忍遺弃，因録於此』。唱和體裁多樣，以七律、七絶居多；唱和形式有次韵、聯句、分韵、限韵等。雖爲殘稿，價值較高。朱蕚序曰：『予受而讀之，深幸吉光片羽，胥賴呵護之靈。雖不獲窺全豹，而當年裙屐風流，猶可想見。至怡怡一室，醉月敲詩，即韋家花樹，曾不是過也。』

今據上海圖書館藏本影印。（彭健）

北湖酬唱詩略二卷

清程恩澤、清鄧顯鶴撰。清道光八年（1828）刻本。一册。每半葉十行，行二十一字，白口，單黑魚尾，左右雙邊。

程恩澤（1785—1837），字雲芳，號春海，安徽歙縣（今歙縣）人。清嘉慶十六年（1811）進士，官翰林院編修，貴州、湖南學政，擢内閣學士，歷禮、工、户部侍郎，充經筵講官。家學深厚，以博學負盛名。嘉道間與阮元并爲儒林冠冕。詩宗杜、韓，極力扭轉乾嘉詩風，後人多以程恩澤、祁寯藻爲『宋詩運動』先行者。著有《國策地名考》《程侍郎遺集》等。《清史稿》卷三百八十三有傳。

鄧顯鶴簡介，見《杉湖酬唱詩略》提要。

是集内封以篆體題『北湖酬唱詩略』。卷前有道光八年十二月鄧顯鶴序，略述與程恩澤於湖南任職期間之交往行誼。該年，程恩澤湖南任期將滿，鄧顯鶴亦將回寧鄉訓導任上，因裒道光五年至八年二人湖南酬和諸作刊刻之。和詩始於《北湖懷古》，故名之曰《北湖酬唱詩略》，依鄧顯鶴撰輯《杉湖酬唱詩略》《東湖酬唱詩略》之體例。是集收鄧顯鶴、程恩澤兩人酬唱詩共九十八首，卷上收程恩澤詩六十八首，其中與鄧顯鶴酬和之作有四十七首，卷尾附録其文兩篇，爲《南村藕耕圖賦》《重浚北湖記》；卷下收鄧顯鶴詩共五十六首，其中與程恩澤唱和之作有五十一首。其中有多首長篇五七言古詩，兼有同題、次韵、疊韵、贈答等多種唱和方式，盡顯友朋知己之情。

今據上海圖書館藏本影印。（苑麗麗）

華屏倡和集二卷

清楊鏡清、清金鼎壽等撰。清道光九年（1829）刻本。一册。每半葉十行，行二十一字，白口，單黑魚尾，四周單邊。

楊鏡清，生卒年不詳，號竹師，湖南善化（今屬長沙市）人。歲貢生，銓選訓導。敦品力學，以詩、古文辭名於時，理學尤邃。著有《吹又生草詩文集》。《［光緒］善化縣志》卷二十四有傳。

金鼎壽（1779—？），本名永源，字鶴皋，貴州廣順（今屬長順縣）人。清嘉慶十三年（1808）進士。歷任廣西富川縣、安徽歙縣、懷遠縣知縣，廣德知州。著有《性存軒詩草》，參與編纂《［道光］桐城續修志》。生平見《［光緒］重修安徽通志》卷一百四十九、《［光緒］北流縣志》卷十三、《［民國］貴州通志》人物志五。

是集内封有篆書題寫書名，卷前有道光九年七月侯雲松序。卷末題『徽城湯文光齋鐫』。道光五年金鼎壽由蒙城調任桐城知縣，七年又調任歙縣知縣，在任期間時與文士唱和。侯雲松序謂其『每至輒有紀事書懷之作，同人和之，或一韵數叠，或數人更倡叠和』。唱和作品後經金鼎壽輯録，刊爲《華屏倡和集》二卷。『華屏』二字爲歙縣城内之山名。是集共收録金鼎壽、侯雲松、景濬商等十八人唱和詩四百五十八首，以七律爲主，其他各體兼備。唱和主要有三十二題，多爲送別、游園、賞花、課士等。其中以『九秋吟唱和』規模最大，胡長庚首唱《九秋吟》七律組詩，分咏桂、菊、紅葉、雁、燕、蟋蟀、蟹、菱、糕九題，一題一詩，金鼎壽、侯雲松、錢景、景濬商、余煌、許丙椿、張鈞樂、丁芮模、趙連茹、錢以元、汪燡、金鐘令十二人次韵和之。集中另有余煌《滿江紅・題畫》詞一首。

侯雲松稱：『諸君同聲相應，大尹陳義甚高。覽是集者，其各有西窗話雨、東野爲雲之慕乎？』

今據首都圖書館藏本影印。（尚鵬）

珠江送別詩一卷

清蕭光裕、清江安等撰，清阮福輯。稿本。一册，收入《儀徵阮氏文選樓遺稿十二種》。每半葉八行，行二十字，朱絲格。

蕭光裕，生卒年不詳，字梅生，江蘇清河（今屬淮安市）人。蕭光業之兄。曾遠游廣東。生平見董士錫《蕭氏寄廬鐙景圖記》。

江安，生卒年不詳，字定甫，安徽歙縣（今歙縣）人，移籍江蘇儀徵（今屬揚州市）。工詩。生平見《揚州畫舫録》卷十二。

阮福（1801—1878），字賜卿，一字小芸，號喜齋，江蘇儀徵（今屬揚州市）人。阮元第二子。以父蔭官至湖北德安知府。承襲家學，通經史，喜金石，好考據。著有《孝經義疏補》《小琅嬛叢記》《兩浙金石補遺》《滇南古金石録》《小琅嬛仙館詩草》《小琅嬛主人晚年詩稿》，輯有《揅經室訓子文筆》《楚中文筆》《呻吟語選》。《儀徵阮氏家乘》有傳。

清道光六年（1826）六月，阮元調任雲貴總督，阮福隨行侍奉。與親友分別之際，阮福有感離情，遂作七律四首，友朋紛紛和之。後阮福彙録贈行及和韵詩作爲《珠江送別詩》一卷。卷前有阮福自書小序。是集共收録詩作四十三首，分別爲蕭光裕、江安、查楠、楊彤華、蔡壽昌、馮縉、胡森、吴蘭修、吴應逵、熊景星、羅辰等十一人贈行詩十五首，許乃濟、任昌詩、查楠、李黼平、趙均、何其傑六人和韵詩二十四首，最後列阮福原唱詩四首。此外，蕭光裕之詩後還附録其書信一則。

今據南京圖書館藏本影印。（尚鵬）

白醉題襟集四卷首一卷末一卷草堂自記一卷題贈一卷雜咏一卷

清王相、清卓筆峰等撰，清王相輯。清道光六年（1826）刻本。二册。每半葉十行，行二十一字，白口，單黑魚尾，左右雙邊。

王相（1789—1852），字其毅、雨卿，號惜庵，晚號聱叟，原籍浙江秀水，從曾祖王林始遷居江蘇宿遷（今宿遷市）。終生布衣。室名有池東書庫、園倦圃、沁緑軒、信芳閣、白醉閑窗。著有《鄉程日記》《草堂隨筆》《無止境存稿》等，輯有《秀水王氏家藏集》《友聲集》。生平見《無止境存稿》、《兩浙輶軒續録》卷十三。卓筆峰，生卒年不詳，字學山，號借園，江蘇宿遷（今宿遷市）人。諸生。著有《借園詩存》二卷，輯入《友聲集》。生平見王褧之《借園詩存跋》。

是集首一卷，收王相《白醉閑窗記》、卓筆峰《白醉閑窗序》、成儁《白醉閑窗賦》、陸從星《白醉閑窗賦》。據知，道光六年冬，王相與友人卓筆峰、陸從星、嚴鍔、成儁、王炯、郝玉光、蔡瑞芝八人共聚王相書齋『白醉閑窗』，作『九九詩會』，共舉消寒會十二次，得唱和詩作一百五十六首。内容多爲題畫咏物、懷古咏史。卷一消寒第一會前有王相撰《長至日消寒第一會小啓》，後附會約。除第四會、第六會、第八會外，其餘消寒會前皆有《啓》，或爲詩、或爲文、或爲詞、或爲曲。

末一卷收卓筆峰集《文心雕龍》所作《後序》。附録《草堂自記》一卷，收王相《百花萬卷草堂自記》一篇及《草堂雜咏擬輞川體》詩十六首。附録《草堂題贈》一卷，收李友香《百花萬卷草堂記》、卓筆峰《百花萬卷草堂序》、成僎《百花萬卷草堂賦》。附録《草堂雜咏》一卷，收成儁、郝玉光、蔡瑞芝、竇汝鉤、陸從星、王錫極、陳遐齡、成僎、嚴鍔、錢侍辰、安天性、張玉珣十二人咏草堂風物詩七十七首。

今據上海圖書館藏本影印。（張媛穎）

吴中唱和集八卷

清陶澍、清朱珔等撰，清梁章鉅輯。清道光刻本。四册。每半葉九行，行二十二字，白口，單黑魚尾，左右雙邊。

陶澍（1779—1839），字子霖，一字子雲，號雲汀，晚號髯樵，湖南安化（今安化縣）人。清嘉慶七年（1802）進士，選庶吉士，授編修。歷任監察御史、户部給事中、山西按察使、安徽布政使、安徽巡撫、江蘇巡撫等，官至兩江總督，兼理兩淮鹽政。卒謚『文毅』。著有《印心石屋詩鈔》《蜀輶日記》《陶文毅公全集》等。生平見魏源《太子太保兩江總督祀賢良祠陶文毅公墓誌銘》。《清史稿》卷三百七十九有傳。

朱珔簡介，見《蘭坡先生三圖題咏》提要。

梁章鉅（1775—1849），字閎中，又字茝林，茝鄰，晚號退庵，福建長樂（今屬福州市）人。嘉慶七年進士。歷任禮部員外郎、荆州知府、江蘇巡撫、署兩江總督等職。著述達七十餘種，有《經廛》《夏小正通釋》《論語旁證》

《孟子旁證》《歸田瑣記》《藤花吟館詩鈔》《退庵詩存》《退庵隨筆》等。生平見梁章鉅《退庵自訂年譜》、林則徐《誥授資政大夫兵部侍郎都察院右副都御史江蘇巡撫梁公墓誌銘》。

道光六年（1826），梁章鉅升任江蘇布政使，適逢陶澍擔任江蘇巡撫、王青蓮任蘇州知府、朱珔主講蘇州正誼書院等，於是嘉慶七年壬戌科進士同年匯聚一時，效宋紹興元年（1131）袁説友等人同年酬唱之例，時舉同年唱和之會，遂成佳話。直至道光十年陶澍升任兩江總督、卓秉恬入京選官、湯達告老而歸，同年星流雲散。梁章鉅遂彙集諸人唱和之作，輯爲《吴中唱和詩》八卷，并囑王青蓮校讎。卷前有道光十年夏至梁章鉅序，首頁右下鈐『真州吴氏有福讀書堂藏書』印。後列《吴中唱和集目録》。卷末有道光十年十二月王青蓮跋。是集共收録二十一人唱和詩作六百七十四首。二十一人皆爲嘉慶壬戌科進士，分别爲：程邦憲、程贊清、龔守正、顧蒓、李文耕、李宗昉、梁章鉅、吕子班、瞿昂、申啓賢、沈維鐈、湯達、陶澍、王青蓮、吴椿、吴廷琛、謝學崇、朱鴻、朱珔、朱士彦、卓秉恬。

梁章鉅序稱：『集中多修廢振墜、量雨課晴之作，而懷古咏物、紀事言情諸什，雜綴其間。其詩非成於吴中，而事與吴中相涉者，亦附見。』

今據南京圖書館藏本影印。（尚鵬）

明湖唱和集一卷

清王鴻、清王大堉等撰。清刻本。一册。每半葉九行，行二十字，白口，單黑魚尾。左右雙邊。

王鴻（1806—？），又名王鵠，字子梅，江蘇長洲（今屬蘇州市）人，占籍天津。王大淮子。官聊城縣丞。著有《喝月樓詩録》《天全詩録》《顧祠聽雨閣詩録》，輯有《同聲集》。《晚晴簃詩匯》卷一百三十四有傳。

王大堉，生卒年不詳，字秋槎，江蘇長洲（今屬蘇州市）人。王大淮弟。著有《蒼茫獨立軒詩集》《七十二鴛鴦回環舫詞》。林葆恒《詞綜補遺》卷三十六有傳。

清道光六年（1826）至十二年間，王鴻、王大堉嘗偕詩友數游濟南大明湖，期間多唱和之作，後經王鴻輯録爲《明湖唱和集》一卷。是集内封署『明湖唱和詩集』，卷前有道光十三年廖炳奎序、王鴻自序。該集共收録廖炳奎、陸容、陸樹棠、汪英翮、王大堉、王鴻、袁一士、章寅八人唱和詩詞一百二十四首，其中詞六首。全書唱和之作分爲二十三題，王鴻參與二十三題、王大堉參與二十一題，叔侄二人爲唱和之主力。唱和活動以道光十年穀雨前八日同人泛舟明湖集滄浪館賦詩唱和與道光十一年四月二十一日三泛明湖賦詩規模最大。此外，『藕神祠同人擬奉李易安爲主』一題，爲研究清代李清照接受史提供了寶貴資料。

廖炳奎序稱：『（王鴻）閑設壇坫，號召朋儔，送抱推襟，裁箋分韵，此《明湖唱和》一集所由作也。』

今據國家圖書館藏本影印。（尚鵬）

印心石屋詩薈四卷

清陶澍、清林則徐等撰，清謝元淮輯。清道光十三年（1833）刻本。一册。每半葉十行，行二十字，白口，單黑魚尾，左右雙邊。

陶澍簡介，見《吴中唱和集》提要。

林則徐簡介，見《海壖倡和詩》提要。

謝元淮（1784—1867），字鈞緒，號默卿，湖北松滋（今松滋市）人。以丞尉起家，擢無錫知縣。後入陶澍幕府，協助其淮北票鹽改革。清咸豐三年（1853）授廣西桂平梧鬱鹽法道，因太平天國戰亂，未赴任。著有《養默山房詩稿》，編有《碎金詞譜》。《［同治］松滋縣志》卷九有傳。

此集又名《雲臺山唱和詩》。道光十二年，兩江總督陶澍至海州，籌劃淮北鹺務，試行票鹽。四月二十六日，携鄒錫淳、謝元淮等登雲臺山，眺覽山川形勝，賦詩七律四首。此詩『流播既遠，和者遂多』，後經謝元淮輯録，刊刻爲《印心石屋詩薈》四卷。卷前有道光十三年陳文述序及目録。陳文述序首頁右上鈐『八千卷樓藏書』印。卷端大題上鈐『錢唐丁氏正修堂藏書』印。是集前三卷收録陶澍《壬辰四年念六日携鄒公眉謝墨卿暨諸同人登東海雲臺山有作》及海内文人和作共三百五十六首，和者有張井、林則徐、梁章鉅、陳文述、葉廷琯等八十七人。卷四收録陶澍七律《沭陽道中》《曉發沭陽入海州》《海州道中》三首與歌行體《蟠龍丈人歌》一首，及許喬林、許藩、謝元淮、梅曾亮、陳文述等人和作。此卷所收與目録不合，缺劉曙《蟠龍丈人歌》、胡廷楨《沭陽道中》《曉發沭陽入海州》《海州道中》諸作。卷末有道光十三年謝元淮跋、陳文述歌行體《雲臺山蟠龍松歌》一首與鄒錫淳、許喬林、謝元淮三人七律《步海州即事原韵》各一首。

陳文述序稱陶澍登雲臺山賦詩紀事曰：『若夫紓經濟於泉石之間，寄忠愛於烟霞之表，使讀者曉然於名臣心迹之所在，則非先生詩不足以當之。而海涵地負，天高日晶，即境論詩，并爲卓絶。』謝元淮跋亦稱陶澍此舉曰：『首發高唱，忠勤之意溢於楮墨，非尋常登臨觴咏之作也。』

今據南京圖書館藏本影印。（尚鵬）

晚香唱和集六卷

清陶樑、清吴長卿等撰，清陶樑輯。清道光二十三年（1843）刻本。五册。每半葉九行，行十九字，上白口，下黑口，無魚尾，四周單邊。

陶樑（1772—1857），字寧求，號鳧香、鳧薌，江蘇長洲（今屬蘇州市）人。清嘉慶十三年（1808）進士，選庶吉士，授編修。歷官大名知府、湖北荆宜施道、湖南糧儲道、湖北漢黄德道、山西按察使、江西布政使、太常寺卿、禮部侍郎等職。著有《紅豆樹館詩稿》《紅豆樹館詞》，編有《國朝畿輔詩傳》《詞綜補遺》，參與纂修《皇清文穎》。《清史稿》卷四百二十二、《［同治］蘇州府志》卷八十九有傳。

吴長卿，生卒年不詳，字逸才、更生，浙江錢塘（今屬杭州市）人。官曾州佐。爲吴錫麒族人，繼承其詩學才能，早年閲書千卷。著有《夢游仙館集》《藥倦談屑》。生平見《［民國］杭州府志》卷八十九、九十三。

是集内封有張曜孫隸書題『晚香倡和詩』，左下鈐『仲遠手筆』印。卷首有道光二十三年五月陶樑自序，云：『晚香堂者，予前守大名時，郡齋有堂，以魏公句名，嘗於此置賓榻焉。其時朋簪輻輳，皆四方才俊。政餘率以詩相酬答，始有唱和之作矣。既而持節荆臺及齊安，傳箋刻燭，雖未有囊時之盛，亦時時繼作。彙録之，得若干首。取以授梓，名之曰「晚香唱和」者，猶從其朔云。』可知是集主要收録陶樑在道光十二年至道光二十七年任大名知府和湖北漢黄德道期間與友朋交游之唱和詩詞，共計九百四十三首，包括聯句詩兩首和沈星煒《減字木蘭花》詞作一首。參與唱和者有陶樑、邊浴禮、陳鶴、陳瑞球、程懷璟、程祥、褚希孫、崔晨等九十四位文人。是集前三册爲《晚香唱和集》六卷，後兩册爲附録，收吴長卿《夢游仙館集》、孔昭焜《利于不息齋集》、梅成棟《樹君詩鈔》、崔旭《念堂詩草》、邊浴禮《東郡趨庭集》、王柏心《子壽詩鈔》等别集六種。

今據首都圖書館藏本影印。（薛夢穎、吴志敏）

志异唱和詩一卷

清李遇孫、清沈銘彝等撰，清陳遇春輯。清道光十四年（1834）梧竹山房刻本。一册，附於《甌栝先正文録》後。每半葉九行，行二十一字，白口，單黑魚尾，左右雙邊。

李遇孫，生卒年不詳，字慶伯，號金瀾，浙江嘉興（今嘉興市）人。清嘉慶三年（1798）優貢，官處州府訓導。乾隆朝進士李集之孫，與從兄李超孫、富孫并稱『後三李』。嘉慶初年，曾在阮元詁經精舍游學肄業。秉承祖訓，淹貫經史，尤長於金石學。著有《尚書隸古定釋文》《詩經异文釋》《芝省齋碑録》《金石學録》《日知録補正》《芝省齋詩文集》等。《清史稿》卷四百八十二、《[光緒]嘉興府志》卷五十有傳。

沈銘彝（1763—1837），字紀鴻，號竹岑，别署小花蛾翁，晚號訥翁、孟廬，浙江嘉興（今嘉興市）人。廪貢生。博學工詩，喜搜金石文字。著有《後漢書注又補》《孟廬札記》等。生平見沈庭熙《沈氏宗譜》、馮浩《安肅縣知縣沈君傳》、《[光緒]嘉興府志》卷五十。

陳遇春（1765—？），號鏡帆，浙江永嘉（今永嘉縣）人。廪貢生。道光十一年任麗水縣學訓導。著有《溪山吟稿》《雁山游草》等，輯有《甌栝先正文録》等。生平見《［光緒］永嘉縣志》卷十七。

道光十三年春，陳遇春編輯《甌栝先正文録》告竣，命其子陳六經彙鈔。二月十五日，鈔録完成，空中傳來异香，許久始散，陳六經遂賦七言律詩一首以志其事，即所謂「志异」云。其後，陳遇春、李遇孫、沈銘彝、章大奎等二十九人各和詩一首。故是集共收詩三十首，均爲次韵之作。

今據國家圖書館藏本影印。（陳思晗、楊春妮）

雙石齋唱和集一卷

清李彦章、清秦恩復等撰，清李彦章輯。清刻本。一册，與《載酒堂唱和集》合刊。每半葉十行，行二十一字，白口，單黑魚尾，左右雙邊。

李彦章（1794—1836），字則文、蘭卿，號榕園，福建侯官（今屬福州市）人。清嘉慶十六年（1811）進士。歷任内閣中書、廣西思恩府知府等職。清道光十六年（1836）自江蘇常鎮通海道升任山東鹽運使，未赴任，病逝。著有《榕園全集》。生平見《［民國］閩侯縣志》卷六十九。

秦恩復（1760—1848），字近光，一字敦夫，號澹生，晚年自號狷翁，江蘇江都（今屬揚州市）人。清乾隆五十二年（1787）進士，授編修。因體弱多病，幾次入都任職時間皆不長。曾主講詁經精舍、樂儀書院。讀書好古，精於鑒藏。撰有《石研齋書目》《石研齋集》《享帚詞》。生平見《［光緒］江都縣續志》列傳第五上、《石研齋主年譜》。

道光十四年至十五年，李彦章在江蘇常鎮通海道任上，『與郡中耆舊、寓公、通儒、佳士唱和』，輯爲《雙石齋唱和集》一卷、《小紅橋唱和集》一卷、《桃花庵唱和集》一卷、《四并堂唱和集》一卷、《四并堂唱和第二集》一卷、《補柳亭唱和集》一卷、《載酒堂唱和集》一卷等七種相對獨立的唱和集。以唱和時間先後爲序，《雙石齋唱和集》乃爲最早，收録道光十四年至十五年的四場唱和之作五十八首，分别爲：道光十四年六月二十一日李彦章召集秦恩復、程贊清、謝學崇、張銘、徐培深、鄭士傑、阮亨、秦巘、丁元模，十人集雙石齋，作歐陽脩生日會，以歐陽脩《答劉原父舍人見過後中夜酒定復追昨日所覽雜并簡梅聖俞之作》詩句『虚堂來清風，佳果薦濁酒』分韵賦詩一首，體式不限。七月十二日，李彦章、秦恩復、程贊清、謝學崇、張銘、徐培深、阮亨、秦巘、丁元模九人集桃花庵，議建歐陽脩祠，以歐陽脩《醉翁亭記》句『飲少輒醉，而年又最高』分韵作五言古詩一首。重陽日，秦恩復、程贊清、張銘、謝學崇、徐培深、阮亨、丁元模、秦巘、李彦章九人議增祀韓琦，與歐陽脩、蘇軾爲三公祠，以歐陽脩《晝錦堂記》句『德被生民，而功施社稷』九字分韵，各賦五言古詩一首。道光十五年正月二十日，宋三公祠落成，李彦章、秦恩復、程贊清、謝學崇、張銘、鄭士傑、阮亨、秦巘、徐培深、丁元模十人以『三公祠』爲韵各賦七律三首。

今據國家圖書館藏本影印。（尚鵬）

同岑唱和一卷

清王敬之、清周叙、清夏昆林撰。清道光十九年（1839）刻本。一册。每半葉十行，行二十一字，白口，無魚尾，左右雙邊。

王敬之（1778—1855），字仲恪，號寬甫，江蘇高郵（今高郵市）人。貢生。著有《小言集》《枕善居詩詞》《宜署識字齋雜著》《三十六湖漁唱》。生平見《［光緒］再續高郵州志》卷四、夏昆林《增貢生貤封中憲大夫王君寬甫傳》。

周叙（1784—1850），字雨窗，號褉亭，江蘇高郵（今高郵市）人。貢生。著有《雨窗吟存》《雨窗吟續存》《雨窗文存續》。生平見《［光緒］再續高郵州志》卷四。

夏昆林（1787—1865），字治卿，號瘦生，別號帶山，江蘇高郵（今高郵市）人。貢生。著有《槿花村吟存》《槿村樵唱》。生平見《［光緒］再續高郵州志》卷四、周叙《夏帶山小傳》。

是集收録王敬之、周叙與夏昆林三人唱和詩作一百四十七首、詞作三十二首。封面書簽題『同岑倡和録』，鈐『菜畦』印。卷首有道光十九年六月宋茂初序，卷末有道光十九年金鳴鑾跋。卷首大題下鈐『臣經士』『緯堂』『菜畦』等印。宋茂初序稱：『觀乎三人并行，我師必有，三人爲友，其益無方，緣聲氣之相同，遂金蘭之莫逆，此寬甫、雨窗、瘦生三君《同岑唱和》所由傳也。』王敬之、周叙與夏昆林均爲江蘇高郵人，因同鄉之誼、同學之情，唱酬遂多。夏昆林《增貢生貤封中憲大夫王君寬甫傳》亦言三人曰：『嘗合繪《同岑圖》，鍥《同岑唱和録》，宜若可侔金石。』可知《同岑唱和》與《同岑圖》是三人友誼的見證。此集收録詩作以同題之作爲主，涉及游覽、憑吊、題詞、集會等内容，形式上較爲自由，次韻、和韵之作較少。

宋茂初序盛贊：『由是鉥心劌目，無非有爲而言；鏤玉雕璚，罔弗稱心而出。此倡則彼和，一倡則衆和，翛然如鸞鶴之齊鳴，鏘然如笙璈之互應。』

今據國家圖書館藏本影印。（尚鵬）

花萼唱和集不分卷

清馬疏、清馬考撰，清馬疏輯。清咸豐八年（1858）刻本。一册。每半葉九行，行二十一字，白口，單黑魚尾，左右雙邊。

馬疏（1789—1853），字經幃，號南園，甘肅安定（今屬定西市）人。清嘉慶二十五年（1820）進士。歷任陝西府谷、洛南、咸寧等縣知縣。著有《日損益齋古文》八卷、《日損益齋古今體詩》十八卷、《日損益齋試帖》四卷。生平見《日損益齋古文》卷八馬綸篤《皇清敕封儒林郎翰林院庶吉士陝西咸寧縣知縣南園府君行狀》及徐辰告《例授儒林郎敕授文林郎前翰林庶吉士陝西咸寧縣知縣馬南園先生墓誌銘》。

馬考（1786—1866），字牧齋，號文園，甘肅安定（今屬定西市）人。馬疏胞兄。嘉慶年間貢生，例授修職郎。能詩善文。生平見《日損益齋古文》卷八所載王鳳翔《馬文園先生六旬晋三壽序》。

是集内封右上題『咸豐八年鎸』，中題書名，左下鎸『家塾存板』。卷首有王韶題詩六首，蘇及燕六言詩二首，陳秩五題辭二首。後列《花萼唱和集目録》。清道光九年（1829），馬疏辭官還鄉，在邑肆力課農，訓厲子弟，多與胞兄馬考壎箎酬唱，并將兄弟二人唱和之作編爲《花萼唱和集》一卷。《目録》結尾馬疏子馬綸篤注曰：『原集起於甲午，迄乎壬子，共計得詩一百六十五首。』該集實收録兄弟二人唱和詩凡一百一十五首，其中馬疏五十八首，馬考五十七首，與馬綸篤所言不合，其間或經剔抉，或有散佚。部分詩作附有蘇及燕評語。

蘇及燕《恭和文南園二位親家雪夜唱和之作因即作跋》二首曰：『廊廟山林异地，壎篪唱和同聲。纔知至性相感，不以世分忘情。』『世情相煎何急，君家兄弟獨賢。雪夜聯床共話，依然姜被同眠。』

今據首都圖書館藏本影印。（蔣李楠）

小紅橋唱和集不分卷

清李彦章、清秦恩復等撰，清李彦章輯。清道光刻本。一册。每半葉十行，行二十一字，白口，單黑魚尾，左右雙邊。

李彦章簡介，見《雙石齋唱和集》提要。

秦恩復簡介，見《雙石齋唱和集》提要。

是集乃道光十四年（1834）至十五年李彦章任江蘇常鎮通海道期間，所輯七種唱和集之一。卷首有朱襄題詞《蘭卿觀察以小紅橋唱和集見示勉步原韵》一首。題詞首頁右下鈐『後漁洋先生一百七十二年紅橋修禊』等印。卷端大題下鈐『南通馮氏景岫樓藏書』印。此集收詩共計十六首，乃道光十五年三月上巳，李彦章招秦恩復、程贊清、謝學崇、徐培深、張銘、黄承吉、阮亨、秦巘、丁元模、阮祜、劉文淇、梅植之、吴廷颺、潘宗藝、羅景恬，共十六人同集載酒堂，以所題楹帖中『晝了公事，夜接詩人，禪智尋碑，紅橋修禊』十六字分韵，各賦五言古詩一首。

今據南京圖書館藏本影印。（尚鵬）

桃花庵唱和集不分卷

清李彦章、清秦恩復等撰，清李彦章輯。清道光刻本。一册。每半葉十行，行二十一字，白口，單黑魚尾，左右雙邊。

李彦章簡介，見《雙石齋唱和集》提要。

秦恩復簡介，見《雙石齋唱和集》提要。

是集乃道光十四年（1834）至十五年李彦章任江蘇常鎮通海道期間，所輯七種唱和集之一。卷端大題下鈐『分巡大江南北之間』『三十六湖老』等印。此集收詩十首，爲道光十五年清明後二日，李彦章、秦恩復、程贊清、謝學崇、徐培深、張銘、黄承吉、阮亨、丁元模、秦巘十人集桃花庵看桃花，以唐嚴維《酬劉員外見寄》『柳塘春水漫，花塢夕陽遲』句分韵，各賦七言古詩一首。

今據國家圖書館藏本影印。（尚鵬）

四并堂唱和集一卷二集一卷

清李彦章、清秦恩復等撰，清李彦章輯。清道光刻本。一册，與《補柳亭唱和集》合刊。每半葉十行，行二十一字，白口，單黑魚尾，左右雙邊。

李彥章簡介，見《雙石齋唱和集》提要。

秦恩復簡介，見《雙石齋唱和集》提要。

《四并堂唱和集》《四并堂唱和第二集》乃道光十四年（1834）至十五年李彥章任江蘇常鎮通海道期間，所輯七種唱和集之二。

《四并堂唱和集》卷端大題下鈐『阮亨梅叔』印，收詩四十首，乃兩次唱和所作。一爲道光十五年四月二十六日，蜀岡重建四并堂落成，李彥章、秦恩復、程贊清、謝學崇、徐培深、朱襄、張銘、黄承吉、汪喜孫、阮亨、丁元模、阮祜、秦巘十三人同觀金帶圍芍藥，以謝靈運《擬魏太子鄴中集詩序》句『惟良辰、美景、賞心、樂事，四者難并』分體分韵賦詩。二爲四月二十七日，李彥章、劉文淇、王僧保、梅植之、吴廷颺、潘宗藝、羅景恬、高振鋌八人復集四并堂，觀金帶圍芍藥，以謝靈運《擬魏太子鄴中集詩序》句『古來此娱，書籍未見』分韵各賦五言古詩一首。

《四并堂唱和第二集》收詩十八首，乃道光十五年七月初二日，李彥章召集程贊清、秦恩復、謝學崇、徐培深、朱襄、張銘、黄承吉、阮亨、陳文述、梅植之、劉文淇、潘宗藝、王僧保、秦巘、吴廷颺、王翼鳳、丁元模，共十八人集三公祠，作韓琦生日會，各賦七言古詩一首。此次唱和不限韵。

今據國家圖書館藏本影印。（尚鵬）

補柳亭唱和集一卷

清李彥章、清秦恩復等撰，清李彥章輯。清道光刻本。一册，與《四并堂唱和集》《四并堂唱和第二集》合刊。每半葉十行，行二十一字，白口，單黑魚尾，左右雙邊。

李彥章簡介，見《雙石齋唱和集》提要。

秦恩復簡介，見《雙石齋唱和集》提要。

是集乃道光十四年（1834）至十五年李彥章任江蘇常鎮通海道期間，所輯七種唱和集之一。此集收詩五十六首，主要録道光十五年六月二十一日，李彥章召集程贊清、秦恩復、謝學崇、徐培深、朱襄、黄承吉、阮亨、陳文述、梅植之、劉文淇、潘宗藝、王僧保、秦巘、吴廷颺、丁元模，共十六人集蜀岡宋三公祠，作歐陽脩生日會，仿歐陽脩傳花宴客故事，以『傳花』二字爲韻，各賦七律二首，其中朱襄、潘宗藝疊韻各作四首。張銘、王翼鳳雖未至，事後亦有詩作。除『傳花』韻唱和之外，還收録潘宗藝七古《載酒堂傳花公讌歌》與李彥章、秦巘、阮亨三人次韻和作。還有陳文述五律《傳花之讌以荷花一朵次第各摘一瓣無瓣者飲一觶客以酒傾瓣中恰得半蕉芳艷殊勝因名之曰紅蕚盞一詩志之》與李彥章、阮亨、劉文淇、梅植之、吴廷颺、潘宗藝、秦巘、丁元模、王僧保九人次韻和作，其中阮亨、秦巘疊韻，各作兩首。

今據國家圖書館藏本影印。（尚鵬）

載酒堂唱和集一卷

清李彦章、清秦恩復等撰，清李彦章輯。清道光刻本。一册，與《雙石齋唱和集》合刊。每半葉十行，行二十一字，白口，單黑魚尾，左右雙邊。

李彦章簡介，見《雙石齋唱和集》提要。

秦恩復簡介，見《雙石齋唱和集》提要。

是集乃道光十四年（1834）至十五年李彦章任江蘇常鎮通海道期間，所輯七種唱和集之一。卷首有道光十五年上巳李彦章作《題漁洋先生小像四首》。此集主要唱和活動爲道光十五年八月二十八日，李彦章召集程贊清、秦恩復、謝學崇、徐培深、朱襄、張銘、黄承吉、阮亨、丁元模、劉文淇、梅植之、吴廷颺、潘宗藝、王僧保、王翼鳳、汪彦樹、秦巘、劉寶楠，共十九人集載酒堂，作王士禛生日會，各賦五律四首，限六漁、七陽、十五删、十一真韵。

黄承吉《丙申中秋日書載酒堂事一則》稱：『吾鄉風雅之傳，冶春詩社一集，玲瓏山館一集，題襟館一集，今載酒堂不得謂非一集。』

今據國家圖書館藏本影印，缺汪彦樹、秦巘、劉寶楠三人詩作。（尚鵬）

北行酬唱集四卷

清馮縉、清郭仁圖等撰，清梁章鉅輯。清道光十六年（1836）刻本。一册。每半葉九行，行二十二字，白口，單黑魚尾，左右雙邊。

馮縉，生卒年不詳，字光敦，號笏軿，福建侯官（今屬福州市）人。清嘉慶三年（1798）舉人。藏書萬卷，日以自娱。著有《甑甀稊米集》。《［民國］閩侯縣志》卷七十二有傳。

郭仁圖，生卒年不詳，字永年，號蓮渚，福建侯官（今屬福州市）人。嘉慶三年舉人。官刑部員外郎。其妻林淑卿精於詩，著有詩集《紅餘僅存草》。生平見《［民國］閩侯縣志》卷四十二。

梁章鉅簡介，見《吴中唱和集》提要。

是集卷首有道光十六年四月陳鑾《梁茝林先生北行酬倡詩序》，首頁右下鈐『炳垣』印。後列《北行酬唱集題名》，首頁右下鈐『嶺上白雲』印。卷端大題下鈐『衆异藏書』『殳山農』印。道光十五年五月，梁章鉅以疾辭歸二年後，再受起用，應召北上，賦七律二章紀其事，同人紛紛和詩以贈。後梁章鉅彙集此行詩作并友人和詩，輯爲《北行酬唱集》四卷。該集共收録梁章鉅等五十九名詩人各體詩作一百九十二首。卷一以齒爲序，收録馮縉等里社同人贈别之作、榕陰話别圖册題詞與沿途友人寄贈之作，共計十五人詩作四十五首。卷二以爵爲序，收録梁章鉅《道光乙未仲夏恭奉恩召北行登舟後成紀事二律》與陶澍等大江南北官員及僚屬次韵之作，共計二十二人詩作四十八首。卷三以齒爲序，收録吴雲等大江南北紳士、布衣及詩僧次韵之作，共計二十三人詩作四十六首。卷四以詩事先後爲序，收録梁章鉅與沿途友朋唱酬疊韵之作，共計十一人詩作五十三首。

陳鑾序稱梁章鉅曰：『應召北行，爲詩二章，以喻其隱微而將其忠愛。』謂同人和作曰：『即一時屬而和者，亦莫不踔厲奮發，鳴國家之盛。』

今據上海圖書館藏本影印。（尚鵬）

貞豐八景唱和集一卷

清戴其相、清陶煦等撰，清朱霞燦輯。清道光二十四年（1844）刻本。一册。每半葉八行，行十八字，白口，單黑魚尾，左右雙邊。

戴其相（1817—1860），原名鈺，一説原名銓，字子式，號笠農，江蘇元和周莊（今屬昆山市）人。清咸豐九年（1859）副榜。募丁防禦太平軍，憂勞成疾而卒，年四十有四。詩學韓蘇，硬句盤空。著有《棠巢詩録》。《周莊鎮志》卷四、《［民國］吴縣志》卷七十六下有傳。

陶煦（1820—1891），字子春，號沚村，一作芷村，江蘇元和周莊（今屬昆山市）人。煦好讀書，不求名利，以詩文辭自娱。爲監生，候選翰林院待詔。著作有《租覈》《周莊鎮志》《沚邨詩鈔》《貞豐里庚甲見聞録》等。生平見《周莊陶氏族譜》、吴大澂《陶煦墓誌銘》。

朱霞燦（1770—1842），字霽堂，號素園，江蘇吴江（今屬蘇州市）人。清嘉慶十年（1805）諸生第一。家貧，以授徒、游幕自給。道光十一年起，館於周莊陶興宗家。工詩善畫。著有《虛白庵詩文集》。《［民國］吴縣志》

卷七十六下、《周莊鎮志》卷五有傳。

是集封面右上標『朱素園輯』。卷首有道光十六年十月朱霞燦序，卷末有道光二十四年孟冬上旬韓來潮跋。據知，乃朱霞燦及其弟子們『自課餘閑，偶仿《貞豐志》中先輩所咏八景詩』，分體唱和，彙爲一帙而成。周莊原名貞豐里，有全福曉鐘、指歸春望、鉢亭夕照、蜆江漁唱、南湖秋月、莊田落雁、急水揚帆、東莊積雪八景。朱霞燦與弟子戴其相、陶煦、陶甄、戴鈞、戴晋、陶照、朱若愚、陶燾共九人賦詩七十二首，依次吟咏八景而體式各不相同。戴其相賦四言古詩八首，陶煦賦五言古詩八首，陶甄賦五言律詩八首，戴鈞賦六言律詩八首，戴晋賦七言律詩八首，陶照賦五言絶句八首，朱若愚賦六言絶句八首，陶燾賦七言絶句八首，最後爲朱霞燦本人賦七言古體八首。

韓來潮跋曰：『近朱素園茂才，自松陵講席來此。素園，風雅士也。課餘之暇，與其及門追步貞豐八景詩。後來之秀，若帙中戴茂才子式、陶上舍子春諸君更唱迭和，駸駸乎暮春風浴童冠樂天矣。』

今據南京圖書館藏本影印。（郁陳晨）

浴日亭次韵詩一卷續編一卷再續編一卷補編一卷

清張維屏、清梁信芳等撰，清金菁茅輯。清道光十八年（1838）刻本。一册。每半葉十行，行二十一字，黑口，單黑魚尾，左右雙邊。

張維屏（1780—1859），字子樹，號南山，又號松心子，晚號珠海老漁，廣東番禺（今屬廣州市）人。道光二年進士。歷官湖北長陽、黄梅、廣濟及江西太和知縣，袁州府同知、吉州府通判，權署南康府知府。因厭倦官場，辭官歸里。善詩文，工書法。與黄培芳、譚敬昭并稱『粤東三子』。著有《聽松廬詩鈔》《松心詩集》等。《清史稿》卷四百八十六、《[同治]番禺縣志》卷四十六有傳。陳澧有《張南山先生墓誌銘》。

梁信芳（約1779—1849），字薌甫，廣東番禺（今屬廣州市）人。清嘉慶十三年（1808）舉人，截取知縣。道光十三年本省辦賑出力，加六品銜。其後五應會試不中，遂絶功名仕進之念。道光九年移居半園，築桐花館，時與二三知己銜杯賦詩。著有《桐花館詩鈔》《螺涌竹窗稿》《歸吾廬吟草》等。《[同治]番禺縣志》卷四十六有傳。

金菁茅（1786—？），字子慎，號醴香，廣東番禺（今屬廣州市）人。嘉慶十三年舉人。道光二十一年，守獵德炮臺，拒英軍入内河。道光二十九年，協辦團練，再拒英軍入城。先官内閣中書，以守臺勞，補員外郎，升郎中。著有《五貢考》《遺經樓詩集》《浴日亭詩鈔》等。生平見《[光緒]廣州府志》卷四十五、《[宣統]番禺縣續志》卷十九。

浴日亭爲宋代羊城八景『扶胥浴日』所在地。蘇軾有《浴日亭》詩，其碑刻仍立於亭中。金氏所編《浴日亭次韵詩》及續編、補編中所收，爲歷代次韵唱和蘇軾此詩之作，故此集又名《浴日亭次蘇韵詩》。卷首有道光十八年花朝後一日張維屏序，略述成書之大致經過，謂除金菁茅、張維屏等同人游後即興次韵之作外，崔弼《波羅外紀》中所見蘇軾此詩次韵之作亦一并輯録。序後有《浴日亭圖》，圖後摘録《廣東通志》之浴日亭簡介。後列此集所録詩作者姓氏里貫仕履，包括宋蘇軾、劉克莊，明陳獻章、張詡等二十二人，清翁方綱、張維屏、董篤行、梁佩蘭、曾燠等七十三人。是集所收詩歌共一百四十八首，其中初編二十五首，續編一百零三首，再續編十六首，補編四首。是集之意義，正如張維屏於序中所言：『蓋不惟紀一時之勝游，且俾後之登亭懷古、觀碑賦詩者有所考云。』

今據國家圖書館藏本影印。（周丹丹）

洺州唱和詞一卷

清邊浴禮、清沈濤等撰，清沈濤輯。清道光二十七年（1847）刻本。一册。每半葉十一行，行二十一字，闊黑口，單魚尾，左右雙邊。

邊浴禮（1813—1862），字夔友，號袖石，任丘（今河北省任丘市）人。道光二十四年進士。官至河南布政使。與天津華長卿、遷安（寄籍寶坻）高繼珩并稱『畿南三才子』。參編《國朝畿輔詩傳》。著有《健修堂詩集》《東郡趨庭集》《沽上趨庭始存稿》《空青館詞稿》《柳梅序》。《［宣統］任丘邊氏族譜》長房三支十七世、《大清畿輔先哲傳》卷二十一、《碑傳集補》卷十七、《清史列傳》卷七十三有傳。

沈濤（1789—1861），原名爾振，字西雍、季壽，號匏廬、匏翁、柴辟亭長，浙江嘉興（今嘉興市）人。清嘉慶十五年（1810）舉人。官至江西道員。著有《説文古本考》《論語孔注辨僞》《易音補遺》《常山貞石志》《交翠軒筆記》《瑟榭叢談》《銅熨斗齋隨筆》《柴辟亭讀書記》《十經齋文集》《柴辟亭詩集》《九曲漁莊詞》《匏廬詩話》等，輯有《絳雲樓印拓本題辭》《洺州唱和詞》。《清史列傳》卷六十九、《清儒學案小傳》卷十、《清代樸學大師列傳》

第六有傳。

此集唱和活動的另一位中心人物是金泰。金泰，生卒年不詳，字改之，安徽英山（今屬湖北省英山縣）人。長期以游幕爲生。著有《燕築雙聲》（與邊浴禮合撰）、《佩蘅詞》。《國朝詞綜續編》卷十八、《國朝詞綜補》卷四十二、《[民國]英山縣志》卷十一有傳。

是集卷前有道光二十七年六月楊文蓀序，序首鈐『詞客有靈應識我』（出自唐温庭筠《過陳琳墓》）與『葉恭綽』兩方陰文印。卷内首頁鈐『罔極庵』（葉恭綽香港室名）、『玉父』（葉恭綽字）兩方陽文印及『恭綽長壽』陰文印，卷内第六頁眉批『上琴臺去』（出自宋吴文英《八聲甘州·靈岩陪庾幕諸公游》）。該集收録道光十八年至二十六年沈濤任官直隸廣平知府期間，與幕賓、親屬唱和詞一百三十一首。唱和者計有沈濤、金泰、邊浴禮、勞勳成、戴錫祺、沈蕊、沈家模、邵建詩八人。除邊浴禮、金泰外，皆隸籍浙西，其他五人惟邵建詩非沈濤親族。道光十八年秋，邊浴禮造訪洺州，游郡勝蓮亭，感物蕭然，填《甘州》一闋。沈濤與女婿勞勳成應之，始開唱和。多由沈濤、金泰發起，率先填詞，邊浴禮之參與僅次於二人。故沈濤、金泰詞作均過三十首，邊浴禮作二十餘首，另外五家每人不足十首。内容以賦景、咏物、題畫爲主。用語偏愛哀颯意象，頗帶慘淡色彩。總體風格清寒傷凄，模仿南宋諸家。

楊文蓀序稱洺州唱和之作曰：『洵足接西浙之音塵，振南宋之標韻。』

今據上海圖書館藏本影印。（宗昊）

鴛水聯吟二十集

清嚴炳、清錢人瑞等撰，清岳鴻慶輯。清道光二十一年（1841）刻本。四册。每半葉九行，行十九字，白口，單黑魚尾，左右雙邊。

嚴炳（？—約1860），字星岩，浙江秀水（今屬嘉興市）人。六歲孤，經書皆母指授。道光二十三年舉人。以授徒爲生。咸豐十年（1860），太平軍攻陷嘉興，因其母被擄，隨至常州。母病亡，炳以身殉。肆力於古文，宗桐城派。兼精書畫。《［光緒］嘉興府志》卷五十二有傳。

錢人瑞，字子振，浙江秀水（今屬嘉興市）人。生平不詳。

岳鴻慶，生卒年不詳，字餘三，一字縵甫，浙江秀水（今屬嘉興市）人。諸生。爲岳飛後裔，岳珂二十二世孫。能詩，亦工刻竹。著有《寶爵堂集》。《［光緒］嘉興縣志》卷二十五有傳。

此爲鴛水聯吟社唱和集。内封右上書『道光戊戌秋中』，中題書名，左下書『張廷濟題』，右下鈐『清儀閣』印，左下鈐『張叔未』印。卷首有道光二十一年三月十六李宗昉序、黄安濤序、道光十九年三月十六翁廣平序、道光二十一年閏三月黄金臺序，李序首頁右下鈐『積學齋徐乃昌藏書』。道光十八年秋，岳鴻慶與其友朋輩結鴛水聯吟社，詩酒唱酬，歷時三年。其唱和作品最終由岳鴻慶、于源、楊均、孫瀜、嚴人壽等五位司社事者擇優選録，編成社集《鴛水聯吟》二十集，每集由兩位司社事者負責集訂、校字。此集共收録嚴炳、錢人瑞、孫瀜、秦廷櫆、周文鼎、吴廷燮、胡錫祉、于源、岳鴻慶、張保衡等一百七十四人詩歌九百四十三首。這些社員多屬江浙人士，大多科第不高却極富才華，在嘉興、蘇州等地頗有名氣。所收作品體裁多樣，皆爲吟社集會同題唱和之作，内容以吟咏家鄉風物爲主。

李宗昉序云：『同社諸君，抒情發咏，各擅工妙，宛似萬卷紛披，燭花爛漫。時人則雲龍之侣，鷗鷺之盟，皆一時俊傑士。』

今據首都圖書館藏本影印。（王凱、胡劍）

鄧林唱和詩詞合刻四卷

清鄧廷楨、清林則徐撰，清陳潛輯。清宣統元年（1909）江浦陳氏刻本。一册。每半葉九行，行二十一字，白口，單黑魚尾，左右雙邊。

鄧廷楨（1776—1846），字維周，一字嶰筠，晚號妙吉祥室老人、剛木老人，江蘇江寧（今屬南京市）人。清嘉慶六年（1801）進士，選庶吉士，授編修。歷任寧波、延安、榆林、西安知府，湖北、陝西按察使，江西、陝西布政使，兩廣、閩浙總督，陝西巡撫等職。著有《雙硯齋詩鈔》《雙硯齋詞鈔》等。《清史稿》卷三百六十九有傳。

林則徐簡介，見《海壖倡和詩》提要。

是集内封有張蔚題寫書名，牌記署『宣統元年季春江浦陳氏刊行』。卷首列《鄧林唱和詩詞目録》，右下鈐『蔗園』印。清道光十九年（1839）至道光二十三年，鄧廷楨、林則徐二人曾於廣東一帶共同查禁鴉片，後又一同遣戍伊犁。政事之餘，二人多往來酬答，留下了不少唱和之作。其後，江浦陳潛將鄧、林二人别集中之唱和詩詞裒輯成《鄧林唱和詩詞合刻》一册，分爲：鄧廷楨《雙硯齋詩鈔》一卷，卷前有清咸豐二年（1852）五月梅曾亮《雙硯齋詩鈔原序》；鄧廷楨《雙硯齋詞鈔》一卷，卷前有咸豐元年十一月宋翔鳳《雙硯齋詞鈔原序》；林則徐《雲左山房詩鈔》一卷，卷前有清光緒十二年（1886）正月謝章鋌《雲左山房詩鈔原序》；林則徐《雲左山房詩餘》一卷。唱和詩凡六十二首，詞共十五闋。内容一爲禁烟抗英鬥争之實録，一述遠戍西部邊陲之艱苦。禁烟時所作，氣度恢宏，音節高朗；戍守伊犁之作，纏綿悱惻，語詞凄婉而不失剛勁之氣。卷末有鄧嘉緝跋和陳洙題詩四首。

徐世昌《晚晴簃詩匯》評曰：『嶰筠自詞曹出守，聲績甚著……遷督兩廣，正值禁烟之役，與林文忠共事。尋移節閩浙，賦《酷相思》詞寄文忠……其時兵事方棘，朝旨漸移，故其言凄絶。及同戍伊犁，日以詩詞相酬答。冰霜辛苦之音，樓宇高寒之旨，纏綿悱惻，變雅之遺。』

今據上海圖書館藏本影印。（蔣李楠）

庚子生春詩二卷

清錢儀吉、清戚士彦等撰。清道光二十年（1840）刻本。一册。每半葉九行，行二十一字，白口，單黑魚尾，左右雙邊。

錢儀吉（1783—1850），原名逵吉，字藹人，號新梧、心壺、星湖，又號衎石，浙江嘉興（今嘉興市）人。清嘉慶十三年（1808）進士。官户部主事、刑科給事中等職。先後主講粤東學海講堂、河南大梁書院。著有《三國晋南北朝會要》《補晋書兵志》《衎石齋紀事稿》《刻楮集》《旋逸小稿》，編有《皇輿圖説》《國朝獻徵集》《碑傳集》。《清史稿》卷四百八十六、《［光緒］嘉興府志》卷五十有傳。

戚士彦（1821—1853），字子美，號英甫，浙江德清（今德清縣）人。道光三十年進士，授編修，遷國史館協修。著有《戚聲叔詩稿》。生平見《［同治］湖州府志》卷十三。

是集封面書籤及内封皆以篆書題寫書名，卷首有道光二十年春金安瀾序。唐元稹作有五律組詩《生春二十首》，每首詩首句均以『何處春生早』開篇，摹繪春景，乃文人之逸趣。道光二十年錢儀吉效其體、次其韵，先後作《生春詩》三十首。由此引起錢氏族人與姻親創作之欲望，戚士彦、姚靚等十五人皆有和作，共得十六人五言律詩一百九十七首。詩作後經錢儀吉輯録，編爲一卷。因道光二十年爲庚子年，遂命名爲《庚子生春詩》。錢儀吉等人詩作并未嚴格依照元稹原作二十之數，多寡不一。卷上收録錢儀吉、戚士彦、錢寶惠、錢尊讓、錢邕醇、錢彝用、錢梠、錢蘐慶、錢元絳、史致昌十人詩作，并附有錢儀吉《喜叔平至汴》一首、史致昌《嘉平廿有七日至汴外舅賜詩謹次韵》四首。卷下收録姚靚、李介祉、錢仲愉、錢叔琬、程韵、朱秬曾六人詩作，此六人皆爲錢氏女眷。

金安瀾追溯錢氏《生春詩》創作之歷史，慨嘆錢氏家族一門風雅，曰：『今者誦先芬而感國恩，編近作而彰家慶。庭階羅列，濟美重光。閨闥賡酬，同工异曲。是集也，不猶王氏寶章之輯、丹陽世學之傳哉？』

今據首都圖書館藏本影印。（尚鵬）

白雲倡和詩一卷

清戴熙、清黄培芳等撰，清戴熙輯。清道光二十年（1840）刻本。一册。每半葉八行，行二十一字，白口，單黑魚尾，左右雙邊。

戴熙（1801—1860），字醇士，號鹿床，浙江錢塘（今屬杭州市）人。道光十二年進士。歷任廣東學政、翰林院侍講學士、禮部侍郎、兵部右侍郎等職，道光二十九年致仕歸里。清咸豐十年（1860）二月，太平軍破杭州，戴熙自沉於水，時年六十。後謚『文節』。工書畫，名滿天下。著有《習苦齋畫絮》十卷、《古錢叢話》三卷、《習苦齋古文》四卷、《習苦齋詩集》八卷等。生平見《［光緒］廣州府志》卷一百零八。

黄培芳（1778—1859），字子實，又字香石，自號粤岳山人，廣東香山（今中山市）人。清嘉慶九年（1804）副貢，官陵水教諭。二十一年以襄辦夷務得内閣中書銜。與番禺張維屏、陽春譚敬昭并稱爲『粤東三子』。工書畫。著有《嶺海樓詩鈔》《香石詩話》等，并編纂《香山志》《重修肇慶府志》《重修新會縣志》等五十餘種，共數百卷。《［同治］番禺縣志》卷三十三有傳。

是集附於戴熙别集《訪粤集》後。道光十八年，戴熙受命督學廣東，輯任此職時期所撰詩作爲《訪粤集》。其書牌記署『道光庚子冬月刻於廣州』，卷前有番禺張維屏叙，鎮平黄釗題辭，香山黄培芳、番禺黄玉階評。卷末有『粤省西湖街正文堂刊』字樣。道光二十年秋，戴熙與黄培芳、張維屏、黄釗、黄玉階四人同游白雲寺，戴熙首唱《游白雲寺憩雲泉山館》五言古體詩二首，其餘四人同題唱和，亦各作二首，共計詩作十首。僅黄玉階所作二首次戴熙詩韵。集後有道光二十年十月戴熙題記、黄釗附記。

黄釗附記評戴熙詩曰:『胎息純乎玉局,性情風格又大似香山、渭南,而氣骨魄力則少陵、昌黎之所自出也。』

今據國家圖書館藏本影印。(周丹丹)

春闈唱和詩一卷

清潘世恩、清隆文等撰,清蔡振武輯。清道光二十一年(1841)刻本。一册。每半葉八行,行十七字,黑口,單黑魚尾,四周雙邊。

潘世恩簡介,見《撫浙監闈紀事詩》提要。

隆文(1786—1841),字質存,號雲章,正紅旗(滿洲)伊爾根覺羅氏。清嘉慶十三年(1808)進士,選庶吉士。歷任刑部主事、内閣學士、駐藏大臣、户部尚書、軍機大臣等職。道光二十年,偕奕山督師廣東。因奕山與英軍合訂《廣州和約》,議不合,憂憤而死,謚『端毅』。《清史稿》卷三百七十三有傳。

蔡振武(1812—1869),字宜之,號麟洲,浙江仁和(今屬杭州市)人。道光十六年進士,選庶吉士,授編修。歷任江南道監察御史、四川學政、肇慶知府、廣東肇羅道等職。著有《瑶華仙館試帖詩選》,輯有《春闈唱和詩》。《兩浙輶軒續録》卷三十六有傳。

卷首有定郡王載銓《芝軒相國以闈中詩書扇和韵奉贈并謝即呈雅正》詩、道光二十一年七月陳文述序,卷尾有道光二十一年中秋蔡振武跋。是集收録潘世恩、載銓、隆文、龔守正、王瑋慶、黎光曙、蔡振武、胡林翼等八十二人唱和詩作二百一十七首，含三部分内容：一爲道光二十年潘世恩主持禮闈首唱《道光庚子闈場即事》詩，及闈場内簾官等人唱和之作；二爲同一年潘曾瑩進士及第，潘世恩次《道光庚子闈場即事》韵作《示次兒曾瑩五疊前韵》，一時同人多有和作；三乃道光二十一年潘曾綬秋闈中舉，潘世恩叠韵復作《秋闈榜發三兒曾綬幸列賢書詩以志喜六疊前韵》，士林又有和作。是集以人繫詩，所作均次韵。

蔡振武跋語曰：『恭讀師《春闈紀事》暨投贈諸公叠韵詩，志和音雅，純任自然，如鳳鳴丹山，歸昌赴節，令人想見《卿雲》賡歌、《卷阿》矢音之盛。』

今據首都圖書館藏本影印。（尚鵬）

水仙花唱和詩一卷

清何兆瀛、清温肇江等撰，清何兆瀛輯。清光緒十五年（1889）刻本。一册，附於《有棠梨館筆記》之後。每半葉十行，行二十一字，白口，單黑魚尾，左右雙邊。

何兆瀛（1809—1890），字青耜，號通甫，江蘇江寧（今屬南京市）人。清道光二十六年（1846）舉人。歷任户部郎中、陝西道御史、兩廣鹽運使等職。罷官後僑寓湖上，文酒流連，年逾八十，一時有『洛社耆英』之目。著有《老學後庵文集》《心庵詩存》《心庵詞存》等。《晚晴簃詩匯》卷一百四十七、《國朝御史題名不分卷》有傳。

温肇江（1779—1842），字翰初，江蘇上元（今屬南京市）人。道光十二年進士，官户部主事。生平蘊藉冲和，詩翰精妙，并工繪事。著有《鍾山草堂遺稿》九卷。《[同治]續纂江寧府志》卷十四有傳。

此集卷首有譚獻序、光緒十五年六月何兆瀛序。何序曰：『道光庚子、辛丑間，余在京師，偶爲水仙花詩，同人多有和作，積有箋素，藏之篋笥。後在浙幕中，同人又有所作，因彙存之。』可見其首唱始於道光二十年，唱和活動跨越京師、浙江兩地。序後列《水仙花唱和詩題名》，凡二十六家，如温肇江、夏塏、夏塽等，多爲江蘇人。集末收何兆瀛弟兆濂，子承禧，孫蔭楠、蔚紳、萬均和詩。總計收録三十一家詩人七言律詩四十首，各詩皆押『真』『身』『人』『春』『神』字韵。

譚獻謂是集曰：『如十九首皆漢調，通之比興，雜用悲愉，長寄心於君王，將以遺夫遠者。』何兆瀛則曰：『然池塘春草，我夢惠連，又不禁追憶愴然矣。』

今據南京圖書館藏本影印。（王春）

黄蓼花唱和詞一卷

清潘曾綬、清潘曾沂等撰，清潘曾綬輯。清道光二十四年（1844）吴縣潘氏刻本。一册。每半葉十行，行十九字，黑口，單黑魚尾，左右雙邊。

潘曾綬（1810—1883），初名曾鑒，字若甫，一字紱庭，江蘇吴縣（今屬蘇州市）人。工部尚書、武英殿大學士潘世恩三子。道光二十年舉人。官内閣侍讀。工詞。著有《陔蘭書屋詩集》《陔蘭書屋詞集》（包括《睡香花室詞》《秋碧詞》《同心室詞》《憶佩居詞》《蝶園詞》《花好月圓室詞》）。《晚晴簃詩匯》卷一百四十三有傳。

潘曾沂（1792—1852），原名遵沂，字功甫，號小浮山人，江蘇吴縣（今屬蘇州市）人。潘世恩長子。清嘉慶二十一年（1816）舉人。道光元年，援例得内閣中書。後以病辭官歸里，究心佛典，不復出。著有《放猨集》《桐江集》《江山風月集》《船庵集》《閉門集》《功甫小集》《東津館文集》等。生平見《清史列傳》卷四、馮桂芬《功甫潘先生墓誌銘》、潘曾沂《小浮山人自訂年譜》。

是集卷首有潘曾瑩題辭八首。潘曾瑩（1808—1878），字申甫，一字黼廷，號星齋，又作心齋、惺齋，别號紅雪詞人等，江蘇吴縣（今屬蘇州市）人。潘世恩次子。道光二十一年進士，選庶吉士，授編修。歷官光禄寺卿、吏部左侍郎、工部左侍郎等職。學殖深厚，工詩文，尤長於史學。喜收藏，其小鷗波館以收藏書畫著名。著有《尚書講義》《讀史雜鈔》《賜錦堂經進文稿》《小鷗波館文鈔》《小鷗波館詩鈔》《小鷗波館詞》《鸚鵡簾櫳詞鈔》《小鷗波館畫識》《潘黼廷先生日記》等。《晚晴簃詩匯》卷一百四十四有傳。據題辭小序可知，黄蔘花唯内閣典籍廳有之，潘曾沂尋覓此花種子十數年不得。道光二十一年潘曾綬入職内閣，得到黄蔘花種子并寄回鳳池園，潘曾沂賦詩紀事，并成《湘月》一闋，潘曾綬作《高陽臺》詞和之，二詞和者甚衆。道光二十四年潘曾綬南歸，以唱和之作彙寄都門以付刊。是集共收録十九人詞作二十一首，圍繞黄蔘花進行唱和。潘曾綬《高陽臺》詞，和者有潘曾沂、李宗昉、吴葆晋、馬沅、陳彬華、陳鳳孫、吕倌孫、董世帷、夏塽、蔡宗茂、陳慶生、潘曾瑋等十二人，各作同調和詞一首，除蔡宗茂、陳慶生、潘曾瑋外，其餘諸人均次韻。潘曾沂《湘月》詞，和者有潘曾綬、潘遵祁、潘希甫、董國華、吴嘉洤、戈載、何兆瀛七人，各作同調和詞一首，其中潘曾綬、潘遵祁、董國華三人之作次韻。卷末附潘曾沂寄潘曾綬七律詩三首，及潘曾綬《題黄蔘花唱和詞後有懷伯兄》七絶四首。

今據國家圖書館藏本影印。（陳思晗、楊春妮）

山中和白雲一卷

清蔣敦復撰。清末至民國初長洲章鈺算鶴量鯨室緑格鈔本。每半葉十三行，行二十二字，黑口，雙對魚尾，左右雙邊。

蔣敦復（1808—1867），原名金和，又名爾鍔，字純甫、子文、劍人，別號江東老劍、麓衣山人，寶山（今屬上海市）人。諸生。清道光二十年（1840）因避禍削髮爲僧，法名妙塵，一作妙喜，號鐵岸。後還俗，更名敦復。清同治年間，卒於蘇松太道應寶時幕中。著有《芬陀利室詞集》《嘯古堂詩集》。《[光緒]寶山縣志》卷十、俞樾《春在堂隨筆》卷一有傳。

是集卷前有楊瑾《弁言》，收録蔣敦復於道光二十二年至二十三年三月讀張炎《山中白雲詞》有感所和詞二十九首，或懷人贈寄，或思憶故事，或對景抒懷，皆爲次韵之作。

今據國家圖書館藏本影印。（陳思晗、楊春妮）

江東詞社詞選一卷

清孫麟趾、清秦耀曾等撰，清湯貽汾輯。清道光二十六年（1846）刻本。一册。每半葉九行，行二十字，白口，單黑魚尾，四周雙邊。

孫麟趾（1782—1860），字清瑞，號月坡，江蘇長洲（今屬蘇州市）人。諸生。湯貽汾弟子。家貧嗜學，半生游幕。在南昌，鄧辛眉從其學詞。旅居江寧，主持江東詞社，與秦耀曾等交好唱和。又與龔自珍、劉履芬爲友。善畫，詩得宋人神韻，尤工填詞。著有《雅詞萬選》《詞學正宗》等。《[同治]蘇州府志》卷八十九有傳。

秦耀曾，生卒年不詳，字遠亭，號雪舫，江蘇江寧（今屬南京市）人。秦大士孫，秦承恩子。清嘉慶十三年（1808）舉人，官兵部主事。著有《銅鼓齋詞》《白門詞略》《雪園詞話》等，又與友人合輯《江東詞社詞選》。《[同治]續纂江寧府志》卷十四有傳。

湯貽汾（1778—1853），字雨生，晚年號粥翁，江蘇武進（今屬常州市）人。以祖父蔭襲雲騎尉，歷任三江守備、興寧營都司、浙江樂清協副將等職。晚辭官僑居江寧。清咸豐三年（1853）太平軍克江寧，率全家殉節。多才藝，詩文書畫均有造詣。著有《琴隱園詩集》《琴隱園詞集》《書荃析覽》等。《清史稿》卷三百九十九有傳。

是集内封有包世臣題寫書名。卷首有道光二十六年四月上旬雷葆廉序，首頁右上鈐『八千卷樓藏書之記』。序後有《江東詞社詞選姓氏》，載是書作者秦耀曾、孫若霖、孫廷鐻、孫麟趾、戈載、雷葆廉六家姓字爵里著述，首頁右上鈐『錢唐丁氏正修堂藏書』印。道光二十三年至二十四年，秦耀曾、孫若霖、孫麟趾等詞人結江東詞社於金陵，『諸君畫舫扣舷，旗亭賭酒』，集會唱和達十餘次。後經湯貽汾、侯雲松（字青甫）等人評閲，選爲是集。此集分十五集排列，收詞六十首。第一集、第二集署『湯雨生都督評閲』，第三集署『侯青甫學博評閲』，第四集署『張同莊明府評閲』，第五集以下具署『湯雨生都督評閲』。

今據南京圖書館藏本影印。（銀文）

殊恩恭紀唱和集一卷

清卓秉恬、清阮元等撰，清卓秉恬輯。清道光二十六年(1846)刻本。四册。每半葉九行，行二十一字，黑口，單黑魚尾，四周雙邊。

卓秉恬(1782—1855)，字静遠，號海帆，四川華陽(今屬成都市)人。清嘉慶七年(1802)進士，選庶吉士，授檢討。歷任山東道監察御史、吏科給事中、鴻臚寺少卿、順天府丞、大理寺少卿、太僕寺卿、禮部侍郎、左都御史兼順天府尹，兵部、户部、吏部尚書，體仁閣大學士、武英殿大學士等職。著有《海帆集》。《清史稿》卷三百六十五有傳。

阮元簡介，見《晋甎酬唱詩》提要。

是集内封有阮元篆文題寫書名，卷首有嘉慶七年卓秉恬登第時所作《御殿傳臚作》七律一首、汪廷儒序及參與唱和人員名單。道光二十四年，卓秉恬升任體仁閣大學士，作《道光甲辰嘉平十六日蒙恩授爲大學士恭紀七律二章》，感念皇恩，自叙心志。師友弟子如阮元、潘世恩、穆彰阿、寶興、湯金釗、陳官俊、黄因蓮、吴邦慶、鄧廷楨、朱琦、梁章鉅、龔守正、沈維鐈、林春溥、陶樑等一百五十三人，紛紛投贈唱和之作。該集共收録唱和詩作三百零八首，人各兩首。卷末附有《殊恩恭紀唱和續編》，收録季芝昌等十一人和詩二十二首，并黄因蓮《既和紀恩元韵復贈一詩》與卓秉恬《謹次初甫前輩元韵》。因是集唱和詩歌乃爲恭賀卓秉恬升任體仁閣大學士而作，故不脱感念聖恩深厚、頌揚卓公賢德之意，明顯帶有官場應酬痕迹。

今據首都圖書館藏本影印。（尚鵬）

夢約軒唱酬集一卷

清金安瀾、清龔自珍等撰，清陶心傳輯。清道光二十八年（1848）刻本。一册。每半葉八行，行二十字，白口，單黑魚尾，四周雙邊。

金安瀾，生卒年不詳，字澄之，號瀛仙，浙江桐鄉（今桐鄉市）人。道光九年進士，改庶吉士，授户部主事。歷官銅沛同知、松江知府。工詩文，尤長駢體。著有《怡雲廬詩文鈔》二卷。生平見《［光緒］嘉興府志》卷六十一。

龔自珍（1792—1841），原名鞏祚，字爾玉，一字璱人，號定盦，浙江仁和（今屬杭州市）人。道光九年進士。授内閣中書，擢宗人府主事，改禮部主事。後暴卒。博通群籍，詩名尤著，有《定盦全集》。《［民國］杭州府志》卷一百三十八有傳。吴昌綬編有《定盦先生年譜》。

陶心傳，浙江會稽（今會稽市）人。生平不詳。與此集唱和活動相關之中心人物是何俊。何俊（1797—1858），字晋孚，號亦民，安徽望江（今望江縣）人。道光九年進士，改庶吉士，授工部主事，官至江蘇布政使。著有《夢約軒詩鈔》四卷等。生平見《［光緒］重修安徽通志》卷一百八十一。

是集卷前有道光二十八年冬至陶心傳《夢約軒唱酬集序》，及金安瀾《送亦民同年卓薦入都序》，龔自珍《袁浦贈何亦民同年》七絶一首與戴絅孫《送亦民同年出守桂林七古一章》。卷末有邱家燧《奉呈七律》四首、胡壁華《丁未十月觀察巡閲至順德謹賦五言三十六韵奉呈》一首。正文主要收録四場唱和活動所作詩歌，一是道光二十四年秋，何俊出任大名知府，辭别桂林一地師友，李承霖、吴敬綸等二十二人賦詩贈别，五律、七律、七古兼具，共得詩八十三首。其中吴敬綸所作《亦民觀察之任大名賦呈七律四首送别》，得徐盛持、何俊等十三人次韵唱和。此次唱和前有陳鍱繪《灕江餞别圖》與徐盛持《灕江餞别詩序》。二是道光二十七年七月，何俊與諸友聚於官署西園，作《西園即事五律四首》，馮拱宸等八人次韵和之。另衛鶴鳴作《讀亦民公祖西園詩感賦奉呈》五律四首，不次韵。此場唱和前有顧耀繪《西園圖》與邱家燧《西園唱和詩序》。三是魯昱作《秋菊》七律二首，陶心傳等六人次韵和之。四是何俊五十初度，感懷作七律四首，陶心傳、顧崇、邱家燧、魯昱四人次韵和之。另有宋昌期作《五言排律七十韵》。集中涉及唱和者凡三十六人，共收詩一百六十一首。

陶心傳序云：『而唱酬之篇，積久彌富，遂合灕江諸作，并今昔投贈之什都爲一編，付諸梨棗，以志一時之盛。』

今據國家圖書館藏本影印。（王春、尚鵬）

杏莊題咏四卷二集二卷三集六卷四集五卷五集一卷

清鮑俊、清李長榮等撰，清鄧大林輯。清道光二十四年至清同治二年（1844—1863）廣州藝芳齋刻本。道光二十六年刊初集四卷，道光二十九年至同治二年分别續刊二集至五集。六册。每半葉九行，行二十一字，白口，單黑魚尾，四周雙邊。

鄧大林（約 1816—1909），字蔭泉，號意道人，晚號長眉道人、小欖鎮人，廣東香山（今屬中山市）人。監生，官内閣中書。精煉丹術。嗜詩而工畫。與蘇六朋、梁琛、鄭績、袁杲爲畫友，又與黄培芳、陳璞等結詩畫社。著有《杏林莊草》四卷。《［宣統］番禺縣續志》卷三十九有傳。

鮑俊（1797—1851），字宗垣，號逸卿，自號石溪生，廣東香山（今屬中山市）人。道光三年進士，選庶吉士，改刑部主事。善書畫。著有《榕塘吟館詩鈔》《倚霞閣詞鈔》等。《［宣統］番禺縣續志》卷二十九、《［民國］香山縣志續編》卷十有傳。

李長榮（約 1813—1877），字子虎，一作子黻、紫黼，號柳堂，廣東南海（今屬佛山市）人。諸生。清咸豐六年（1856）官儒學訓導。同治四年在廣州爲儒學教授。工詩。著有《海東詩話》《茅洲詩話》等，輯有《嶺南集鈔》《柳堂師友詩録》等。《［宣統］南海縣志》卷十一有傳。

道光二十四年，鄧大林闢園於廣州芳村白鵝潭畔，與張維屏之聽松園隔溪相對，以鎮國公奕湘所題『嶺南亦有杏林莊』匾額而名之曰『杏林莊』。園内四通八達，有池、橋、亭、閣等多種景物，奇花异石，優雅别致，乃鄧大林日常煉丹之所。詩人墨客、社會名流往來雲集，題咏唱和之作甚多。鄧大林乃以所得詩文先後爲次，彙刊成集。此五集所載各家題咏唱和時間爲道光二十四年至同治二年，共收三百六十八位文人之詩詞一千零三十七首、文七篇。

《杏莊題咏》四卷，内封有李蘅芳題寫書名，卷前有道光二十五年十月鎮國公奕湘序及道光二十六年五月張維屏序。正文首頁鈐『葉恭綽奉贈』『曾藏葉氏遐庵』等印。卷一收詩七十六首，題咏者有鮑俊、李長榮、何時秋等十五人。卷中有《杏林莊圖》一幅并鄧大林手書，卷末有吴時敏《杏林莊竹亭記》一篇。卷二收詩八十二首，題咏者爲黄培芳、郭汝康、李體仁等二十八人。卷三收詩八十五首，題咏者有張維屏、姚芳、韓勞謙、陸瑞等三十七人。卷末吴小姑詩之前有譚瑩所撰《杏林莊記》一篇。卷四收詩八十三首，前三卷未出現的新增題咏者有陳其錕、何瑞榴、張文鼎等三十二人。卷末有道光二十六年龔廷焯後序。

《杏莊題咏二集》二卷，内封有黄培芳題寫書名，卷前有道光二十九年七月黄培芳序。卷一收詩八十六首，初集未出現的新增題咏者有馮奉初、魯鳳林、徐兆鼇等三十五人。卷二收詩七十三首，新增題咏者有陳澧、劉星臣、蘇廷魁、丁熙等三十八人。卷中有黄崇奎所撰《杏林莊賦》一篇，卷末有道光二十九年十月鮑俊後序。

《杏莊題咏三集》六卷，内封有陳澧題寫書名，卷前有咸豐三年三月上巳日鄧大林序。卷一首列黄培芳《杏林莊記》一篇，收詩三十三首，詞一首，初集二集未出現之新增題咏者有梁九圖、陳殿槐、釋定池、劉廷楨等十五人。卷二收詩三十四首，新增題咏者有龔國鈞、崔山、勞秋笙、李宗淑等二十人。卷三收詩四十四首，新增題咏者有劉維康、杜杰、吴錦鋒等十四人。卷四收詩三十九首，新增題咏者有屈堅、葉兆華、葉兆萼等七人。卷五收詩六十二首，詞三首，新增題咏者有曾維、張玉堂、潘鳴球、何冠梧等二十人。卷六彙集各家所題石刻、匾聯，又記各方贈杏樹、杏核者名録及時間。

《杏莊題咏四集》五卷，内封有梁琛題寫書名，卷前有咸豐十年三月上旬袁杲序。卷一首列陳澧《觀杏林莊圖》一篇，收詩五十五首，有初集至三集未出現之新增題咏者何又雄、張上進、曾照、張兆鼎等十一人。卷二收詩五十首，詞一首，新增題咏者有黎瓚、黎維樅、蒲德成等八人。卷三收詩四十首，新增題咏者有高兆元、李光表、陳什、蘇道芳等二十人。卷四收詩三十二首，新增題咏者有江國霖、蔡振武、孔廣鏞等十五人。卷五首列李長榮

《杏林莊記》一篇，收詩十七首，詞一首，新增題咏者有黎孟庚、黄在中、吴健彰等八人。

《杏莊題咏五集》一卷，内封有謝曜題寫書名，首列朱鑑成《杏林莊記》一篇，收詩一百四十首，有初集至四集未出現之新增題咏者梁玉森、陳鴻猷、何承霖、孔廣陶等四十五人。

此五集所收作品『以得詩文先後爲次』，體裁頗豐，詩、詞、文、賦各體兼有。其中詩之唱和有和韵、次韵、叠韵、同題、聯句等多種形式。

張維屏序曰：『而題咏杏莊者，不徒寫園中景物，或稱其點綴有詩情，或稱其布置得畫意，或美其救苦近佛心，或美其還丹有仙氣。』是爲園林題咏之典型。

今據上海圖書館藏本影印。（苑麗麗）

新春宴游唱和詩一卷

清張維屏、清金菁茅等撰，清張維屏輯。清道光刻本。一册，附於《花甲閑談》後。每半葉十行，行二十一字，黑口，雙黑對魚尾，四周雙邊。

張維屏簡介，見《浴日亭次韵詩》提要。

金菁茅簡介，見《浴日亭次韵詩》提要。

是集附於張維屏《花甲閑談》十六卷之後，卷首有道光二十六年（1846）春社前一日張維屏《新春宴游唱和詩序》。道光二十六年春，張維屏與友人、弟子游園賞花，諸人飲酒樂甚，揮毫唱和。張維屏賦《春游簡諸同人》

與《寄園燕集復成一律》，金菁茅、廖炳奎、陳澧等五十七人和之，皆次張維屏詩原韵，共得詩一百三十首。張維屏序稱此唱和曰：『抛磚引玉，賤子請作前驅；連臂張弓，諸君同爲後勁。』并自注曰：『昔人謂作七律如挽强弓。』故集中張維屏及和者所作體裁均爲七言律詩。内容多寫景紀事，述當下縱情歡樂之意。如金菁茅詩曰：『熙熙何處不春臺，畫舫歌筵日往來。』也有及時行樂、珍惜當下之意，如張維屏詩曰：『對酒當歌豪士氣，及時行樂古人心。』在自身歡樂與憂嘆外，也流露出經世濟民、心懷天下之意，如張維屏詩曰：『志士豈無憂世意，春人應有惜花心。』

張維屏序稱：『存諸此日，竊比康衢擊壤之聲；傳之他時，或助里社銜杯之興。』

今據南京圖書館藏本影印。（喻夢妍、廖瑜璞）

聽雨樓吟社詩鈔二卷

清張軒鵬、清吴邁等撰，清王培荀輯。清道光二十九年（1849）旭陽官齋刻本。兩册。每半葉十行，行二十一字，白口，單黑魚尾，左右雙邊。

張軒鵬，字海雲，四川滎縣（今滎縣）人。道光十五年舉人。道光二十四年大挑，分發湖北，試用知縣。清咸豐、同治年間，歷知枝江、來鳳、恩施、漢川、巴東、松滋、宜城等縣，俱有實政，深得民心。《［民國］滎縣志》卷八有傳。

吴邁，字蘭谷，四川滎縣（今滎縣）人。桂林書院學生。生平不詳。

王培荀（1783—1859），字景淑，一作景叔，一字雪嶠（或説爲其號），山東淄川（今屬淄博市）人。道光元年舉人，保舉孝廉方正。十五年，大挑以知縣分發四川，歷知榮昌、豐都、新津、興文等縣。二十一年知榮縣，兩任後告老回鄉，主講般陽書院。著述頗豐，纂有《榮縣志》，著有《寓蜀草》《管見舉隅》《鄉園憶舊録》《雪嶠外集》《雪嶠日記》《雪嶠閑録》《聽雨樓隨筆》《蜀道聯轡集》《秋海棠唱和詩》等。馬桐芳《憨齋詩話》稱其『年五十始學爲詩』，『咏古之作俱佳』。生平見《［宣統］三續淄川縣志》卷九、孫乃瑶《王雪嶠先生行略》。

是集内封上題『道光己酉鐫』，中題書名，下署『旭陽官齋藏板』。卷前依次列道光二十八年十月丁光陞序、劉德剛序，王培荀所製詩社凡例六則，聽雨樓吟社姓氏。王氏在川十四年，於榮縣任職最久，『案牘之暇，與都人士詩酒唱酬』。道光二十七年冬，約鳳鳴書院山長廖朝翼、桂林書院山長張軒鵬『及書院弟子好吟咏者』，成立聽雨樓詩社，『或選勝以遨游，咸暢懷以容與』。流風所及，方外僧道與閨閣文媛亦參與其中。本集所録詩人，係詩社成員王侃、許崇基、周如璽、廖朝翼、張軒鵬、丁光陞、王培荀、劉德剛、黄潔、楊聯拔、郝元琛、吴邁、張鳳儀、周永勛、汪涵、譚文藻、蒲載皋、王誌、廖興哲、王紹德、王肇元二十一人，方外雲空、閨媛王蓉、伶人張益、鍾福等四人，及吟社姓氏録未列名者高遠程、王榮二人。創作以同題唱和爲主，有『文君妝樓』『張儀樓』『籌邊樓』『吟詩樓』『長城咏』『子陵釣臺』『銅雀臺』等懷古類，『謝傅棋』『淵明琴』『醉翁泉』『東坡笠』『湘妃竹』『道蘊硯』『緑珠笛』『中散柳』『廣平梅』等咏物類，『峨眉秋月』『鏡香亭賞荷』『培桂亭小集』等紀游類詩作，共四十七題，多不限體例韵格，存詩計五百二十六首。是集除按題載録之外，行間多圈點，頁眉亦有評語，對詩社活動從命題、作詩、品評到結集出版，都爲詳實記録。

丁光陞序謂王培荀主持風雅，云：『丁未冬，倡爲詩會。春秋佳日，選勝命題。覽其佳者，擊節稱賞。漸染所及，雖方外衲子，閨中文媛，下逮青衣輩，靡不争妍鬥麗，以得荷評騭爲幸。』

今據國家圖書館藏本影印。（陳思晗）

攬芳園詩鈔二卷

清何丕德、清吴梯等撰，清譚楷輯。清道光二十八年（1848）刻本。二册。每半葉九行，行二十二字，白口，單黑魚尾，四周雙邊。

何丕德，字日生，廣東香山（今中山市）人。生平不詳。

吴梯（1775—1857），字秋航，一字雲川，號嶺雲山人，廣東順德黎村（今屬佛山市）人。清嘉慶六年（1801）廣東鄉試解元。歷任山東蒙陰、濰縣、禹城知縣，遷膠州知州，再擢濟寧直隸州知州。後告病還鄉。通經史，能詩文。道光年間與林聯桂、譚敬昭、黄培芳、張維屏、黄玉衡、黄釗并稱爲『粤東七子』。著有《讀杜詩姑妄》《岱雲初編》《岱雲續編》等。《［民國］順德縣志》卷十七有傳。

譚楷（1795—1872），字穀山，廣東龍山（今屬順德市）人。道光十七年副貢生。好學，講求經世之務。因鄉中多盗，嘗著《鄉守要略》一編，廣東按察使李璋煜令刊布郡邑以爲法。樂善好施，周恤孤寡。詩學杜蘇，畫工山水。著有《周易摘疑》《周易大傳釋辨》《攬芳園詩鈔》等。《［民國］順德縣志》卷十八有傳。

是集卷首有道光二十八年五月七日蔡錦泉序及五月五日譚楷序。每册卷末鎸『龍江成章堂刊刻』。正文上有譚楷眉批。共收録何丕德、吴梯、李長棨、温子顒、蔡潤生等一百零二人詩作三百九十二首。含同題唱和五場，各題之下古體、近體皆有，基本不次韵。上册爲《讀王文成公傳》唱和，譚序曰：『王文成公，名世才也。余少讀公傳，景仰之餘，輒形諸歌咏。』『去秋里居無事，因擬此題并附咏物數題，徵諸同人。』可見唱和之緣起。此題共録何丕德、吴梯等六十四人詩一百四十三首、《滿江紅》詞一首，内容爲稱頌王陽明功績、發表相關議論。其中李長榮、陳壽田以此題分别作擬樂府十首和十六首，猶有特色。下册以咏物唱和爲主，依次爲：《眼鏡》録蔡潤生、温子顥等三十五人詩四十二首（含鄺中河作偈二則），内容爲咏眼鏡之形用；《詩囊》録吴梯、何丕德等三十二人詩四十八首，内容爲抒寫詩囊之形用；《墨蘭》録何丕德、翁清等二十四人詩三十九首、《早梅芳》詞一首，内容爲稱揚墨蘭之品性；《丹桂》録何丕德、吴梯等三十二人唱和五十七首，吟咏攬芳園之丹桂花開至嚴冬，『亦香艷不輟』。

蔡錦泉序贊曰：『余捧誦殆遍，如入山陰道中，應接不暇。顧卷帙雖多，品評甚允。覩其評詩，知其詩境之登峰造極矣。』

今據國家圖書館藏本影印。（銀文）

汾江草廬唱和詩二卷

清梁九圖、清張維屏等撰，清梁九圖輯。清道光三十年（1850）刻本。一册。每半葉八行，行十七字，黑口，無魚尾，左右雙邊。

梁九圖（1816—1880），字福草，别署十二石山人，廣東順德（今屬佛山市）人。自幼聰慧，有『神童』之譽。

無意科場功名，喜好山水交游、讀書治學、作育英才。工詩善畫。著有《十二石齋詩集》《佛山志餘》《紫藤館文存》《嶺表詩傳》《汾江隨筆》《嶺南瑣記》等。《[民國]順德縣志》卷十七有傳。

張維屏簡介，見《浴日亭次韵詩》提要。

是集牌記鎸『道光三十年八月刊』，卷首有梁九圖自序。該書收録梁九圖、張維屏、黄培芳、吴炳南等五十一人唱和詩。道光三十年春，梁九圖居所汾江草廬，花放水滿，群公偕來，飲酒撫琴。梁九圖作《草廬漫與》《春日偶成》七律二首，諸公見而愛焉，各有和章，得詩凡一百零二首。其中百首和詩，皆爲次韵之作。陣勤勝《汾江草廬韵橋記》言及梁九圖與友朋之唱和曰：『遥吟俯唱，韵叶宫商，韵出金石，吾知三日後猶有餘韵繞梁者。由此繼風騷之雅韵，追正始之遺韵。』

今據國家圖書館藏本影印。（彭健）

含飴堂重游璧水詩集一卷

清李文榮、清趙楫等撰，清李士林輯。清光緒七年（1881）刻本。一册。每半葉九行，行二十一字，白口，單黑魚尾，四周雙邊。

李文榮（1772—1854），字華亭，又字冠仙，晚號如眉老人，江蘇丹徒（今屬鎮江市）人。諸生。通時藝，精醫術。初就陶澍聘，主講南匯、青浦兩書院，繼入袁江醫館。著有《含飴堂課孫草》《仿寓意草》《知醫必辨》。生平見《[光緒]丹徒縣志》卷三十七、《[光緒]丹徒縣志摭餘》卷八。

趙楫，生卒年不詳，字子舟，江蘇丹徒（今屬鎮江市）人。清道光十六年（1836）進士，改庶吉士，授編修。歷任山東道御史、户部給事中、天津河間兵備道等職。擅書法，厚重秀逸。《［光緒］丹徒縣志》卷二十八有傳。

李士林（1808—1890），後改名士鏻，字咏春，號繼眉老人，江蘇丹徒（今屬鎮江市）人。李文榮第三子。附貢生。著有《留春館吟草偶録》《留春館餘齡漫筆》，編有《重游泮水唱和詩集》。生平見《［光緒］丹徒縣志摭餘》卷八、《［民國］續丹徒縣志》卷十一。

士子進學，獲諸生資格，例謁學宫。因學宫前有形如半月之池稱泮水，故此舉又名爲『游泮』。六十年後，如本人健在，與新進諸生同謁學宫，即稱重游泮水。重游泮水乃清代特有之科舉禮儀制度，係袁枚仿重宴鹿鳴之典而創，旨在彰科第之名、頌耆老之德。清乾隆五十五年（1790）李文榮進學，獲諸生身份，至清道光三十年恰值一甲子，循前輩舊例，應重游泮水。『璧水』原指太學，後泛指讀書講學之所，與泮水意同，故重游泮水又稱重游璧水。此詩題之所由來。重游泮水常伴有唱和，李文榮亦有之。他首唱七律四章，同人多有和作，遂彙集成册，爲一時盛舉。後友朋又續有和作，均藏於箱篋。未幾遇太平天國戰亂，李文榮携家逃難，流離失所，續和之作多有遺失。光緒七年，李文榮之子李士林於其父一百一十歲冥壽之際，感蓼莪之痛，刊刻此集，分贈諸友，以寄先人之思。

是集内封有道光三十年仲秋趙楫題篆書『重游璧水』，卷首有光緒七年九月中旬陸希文序、同年閏七月上旬李恩綬序及詩集總目。正文首列李文榮原唱四首、李士林小識，後有趙楫等七十二人和原韵詩二百八十四首、李秉心等四十人不拘體韵和詩一百一十首。最後有趙彦修五古題詩一首、光緒八年延清調寄《金縷曲》題詞一首，并附有李士林等李氏家族詩人五人七律二十四首、李士林跋語。此集以收到詩作之先後爲序，其中某些和詩如吴麗生詩下注『丙辰』，乃爲清咸豐六年（1856），應爲追和之作。

陸希文稱此集曰：『使讀者企仰慕效，猶想見前輩講道論書、篤志厲行之素。於人心習尚，不爲無補。非徒侈芹藻之風流，誇耆英之佳話也。』

今據國家圖書館藏本影印。（尚鵬）

含飴堂續重游璧水詩集一卷

清李士鏻、清趙克恭等撰，清李士鏻輯。清光緒十六年（1890）含飴堂刻本。一册。每半葉九行，行二十一字，白口，單黑魚尾，四周雙邊。

李士鏻簡介，見《含飴堂重游璧水詩集》提要。

趙克恭（1801—？），字問漁，江蘇丹徒（今屬鎮江市）人。庠生。清道光二年（1822）入泮，光緒八年重游泮水，時年八十有二。《［民國］續修丹徒縣志》卷十一有傳。

道光十年，李士鏻進學，成爲諸生，至光緒十六年恰值一甲子，循前輩舊例，應重游泮水。其父李文榮於道光三十年已重游泮水，父子蟬聯，士林傳爲佳話。李文榮重游泮水時，唱和之章彙爲《含飴堂重游璧水詩集》一卷。李士鏻重游泮水，亦首唱七律四首，追溯往事，感慨今昔，一時同人多有和作。李士鏻以收到詩作之先後爲序，編爲《含飴堂續重游璧水詩集》。

是集内封有光緒十六年趙克恭題篆書『續重游璧水』。卷首有光緒十六年十月汪充鈞序、同年九月馮善徵序及詩集總目。正文首列李士鏻原唱四首，後録趙克恭等三十三人和原韵詩一百三十二首、羅志讓等四十二人不拘體韵和詩一百二十首。續録有張正廉等四十人不拘體韵和詩一百一十二首。最後録戴錫鈞等五人題詞五首，附録李鴻飛等十一名家族詩人和詩四十首，何霔、楊鴻發題詩各一首，及光緒十六年九月吴士麒跋。卷末列録寫、校字之李氏後人姓名。

李士鏻之重游泮水唱和，較其父李文榮而言，更有家族聲名前後輝映之意。吴士麒以詩贊曰：『泮水重游人十九，父子相沿實希有。希有今傳第一人，從此留春名不朽。』

今據國家圖書館藏本影印。（尚鵬）

小石帚生和姜詞一卷

清趙福雲撰。清咸豐十年（1860）刻本。一册。每半葉九行，行二十一字，白口，單黑魚尾，四周雙邊。

趙福雲（1821—1856），字華初，一字蓮谷，號耦村，浙江山陰（今屬紹興市）人，因其父舉河南鄉試第一，遂著籍河南祥符（今屬開封市）。趙福雲因隸籍兩試不中，咸豐二年冬其父逝世後，迫於生計，客游潼關入監司幕，與顧壽楨爲金石之交。尤慕姜夔，遂號小石帚生。竭數載之力輯《白石叢稿》十卷。著有《三惜齋文稿》《三惜齋詩》《小石帚生詞》。生平見《小石帚生詞》卷末所附其弟趙銘勛撰《先兄耦村先生三十六歲行狀》。

是集卷首有顧壽楨序，後列目録，共收趙福雲追和姜夔詞十九首，作於咸豐三年至咸豐五年。趙福雲去世後，顧壽楨編輯其遺稿，爲凸顯趙福雲之詞學宗法和造詣，將趙福雲和姜詞别録爲一卷，輯爲《小石帚生詞》第四卷，并爲作夾批。趙福雲所追和詞調均爲姜夔自度曲，追和采用次韵、用韵等形式，對姜夔詞之詞調、詞韵、詞境均有模擬。然亦有新變，如《翠樓吟·秋思次韵》『密雨侵墻，微波晃箔，羈人又添秋思』句，顧壽楨批注稱：『白石原叶「賜」，今取其同音字易之，仿坡公和陶詩以「靦」代「緬」例也。』詞作内容以嘆老嗟貧、傷士不遇爲主，亦與姜詞所抒情感類似。

顧壽楨序稱：『今兹字愜句諧，一依舊製，分刌節度，深契微芒。至於結體清空，琢詞騷雅，知音識曲之士，莫不嘆賞無已，以爲白石復生，則豈復與方生者并類而觀哉。』

今據上海圖書館藏本影印。（苑麗麗、郭雪穎）

竹如意齋酬唱集一卷

清恩錫撰，清趙昀評。清同治三年（1864）刻本。一册。每半葉九行，行二十二字，白口，單黑魚尾，四周雙邊。

恩錫（1817—1878），字竹樵，正白旗（滿洲）蘇完瓜爾佳氏。清道光十五年（1835）以蔭入仕，歷任刑部員外郎、沂州知府、濟南知府、安徽按察使、奉天府尹、江蘇布政使等職。著有《承恩堂詩集》《藴蘭吟館詩餘》，輯有《曼陀羅館消寒集》《吴中倡和集》。《［同治］蘇州府志》卷二十二有傳，《滿族史料專輯》有記。

趙昀（1808—1877），字芸譜，號岵存，晚號遂園、遂翁，安徽太湖（今屬安慶市）人。狀元趙文楷第四子。道光二十一年進士，選庶吉士，授編修。歷任潮州知府、湖北荆宜施道、廣東惠潮嘉道等職。同治三年辭官歸里，主講安慶敬敷書院。著有《遂園詩鈔》。生平見《遂翁自訂年譜》《道光辛丑恩科會試趙畇朱卷》《[民國]安徽通志藝文考稿》。

清咸豐四年(1854),恩錫官安徽按察使時,因太平天國興起,受命治辦軍需,駐扎合肥,結交合肥文人徐漢蒼。徐漢蒼以咏本事詩一册見示,恩錫覺其聲調諧和,意味深遠,遂遍和其詩。竹如意齋者,恩錫督皖時所居,設有吟社,爲一時風雅所繫。是集内封有篆書題寫書名,左下署『同治甲子年刻』,卷首有趙畇題詩二首,卷末有徐漢蒼跋語。卷端大題下署『蘇垣恩錫竹樵著』『太湖趙畇岵存評』,鈐『南通馮氏景岫樓藏書』印。此集共收録七絶三十四首,所咏皆『三百年來作者遺事』,有《楊廉夫鐵笛》《顧仲瑛草堂》《王叔明宫詞》《王廷用宫怨》《沈石田畫僧》等三十四題。詩作皆附有本事,并偶有趙畇批語,共計十六條。對照徐漢蒼原唱《讀家虹亭太史本事詩》,可知恩錫之和作皆次其韵,并於三十三首本事詩外,另增《徐荔庵拈題》,即咏徐漢蒼賦詩之事。咸豐七年孟春,于養源於滁州官舍作《和竹如意齋唱和集》,所咏之題即爲恩錫所拈三十四件本事,可見恩錫此集之影響。

徐漢蒼跋稱恩錫唱和情狀曰:『先生倚欄構思,按題立和。雒誦再三,既欣風調高華,益佩詞旨雋永。藉非涵養功深,焉能造斯至詣。』

今據南京圖書館藏本影印。(尚鵬)

桐華竹實之軒梅花唱酬集一卷

清謙福、清沈兆澐等撰，清謙福輯。清咸豐刻本。一册。每半葉七行，行二十字，白口，單黑魚尾，四周雙邊。

謙福（1809—1861），字吉雲，號小榆，鑲黄旗（蒙古）額勒德特氏。清道光十五年（1835）進士。歷官户部主事、詹士府詹士。以疾辭歸。性耽於詩。著有《桐華竹實之軒詩草》。《晚晴簃詩匯》卷一百三十八有傳。

沈兆澐，生卒年不詳，字雲巢，天津（今天津市）人。清嘉慶二十二年（1817）進士，授編修。歷任松江知府、江安督糧道、署河南布政使、浙江布政使等職。致仕歸，主講輔仁書院。年九十餘卒，謚『文和』。著有《捕蝗備要》《織簾書屋詩文鈔》《咏史詩鈔》等。《［光緒］重修天津府志》卷四十三有傳。

是集卷首有咸豐六年（1856）十二月下旬恒福序，首頁右下鈐『光熙所藏』印。據知，咸豐四年恒福攝晋陽藩篆，其弟謙福寄來梅花詩八首，次張問陶詩原韵。恒福『披閲之餘，翛然意遠』，遂將詩歌呈寄諸好友同人，故一場關於『梅花』的酬唱活動應運而生，此唱彼和，如火如荼。直至咸豐六年，方纔收鑼罷鼓，塵埃落定。後謙福將唱和諸詩合爲一編，題其名曰『桐華竹實之軒梅花唱酬集』。和者有沈兆澐、沈巍皆、孫晋墀、曹炳燮等三十位詩人，共收詩三百零四首。正文首列謙福《甲寅冬日咏梅花八首用張船山先生原韵寄月川兄》七律八首，後附所次韵之張問陶原詩八首。後列諸人和詩，亦皆爲次張問陶詩韵之作。受首唱影響，唱和詩篇皆爲組詩，每位和者至少作詩八首，間或有叠韵唱和作十六首者。

恒福稱：『兹捧讀諸君子作，如入五都之市，珍寶羅列，莫贊一辭。』

今據國家圖書館藏本影印。（豆國慶）

論書目唱和集一卷

清馬玉堂、清蔣光煦撰。清管庭芬《花近樓叢書》本。一册。每半葉十一行，行二十二字，黑口，無魚尾，左右雙邊。

馬玉堂（約1815—1880），字笏齋，別號扶風書隱生，浙江海鹽（今海鹽縣）人。清道光元年（1821）副貢。著有《讀書敏求記續記》《十國春秋補傳》等。《［光緒］海鹽縣志》卷十七有傳。

蔣光煦（1813—1860），字生沐、日甫，號雅山、放庵居士，浙江海寧（今海寧縣）硤石人。附貢生，候選訓導。清代藏書家，家富收藏。著有《東湖叢記》《斠補隅録》《花事草堂詩稿》《別下齋書畫録》，輯刻有《別下齋叢書》《涉聞梓舊》《甌香館集》等。《［民國］海寧州志稿》卷二十九有傳。

清咸豐五年（1855）八月下旬，馬玉堂感慨歷來論詩、論畫、論詞、論印之詩唱和成帙，而獨於藏書目録，則未有論及者，因此他遍閱各家書目，作《論書目絶句十二首并序》，蔣光煦和作《和論書目絶句二十首并序》。此後，馬玉堂興致未減，又作《續論書目絶句八首》，蔣光煦則作《論金石目録絶句二十首》。故是集共收馬、蔣二人論藏書目、金石目録之往來唱和詩作共計六十首，均爲七言絶句，基本上不次韵。卷末有咸豐十年管庭芬跋。馬玉堂《論書目絶句十二首》所論爲天禄琳琅、明文淵閣、范氏天一閣、陳氏世善堂、項氏萬卷堂、祁氏澹生堂、錢氏絳雲樓、黄氏千傾堂、毛氏汲古閣、錢氏述古堂、徐氏傳是樓、馬氏道古樓等藏書樓之書目。其《續論書目絶句八首》所論爲尤氏遂初堂、屠氏太和堂、胡氏好古堂、張氏筠心堂等藏書樓之書目及《永樂大典書目》《歷代編年藏書記要》《楝亭書目》《繡谷亭薰習録》等書目。蔣光煦《和論書目絶句二十首》論及《浙江采集遺書總目》《四庫全書總目》《天禄琳琅書目後編》等多種書目，與馬玉堂所論基本不重複。其《論金石目録絶句二十首》更是專門評述《集古録》《金石録》《金石録補》等金石類書目文獻，别具匠心。

今據國家圖書館藏本影印。（薛夢穎、郭雪穎）

慈仁寺展禊詩一卷

清陶樑、清張祥河等撰，清孔憲彝輯。清咸豐十一年（1861）刻本。一册。每半葉十行，行二十一字，黑口，單黑魚尾，四周雙邊。

陶樑簡介，見《晚香唱和集》提要。

張祥河（1785—1862），字詩舲，婁縣（今屬上海市）人。清嘉慶二十五年（1820）進士。歷官内閣中書、軍機章京、户部主事、山東督糧道、河南按察使、廣西布政使、陝西巡撫、左都御史、工部尚書等，授太子太保。卒謚『温和』。工詩詞，通文史。著有《小重山房集》《詩舲詞録》《關隴輿中偶憶編》等。《清史稿》卷四百二十一有傳。

孔憲彝（1808—1863），字叙仲，號繡山、韓齋，山東曲阜（今曲阜市）人。清道光十七年（1837）舉人，官内閣中書。早歲能詩，年二十即以詩名。性敦厚，交游甚廣，與魏源友善。著有《對岳樓詩録》及《續録》。《［民國］山東通志》卷一百四十六上有傳。

是集内封右上書『咸豐辛酉秋刊』，中題書名，左下書『代州馮志沂題』。卷前有咸豐十一年七月馮志沂序與孔憲彝自序，馮序首頁右下鈐『石湖詩孫』『月查藏書』等印。據知，慈仁寺顧炎武祠爲風雨所壞，咸豐中，孔憲彝與同人『葺而新之』。咸豐六年四月，孔憲彝邀同人往祭顧祠，皆一時名卿魁儒，各有詩紀事。後裒爲是集，於咸豐十一年付刊。此集共收陶樑、張祥河、宗稷辰、孔憲彝等三十三人詩作計五十三首，以七律和五古爲主。所收詩多寫景紀事，蓋因出於尋常應酬，殊無深致。然而披覽全集，亦有緊扣『顧祠』主題，宣揚經世思想、流露現實憂患者，如朱琦詩：『郡國利病弃不講，坐使狂流倒江湖。』又如汪暕詩：『君不見風沙驚飛駕鵞亂，兵氣髣髴纏荆吴。』憂憤之情溢於言表。

孔憲彝序稱：『此詩未必皆可傳。然留此數言，亦可觀一時之盛也。』

此本現藏南京圖書館藏，今據以影印。（陳思晗、楊春妮）

聚紅榭雅集詞二卷

清高思齊、清謝章鋌等撰。清咸豐六年（1856）福州刻本。一册。每半葉九行，行二十一字，下黑口，單黑魚尾，左右雙邊。

高思齊（？—1864），字文樵，浙江錢塘（今屬杭州市）人。官福建巡檢，清同治三年（1864）龍巖城陷殉難。

生平見《國朝詞綜補》卷五十四。

謝章鋌（1820—1903），初字崇禄，後字枚如，號江田生，又曾自稱癡邊人，晚號藥階退叟，福建長樂（今屬福州市）江田里人。清光緒三年（1876）進士，官内閣中書。自光緒十三年起，主講福州致用書院十六年。工詩詞。著有《賭棋山莊詞話》《賭棋山莊文集》《酒邊詞》等。生平見《［民國］長樂縣志》卷二十二、陳寶琛《謝枚如先生八十壽序》《謝枚如先生哀誄》。

是集内封有劉永松題寫書名，牌記鎸『丙辰九月刊於福州』。卷首有咸豐六年十月八日黄宗彛序、同年穀雨謝章鋌小引，後列目録及作者姓字籍貫。正文首頁右下鈐『長樂鄭振鐸西諦藏書』等印。咸豐二年，謝章鋌與高思齊等人結聚紅樹詞社。自咸豐六年謝章鋌館於劉勷家，始頻繁組織詞社唱和，所得作品彙爲此集。該書共收録高思齊、謝章鋌、宋謙、劉三才、劉勷五人詞作一百一十九首，其中卷一收十三咏四十六首，卷二收二十咏七十三首，計高思齊二十四首、謝章鋌三十五首、宋謙十五首、劉三才二十一首、劉勷二十四首。其中《尋芳草》（去歲别來久）一首未署作者，因排在謝章鋌詞之後，疑爲謝章鋌作。所收作品均爲同題唱和，多寫景咏物之作。

黄宗彛序稱曰：『今吾閩聚紅榭徵賢選賓，拈題分咏，自春徂秋，裒然成秩。其中芊綿穠麗，慷慨悽婉，苟有編焉，咸可觀也。』

今據國家圖書館藏本影印。（銀文）

聚紅樹雅集詞二集四卷

清梁鳴謙、清林天齡等撰。清同治二年（1863）福州刻本。二册。每半葉九行，行二十一字，下黑口，單黑魚尾，左右雙邊。

林天齡（1830—1878），字受恒，又字錫三，福建長樂（今屬福州市）人。清咸豐十年（1860）進士，授編修。歷任侍講學士、侍讀學士、署國子監祭酒等職。出爲江蘇學政，以病卒。卒之日，猶親書試題，手校試卷。著有《林錫三先生遺稿》《林學士遺詩》。《[民國]長樂縣志》卷二十三有傳。

梁鳴謙（1826—1877），字禮堂，福建閩縣（今屬福州市）人，世居倉山梁厝。咸豐九年進士，授吏部考功司主事，以母老假歸。後入沈葆楨幕，隨沈巡臺，又隨沈赴兩江總督任，倚爲左右手，以功晋一品銜。後掌教鼇峰書院。著有《静遠堂詩文集》等。《[民國]閩侯縣志》卷六十八有傳。

是集牌記題「癸亥七月刊於福州」，卷首有同治二年十月上旬魏秀仁序、謝章鋌小引，後列目録及作者姓字籍貫。繼咸豐六年刊刻《聚紅榭雅集詞》二卷後，謝章鋌又於同治二年彙刊聚紅榭社集唱和之作爲《聚紅榭雅集詞二集》，延續前集卷次，二集編爲卷三至六。該書共收録李應庚、徐一鶚、劉紹綱、謝章鋌、宋謙、陳文翊、梁鳴謙、馬凌霄等十五人詞作二百七十九首，卷三收十四咏五十五首，卷四收十二咏六十七首，卷五收三十咏七十九首，卷六收十八咏七十八首，計謝章鋌五十首、宋謙二十三首、劉三才二十首、劉勷三十四首、馬凌霄四十五首、梁履將十八首、陳文翊一首、林天齡三十二首、王彝五首、梁鳴謙十九首、李應庚四首、徐一鶚十四首、劉紹綱三首、王廷瀛六首、陳遹祺五首，均爲同題唱和。内容以時事、咏物、咏史爲主。

魏秀仁序曰：『嗟乎！今古浮雲，借酒杯以澆塊磊；春秋佳日，摩詞壘以治性情，此聚紅榭雅集所由起也。』

今據國家圖書館藏本影印。（銀文）

蒲亭夏山堂王氏祠塾倡和詩詞一卷

清宋暾、清陳溥等撰，清伍肇齡輯。清光緒八年（1882）伍肇齡刻本。一册。每半葉七行，行二十字，白口，單黑魚尾，四周雙邊。

宋暾，生卒年不詳，字寅谷，四川井研（今井研縣）人。廪生，候選訓導。少以詩名。嘗與新城陳溥、邛州伍肇齡爲文酒之社，故詩多豪語。五十後家居，縣令有公事多咨訪之。七十八歲重游泮水。著有《紅杏山房集》四卷。《[光緒]井研縣志》有傳。

陳溥（1805—1858），字稻孫，號廣專、廣夫、悛侯，江西新城（今黎川縣）人。監生。學古文於梅曾亮。嘗主講九峰書院。著有《陳廣專先生詩文鈔》《霞綺集》《盱江叢稿》等。《[同治]建昌府志》卷八有傳。

伍肇齡（1826—1915），字崧生，四川大邑（今屬邛崍市）人。清道光二十七年（1847）進士，選庶吉士，授編修。歷任侍講學士、侍講學士。清咸豐二年（1852）充順天鄉試同考官。後解任歸蜀，歷任錦江書院、尊經書院山長。光緒初，西蜀文士多出其門。工書善詩。著有《石堂藏書》《石堂詩鈔》等。生平見《清秘述聞續》卷十五。

是集牌記題『光緒壬午刻於成都』。卷末有光緒八年七月伍肇齡跋，曰：『《夏山堂王氏祠塾倡和詩詞》一册，陳廣専先生客井研時同諸人士作。諸作皆先生所改定。觀其意興，實爲漢唐宋以來詩人詞家所未嘗有，刻之以俟賞音。』是集編排『詞先詩後，以時爲序』，共收録陳溥、宋暾、王鴻訓等九人咸豐七年五六月間唱和詞作十四首、詩作二十二首，以次韵爲主。集中詩詞後有評語，天頭亦有眉批。

今據國家圖書館藏本影印。（銀文）

芸香草堂雅集唱和詩一卷

清馮樹勳、清陳朝儀等撰，清朱作霖輯。清咸豐九年（1859）南海馮氏芸香草堂刻本。一册。每半葉十行，行二十一字，白口，單黑魚尾，四周雙邊。

馮樹勳，生卒年不詳，字筱雲，號述翁，廣東南海（今屬佛山市）人。清道光十五年（1835）舉人。咸豐四年署南匯縣事，勤於政事，尤重教育，曾於縣城四門捐辦義學，仿阮元詁經精舍之法創立芸香草堂。《〔民國〕南匯縣續志》卷十有傳。

陳朝儀，生卒年不詳，字桂伯，江蘇六合（今屬南京市）人。歲貢生。砥節勵行，咸豐三年以團防有功，咸豐六年選南匯訓導。著有《紫藤花榭吟草》二卷。生平見《〔光緒〕六合縣志》卷五。

朱作霖（1821—1891），字雨蒼，一字雨窗，周浦（今屬上海市）人。附貢生。馮樹勳弟子。工詩詞，尤長於碑版文字。曾分修《[光緒]南匯縣志》，著有《怡雲館吟草》《刻眉別集》《紅樓文庫》等。《[民國]南匯縣續志》卷十三有傳。

是集内封書名旁題『咸豐己未仲冬月開雕』，牌記署『南海馮氏芸香草堂』。卷首有咸豐九年十一月上旬馮樹勳序，首頁右下鈐『著雍攝提格之歲』等印，序後有咸豐八年陳朝儀題『芸香草堂雅集圖』字及項兆蓮所繪圖。卷末有咸豐九年仲冬朱作霖跋。據知，馮樹勳調任南匯後，在惠南書院偏東，『葺草堂數楹，爲諸生游息地。落成後，偕司訓陳桂伯先生、幕中襄校友項揖青學博、及門黃熙虞茂才，集與課諸生觴於是堂』，宴集時間爲咸豐八年正月十二日。馮氏即席成五言古詩三十四韵以志其事，和之者衆。是集共收陳朝儀、沈誠燾、項兆蓮、黃樹庸等二十四位作者五言古詩二十八首，除汪鈞《奉和馮筱雲師芸香草堂宴集元韵意有未盡再紀五言二十韵》外，皆爲次馮樹勳原韵之作。朱作霖認爲『斯會實一時佳話，不可不傳』，遂手録諸作，促成付梓之事。

朱作霖跋曰：『夫南匯之有芸香草堂也，堂以課而建也。有課乃有堂，有堂乃有是讌集唱和詩。如是而詩之傳，亦傳其所以爲詩者耳。』

今據南京圖書館藏本影印。（王春）

琴筑同聲集四卷補録一卷附録一卷

清蕭裕昆、清馬毓華等撰，清周行輯。清咸豐十一年（1861）刻本。二册。每半葉九行，行二十一字，黑口，無魚尾，四周雙邊。

蕭裕昆，生卒年不詳，字季垂，湖北蘄水（今浠水縣）人。咸豐元年舉人，官國子學正。生平見《［光緒］黄州府志》卷十五。

馬毓華，生卒年不詳，字菉斐，江蘇上元（今屬南京市）人。諸生。咸豐八年以知縣發陜補用，歷署鎮安、臨潼、定邊、咸陽、鳳翔、蒲城、咸寧、藍田、郃陽等縣，前後四十餘載，人稱老吏。著有《東齋就正詩草》，修纂《寧羌州志》。《［民國］續修陜西通志稿》卷七十一有傳。

周行，字仲山，江西金溪（今金溪縣）人。生平不詳。

與此集唱和活動相關之中心人物是蔡壽祺。蔡壽祺（1816—1888），原名殿齊，字紫翔，號Ꜳ盦，一號眉安，江西德化（今屬九江市）人。清道光二十年（1840）進士，授編修。歷任文淵閣校理、國史館總纂、功臣館纂修等職。清同治四年（1865）因彈劾恭親王奕訢革職。著有《夢緑草堂詩鈔》。《［同治］德化縣志》卷二十九有傳。

是集内封右書『計四卷補一卷』，中題書名，左下書『上元方俊題』，牌記鎸『咸豐辛酉冬日刊於關中』。卷首有咸豐十一年十月謝仁溥序，卷末有該年十月周行跋。據知，咸豐七年，蔡壽祺父逝世，循例還鄉守制。因江西德化爲太平軍所據，蔡壽祺遂於咸豐八年避居陜西青門。半載之間，秦地文人紛紛投贈詩作。未幾，蔡氏由秦入蜀。蜀地文人亦如前例，紛紛投贈詩作。咸豐十一年，蔡壽祺入都補官，當地文人亦賦詩送之。相關詩詞作品經弟子周行輯録成册，由謝仁溥刊刻成《琴筑同聲集》。謝序曰：『蓋謂先生（蔡壽祺）居秦中，暇豫之時，不忘武事，如琴聲之通乎筑；當蜀中倥偬之會，不廢文詞，如筑聲之合乎琴，誠洋洋大觀也。』正集四卷，卷端大題下署『金溪周行仲山編輯，安康謝仁溥紫泥校刊』，收録蕭裕昆、譚麐、馬毓華等七十人詩作一百七十七首。補録一卷，卷端大題下署名與正集相同，收録瑛棨、蕭凌蘭、徐爾麐等二十人詩詞四十八首，其中詞一首。附録一卷，卷端大題下署『南豐黄若坡蘭皋編輯，介休宋榮第奎垣校刊』，收録崇恩、孟豫、劉懋基等十四人詩作三十四首。全集雖未收蔡壽祺詩作，但圍繞他展開，主要之題有三：一是應蔡壽祺之請，作《蔡招勇將軍青雲驕歌》；二是屬題蔡壽祺《夢緑草堂詩集》；三是蔡壽祺北上還都，屬友人題其《蜀江春滿圖》。此外，卷三收録咸豐十年同人集蔡壽祺寓齋作東坡生日會詩，附録收同治二年人日蔡壽祺等人偕游鹽池詩。全集古體、近體皆有，僅人日游鹽池詩爲次韵之作。

謝仁溥讀此集，稱曰：『如聆雅奏，如聽悲歌。凡予所素悉與素所未悉者，諸公一一揭出，事多紀實，詞非溢美。』

今據國家圖書館藏本影印。（尚鵬）

楚北武闈監院煎茶詩一卷

清阮福、清許葆身等撰，清阮福輯。稿本。一册，收入《儀徵阮氏文選樓遺稿十二種》。每半葉八行，行二十字，朱絲格。

阮福簡介，見《珠江送别詩》提要。

許葆身，生卒年不詳，浙江仁和（今屬杭州市）人。清道光二十年（1840）舉人。初選授湖北漢陽府通判，後因軍功保升直隸州同知。生平見《清代官員檔案履歷全編》。

是集共收録阮福等十八人唱和詩作二十四首。清咸豐九年（1859）三月初八日，湖北補行戊午、乙卯兩科武闈鄉試，阮福充任監試官，和蘇軾《試院煎茶》七古詩，并邀如山、伊湄、許葆身、李泰源等人同作。咸豐十年十一月德安郡試，阮福和蘇軾《催試官考較戲作》七古詩，并以蘇軾《試院煎茶》《催試官考較戲作》二題課士，友人及諸生皆以原韵賦詩，其中如山、伊湄、許葆身、李金燦等十五人作和《試院煎茶》詩，李金燦、沈光燭、戴平墀三人作和《催試官考較戲作》詩。

今據南京圖書館藏本影印。（尚鵬）

紅犀館詩課八卷丹山倡和詩一卷海山小集分韵詩一卷

清王蒔蘭、清郭傳璞等撰，清姚燮輯。清同治四年（1865）刻本。四册。每半葉十行，行二十一字，白口，單黑魚尾，左右雙邊。

王蒔蘭，生卒年不詳，初名尚忠，字紉香，浙江象山（今象山縣）人。諸生。孝養祖母與父母，人稱『王孝子』。募修宗譜，改建宗祠，創立義塾，樂善好施。爲其師姚燮刊刻遺著。年五十九卒。工詩，創立紅犀館詩社。著有《渚山詩草》。《[民國]象山縣志》卷二十六有傳。

郭傳璞（1823—1897），字怡士，號晚香，晚號金峨居士，浙江鄞縣（今屬寧波市）人。同治六年舉人。師事徐時棟、姚燮。家富藏書，儲於樓，稱金峨山館。工駢體文，能作詩。編有《四明金石志》，著有《金峨山館詩稿》等。《[民國]鄞縣志》卷二十三有傳。

姚燮（1805—1864），字梅伯，號復莊、大某山民，浙江鎮海（今屬寧波市）人。清道光十四年（1834）舉人。

以詩自負，曾結『枕湖吟社』。子姚景夔、姚景皋皆爲『紅犀館詩課』社員。著有《復莊駢儷文榷》《復莊詩問》《疏影樓詞》等。生平見徐時棟《烟嶼樓文集》卷七《姚梅伯傳》。

是集内封有同治四年四月徐時棟題『紅犀館詩課』，卷首有該年四月董沛《紅犀館詩課序》，首頁鈐『錢唐丁氏正修堂藏書』等印。清咸豐十年庚申（1860），歐景辰倡詩社，因當地象山盛産紅木犀，故以『紅犀』命名寓所，社名亦取作『紅犀詩社』，請姚燮任祭酒。該社社事一月一舉，本欲舉行二十四次集會，因戰亂未能完結，故衹有十集（一集可視作一卷）。前八集爲正課，名爲《紅犀館詩課》，後又附《丹山倡和詩》《海山小集分韵詩》各一卷，由姚燮判定甲乙，編輯成集。《紅犀館詩課》主要收王蒔蘭、郭傳璞、歐景辰等人唱和之作，集會唱和之地在紅犀館。其中，姚燮社詩作品不具名，各集詩題後，凡刻有小字『擬作』，均爲姚燮作品。《丹山倡和詩》收姚燮、馬嗣澄、鄧克旬等人以《雨中游蓬萊山用壁間韵》爲題之唱和詩作，集會唱和之地在丹山（舊稱蓬萊山）。《海山小集分韵詩》收歐景岱、郭傳璞、姜鴻濰等人的唱和之作，唱和詩題爲《庚申十一月十七日游西滬海山以摩詰詩高情浪海嶽浮生寄天地十字拈鬮分韵各得五古一章》，集會唱和之地在海山。全書共收姚燮、王蒔蘭、郭傳璞、歐景辰、姚景皋等三十六人詩詞九百八十三首，包括詩九百七十六首，伍芝昌《點絳唇》詞七首，體裁多樣，多同題共咏之作。

董沛序稱姚燮編定是集之功，云：『先生故以詩稱海内，是集悉其手定，兼采衆體，不名一家，壇坫風流，無愧作者。』

今據南京圖書館藏本影印。（王凱）

十八疊山房倡和草一卷

清王軒、清許宗衡等撰，清王軒輯。清同治元年（1862）洪洞王氏刻本。一册。每半葉十行，行二十二字，黑口，單黑魚尾，左右雙邊。

王軒（1828—1887），字霞舉，號壺翁、顧齋，山西洪洞（今洪洞縣）人。同治元年進士，官兵部主事。同治三年請假歸里。後主宏運書院、晋陽書院、令德堂書院講席。著有《山右金石記》《槈經廬詩集初編》《續編》《西山游草》等，主纂《［光緒］山西通志》。《［民國］洪桐縣志》卷十二有傳。生平還可見楊恩澍《顧齋簡譜》。

許宗衡（1811—1869），原名鯤，字海秋，江蘇上元（今屬南京市）人。清咸豐二年（1852）進士。歷官内閣中書、起居注主事。著有《玉井山館詩集》《玉井山館文略》《玉井山館詩餘》《玉井山館筆記》。《［同治］續纂揚州府志》卷十五有傳。

是集内封有董文涣篆書題寫書名，牌記鎸『同治元年冬洪洞王氏刊，董文涣署簽』。卷首有同治元年除夕洪洞王軒序。咸豐十一年十二月九日，沈秉成、王軒、許宗衡、何璟、薛春黎、黄雲鵠、董文涣集咏樓待雪。雪未至，王軒遂以蘇軾《聚星堂雪》詩韵賦詩紀事并示同人。自咸豐十一年冬至同治元年冬，一年之内，王軒與許宗衡、董文涣等詩友，頻叠此韵，唱和無休。王軒彙輯同人詩作，編爲《十八疊山房倡和草》。『十八疊』者有兩義：一爲此次唱和中，王軒前後所作叠韵詩達十八首；二爲王軒故鄉有山，名曰十八疊山。此集以人繫詩，録叠韵詩共計五十三首，依次爲王軒二十首、許宗衡九首、李汝鈞九首、董文涣八首、吴養源七首。其中王軒二十首詩除本次唱和所作十八首叠韵詩外，還有清道光二十二年（1842）消寒會中所作，分别爲《壬寅正月雪用聚星堂韵》《上元後復雪宿箕墅同李勉亭邢秋丞張仲亨李享山再用前韵》。

王軒等人以蘇軾《聚星堂雪》詩韵往還酬贈，鬥韵騁辭，誠乃文人之樂事也。王軒序謂：『一時諸君豪情雅韵，轉相贈答，幾有欲罷不能之勢。』

今據國家圖書館藏本影印。（尚鵬）

秋懷倡和詩一卷續一卷

清董文涣、清王軒等撰，清董文涣輯。清咸豐十一年（1861）至清同治三年（1864）峴嶕山房刻本。一册。每半葉十行，行二十二字，黑口，單黑魚尾，左右雙邊。

董文涣（1833—1877），字堯章，號研秋、研樵、硯樵，山西洪洞（今洪洞縣）人。咸豐六年進士，授翰林院檢討。歷官甘肅甘凉兵備道、秦鞏階道道員等。著有《聲調四譜圖説》《集韵編雅》《硯樵山房日記》《硯樵山房詩集》等，編有《秋懷倡和詩》《西昆集選録》《嚶鳴求聲集》等。生平見常贊春《山西獻徵・觀察董研秋先生事略》、李豫《董硯樵先生年譜長編》。

王軒簡介，見《十八叠山房倡和詩草》提要。

是集内封右上題『咸豐辛酉仲秋』，中題書名，右下署『峴嶕山房校刊』。卷前有同治元年正月董文涣自序。據知，咸豐十一年八月，董文涣逢秋有感，情不自已，作《秋懷八首呈諸同人》，一時友人多有和作，詩題皆爲《秋懷八首和研樵韵》，均次董文渙原韵。此集共收録董文渙、王軒、俞樾、顧文彬等三十人五古唱和詩二百四十首。其中有朝鮮文人李源命、李容肅、朴永輔、林致學、朴鳳彬、李尚迪等六人參與唱和。

咸豐十一年此集刊刻後，陸續又有和作。同治三年春，董文渙復將同治元年春後其他文人投贈詩作，以及同治二年春闈後及門諸子唱和詩作彙爲一編，附於《秋懷倡和詩》後。爲與咸豐十一年刊刻之正集相區別，此卷版心處鎸有『秋續』。卷前有同治三年春董文渙序。此集共收賈臻、繆闐、李壽蓉、孔憲庚、王槐，門生李嘉樂、王寶善，朝鮮文人趙徽林等十五人唱和詩作，其中王槐和詩兩組，共計一百二十八首，亦均次董文渙原韵。

今據國家圖書館藏本影印。（尚鵬、謝安松）

陶氏五宴詩集二卷

清陶燾、清陶然等撰，清陶煦輯。清光緒二十一年（1895）陶氏木活字本。一册。每半葉九行，行二十一字，黑口，單黑魚尾，左右雙邊。

陶燾（1825—1900），字詒孫，晚號矩齋，江蘇元和周莊（今屬昆山市）人。以輸餉候選按察司經歷，以軍謀功賞六品銜。山水學董其昌，又能畫松鶴，極古健。著有《篛溪漁唱集》。《［民國］吴縣志》卷七十五下有傳。

陶然（1830—1880），字芑孫，一字藜青，江蘇元和周莊（今屬昆山市）人。陶燾從弟。清咸豐十一年（1861）拔貢生。少有俊才，性好詞章。著有《味閑堂課鈔》《味閑堂詩文集》《味閑堂詞鈔》《食古齋集》等。《［民國］吴縣志》卷六十八上有傳。

陶煦簡介，見《貞豐八景唱和集》提要。

是集卷首有清同治五年（1866）二月初一錢塘袁鍾琳序，次爲《陶氏五宴詩集題詞》，收録莊慶椿、亢樹滋、潘鍾瑞、張鴻卓、王徐庠、李超瓊、朱兆綸、潘昌煦八人詩十七首、詞一闋。卷末有同治五年八月上旬陶然《陶氏五宴詩集跋》、光緒二十一年十二月中旬陶惟坤、陶惟增、陶惟坻三兄弟合撰跋。

咸豐十年至同治元年，蘇州一帶戰亂。同治元年春至夏，陶氏一門及友朋於戰亂中在周莊結社唱和，共得五會，每會得詩陶煦必手録之。同治五年，煦擇其雅者，厘爲上下二卷，仿唐人《高氏三宴詩集》，名曰『陶氏五宴詩集』。是集共收録陶燾、陶然、陶甄、陶煦、莊人寶、戴肇晋、秦楨、陶惟坦、沈棨森、王炳華、戴肇貽、費延釐、柳以蕃、唐兆淇、陸古衡、陸亘秬十六人一百八十首詩歌，其中上卷八十四首，下卷九十六首。

袁鍾琳評曰：『諸君子身處艱危，怡然自得，以烽火之窟，爲嘯歌之場，則所謂澹泊寧静而胸有定識定力者。』李超瓊詩評曰：『三吴烽火任縱横，白蜆江前浪不驚。唱和一編千古壯，瀟瀟風雨賦《鷄鳴》。』

今據南京圖書館藏本影印。（王天覺）

亦園倡和集一卷

清黄雲鵠、清許宗衡等撰，清黄雲鵠輯。清同治二年（1863）刻本。一册。每半葉十行，行二十二字，白口，單黑魚尾，四周雙邊。

黄雲鵠（1819—1898），字翔雲、祥人，號芸谷，湖北蘄春（今蘄春縣）人。黄侃之父。清咸豐三年（1853）進士。歷任刑部主事、兵部郎中、雅州知府、建南兵備道、四川鹽茶道署按察使等職。後辭官歸里，潛心經學、書法，主講兩湖、江漢、經心書院。著有《學易淺説》《群經引論大旨》《念昔齋寤言圖纂》《實其文齋詩文集》《緗芸詩録》等，輯有《訓俗外編》《花潭集咏》《粥譜》《廣粥譜》。《〔宣統〕峨眉縣續志》卷九、《碑傳集補》卷十八有傳。

許宗衡簡介，見《十八叠山房倡和草》提要。

是集又名《亦園七咏詩》，卷首有同治元年十二月黄雲鵠所作《亦園七咏詩序》及《亦園七咏》詩，卷末有同治二年二月初七日李江《跋黄翔雲亦園記》。據知，同治元年，黄雲鵠於京師寓所宣南坊永光寺西營建園林一處，名曰『亦園』。亦園有七景，分别爲薯蕷畦、瓴甋臺、蓼汫、柳篴、眠琴塢、瞰山亭、攏雲小屋。園成，黄雲鵠邀友人集於其中，唱和賦詩。黄雲鵠首唱，賦五言古絶七首分咏七景，與會者許宗衡、李汝鈞、王軒、卞寶第、方鼎鋭、董文涣等六人賦詩和之（王軒詩是集未載），或五言，或七言，古體、近體皆有之。范鳴龢、吴鐸、歐陽雲、樊彬四人聞此盛事，亦有詩作。後又有潘曾瑩、張沄、王家璧、徐誠、樊希棠、恭鍇、敖册賢七人陸續投贈詩作。黄雲鵠厘爲一卷，名曰《亦園七咏詩》。每人皆咏七景，作七首，共收録十七人詩一百一十九首。

黄雲鵠欲借唱和文字而使亦園不朽，其序曰：『此諸君子不以爲陋而相與張之，園遂千古。然則與爲殫盡心力，争土木之勝，以飾旦夕之游觀，終將化爲蔓草荒烟，頹垣斷梗，何如？因仍風月，締造空虚，猶爲寡求而易足也。且後之覽之者未知吾園勝概何似，安見吾園遂不古若耶？』

今據國家圖書館藏本影印。（尚鵬）

心交集二卷

清呂浣、清吴瑜撰。稿本。二册。每半葉六行，行十八字，無格。

呂浣，生卒年不詳，字篠君，號聽秋主人，江蘇江寧（今屬南京市）人。著有《聽秋館詩草》。生平見其《心交集》自序。

吴瑜，生卒年不詳，字玉卿，號凝翠主人，江蘇高郵（今高郵市）人。著有《凝翠館詩集》。生平見其《心交集》自序。

清咸豐三年（1853），呂浣爲避太平天國戰亂，隨父四處漂泊。清同治二年（1863）呂浣於高郵旅舍結識吴瑜，相交日久，遂成莫逆，往還唱酬不止。同治四年，呂浣隨父返鄉。分别時，兩人檢查舊稿，將三年中所作詩詞輯録爲一集，名曰《心交集》，以示兩人交誼。是集外封和内封有呂浣題『貴相知心』四字，内封空白面鈐『冰翠館』『玉卿』『吴瑜之印』。卷前有序八篇，依次爲：同治六年五月十日高虎臣序、同治五年三月陳素卿序、同治四年十一月上旬顧文秀序、同治五年九月石道人序、同治五年九月硜硜子序、同治四年十月上旬韵生（名松，姓失考）序、同治四年九月四日呂浣自序與同治四年九月十六日吴瑜自序。卷端大題下署『金陵聽秋館篠君呂浣、高郵凝翠館玉卿吴瑜同訂』。全集分爲上下兩卷，收録兩人唱和詩詞共計二百七十首，其中詞作九首，呂浣作一百六十六首、吴瑜一百零三首，二人合作聯句詩一首。兩人之作，反映女性惜春傷秋之細膩情思。吴瑜稱：『我二人互相酬答之詩，類多心心相印之詞，迥非尋常泛泛應酬之句。』

今據南京圖書館藏本影印。（尚鵬）

日下聯吟詩詞集八卷

清宗韶、清寶廷等撰，清簡宗杰、清宜垕等輯。清光緒五年（1879）丁溪新館刻本。八册。每半葉八行，行十八字，白口，單黑魚尾，四周雙邊。

宗韶（1844—1899），字子美，號石君，别號夢石道人、漱霞庵主，鑲藍旗（滿洲）哲爾德氏。慶格曾孫，靈壽子。官兵部員外郎、兵部主事。著有《子美詩集》《斜月杏花屋詞稿》等。生平見《日下聯吟詩詞集》宗韶小傳。

寶廷（1840—1890），原名寶賢，字少溪，號竹坡，鑲藍旗（滿洲）人。鄭獻親王濟爾哈朗八世孫。清同治七年（1868）進士，選庶吉士，授編修，纍遷侍讀。工詩詞，著有《偶齋詩草》。《清史稿》卷四百四十四有傳。

簡宗杰（1825—1880），字敬甫，號南坪，雲南昆明（今昆明市）人。同治元年進士，官農部郎中。少負經世之才，尤擅吟咏，詩筆清俊。著有《居敬齋詩鈔》。《［民國］新纂雲南通志》卷二百有傳。

宜垕，字伯敦，正白旗（滿洲）人。同治六年，曾奉使至泰西各國，撰有《初使泰西記》。其餘不詳。

是集内封有篆文題寫書名，牌記鎸『光緒己卯年冬至日丁溪新館開雕』。卷首有光緒八年十月末文邦從序、光緒五年十月十五日胡澤序、光緒五年十月十六日韓肇霖序；同治五年十二月十五日簡宗杰原序、同日馮呈麟原序、同月下旬宜垕原序；宗韶同治五年小除夕原跋一篇、光緒七年上巳跋一篇。跋後附光緒五年冬至志潤《凡例》，後列《日下聯吟集總目》，標題下列編選、校訂人員姓名。内鈐『咏春珍藏』等印。

同治二年，宗韶與寶廷、志潤結探驪吟社（一名日下聯吟社），宗韶跋曰：『予於癸亥歲與寶竹坡詹事、志白石太守結社聯吟，招集名士，上自公侯，下而布衣，凡五十餘人，一時稱盛。』同治五年，簡宗杰、馮呈霖從探驪吟社所積卷帙中選定若干首并綴以小傳，置之案頭，以備披覽。宜垕見而愛之，遂編爲《日下聯吟集》。此後，該社時舉時輟，至光緒二年秋，志潤出使通州，探驪吟社正式宣告結束。胡澤、韓兆霖二君將近年之作删其繁冗，擇其精華，對原有作品進行增選，吴錫金、王堯佐負責校訂，合刻爲《日下聯吟詩詞集》。

是集共八卷，卷一至六爲詩，共收宗韶、寶廷、俞士彦、致澤、延秀、文海、文輅、陳寶琛、鍾祺、戬穀等五十三人詩作五百五十六首；卷七至八爲詞，共收宗韶、寶廷、寶昌、戬穀、德準、果勒敏、俞士彦、延秀、文海、鍾祺、桂霖等三十五人詞作一百四十四首。該集以人編排作品，主要爲同題唱和。成員以滿洲旗人爲主，包括少數漢人和蒙古人，成員之間多有親緣關係，如志潤與志覲爲親兄弟，希賢與希元爲親兄弟，英瑞與文輅爲表兄弟等。

韓肇霖序云：『今觀是集，滿目琳瑯，無美不備，雖其中取徑不一，各欲争勝，而要其所發，皆有一種温厚和平之旨，無劍拔弩張之習，非與山谷之言若有符合耶？』簡宗杰序云：『大都綜述性靈，不務繁采，有合於詩人之旨焉。』

今據國家圖書館藏本影印。（王凱）

東瀛唱答詩一卷

清方濬頤、清林昌彝撰。清同治四年（1865）廣州刻本。一册。每半葉九行，行十九字，白口，單黑魚尾，四周雙邊。

方濬頤（1815—1888），字飲茗，又字子箴，號夢園，晚號忍齋，安徽定遠（今定遠縣）人。清道光二十四年（1844）進士，選庶吉士，授編修。歷任浙江、江西、河南、山東各道御史，兩廣鹽運使兼署廣東布政使，四川按察使等職。後辭官，於揚州創辦淮南書局。著有《二知軒詩鈔》《二知軒文存》《忍齋詩贅》《夢園瑣記》等。金天羽《皖志列傳稿》、費行簡《近代名人小傳》有傳。

林昌彝（1803—1876），字惠常，又字薌溪，號茶叟、五虎山人，福建侯官（今屬福州市）人。道光十九年舉人。著有《三禮通釋》《小石渠閣文集》《衣讔山房詩集》《射鷹樓詩話》《海天琴思録》《續録》等。《清史列傳》卷七十三有傳。

是集内封有陳澧題「東瀛唱答集」，牌記題「同治四年歲次乙丑仲冬刊於廣州省城」。卷首有林昌彝《東瀛唱答詩弁言》。該集共收録同治三年至四年方濬頤、林昌彝兩人唱和詩作一百零四首，其中方濬頤五十四首、林昌彝五十首。包含兩人郵筒遥和與宴集唱和，其中以同治四年之作爲主，「兩旬之間，成詩百首。」唱和詩作各體兼備，其中七古、五律爲多，且多以組詩形式出現。兩人唱和再現出「詩戰」過程，如林昌彝詩題稱「箴老同年復叠前韵，陣法森嚴，愈出愈奇，勁敵也。予將收金避之，而來札約再挑戰」，「前詩議和後，子箴同年復倒叠前韵見惠，予亦倒叠答之，恐挑戰之師復至」，此唱彼和，以韵争奇。此外，林昌彝屢次以集句的形式唱和，更增難度。兩人詩作内容多以時序感懷、題稿題圖、宴集游園爲主，題材較爲生活化。

今據上海圖書館藏本影印。（尚鵬）

靈芝唱答集三卷首一卷

清韓鳳翔、清張日銜等撰，清戴肇辰輯。清同治七年（1868）刻本。一册。每半葉九行，行十九字，白口，單黑魚尾，四周雙邊。

韓鳳翔（1794—？），字儀廷，號東園，山東章丘（今屬濟南市）人。清道光元年（1821）舉人。歷知廣東始興、合浦、普寧、順德、陽山、潮陽等縣。清咸豐八年（1858），任連山綏瑶直隸廳同知。同治三年署新會知縣，參編《新會縣志續》。著有《夢花草堂詩稿》等。《［民國］陽山縣志》卷十、《［民國］山東通志》卷一百四十六上有傳。

張日銜（1826—1873），字冰子，一字秋粟，一作秋栗，號思素，浙江仁和（今屬杭州市）人。咸豐三年進士，改庶吉士。歷任廣東從化、香山、番禺縣令，廣州府海防同知，廣東南澳同知等職。同治十一年官廣東嘉應直隸知州，十二年病卒於任上。著有《白城詩鈔》。生平見《［宣統］番禺縣續志》卷五、《兩浙輶軒續録》卷四十三。

戴肇辰（1810—1890），字友梅，號芝生，江蘇丹徒（今屬鎮江市）人。咸豐初選雲南彌勒縣令，未赴任。以轉餉安徽軍營，叙功記名知府。歷任山東登州、廣東廉州、瓊州、廣州知府等職。後以道員升用，時年逾六十，遂退歸鄉里。曾主持修《廣州府志》，著有《求治管見》《仕學録》《從公録》《丹徒戴氏遺書六種》等。《［光緒］丹徒縣志摭餘》卷七有傳。

同治四年，廣東廉州府府署中一棵梅樹旁生出靈芝，五色斑斕，狀若如意。知府戴肇辰以爲祥兆，遂撰《靈芝詩》五古一首，并與友人唱和成集。是集牌記題『同治七年歲次戊辰仲冬開雕』，卷首有林昌彝《靈芝記》、同治五年七月八日戴肇辰《靈芝記》、戴肇辰《靈芝詩并序》、劉湝煩《靈芝贊》。上、中、下皆題『靈芝詩和章』，卷上均用原韵，卷中與卷下不拘體韵。三卷共收録韓鳳翔、張日銜、張觀美等五十四人詩歌六十九首。集中有蕭文煇《乙丑丙寅丹徒戴友梅太守守廉時公廨生芝草太守爲詩記以識之和者甚多煇勞碌從公遲遲未有以報己巳春太守調任廣州補和十章用志欽仰》一詩，己巳爲同治八年，則是集唱和晚至此年。

鄭上智和詩謂戴肇辰詩曰：『太守有詩筆，摇岳凌滄桑。用紀靈芝瑞，雲漢倬天章。』

今據南京圖書館藏本影印。（王天覺）

鴻雪聯吟一卷

清林昌彝、清方濬頤、清蔣超伯撰。清同治七年（1868）廣州刻本。一册。每半葉九行，行十九字，白口，單黑魚尾，四周雙邊。

林昌彝簡介，見《東瀛唱答詩》提要。

方濬頤簡介，見《東瀛唱答詩》提要。

蔣超伯（1821—1875），字叔起，號通齋，江蘇江都縣（今屬揚州市）人。清道光二十五年（1845）進士。歷任刑部主事、軍機章京、江西道監察御史、廣西南寧知府、廣東潮州知府加鹽運使銜、廣州知府署廣東按察使等職。著有《通齋詩文集》《南滑楛語》等。《[光緒]江都縣續志》卷三十有傳。

是集牌記題『同治七年歲值戊辰仲夏刊於廣州省城』，卷首有同治七年仲夏林昌彝《鴻雪聯吟弁語》。該集收録方濬頤、林昌彝及蔣超伯同治五年至七年唱和之作二百二十二首，其中方濬頤詩一百零八首、林昌彝詩一百零六首、蔣超伯詩七首，并附文星瑞詩作一首。是集乃繼《東瀛唱答詩》後所作，仍以文人間酬贈、咏物之作爲主，形式上喜疊韵，帶有明顯競技性。

林昌彝弁語稱：『子箴方伯於詩尤長於叠韵、押險之作，蓋叠韵詩一題到手，由韵生意，由意生詞，援筆輒成，不假雕飾。豈活剥張昌齡、生吞郭正一者比？其真才實學，亦足以見。』

今據上海圖書館藏本影印。（尚鵬）

海濱酬唱詞一卷

清楊文斌、清黄鈞宰等撰，清楊文斌輯。清光緒二十四年（1898）香海閣刻本。一册。每半葉七行，行十四字，無魚尾，白口，左右雙邊。

楊文斌，生卒年不詳，字稚虹，别號昆池釣徒，雲南蒙自（今蒙自市）人。江蘇奉賢縣令楊溥長子。因父清同治元年（1862）查拿游勇遇難，得蔭官，任瑞安縣令、鄞縣令等職。與『鉢池山農』黄鈞宰交好。輯有《三李詞》《海濱酬唱詞》等。生平見《［光緒］樂清縣志》卷七、《［民國］新纂雲南通志》卷一百二十四。

黄鈞宰（1826—1876），原名振鈞，字宰平，又字天河，亦號鉢池山農，江蘇山陽（今屬淮安市）人。清道光二十九年（1849）拔貢，官奉賢縣訓導。著有《金壺七墨》《比玉樓傳奇四種》《比玉樓遺稿》等。生平見《鉢池山志》之『人物志第五』。

是集牌記鐫『光緒戊戌春香海閣刊本』。卷首有同治十二年仲夏葛其龍序，首頁鈐『八千卷樓所藏』等印，及同治十年十一月下旬楊文斌序。卷末有同治十年十二月黄鈞宰跋。自同治五年起，楊文斌寓居青村（今屬上海奉賢）十餘年，每逢宴集，必與同人填詞唱酬。因恐良辰難再、雅集不常，爰取諸人唱和詞彙爲一集，又青村位於東海之濱，故曰《海濱酬唱詞》。是集收録七人唱和詞作六十三首，各題作者皆署别號，初步考證爲楊文斌（字稚虹，號昆池釣徒）、黄鈞宰（字天河，號鉢池山農）、馬騮（字湘艇，號繭緒外史）、賀啓堂（字少樓，號問梅主人）、陸少葵（號金華山樵）、林仲夔（號題花詞客）、林端仁（字味蓀，號醉禪外史）。所作多爲次韵、依韵之作，内容涵蓋紀游、邀飲、題畫、咏物、咏史、送别諸類。

楊文斌序稱此集曰：『詞則或莊或謔，調則有短有長。數附七子之多，豈遜鄴中公讌；賴有一編之次，無殊《邗上題襟》。』

今據南京圖書館藏本影印。（彭健）

德禮堂酬唱集八卷

清吴謙福、清鍾駿聲等撰，清吴鴻恩輯。清光緒三年（1877）銅梁吴氏刻《德禮堂家乘》本。二册。每半葉九行，行二十五字，白口，雙黑對魚尾，四周雙邊。

吴謙福，生卒年不詳，號崍村，四川銅梁安居鄉（今屬重慶市）人。以子鴻恩貴，贈封資政大夫。著有《家塾楷模》，纂修《德禮堂家乘》。生平見《［光緒］銅梁縣志》卷六。

鍾駿聲（1828—？），字雨辰，一字嘯廬，號亦溪、澹夫，晚號閑齋老人，浙江仁和（今屬杭州市）人。清咸豐十年（1860）狀元，授修撰。充順天鄉試同考官、湖北考官，提督四川學政，官至翰林院侍讀學士。卒於京邸。著有《養自然齋詩鈔》《養自然齋詩話》等。《［民國］杭州府志》卷一百四十六有傳。

吴鴻恩（1829—1903），字澤民，號春海，四川銅梁安居鄉（今屬重慶市）人。清同治元年（1862）進士。歷任翰林院編修、國史館纂修、山東道監察御史、山西冀寧道署布政使等職。著有《不及齋文集》。《晚晴簃詩匯》卷一百六十一有傳。

是集封面有曹鴻勛題寫書名，牌記鎸『光緒丁丑仲秋銅梁吴氏開雕』。卷末有光緒三年八月二十三日吴鴻恩跋語，略述是書編纂始末及刊刻年代。此集共收詩五百三十一首。

卷一爲《周甲聯唫》，前有賈楨詩序及倭仁、伍福祥、陳昌、曾省三等八人題詞，後有廉恩跋。該卷收詩二百二十五首。同治五年七月，吴謙福六十大壽，作《丙寅七月六十自壽》七律四首并五叠其韵，鍾駿聲、劉湝年、秦焕、董兆奎等四十七位親友和之。和詩皆次吴謙福自壽詩韵，其中吴廷蘭、吴鴻惠二叠其韵各成八首，餘者各次韵四首。

卷二首爲《瀛海朝宗》唱和，前有同治八年六月中旬吴鴻恩撰《瀛海朝宗記》，卞寶第、邵亨豫、林士傳、林鴻年等十人題詠《瀛海朝宗圖》，收詩七十六首。後爲同治八年四月吴鴻恩五叠吴謙福《丙寅七月六十自壽》詩韵各四首，黄倬昭、曾兆鼇、杜邦楨、邱季方等十人和之，皆次吴謙福六十自壽詩韵，人各四首。

卷三先爲《題驄馬導輿圖》唱和，收詩三十三首。題詠者有李鴻章、吴棠、魁玉等九人。後爲同治十年

（1871）吴鴻恩首唱《辛未孟冬奉嚴命省墓侍家慈歸里爲五弟完姻留別都中師友》四首，周冠、秦煥、蔣璧方、廖湘蘭四人和之，皆次吴鴻恩詩韵，人各四首。卷末有左錫嘉《書驄馬導輿圖後并序》。

卷四爲《婚嫁閑吟》唱和，收詩十二首。同治十一年十月，吴謙福接家書知五兒吴鴻烈於八月十三完婚，大兒吴鴻恩第五子於八月二十四日出生，吴謙福首唱七律四首以志喜，吴鴻恩、吴鴻懋各次韵四首。

卷五先爲《題望雲就日圖》唱和，收詩二十一首。題咏者七人，依次爲：吴棠、邵亨豫、譚鍾麟、袁保恒、何金壽、伍肇齡、徐昌緒。後爲同治十一年吴鴻恩《壬申七月赴都留別蜀中親友四律》唱和，有左錫嘉、左錫蕙、曾光煦、曾鸞昭、張選青五人參與酬和。所和之作有五言律詩，也有七言排律，皆述送別之情。

卷六爲《周甲後吟》唱和，收詩八十首。同治十三年七月，吴謙福六十八歲生日，作七律四章，秦煥、江澍畇、陳鳳樓等十人和之，皆次韵之作，述祝壽之意，人各四首。中夾有吴鴻恩《甲戌春闈内場監試四月朔爲四十五初度感賦七律四章敬遵至公堂乾隆九年御製詩韵》。後爲光緒元年吴謙福首唱《乙亥牛日謝客蒹葭簃感事偶成八截》，和者爲秦煥、李會正、沈履澤三人。所和皆次韵之作，人各八首。

卷七爲《杖國聯吟》唱和，收詩七十六首。光緒二年七月，吴謙福七十大壽，作《丙子七月七十自壽七律四章》，秦煥、王家璧、蔡逢年、陳維周等十八人和之，皆次韵之作，人各四首。

卷八爲《杖國後吟》唱和，收詩八首。光緒三年，吴謙福首唱《丁丑初秋七旬晋一自壽四首即以別京師諸君子》，吴鴻恩次韵和之，亦成四首。

賈楨詩序謂唱和盛况曰：『遂爾烟墨横飛，雲霞倏歘。老鳳一唱，《白雪》成吟；翔鸞齊鳴，青雲遏嚮。彩豪仙子，争酬唱於鷄林；斑管才人，并依光於鳳闕。縹帙富《松陵》之集；錦囊盈《長慶》之詩。』

今據首都圖書館藏本影印。（苑麗麗）

榕蔭亭詩草一卷

清區爲梁、清龐振麟等撰，清鳳貴輯。清同治粵東省城效文堂刻本。一册。每半葉十行，行二十一字，白口，單黑魚尾，四周雙邊。

區爲梁，生卒年不詳，字慎銘，高明（今河北省高明縣）人。區拔熙次子。舉人，曾任順德、潮陽教諭。光緒間與修《高明縣志》。生平見《［光緒］高明縣志》卷首。

龐振麟，字蘭峰，浙江吴興（今屬湖州市）人。生平不詳。

鳳貴，生卒年不詳，字梧岡，安褚拉庫（今松花江上游二道江一帶）正紅旗（滿族）人。曾任廣西太平知府、廣東廉州知府等職。生平見《榕蔭亭詩草》序跋。

是集内封有同治七年（1868）孟冬番禺陳澧題『榕蔭亭圖』四字，并附榕蔭亭正、背面圖。卷首依次收録同治七年正月下旬俞思穆《榕蔭亭記》、同治六年十二月唐志燮《榕蔭亭詩序》及所附七律一首、同治六年五月鳳貴《榕蔭亭原跋》及所附七絶四首，《記》之首頁下鈐『咏春所收』印。據知，同治五年，鳳貴任廉州知州。及明年，吏治清和，見其郡署之側有古榕一株，蒼怪離奇，枝幹綿亘，遂依榕蔭而爲亭，『集衆共話』。鳳貴口占七絶四首，衆人賦詩和之。除朱世忠作四言詩四首外，區爲樑、龐振麟、秦英華、盛錫榮、陽熙等十四人皆和鳳貴原韵，共得詩六十四首，彙爲《奉和榕蔭亭原韵》。又得陳慶桂、陳起倬、張璿等三十三人古今體詩八十首，彙爲

《榕蔭亭成志賀》。後附唐志燮《咏榕樹》五古一首，又附《榕蔭亭詩草摘錦》。今據國家圖書館藏本影印。（郭繁榮、吴志敏）

鰈硯廬聯吟集一卷

清沈秉成、清嚴永華撰，清沈瑞琳、清沈瑞麟輯。民國八年（1919）桐鄉嚴氏朱印本。一册，與嚴永華《鰈硯廬詩鈔二卷》合刊。每半葉九行，行二十字，黑口，單魚尾，左右雙邊，紅格。

沈秉成（1822—1895），原名秉輝，字仲復，號聽蕉，耦園主人，浙江歸安（今屬湖州市）人。清咸豐六年（1856）進士，改庶吉士，授編修。歷任蘇松太兵備道、安徽巡撫、兩江總督、河南按察使等職。致仕後於蘇州築耦園隱居。工詩文，精鑒賞，富收藏。著有《蠶桑輯要》《鰈硯廬金石款識》《鰈硯齋書目》等。《［民國］吴縣志》卷七十六有傳。

嚴永華（1836—1890），字少藍，室名紉蘭、鰈硯廬，浙江桐鄉（今桐鄉市）人。順寧知府嚴廷珏女。清同治六年（1867）三十歲時，嫁於沈秉成爲繼室。少年時隨父兄宦雲貴，游歷頗廣。婚後，夫婦素以吟詩唱和爲趣。書畫卓絶。著有《紉蘭室詩鈔》《鰈硯廬詩鈔》等。《［民國］吴縣志》卷七十四下有傳。

沈瑞琳（1874—1948），字硯傳，一字松生，一字韞倩，號坦安，浙江歸安（今屬湖州市）人。沈秉成子。清光緒十九年（1893）舉人，官刑部郎中。好書法，有文名。生平見《清代朱卷集成》第二百八十五册。

沈瑞麟（1874—1936），字硯裔，浙江歸安（今屬湖州市）人。沈秉成第五子。光緒十六年舉人，以其父勛功得任郎中，經知府而至道臺，後歷任駐德公使館二等參贊，駐奥地利公使。一九三五年任僞滿參議府參議、祭祀府副總裁。民國東方國民文庫編輯委員會《曼殊雅頌》第四編有傳。

是集内封有寶熙題寫書名，卷尾有沈瑞麟跋語。該集收録沈秉成與繼室嚴永華唱和詩七十三首，其中沈秉成詩三十五首，嚴永華詩三十一首，多爲次韵之作，并有二人聯句詩七首。唱和時間爲同治六年至光緒十一年。内容有兩人定情時唱答、分隔兩地時寄贈、同游時共作等，均爲和韵之作。

今據國家圖書館藏本影印。（苑麗麗）

聽經閣同聲集六卷

清胡鳳丹、清彭崧毓等撰，清胡鳳丹輯。清同治八年（1869）刻本。一册。每半葉九行，行二十一字，黑口，單黑魚尾，四周雙邊。

胡鳳丹（1823—1890），初字楓江，又字齊飛，後字月樵，號萍浮散人、歸田老人、桃溪漁隱等，浙江永康（今永康市）人。清咸豐間以貢生捐兵部員外郎，官至湖北督糧道。關注鄉邦文獻，致仕後設退補齋書局於杭州，編刻《金華叢書》。著有《退補齋讀書志》《退補齋集》等。《［光緒］永康縣志》卷七有傳。

彭崧毓，生卒年不詳，字于蕃，一字漁叟，又字漁帆，號稺宣，湖北江夏（今屬武漢市）人。清道光十五年（1835）進士，改庶吉士，授編修。道光二十七年知騰越廳事，擢永昌知府，官至雲南迤南道。著有《求是齋集》，編有《江夏縣志》。《新纂雲南通志》卷一百八十有傳。

是集牌記題『同治八年冬十一月鐫於正覺禪林』，卷首有同治八年十一月彭崧毓序、胡鳳丹《重修正覺寺碑記》，同治十年十一月胡鳳丹《添修正覺寺書樓後記》，同治十一年二月胡鳳丹《雲板銘》一則，并附有彭崧毓、何國琛、張炳堃、張凱嵩評語七則。卷末有同治九年十二月向崇基跋。據知，同治六年胡鳳丹奉詔刊刻經籍，設崇文書局於正覺寺，設聽經閣爲『游觀憩息之所』，鄂渚鄉紳與書局校勘人員常吟咏於此。同治八年春，重修正覺寺兩殿落成。胡鳳丹首唱五律五首以志緣起，同人紛紛和之，彙爲一帙，名曰《聽經閣同聲集》。此集共收録胡鳳丹、錢桂林、彭崧毓、金安清、何國琛、車元春、張炳堃等五十三人詩歌二百一十四首。全集分爲六卷：卷一至四爲胡鳳丹《同治己巳春重修正覺寺三月廿一日興工至八月兩殿初成率吟五律五首以志緣起并簡同人乞賜和章》五律五首和《冬月初十日正覺寺落成禮佛圓光贈蓮衣上人叠前韵并柬于蕃鹿仙白英三觀察》五律四首，與彭崧毓等四十六人唱和五律一百五十三首；卷五爲車元春《月樵都轉正覺寺前新栽楊柳賦詩四章以志韵事》七絶四首，與胡鳳丹、彭崧毓、錢桂林、金安清四人唱和七絶二十首；卷六爲何國琛《辛未三月蓮衣長老退院作此贈之簡漁帆鹿仙月樵諸君子并索和章》《贈曉岱開士住持正覺寺仍叠前韵》七律兩首，與胡鳳丹等十人唱和七律二十一首；紹玉《辭正覺寺方丈步蓮衣長老退院原韵上月樵都轉》七律一首，與胡鳳丹次韵和之七律四首。

向崇基跋曰：『集韋孟於蓮臺，聚李杜於蘭若。咀葩窟之奇賞，味騷壇之逸馨。爲海潮音，爲師子吼；是净覺海，是精進幢。詩非經之可該，經實詩之可貫。成此雅集，同爲正聲。』

今據國家圖書館藏本影印。（智曉倩）

荔支唱和册不分卷

清何紹基、清丁日昌等撰，清丁惠衡輯。清光緒八年（1882）榕江絜園刻本。二册。行字不等，白口，單黑魚尾，四周雙邊。

何紹基（1799—1873），字子貞，號東洲，晚號蝯叟，亦作猨叟，湖南道州（今道縣）人。清道光十六年（1836）進士，改庶吉士，授編修。歷充武英殿、國史館協修、纂修、總纂，國史館提調。清咸豐二年（1852）任四川學政，五年以條陳時務降調，遂絶意仕進，遍游蜀中名山。後歷主濟南濼源書院、長沙城南書院十餘年，卒於蘇州。治經史、精小學，工書法。著有《惜道味齋經説》《説文段注駁正》《水經注刊誤》《東洲草堂詩鈔》《東洲草堂詩餘》《東洲草堂文鈔》等。生平見林昌彝《何紹基小傳》、熊少牧《道州何君墓誌銘》、何慶涵《先府君墓表》、《清史稿》卷四百八十六。

丁日昌（1823—1882），字禹生，一作雨生，廣東豐順（今豐順縣）人。咸豐六年由廩貢生選授瓊州訓導，九年補江西萬安知縣。先後入曾國藩、李鴻章幕。同治間，歷任蘇松太道道員、兩淮鹽運史、江蘇布政使、江蘇巡撫等職。光緒元年，授福建巡撫，兼督船政。五年，加總督銜，兼任南洋海防會辦，節制南洋水師，復充總理各國事務大臣。工書法，能詩詞。著有《撫吴公牘》《撫閩公牘》《百蘭山館古今體詩》《百蘭山館詞》等。生平見丁惠衡等《顯考禹生府君行狀》、李文田《皇清誥授光禄大夫會辦南洋大臣節制沿海水師弁兵兼充總理各國事務大臣總督銜原任江蘇福建巡撫丁公行狀》、《清史稿》卷四百四十八。

丁惠衡（1847—1884），字俊卿，廣東豐順（今豐順縣）人，長期居揭陽榕城。丁日昌長子。江西補用知府。書法受其父影響，又得顔真卿筆力，行書遒勁流利，光緒八年續刊《百蘭山館藏帖》。生平見李文田《皇清誥授光禄大夫會辦南洋大臣節制沿海水師弁兵兼充總理各國事務大臣總督銜原任江蘇福建巡撫丁公行狀》、丁天駿《濟陽世澤》。

是集内封有篆書題寫書名，牌記刻『光緒八年三月刊於榕江絜園』。卷首無序，卷末有光緒八年丁惠衡跋。清同治九年（1870）四月，江蘇巡撫丁日昌將從廣東運來的新鮮荔枝分給何紹基，引發二人唱和。二人以東坡韵咏荔枝，詩稿傳出後，五六月間，丁氏幕僚、好友相繼賡和，盛極一時。同時收録馮桂芬、楊象濟、應寶時、吴雲、高心夔、余成普、林達泉、潘曾瑋、黎庶昌、湯修、夏曾傳、夏鳳翔、李銘皖、張兆棟、曾廣照、陳富文十六人唱和之作。光緒七年，丁日昌將荔枝唱和詩彙刻成《荔支唱和册》，事未竟而病逝，其子丁惠衡續成之。全書共收詩四十一首，何紹基、馮桂芬、丁日昌三人詩是用其手書真迹摹勒而成。

今據首都圖書館藏本影印。（王天覺）

題襟館倡和集四卷

清方濬頤、清許奉恩等撰。清同治十一年（1872）兩淮節署刻本。二册。每半葉十一行，行二十一字，白口，單黑魚尾，左右雙邊。

方濬頤簡介，見《東瀛唱答詩》提要。

許奉恩（1816—1878），字叔平，號蘭苕館主人，安徽桐城（今桐城市）人。一生科舉不達，沉淪不遇，以幕僚終。著有《蘭苕館詩鈔》《蘭苕館論詩百首》《文品》《里乘》《轉徙餘生記》等。生平見《［民國］安徽通志藝文考稿》。

是集内封有方濬頤篆書『題襟館倡和集四卷』，牌記鎸『同治壬申秋兩淮運署刊方濬頤篆首』，卷前有同治十年秋許奉恩序。據知，同治十年春夏之交，兩淮鹽運使方濬頤邀何紹基、王尚辰、何栻、許奉恩等文士作消夏唱和。自夏徂秋，一百二十日中無日不會，無日無詩，作品由方濬頤輯録爲《題襟館倡和集》四卷。題襟館者，爲乾嘉年間兩淮鹽運使曾燠招攬文士之所。太平天國戰亂後，方濬頤重葺題襟館，再興揚州壇坫。開篇以方濬頤步前輩劉嗣綰《讀〈邗上題襟集〉遥寄賓谷先生》韵爲始，有追蹤先賢之意。全集共收録四十九名詩人古今體詩作五百五十一首（含聯句一首），多爲次韵之作。因爲消夏而作，内容多爲友朋贈答、品評書畫。

陳克劬讀《題襟館唱和集》後，盛贊方濬頤曰：『名輩風流逐逝波，虹橋觴咏百年過。重三祓禊今何許，六一文章賸幾多。不有清才主壇坫，何由繼世起弦歌。將公便作前賢看，秋水澄懷勝太阿。』

今據國家圖書館藏本影印。（尚鵬）

秋蘭詩鈔一卷

清恩錫、清俞樾等撰，清恩錫輯。清同治十三年（1874）刻本。一册。每半葉九行，行二十二字，下黑口，單黑魚尾，左右雙邊。

恩錫簡介，見《竹如意齋酬唱集》提要。

俞樾（1821—1906），字蔭甫，號曲園，浙江德清（今屬湖州市）人。清道光三十年（1850）進士，改庶吉士，授編修，放河南學政。中年後落職家居，先後主講蘇州紫陽、上海求志、杭州詁經精舍等書院。著有《春在堂全書》。生平見《俞曲園先生年譜》、《〔民國〕杭州府志》卷一百七十。

是集卷首牌記題『同治甲戌六月刊版』。同治十年，恩錫、俞樾等二十九人效仿王士禛『秋柳唱和』之舉，以其《秋柳》四首詩韻題咏秋蘭，成唱和之作一百二十八首。首唱者恩錫，因『從未有興起吟秋，爲蘭寫照者』，遂賦七言律詩四章，向海内吟壇徵和。和之者俞樾、顧文彬、江清驥、陳翰芬、蔡世保、趙佑宸等二十八人，其中俞樾、顧文彬、孫振翮三人各作八首，餘者每人四首。

今據上海圖書館藏本影印。（尚鵬）

仙凡唱和集一卷

清粵東醉客、清癡癡等撰。清同治十年（1871）鈔本。一册。每半葉九行，行二十一字，無格。

粵東醉客，紅豆主人等扶乩所請仙人，據説爲袁枚弟子。

紅豆主人，張雲驤别號。張雲驤，生卒年不詳，字南湖，文安（今河北省文安縣）人。清光緒元年（1875）拔貢，官内閣中書。工詞曲。著有《南湖詩集》《芙蓉碣》《冰壺詞》等。生平見孫殿起《販書偶記續編》。

癡癡，張毓棠别號。張毓棠，生卒年不詳，字蔭南，文安（今河北省文安縣）人。貢生。文名藉甚，然十五次赴京兆試皆不第。著有《壘石園詩草》。《〔民國〕文安縣志》卷九有傳。

是集内封有同治十年暮春張雲驤題寫書名，卷前有同治十年二月十二日張雲驤小引、同年二月十五張芸樵序與張雲驤啓。同治九年十月，張雲驤邀張芸樵、張毓棠於嫏環仙舍扶乩請仙，粤東醉客姗姗而來，遂有仙凡唱和之舉。唱和起於同治九年十月廿七日，止於同治十年四月二十一日，共十四集，收詩八十五首、詞八首。詩詞下附有『仙評』十七則，道乩仙與凡人唱和旨趣，多有脱俗超凡之意。

張雲驤稱此集曰：『雖仙凡有别，而陶咏無殊，是則斯集之存，不敢謂洞賓之高會賦，聊以擬庾信之步虚詞，可也。』

今據國家圖書館藏本影印。（尚鵬、楊春妮）

粤闈唱和集一卷續刻一卷附刻秋闈試題擬作一卷

清方濬師、清夏家鎬等撰，清劉淮年輯。清同治十二年（1873）羊城西湖街富文齋刻本。一册。每半葉十一行，行二十一字，白口，單黑魚尾，左右雙邊。

方濬師（1830—1889），字子嚴，號夢簪，安徽定遠（今定遠縣）人。清咸豐五年（1855）舉人。歷任内閣中書、總理各國事務衙門章京、侍學講士、兩廣運鹽使、直隸永定河道、分巡肇羅道等職。著有《蕉軒隨録》《退一步齋詩文集》，編有《隨園先生年譜》。《〔民國〕安徽通志稿》列傳五有傳。

夏家鎬，生卒年不詳，字伯音，江蘇江寧（今屬南京市）人。咸豐三年進士。歷任户部主事、太常卿、通政副史、刑部右侍郎等職。著有《蚓竅吟詞稿》。生平見《［光緒］廣州府志》卷四十六。

劉溎年（1821—1891），字樹君，號約園，大城（今河北省大城縣）人。咸豐十年進士，改庶吉士，授編修。歷任廣州知府、潮州知府等職。著有《三十二蘭亭室詩》《約園詞》《寄漁詞話》，輯有《詞鵠》。《［民國］江都縣續志》卷二十七有傳。

同治十二年，廣東癸酉科鄉試在廣州舉行，夏家鎬、周冠、方濬師、劉溎年等十八人於此期間，更唱迭和，共得詩一百七十九首，後由劉溎年出資，刊刻爲《粵闈唱和集》。内封有劉溎年題寫書名并鈐『樹君』印，右上標『同治癸酉』。卷首有同治十二年九月二十五日方濬師序。是集雖名爲《粵闈唱和集》，實則收鎖闈前後共計十餘次小型唱和之作。鎖闈期間之唱和尤爲醒目，『闈中諸君子各有詩章酬答』。其中方濬頤是以郵筒遥遞的方式參與鎖闈前唱和。卷末附有長善、張兆棟、文星瑞、方濬師、劉溎年、吴志澐六人擬鄉試試題《賦得三峽江聲流筆底得流字五言八韵》十一首，其中除吴志澐祇作一首外，其餘諸人各作兩首。

方濬師序中贊此次唱和之盛曰：『昔歐蘇在試院所作不過數章，今裒然成帙，殆勝古人矣。』

今據南京圖書館藏本影印。（尚鵬）

四白齋唱和集一卷

清朱銘、清王荄等撰，清朱銘輯。清光緒元年（1875）刻本。一册。每半葉八行，行二十一字，下黑口，單黑魚尾，左右雙邊。

朱銘（1815—？），字石梅，江蘇儀徵（今儀徵市）人。少孤多病，性淡泊，早弃舉業。喜吟咏，精篆刻。著有《四白齋詩》《四白蜀游草》，輯有《四白齋唱和集》《平山堂唱和集》。汪國鳳序其詩曰：『原本風騷，浸淫漢魏，間作近體，亦復規仿晚唐，調高響逸。』生平見《四白齋詩稿自序》。

王荄（1818—1888），字小汀，又字受辛，江蘇甘泉（今屬揚州市）人。王壽子。諸生。工詞。著有《受辛詞》。生平見方濬頤《詩丐記》。

是集内封有篆書題寫書名，牌記鎸『光緒元年五月開雕』。卷首有清同治十三年（1874）十月上旬阮福序與同治十二年冬朱銘自序。據知，同治十二年朱銘修葺因太平天國戰亂損毁的四白齋，補種白梅、白蓮、白菊、白蓼，賦《四白吟》，遍邀友人和之。『四白』之名與朱銘一家三代皆有因緣。朱銘祖父雲從公有感『家徒白屋，恒守白丁，慣以白眼看人，不覺白頭垂老』，遂故顔其齋曰『四白』。後朱銘之父友原公於齋前蒔種白梅、白蓮、白菊、白蓼，自號『四白先生』。咸、同年間，四白齋經太平天國兵燹，悉付劫灰。待戰亂平定，朱銘修葺舊齋，補種舊植，追念先人之情，慨嘆時世變遷，遂有唱和之舉。朱銘首唱七律四首，分賦白梅、白蓮、白菊、白蓼四物。王荄等三十六人或和體，或和韵，或三四章，或一二首，共成七律九十六首。朱銘以詩作送達先後爲序，隨到隨登，編纂成册，以傳示同好。

阮福稱之曰：『其形容風雲月露，叠出争奇。石梅之成此集也，可謂雅矣！』

今據國家圖書館藏本影印。（尚鵬）

三山同聲集四卷首一卷續編一卷三編一卷

清馬恩溥、張英麟等撰，清王凱泰輯。清同治十二至十三年（1873—1874）儉明簡齋刻本。八册。每半葉十一行，行二十一字，白口，單黑魚尾，左右雙邊。

馬恩溥（1819—1874），字雨農，雲南太和（今屬大理市）人。清咸豐三年（1853）進士，授編修。歷任國史館總纂、安徽學政、侍講學士、内閣學士兼禮部侍郎等職。著有《慎昭堂集》《滇南事略》。《［民國］新纂雲南通志》卷一百九十八有傳。

張英麟（1838—1925），字振卿，號菊坪，山東歷城（今濟南市）人。同治四年進士，選庶吉士，授編修。歷任國子監祭酒、奉天府丞兼學政、内閣學士、吏部侍郎、副都統、都統、都御史等職。一九一二年清帝退位後歸里。王書法。曾參與編纂《山東通志》《續修歷城縣志》。《清史稿》卷四百四十八有傳。生平還可見章梫《誥授光禄大夫建威將軍太子太保都察院都御史歷城張公墓誌銘》。

王凱泰（1823—1875），名敦敏，字幼徇，幼軒，號補帆，江蘇寶應（今寶應縣）人。清道光三十年（1850）進士。歷任浙江督糧道、浙江按察使、廣東布政使、福建巡撫等職。清光緒元年（1875）移駐臺灣，以禦日本，旋病卒，謚『文勤』。著有《致用堂志略》《海上弦歌集》《嶺南鴻雪集》《臺灣雜咏》等，輯有《歸園唱和集》《三山同聲集》。《清史稿》卷四百二十六有傳。

同治十二年，福建癸酉科鄉試，福建巡撫王凱泰監臨闈場，作七律四首，『一時和章如雲』，遂刊爲《三山同聲集》四卷、《續編》一卷。是集内封有篆書題寫書名，牌記署『儉明簡齋藏板』。『三山』爲福州別稱，指福州境内之于山、烏石山與屏山。首一卷有王凱泰原唱《癸酉福建文闈監臨即事》四首與同治十二年仲冬王凱泰所擬例言四條。《三山同聲集》四卷，每卷前均有目録，載明作者姓字、里居，其中卷四目録置於卷三目録後。卷一、二爲癸酉科正副考官馬恩溥、張英麟與其他考官之和詩，卷三爲福建本省紳士與幕友之和詩，卷四爲致用堂諸人之和詩，共收録一百三十人所作五百二十一首和詩。其中馬恩溥『闈中先成一首，其三首續編補録』，然續編未見收；宋詳兩叠原韵，作詩四首。

《續編》一卷收録省外郵寄和詩，以詩到先後爲序，和者有曾兆鼇、唐樹森、俞樾等五十二人。此卷共計收詩二百一十二首，其中葆亨兩叠原韵，作十二首。

同治十三年仲春，王凱泰北上述職，再叠去歲闈中即事韵，留别致用堂林壽圖、鼇峰書院林士傅、正誼書院林鴻年、鳳池書院鄭世恭四書院山長，一時和者雲集，後輯爲《三山同聲集三編》一卷。是集不僅收録此次唱和詩作，還收録去歲文闈相關和作，王凱泰例言稱：『文闈和詩尚有續到佳章，因前編刊竣，彙入此編。』卷首録王凱泰《甲戌仲春述職北上仍用前韵留别西湖致用堂東林穎叔同年并呈省垣三書院山長》四首與同治十三年仲冬王凱泰所擬例言四條，後列目録，『姓字、里居已載前編者，注明目録；和詩間有未用原韵者，亦於目録注明』。和之者有林鴻年、林壽圖、俞樾、何兆瀛、陳澧等五十人。共收詩二百二十一首，其中林壽圖和詩爲七古一首，劉存仁和詩爲五古一首，謝章鋌作五律二首，林振棨在和原作七律四首外另作七律一首；謝玉漢、戴肇辰、陳坤、陳銓、李家瑞、錢國珍、李肇增兩叠原韵，各作八首。

今據南京圖書館藏本影印。（尚鵬）

西泠酬倡集五卷

清秦緗業、清錢國珍等撰。清光緒刻本。兩册。每半葉十行，行二十三字，黑口，單黑魚尾，四周雙邊。

秦緗業（1813—1883），字應華，號澹如，江蘇無錫（今無錫市）人。清道光二十六年（1846）副貢，援例授浙江同知，積官至浙江候補道，加鹽運使銜。著有《樸學齋文録》《聽秋聲閣詩鈔》《微雲盦詞録》《虹橋老屋遺集》等。生平見秦光簡《秦澹如行狀》、孫衣言《秦澹如墓誌銘》。

錢國珍（1813—1865後），字子奇，號寄廬，江蘇江都（今屬揚州市）人。道光二十九年舉人，官浙江安吉知縣。著有《峰青館詩鈔》《寄廬詞存》等。《［光緒］江都縣續志》卷二十一有傳。

與此次唱和相關之重要人物還有江順詒。江順詒（1823—1884），字子穀，號秋珊，晚號窳翁，别署明鏡生、願爲明鏡室主人、呰窳子、呰窳生，安徽旌德（今旌德縣）人。廩貢生。官浙江錢塘縣丞。工詩詞，善戲曲。著有《呰窳子》《越俎卮言》《夢華草堂詩鈔》《願爲明鏡室詞稿》《夢花草堂詩話》《詞學集成》《讀紅樓夢雜記》等。生平見《窳翁自撰年譜》《江秋珊先生事略》和今人楊柏嶺所著《江順詒研究》。

『西泠』原爲橋名，又名西陵橋、西林橋，在杭州孤山西北盡頭處，後泛指杭州西湖地區。清同治十年（1871）至十一年間，江順詒、梅振宗、白驥良等結成西泠吟社，每年冬日於杭州舉『消寒詩會』，詩作經白驥良彙集成帙，秦緗業删選淘汰，後由江順詒於同治十三年刊成，名曰《西泠消寒集》。《西泠酬唱集》《二集》《三集》可視爲《西泠消寒集》之延續。同治十一年後，因梅振宗從杭州離任，白驥良、王仰宗先後謝世，消寒詩會走向衰落。同治十二年至十三年間，雖有錢國珍、李肇增、方觀瀾、宗得福、楊昌珠、楊馥陸續入社，但詩社活動大不如前。光緒二年，汪昌、宗山、朱慶鏞、王家琳、徐福辰、郭鍾岳、俞德懋陸續入社，詩社面貌焕然一新，雅集頻次提升，詩作數量增長。光緒三年後，詩社逐漸從單一的消寒會轉化爲四季并舉（迎春、消夏、延秋、消寒），集會逐漸日常化。此後又有江澍昀、秦雲、鄔銓、錢福年、徐維城、楊葆光、邊保樞陸續入社，詩社保持相對繁盛的狀態。光緒七年夏，汪昌、徐維城、邊保樞、楊葆光陸續離杭。是年秋，錢國珍謝世。宗山召集詩社成員於江順詒之花塢夕陽樓拈題賦詩。會後江順詒請人繪《自題花塢夕陽樓雅集第二圖》，遍索同人徵詩，無人應和，『西泠唱酬遂以是會止』。

《西泠酬唱集》五卷，收録秦緗業、錢國珍、汪昌等二十名文人五百四十九首詩詞。其中前四卷收詩五百一十首，第五卷收詞三十九闋。内封有光緒四年季秋郭鍾岳題寫書名，卷前有光緒五年三月方鼎鋭序，後列《西泠唱酬集目次》。此集主要收録同治十二年至光緒二年間社員社集詩作與少量個人詩作，其中同治十二年社題有《西泠消寒雜咏》《湖天泛雪》《宋德壽宫苔梅歌》《女兒酒歌》《雪晴用聚星堂韵》等，同治十三年社題有《醉司命神弦歌》《黄棉襖辭》《橄欖》等，光緒二年社題有《海上新樂府》（立和約、五大洲、禁豬仔、新聞紙、乘槎記、領事官、新金山、同文館、耶穌教、半税車、開鐵路、電綫報、洋槍隊），《冬齋四咏》（炙硯、擁爐、烹茗、焚香），《咏古》（張良辟穀、蘇武吞氈、鄧禹杖策、林宗折巾、祖生擊楫、劉琨舞劍、和靖放鶴、蕲王騎驢），《擬古詩》（擬今日良宴會、擬李都尉送别、擬魏文帝游宴、擬陳思王贈友、擬王侍中從軍、擬自君之出矣、擬結客少年場），《喜雪用六一翁禁體韵》等。其中社集時詞題亦有如《冬齋四咏》《蘆雪》《冬閨怨》《歲暮書懷》。可見此該社創作詩詞并舉。是集以人繫詩，每位文人名字下附有小傳，叙其字號、籍貫、科第、官職與著述。

方鼎鋭《西泠酬倡集序》有言：『諸君子抱瑰奇俶儻之才，窮愁抑塞，托此自遣。然嘯歌贈答中，各具應世濟民之隱願。顧不能獨行，其志良可慨。』

今據南京圖書館藏本影印。（尚鵬、王春）

西泠酬倡集二集五卷

清錢國珍、清汪芑等撰。清光緒刻本。兩册。每半葉十行，行二十三字，黑口，單黑魚尾，四周雙邊。

錢國珍簡介，見《西泠酬倡集》提要。

汪芑，生卒年不詳，字燕庭。江蘇吴縣（今屬蘇州市）人。諸生。工詞賦學。著有《茶磨山人詩鈔》。《［民國］吴縣志》卷六十六有傳。

是集内封有光緒五年（1879）仲冬胡義贊題寫書名，後列《西泠酬倡二集目録》，收録錢國珍、汪芑、俞廷瑛等十七名文人五百八十九首詩詞及四套南北曲。其中前四卷收詩五百四十三首，第五卷收詞四十六闋、南北曲四套。該集主要爲光緒三年至四年間西泠吟社成員社集詩作與少量個人詩作。其中光緒三年社題有《春鶯曲》，《蘇小小墓》，《蠶詞》，《擬蘇東坡秧馬歌用元韵》，《夏日雜興用杜工部丈八溝納凉韵》，《紅蘭館聽二屏主人彈琴歌》，《岳王廟石獅歌》，《西泠懷古》（龍泓洞懷丁瀚之、竹閣懷白香山、放鶴亭懷林君復、虎跑泉懷蘇子瞻、龍井懷秦太虚、參寥泉懷僧道潛、玉照堂懷張功甫、石帚精舍懷姜白石、馬塍懷張伯雨、白龜池懷仇山村），《蓮花生日同人集三潭印月分韵》，《丁丑歲蝗不爲灾志幸》，《南屏山謁張忠烈公墓》，《咏梅》（憶梅、尋梅、賞梅、惜梅）等；社集詞題有《湖上春游即送郭外峰之温州》《夾竹桃》。光緒四年社題有《買燈詞》《花朝日江秋珊招集花塢夕陽樓》《西湖治春詞用漁洋韻》《楊花曲》《嚴英仲明府琴磚歌》《黄烈女歌》《題鐵淚圖》《秋海棠》等；社集詞題有《待燕》《春鶯》等。另有南北曲四套，乃宗山、秦雲、江順詒、鄔銓題《顧曲圖》。此集體例與《西泠酬倡集》同，衹在新增文人名下附有小傳。

今據南京圖書館藏本影印。（尚鵬）

西泠酬倡集三集五卷

清秦緗業、清徐維城等撰。清光緒刻本。兩册。每半葉十行，行二十三字，黑口，單黑魚尾，四周雙邊。

秦緗業簡介，見《西泠酬倡集》提要。

徐維城，生卒年不詳，字綱伯，號韵笙，江蘇丹徒（今屬鎮江市）人，寄籍通州（今屬北京市）。清道光十四年（1834）舉人。官貴州畢節知縣。工詩，善書。著有《天韵堂詩存》《賦鈔》。《[民國]續丹徒縣志》卷十三有傳。

是集内封有光緒九年（1883）上巳高保康題寫書名，後列《西泠酬倡三集目録》。該集收録秦緗業、徐維城、秦雲等十九名詩人七百二十三首詩詞，南北曲六套。前四卷收詩六百四十二首，第五卷收詞八十一闋、南北曲六套。内容主要爲光緒五年至七年間西泠吟社成員社集詩作與少量個人詩作。其中光緒五年社題有《擬張船山太史觀物詩》（龍、仙、蝶、鬼），《餞菊》，《約梅》，《張憶娘簪花圖》，《送汪燕庭返里步原韵》，《南華爲心友》，《眼鏡爲明友》，《寶劍爲俠友》，《竹榻爲夢友》，《明季小樂府》，《消寒分韵》，《題國初四家詩集》，《擬白太傅大裘》。光緒六年社題有《庚辰上燈節同人公宴澹如都轉淑園次韵》《方正學先生九子烏圖》《仿元遺山論詩》《擬儲王田家詩》《六一泉訪東坡庵故址》《西泠秋思用兩當軒都門秋思韵》《吴越小樂府》（婆留井、運一甓、握發殿、待錢來、還鄉歌）等；社集詞題有《佛手》《醉芙蓉》《紅葉》《隱囊》等。光緒七年社題有《新正七日同人集於頤情館分韵》《題長洲錢先生竹卿暨德配唐淑人取義圖》《西湖柳枝詞》等；社集詞題有《辛巳人日冶春第一集分韵》等。另有南北曲六套，其中宗山三套，分别爲《北上留别同人》《題李幼梅觀察越南唱和卷子》《江秋珊餞秋圖》；江順詒三套，分别爲《自題花塢夕陽樓雅集第二圖》《汪咏之大令挽歌》《送楊古醖之任黄岩丞》。此集體例與《二集》相同，亦僅新增文人名下附有小傳。

今據南京圖書館藏本影印。（尚鵬）

平山堂唱和集一卷

清朱銘、清汪國鳳等撰，清朱銘輯。清光緒元年（1875）刻本。一册，與《四白齋唱和集》合刊。每半葉八行，行二十一字，下黑口，單黑魚尾，左右雙邊。

朱銘簡介，見《四白齋唱和集》提要。

汪國鳳，生卒年不詳，字子儀，江蘇江都（今屬揚州市）人。清咸豐十年（1860）進士。以主事分禮部時，東南兵戈未靖，江北團練大臣晏端書奏派國鳳爲隨員，復充督師都興阿大營，總文案。事平論功賞花翎四品頂戴，以知府用。擅長書法。著有《德馨堂集》。《［民國］江都縣續志》卷二十六有傳。

是集共收録五言古詩十三首。清同治十三年（1874）正月下旬，雪航和尚邀朱銘、汪國鳳、陳浩恩、趙深培、汪召棠、王荄六人同游平山堂。其時朱銘首唱五古一首，汪國鳳、陳浩恩、趙深培、汪召棠、王荄五人皆有和韵之作。後朱銘以詩作寄示友人，錢國珍、徐穆、金堉、朱羅、程嘉櫄、楊蓬最、陶椿年、朱慶霖八人均報以和章。平山堂因咸、同年間太平天國戰争而荒廢，同治十二年方濬頤重修平山堂，恢復舊觀。朱銘等人因見其風貌一新，遂有今昔之感，其中對方濬頤多有贊譽，如『賢哉方定遠，雅繼歐與蘇』云云。

今據國家圖書館藏本影印。（尚鵬）

丙子元旦唱和詩一卷

清潘曾瑋、清張之萬等撰，清潘曾瑋輯。清光緒二年（1876）刻本。一册。每半葉八行，行二十一字，白口，雙黑對魚尾，四周雙邊。

潘曾瑋（1819—1886），字寶臣，又字玉泍、季玉，江蘇吴縣（今屬蘇州市）人。潘世恩幼子。蔭生。清道光二十六年（1846）補授太常寺博士，清咸豐二年（1852）授刑部員外郎。後歷任刑部郎中、道員、鹽運使等。鴉片戰争期間，調任上海籌備總局總辦。工詩文，擅填詞。著有《自鏡齋詩文集》《咏花詞》《玉淦詞》等。生平見《敔閑年譜》《大阜潘氏支譜》。

張之萬（1811—1897），字子青，號鑾坡，南皮（今河北省南皮縣）人。張之洞堂兄。道光二十七年狀元，授編修。歷任河南學政、内閣學士、禮部侍郎、江蘇巡撫、浙閩總督等職。工書法，善畫山水。著有《張文達公遺集》。《清史稿》卷四百三十八有傳。

是集外封書名下署『曲園俞樾題』，鈐『曲園居士』印。光緒元年除夕，適逢潘曾瑋生辰。次日元旦，潘曾瑋作《丙子元旦試筆》七絶六首，後又叠前韵，依次作《和順之兄人日草堂仍叠前韵》《正月二十九日渡江至金陵三叠前韵》《自金陵至維揚旅館雜興四叠前韵》《將歸吴門與祉堂閑話五叠前韵》《無錫道中書懷示祉堂六叠前韵》《三月初五日第十六孫亨穀生詩以志喜七叠前韵》等組詩，張之萬、俞樾、黄鈺、孫詒經、張家驤、恩錫、吴大廷、杜文瀾等五十三位親友争相和之，共得七言絶句三百七十八首，每六首爲一組，共六十三組。其中，潘曾瑋作七組四十二首，恩錫、張之京、潘遵祁三人分别作二組十二首，其餘諸人各作一組六首，全爲次韵之作，内容以節慶、祝壽爲主。

何紹基題潘曾瑋詩集曰：『冰雪聰明厭綺羅，自然吟咏叶天歌。清能澈骨豪逾静，淡欲無言少已多。餘事尚能籌組練，憂心何術挽江河。詩懷想共新春展，開到庭梅第幾窠。』

今據上海圖書館藏本影印。（王凱）

并蒂芙蓉館倡酬集二卷

清海霈、清蔣愈昌等撰，清海霈輯。清光緒三年（1877）刻本。二册。每半葉九行，行二十一字，白口，單黑魚尾，左右雙邊。

海霈（?—1881），字嶠鶴、雲壑，號韵樓、俟園，鑲藍旗（滿洲）鄂卓氏。清同治、光緒年間歷任紹興、臨江知府。著有《兩宧江南紀略》《西行日記》等，編《俟園叢編》十三種。生平見楊鍾羲《雪橋詩話續集》卷八。

蔣愈昌，字又韓，湖北黃梅（今黃梅縣）人。生平不詳。

是集牌記題「光緒三年季秋月刊」，卷首有光緒三年暮秋海霈所撰《并蒂芙蓉館倡酬集序》。據知，光緒元年至三年，海霈任江西臨江知府，衙署内有并蒂芙蓉館，「爲燕接賓僚、諮詢政事之所」。海霈閑暇時與其幕府諸君楮墨唱和，得二卷，因以名集。共收録海霈、蔣愈昌、史道章、王景瀛、王淦、王詮六人古近體詩共三百三十五首，其中上卷一百五十八首，下卷一百七十七首。唱和方式有同題、限韵、次韵、用韵等，題材有咏人、咏物、咏史、祝壽、紀實、游覽等。

海霈序謂此集曰：「噫嘻！體宗元白，集仿松陵。韵事初賡，方興未艾。今之視昔，似蹈前人陳迹；後之視今，豈非一時嘉賞也與？」

今據國家圖書館藏本影印。（苑麗麗）

秋燈集錦一卷

清海霈、清蔣愈昌撰，清海霈輯。清光緒三年（1877）刻本。一册，與《并蒂芙蓉館唱酬集》第二册合刊。每半葉九行，行二十一字，白口，單魚尾，左右雙邊。

海霈簡介，見《并蒂芙蓉館倡酬集》提要。

蔣愈昌簡介，見《并蒂芙蓉館倡酬集》提要。

卷首有光緒三年九月蔣愈昌叙。據知，光緒二年暮秋，海霈、蔣愈昌秉燭暢談，遂仿懷仁和尚集王羲之字書《大唐三藏聖教序》例，以散字數百，聯綴短章，聊破岑寂。後海霈擷格律完善者，附於《并蒂芙蓉館倡酬集》後刊刻，名之曰《秋燈集錦》。是集共收五律七十首，其中海霈、蔣愈昌各三十五首。雖爲游戲之作，然誠如蔣愈昌叙所言：『用志一時主賓鍼芥之洽，亦以重歲月遷流之感焉。』

今據國家圖書館藏本影印。（尚鵬）

扶桑驪唱集一卷附録一卷續和一卷

清葉煒、［日本］小野長願等撰，清葉煒輯。清光緒十七年（1891）刻本。一册。每半葉九行，行二十字，白口，單黑魚尾，左右雙邊。

葉煒（1839—1903），字松石，號蘿鷗逸史、鴛湖信緣生，又號松石道人，浙江嘉興（今嘉興市）人。清同治十三年（1874）應日本文部省之聘，到東京任外國語學校漢文教師。歸國後，捐官在南京供職。光緒二十八年任吴縣主簿。著有《延青閣詩鈔》《扶桑驪唱集》《石有華齋詩話》等。光緒六年重游大阪時，著有《煮藥漫鈔》二卷。日本東京博物館藏其《蘭圖》絹本水墨畫。生平見《［民國］吴縣志》卷四十。

小野長願（1814—1910），字侗翁，原名卷，字舒公，號湖山，日本近江（今滋賀縣）人。少壯時以教學自給，晚年名聞朝廷，爲文學侍從之臣，旋辭歸。詩負盛名，著有《湖山樓詩稿》《火後憶得詩》《鄭繪餘意》《北游剩稿》《湖山近稿》《蓮塘唱和集》等。近藤春雄《日本漢文學大事典》有傳。

光緒二年夏，葉煒在日本教讀期滿，將歸故里，東京諸友『祖餞無虚日，席上必賦詩，此唱彼和』，彙爲一編。是集内封有光緒十七年十一月廖思涌題寫書名，牌記署『光緒辛卯仲冬刊於白下』。卷首有光緒五年長至日鄞縣郭傳璞序、光緒二年丙子十月葉煒自序。次爲《題詞》，收郭傳璞、楊伯潤、胡廷玉、周濂、陳鴻誥、齊學裘、趙受璋、胡廷璋、衛梓材、倪鴻、秦雲、葛其龍、徐炳倬十三人詩二十三首，閨秀吴道芬《臨江仙》詞一闋。另有蔣節五古一篇，有目無文。次爲《凡例》，共九條。正文收葉煒與小野長願、鷲津宣光、森魯直、永坂對等四十二位日本友人唱和之作一百二十二首。

附録一卷，收九鬼隆一、長光、依田百川、大槻平崇、辻斐、三島毅、鷲津宣光、石津勤八人贈言、手簡共十通。《凡例》云：『手簡固非韵語之類，然情詞真摯，録之以見東人之誼厚，惟不涉送別者不載。』

續和一卷，收大槻清崇、中村正直、成島宏三人次韵詩共十五首。因光緒六年葉煒再游大阪時，纔得見其詩，故『亟録於後，以存三君子高義，并志水越氏鈔示之惠』。

楊伯潤稱：『一卷扶桑唱，争鈔手欲疲。』足見這場中日文人唱和之熱烈。

今據上海圖書館藏本影印。（張媛穎）

紅樓詩借前集二卷首一卷後集二卷

清林孝箕、清林孝穎等撰。清光緒十五年（1889）刻本。二册。每半葉九行，行二十一字，白口，單黑魚尾，四周雙邊。

林孝箕，生卒年不詳，字小庾，號花好月圓榭主人，福建閩縣（今屬福州市）人。光緒元年舉人。著有《歷代人豪録》《詩因》《詩始》《勸懲齋詩話》。生平見《［民國］閩侯縣志》卷四十三、七十一。

林孝穎，生卒年不詳，字可珊，晚號拾穗老人，福建侯官（今屬福州市）人。歲貢生，候選縣丞。革命烈士林覺民養父。著有《草不除齋稿》《拾穗居士文存》《木樨香館詩話》，參與編纂《福建通志》。生平見《［民國］閩侯縣志》卷七十一。

是集第一册外封書籤上題『紅樓詩借上卷』，右上書『外林峙屏先生紅樓夢偶題一篇并序』。首一卷單列清咸豐十年（1860）林起貞（字峙屏）所賦《紅樓夢偶題并序》。輯者藉此弁首，以示追思。詩後附有林孝箴跋、林孝箕續跋。後有光緒十五年初春林孝箕序、小引與規例八條。據知，光緒二年至十三年間，林孝箕等八名文人效仿道光年間鄉賢楊維屏、楊慶琛、何大經、曾元海分咏紅樓人物之舉，專咏紅樓章回故事情節。詩作後經林孝箕輯録，編爲《紅樓詩借前集》二卷、《後集》二卷。以『借』名篇之由，正如錦江生藕儂《後叙》稱：『然吾社諸人之爲此借，亦非憑虚意想所到，乃吾閩二楊、何、曾諸前輩之導吾借也。彼借以咏人，吾借以咏事，是則借之不同也。』前集、後集均以題編排。前集卷前有詩人姓氏小録與詩題目録，詩題下標示《紅樓夢》對應章回。前集起自《僧道合咏》，終於《悼紅軒吊曹雪芹先生》，共一百二十題，收録林孝箕、林孝顗、林孝穎與陳海梅四人七律一百八十首。後集卷前亦有詩人姓氏小録與詩題目録，詩題對應具體章回。後集起自《跛道人好了歌》，終於《題石頭記後》，共一百二十題，收録林孝箕、林孝顗、林孝穎、陳海梅、陳祖詒、陳培業、張元奇、林怡八人七律一百八十首。後集卷末有錦江生藕儂《後叙》一篇與《夢揚州》題詞一首、三十六根紅豆主人《沁園春》題詞一首。

林孝箕稱是書咏紅樓故事曰：『遍采全書事實命題，借他人酒杯，澆自己塊壘，編成兩集，顔曰《紅樓詩借》，亦騷壇之一創格也。」

今據首都圖書館藏本影印。（尚鵬）

春柳唱和詩一卷

清張鳴珂、清李秉時等撰，清張鳴珂輯。清光緒刻本。一册。每半葉十一行，行二十三字，黑口，單黑魚尾，左右雙邊。

張鳴珂（1829—1908），原名國檢，字公束，一字玉珊，晚號寒松老人、窳翁，浙江嘉興（今屬嘉興市）人。清咸豐十一年（1861）拔貢。清同治年間曾入江南提督李朝斌幕府，遂寓居蘇州。歷任餘干、上饒、德興知縣，義寧知州等職。著有《寒松閣詩》八卷、《寒松閣詞》四卷及《寒松閣談藝瑣録》等。《［民國］吴縣志》卷七十六有傳。

李秉時（？—1903），字子和，號秀峰，江西都昌（今都昌縣）人。同治年間廩貢生，歷任東鄉縣訓導，崇仁縣教諭，中舉後分調安徽督辦三河税務。著有《妙香齋主人偶存草》二卷。生平見《［同治］都昌縣志》卷四、《［光緒］撫州府志》卷三十八。

是集外封書籤殘損，留有「受業高安盧書麟謹題」字樣。正文首頁大題下署「寒松閣叢録之一」，并鈐「嘉惠堂藏閱書」等印。光緒四年（1878）春，張鳴珂從京城南歸，途中作《春柳用漁洋山人秋柳韵》七律四首，極盡羈旅身世之思，影響頗深，南北和作者有葉衍蘭、董沛、譚獻、薛時雨、王麟書等五十一人。其中李秉時、樓杏春、吴允徠、駱壽仁、鄭由熙、蔣兆棠、徐葆壽七人和作達八首，餘人皆和四首，後彙印爲《春柳唱和詩》一卷，共收録七言律詩二百三十六首，均爲次韵之作。

譚獻《蘋洲漁唱叙》稱：『公束去年賦《春柳》四詩，傳唱東南。身世之感，民物之故，托興如見。』

今據南京圖書館藏本影印。（郭繁榮、吴志敏）

雉舟酬唱集一卷

清楊恩壽、越南裴文禩撰，清楊恩壽輯。清光緒三年（1877）長沙楊氏坦園刻本。一册。每半葉九行，行二十一字，白口，單黑魚尾，四周雙邊。

楊恩壽（1835—1891），字鶴儔，號蓬海、坦園，湖南長沙（今長沙市）人。清同治九年（1870）舉人。光緒初授鹽運使銜，升湖北候補知府充湖北護貢使。著有《坦園叢稿》《坦園六種曲》《詞餘叢話》《續詞餘叢話》。《雉舟酬唱集》卷首、《晚晴簃詩匯》卷一百六十四有傳。

裴文禩（1832—？），字殷年，號珠江，越南河内里仁府金榜縣人。嗣德十八年（1865）進士。官禮部右侍郎，辦内閣事務，充丁丑（1877）貢部正使。著有《萬里行吟》《燕槎詩草》《中州酬應集》《大珠使部唱集》，選有《輶軒叢筆》。《雉舟酬唱集》卷首有傳。

是集牌記鎸『長沙楊氏坦園藏板』。卷首有光緒三年孫衣言題評、該年三月三日楊恩壽自叙及《雉舟酬唱集》目次，并附楊恩壽、裴文禩小傳。光緒三年正月二十日至二月二十三日間，清朝伴送官楊恩壽與越南貢使裴文禩酬唱贈答，共作詩一百零五首，楊恩壽後彙爲一帙，刊爲《雉舟酬唱集》。其中楊恩壽詩五十六首，裴文禩詩四十九首。附有孫衣言和詩兩首，張炳堃詩兩首。全集圍繞護送之途展開，以沿途風景、人員交際、行程事務爲主。裴、楊二人唱和應爲『筆談』，楊恩壽《越南裴珠江侍郎詩集序》稱兩人『言語不通，初無介紹，徒以彼此于役，循例修相見禮。見則如舊相識，不作寒暄語，遽以詩相贈答』。唱和詩成爲跨越言語之橋梁，兩人日以吟詩爲課，以酬唱爲常，結下了深厚的文字緣。

楊恩壽自序謂：『烟波畫舫中，日以倡酬爲樂。雖鄙俚如恩壽，得與海外諸君子結文字因緣，以鳴我國家懷柔及遠、中外同文之盛，是則小臣之厚幸也。豈尋常流連風月，一觴一咏比哉？』

今據首都圖書館藏本影印。（尚鵬）

安豐聯咏一卷

清海霈、清劉大方等撰，清海霈輯。清光緒四年（1878）刻本。一册，與《并蒂芙蓉館唱酬集》合刊。每半葉九行，行二十一字，白口，單黑魚尾，左右雙邊。

海霈簡介，見《并蒂芙蓉館唱酬集》提要。

劉大方，生卒年不詳，字矩城，湖南清泉（今屬衡陽縣）人。清同治四年（1865）進士。歷任武寧知縣、萍鄉知縣等職。生平見《［同治］南昌府志》卷二十四。

是集卷首有光緒四年五月初一海霈序。據知，海霈出守臨江後，該地頗受水患侵擾，遂於光緒三年末開始築堤以防水，次年仲春功成。士民咸喜，舉相告曰：『而今而後，我通洲安且豐矣。』海霈因取其語以爲堤牐名，歸途口占二律以寫眼前景物，遂引得僚友鄉人群相賡和，裒然成帙。是集共收七言律詩五十八首，皆次韵之作，參與賡和者凡二十四人，如劉大方、葉魁元等，均爲臨江官員或生員。詩作多描寫春景，頌揚政事與期冀年穀順成。

海霈序謂刊刻此集之由曰：『以志諸君櫛沐惟勞，而預慶黎庶豐亨有賴云。』

今據國家圖書館藏本影印。（王春）

同譜唱和集一卷

清張日崙、清陳鴻翕等撰，清覃方仁輯。清光緒四年（1878）刻本。一册。每半葉八行，行二十一字，白口，單黑魚尾，四周雙邊。

張日崙（1808—？），字曉峰，晃州直隸廳（今湖南省新晃侗族自治縣）人。清道光二十九年（1849）拔貢生。清同治二年（1863）任遵義知縣，三年至四年任遵義知府，十一年復任。著有《龍溪草堂詩鈔》。《［光緒］湖南通志》卷一百五十七、張翰儀《湘雅摭殘》卷六有傳。

陳鴻翕，生卒年不詳，字静山，寧河（今屬天津市）人。道光二十九年拔貢生。歷任工部郎中、大定知府、遵義知府、貴陽知府等職。《［光緒］寧河縣志》卷七有傳。

覃方仁，生卒年不詳，字近堂，貴州安化（今屬德江縣）人。道光二十九年拔貢生。歷官大定府學教授、山西岢嵐州知州。著有《挹秀軒詩鈔》，輯有《大定課藝》。《［民國］德江縣志》卷二有傳。

光緒四年四月十八日，陳鴻翕於貴陽郡署設宴，款待張日崙等道光己酉科拔貢同年十二人。張日崙首唱七律二首，同人皆有賡和，後張日崙復叠前韵，同人亦有所作，共得詩四十五首，刊刻爲《同譜唱和集》一卷。是集卷首有光緒四年季夏覃方仁《同譜唱和集小引》。唱和者共十三人，依次爲張日崙、陳鴻翕、莫庭芝、樊璟、周鴻鈞、丁步賢、覃方仁、蔣茂齡、饒履豐、劉杭、寶耀、徐以清、李上珍。其中除李上珍爲侄輩外，其他人均爲道光二十九年貢生，故是集名『同譜』，謂諸人乃科舉同年的關係。每人所作之詩多寡不均，張日崙、莫庭芝、丁步賢、覃方仁四人各作六首，樊璟作四首，饒履豐作三首，陳鴻翕、周鴻鈞、蔣茂齡、劉杭、寶耀、徐以清、李上珍七人各作兩首，多爲步韵之作。

覃方仁《小引》稱同人唱和之作曰：『或揚功勛，或述情志，立言各當，敲律允諧。』

今據首都圖書館藏本影印。（尚鵬）

寄廬倡和詩鈔一卷和詩續鈔一卷和詩又鈔一卷

清莊元植、清王毓岱等撰，清莊元植輯。清光緒刻本。一册。每半葉十行，行二十一字，單黑魚尾，四周雙邊。

莊元植（1820—？），字叔侯，號子封，江蘇震澤（今屬蘇州市）人。諸生。曾入鎮江道臺幕、安徽巡撫幕。工書善詩文。著有《澄觀齋詩》《寄廬詩草》等。《晚晴簃詩匯》卷一百六十九有傳。

王毓岱（1845—1917），字海帆，一字少舫，别號舟枕山人，浙江餘杭（今屬杭州市）人。光緒二十八年（1902）補行二十六年正科、二十七年恩科舉人。早年游幕名宦，工於筆札；後流寓吴中滄浪亭畔，詩酒嘯傲；嘗入南社，童顔鶴髮，詩興猶豪。著有《精選宋論》。生平見《［光緒］餘杭縣志稿》。

光緒五年，莊元植賦《六十述懷》七律四首，親友同人遂次韵唱和以獻壽。後莊氏以『詩到先後爲序』，彙編成册。是集共收録莊元植、王毓岱、朱福清、翁慶龍等三十一位詩人酬唱詩篇一百二十三首，聯語一對。其中《倡和詩鈔》一卷，收莊元植、王毓岱、朱福清、翁慶龍等二十二位詩人的詩篇八十五首，多爲七律組詩，存有徐維城長歌一首。是集卷首有光緒六年三月王慶長序，卷尾附有莊元植於光緒五年題《聯語》一對。《和詩續鈔》一卷，收李慎觀、袁家瑞等七位詩人和詩二十九首，卷中附有李嗣泌、胡恒照、沙奇勳、劉探瀛所書祝壽信函四封。《和詩又鈔》一卷，收方長華、吴寶飴二人和詩九首，中有方長華長歌一首，餘下皆爲七律。

吴毓芬評莊元植曰：『詩追李杜羞稱宋，篆仿商周偶逮秦。』

今據南京圖書館藏本影印。（豆國慶）

不繫舟唱和稿一卷

清恒謙撰。清稿本。一册。每半葉七行，行十六字，無格。

恒謙，生卒年不詳，字世五，正紅旗（滿洲）人。歷任農安知縣、磨盤山州同、伊通知州、吉林知府等職。有《恒謙手札殘稿》。《［民國］臨榆縣志》卷三有傳。

正文首頁大題下鈐『咏春所收』『不衫不履』等印，卷末署『世五恒謙未定稿』。是集收録清光緒六年（1880）七夕至除夕間恒謙唱和詩三十三首及詞三闋。詩作五、七言皆有，多爲叠韵自和，另有九言《咏古梅》一首；詞作用調分别爲《水調歌頭》《唐多令》及《十六字令》。如其開篇詩句『漂泊真如不繫舟，年來苦海任沉浮』所示，集中詩多爲詩人感懷而發，乃客居他鄉時排遣苦悶之詞。

今據國家圖書館藏本影印。（喻夢妍、廖瑜璞）

名山福壽編一卷

清李桓、清嚴辰等撰，清徐琪輯。清光緒七年（1881）刻本。一册。每半葉十行，行二十一字，白口，單黑魚尾，左右雙邊。

李桓（1827—1891），字叔虎，號黼堂，一作輔堂，湖南湘陰（今湘陰縣）人。清道光間兩江總督李星沅三子，以蔭入仕。清咸豐五年（1855）以道員揀發江西，署廣饒九南兵備道，後歷任按察使、督糧道、布政使。著有《寶韋齋類稿》《海粟樓書目》，編有《國朝耆獻類徵》《國朝賢媛類徵》。《［光緒］湘陰縣圖志》卷十二有傳。

嚴辰（1822—1893），原名仲澤，字緇生，號達叟，浙江桐鄉（今桐鄉市）人。嚴廷鈺次子。咸豐九年進士。清同治元年（1862）散館考試中以其賦用『女中堯舜』而觸怒慈禧太后，由首列降爲第十名，改任刑部主事。後辭官歸里，籌建烏鎮立志書院并任山長，先後任桐溪書院、翔雲書院、潯溪書院主講。著有《墨花吟館詩鈔》《小夢橡館詩》等。生平見《桐溪達叟自訂年譜》。

徐琪簡介，見《文待詔書落花唱和詩》提要。

是集内封有光緒七年秋譚鍾麟題寫書名，卷前有光緒七年六月俞樾篆書題記與該月二十四日徐琪序。卷末署『仁和沈燦校字』。據知，光緒六年俞樾於右臺仙館西南隅營建書冢，聚其生平著述。李桓以蘇軾七古《石鼓歌》韵賦詩紀事，徐琪等人紛紛和之。光緒七年，汪鳴鑾、徐琪過俞樾右臺仙館小飲，復同游法相寺，於壞壁中得一斷磚，其上文有『福壽』二字，遂携之以贈俞樾。俞樾復以蘇軾《石鼓歌》韵賦詩紀事，和者數十人。徐琪輯録兩次唱和詩作，彙爲一卷。因俞樾之書藏之名山（書塚），且又得福壽之瑞（福壽磚），故合而名之爲《名山福壽編》。李桓《書塚歌》原唱、俞樾和詩二首及其《福壽磚歌》原唱等四詩列於首，馬駰良等十五人和詩十九首依次居於後。十五位和詩作者除馬駰良、錢國珍、楊馥、江澄、楊葆光五人外，王廷鼎、徐琪、鄒寶僡、鄔銓、孫瑛、陳祖昭、張大昌、張善繼、蔣學溥、倪鍾祥均爲俞樾弟子，故馬駰良五人居於和者之首，其他和作均以得詩先後爲次。十五人中，王廷鼎、徐琪、鄒寶僡、鄔銓四人均作二題，餘人各作一題。和『書塚』者十一首、和『福壽磚』者五首、和『書塚兼福壽磚』者三首。

今據國家圖書館藏本影印。（尚鵬）

蘇海餘波一卷

清李桓、清俞樾等撰，清徐琪輯。清光緒七年（1881）刻本。一册，與《俞樓詩紀》合刊。每半葉十行，行二十一字，白口，單黑魚尾，左右雙邊。

李桓簡介，見《名山福壽編》提要。

俞樾簡介，見《秋蘭詩鈔》提要。

徐琪簡介，見《文待詔書落花唱和詩》提要。

是集封面與内封均爲俞樾題簽，内封署『光緒七年暮秋，曲園題於俞樓』。卷前有光緒七年九月十七日俞樾序與該年九月九日徐琪自序，卷末署『丹徒鄒寶僡校字』。光緒七年，李桓以蘇軾《石鼓歌》韵紀書冢事，俞樾亦以此韵作《福壽磚歌》，二詩和者頗多，徐琪已彙輯爲《名山福壽編》。同人又以此韵復作他咏，徐琪彙輯爲《蘇海餘波》。古人論文，常以『蘇海韓潮』稱之。蘇軾、韓愈二人并有石鼓之作，今是集均以蘇軾《石鼓歌》韵賦詩，且前已有《名山福壽編》之刻，輯其非書冢、福壽磚二題詩作，故稱爲《蘇海餘波》。此集共收録李桓等九人詩作十三首。前六首爲一題，乃光緒七年上巳，李桓邀嚴辰、濮子僮、徐琪、楊葆光、王廷鼎、鄔銓等人於湖樓修禊，遇雨改集寓齋，觀蘇軾、周茂蘭手迹所作。李桓首唱，嚴辰、楊葆光、王廷鼎、鄔銓、吴兆麟皆有所和。接下來二首爲一題，孫家穀以蘇軾《石鼓詩》韵題李輔耀《觀潮圖》，徐琪見之有感而和詩。再接下來三首爲一題，李桓賦詩寄懷彭玉麟，王廷鼎、徐琪見而和之。其後録秦緗業詩一首，係補充《名山福壽編》吟咏書冢者。最後李桓詩爲一題，乃泛舟岳陽時，爲思念杭州諸友而作。

此集與《名山福壽編》皆用蘇軾《石鼓歌》詩韵，是蘇軾《石鼓歌》一詩乃至蘇軾文學在清代傳播與接受研究的重要資料。

今據國家圖書館藏本影印。（尚鵬）

留雲集一卷

清俞樾、清馬駟良等撰，清徐琪輯。清光緒十二年（1886）刻本。一册，與《墨池賡和》合刊。每半葉十行，行二十一字，白口，單黑魚尾，四周雙邊。

俞樾簡介，見《秋蘭詩鈔》提要。

馬駟良（1839—1921後），初名伯良，字星五，一字景樓，雲南姚州（今姚安縣）人。清同治末年，補博士弟子員。初以教書自給。後入楊玉科戎幕，剿滅杜文秀回亂有功，以道職分浙江補用。光緒年間，官浙江寧紹台道，兼海關兵備道。任内辦保甲、剔鹽弊，籌備海防。解組回鄉，遇八國聯軍侵華，遂團練鄉勇自衛。鄉居期間，致力於慈善、教育事業，賑濟貧苦，重建書院，創辦女學，提倡英語，奬掖後進。一九二一年仍在世。生性聰穎曠達，工音律，喜吟咏，著有《西征》《歸田》等集。《［民國］姚安縣志》卷二十七有傳。

徐琪簡介，見《文待詔書落花唱和詩》提要。

是集封面書名下署『光緒丁亥清明後二日越縵李慈銘題簽』，内封有光緒十二年十一月潘祖蔭題寫書名。卷前有光緒十二年十月十六徐琪序，卷末署『仁和阮達元端之校字』。光緒七年秋，李桓爲笠雲禪師築室孤山，即宋詩僧惠勤講堂故址。落成之後，同人效仿東坡送參寥子入智果院之典故，於十月九日送禪師入山，用東坡韵各賦一詩。由俞樾首唱，馬駟良、王崇鼎等十四人和之，共計五言排律十五首，皆次韵之作。後録笠雲禪師用參寥子韵答謝諸人五古一首，及李桓次韵和詩一首。

徐琪序曰：『噫！雲本無心，或去或住，而有此一留，乃與曲園先生《俞樓詩記》并傳不朽。』

今據國家圖書館藏本影印。（陳思晗、楊春妮）

墨池賡和一卷

清徐琪、清徐用儀等撰，清徐琪輯。清光緒十三年（1887）刻本。一册，與《留雲集》合刊。每半葉十行，行二十一字，白口，單黑魚尾，四周雙邊。

徐琪簡介，見《文待詔書落花唱和詩》提要。

徐用儀（1826—1900），字吉甫，號筱雲，浙江海鹽（今海鹽縣）人。清咸豐九年（1859）舉人。歷任軍機章京、總理各國事務衙門行走、大理寺少卿、太常寺少卿、工部侍郎、兵部尚書等職。著有《海鹽縣志》二十二卷、《竹隱廬詩存》等。《清史稿》卷四百六十六有傳。

是集内封題『光緒丁亥，墨池賡和，潘祖蔭』。卷前有光緒十三年四月俞樾序及同年浴佛日徐琪自序，卷末署『錢塘倪茹校字』。據知，光緒十二年秋某日，徐琪偶游廠肆，得茹菜手書楹帖，上款與徐用儀别字相合，遂贈用儀，次日用儀乃以吴錫麟楹帖回贈。徐琪紀之以詩，并次韵和徐用儀贈詩。由此，二徐唱和往還，繼而朱福詵、徐寳謙、俞樾亦參與其中，共成詩二十九首。除徐用儀、俞樾、徐琪三人各作七絶四首外，餘皆爲七律。

今據國家圖書館藏本影印。（陳思晗、楊春妮）

隴闈唱和集一卷

清楊頤、清江澍畇等撰。清光緒八年（1882）木活字本。一册。每半葉七行，行十八字，白口，單黑魚尾，四周單邊。

楊頤（1824—1899），字子异，號蓉浦，晚號蔗農，廣東茂名（今茂名市）人。清同治四年（1865）進士，選庶吉士。歷任大理寺少卿、光禄寺正卿、都察院左副都御史、兵部左侍郎、工部左侍郎等職。著有《觀稼堂詩鈔》，主纂《［光緒］高州府志》《［光緒］茂名縣志》等。《［民國］廣東通志未成稿·茂名列傳》有傳。江澍畇（1830—1892），字韵濤，江西弋陽（今弋陽縣）人。光緒三年進士，改庶吉士，授編修。歷任山東濟南知府、登州知府等職。生平見《［光緒］江西通志》卷三十二、《［光緒］文登縣志》卷一。

光緒八年，楊頤、江澍畇等主持甘肅鄉試，楊頤首唱《蘭州鎖闈即事四律》，江澍畇、譚鍾麟、陸廷黻、魏光燾、曹秉哲、方鼎録、陶模、李裕澤等八人於闈場内唱和酬答，所得詩歌彙爲是集。唱和者所作均爲七律，和者均次楊頤詩韵。據體例，九人應共作詩三十六首，然此集缺第七頁，亡佚陸廷黻詩三首，故今存三十三首。唱和詩作不僅反映了諸君於闈場中焚香選卷、衡文掄才之情境，如楊頤『披沙定有南金在，爲語同人細討論』、譚鍾麟『月白風清萬景澄，焚香選卷鑑如冰』，也表達了他們對於文治教化、邊庭安寧的希冀，如方鼎録『還朝應上昇平頌，誦讀聲中靖鼓鼙』、陶模『歐蘇韓范原同調，文治於今靖鼓鼙』，體現出闈場唱和之特點。

今據上海圖書館藏本影印。（蔣李楠）

清華唱和集一卷

清許應鑅、清闞鳳樓等撰，清許應鑅輯。清光緒刻本。一册。每半葉十行，行二十一字，白口，單黑魚尾，四周雙邊。

許應鑅（1820—1891），字昌言，一字星臺，廣東番禺（今屬廣州市）人。幼敏學，補郡學生。清咸豐三年（1853）進士。歷官江西臨江知府、河南按察使、江蘇按察使、江蘇布政使、浙江布政使等職。爲官清介自持，有『許青天』之譽。著有《晋磚吟館詩文》等。生平見俞樾《皇清誥授榮禄大夫護理浙江巡撫浙江布政使許公墓碣銘》。

闞鳳樓，生卒年不詳，字仲韓，安徽合肥（今合肥市）人。貢生。官奉賢知縣。著有《新疆大記》《六友山房詩集》。《［民國］安徽通志藝文考稿》有傳。

是集卷首有闞鳳樓《吴中薇院緑牡丹詩畫册叙》，天頭鈐『華亭封氏簣進齋藏書印』，又有汪瑞高《清華唱和集序》，卷末有查亮采《緑牡丹詩畫册後序》。據知，光緒九年（1883）暮春，許應鑅『衙齋舊植牡丹，忽放緑萼，花葉一色，洵异種也』。適許應鑅試士書院，遂以『緑牡丹』命題，繪圖徵詩，『闞仲韓司馬首唱古今體詩，吴中舊雨暨諸僚寀和者相屬』。汪序後列許應鑅『緑牡丹』七言律五首（由詩前小序知，此組詩原爲八首，此書僅録五首），詩後附汪祖亮、查亮采評語，頁眉有李眉生評語。正文始爲諸人所和詩詞。全書共收許應鑅、闞鳳樓、汪祖亮、顧文彬、俞樾、朱福清等五十二人詩詞三百一十一首，包括詩二百八十六首，詞二十五首，詩有七言絶句二十五首，七言古體一首，五言排律四首，其餘皆七律，詞多長調，皆爲吟咏『緑牡丹』之作。查亮采評許應鑅『緑牡丹』詩曰：『雖咏物小題，而貫穿百萬，出入咫尺，神明於規矩之中，寫照在丹青之外，所謂涵綿邈於尺素，吐滂沛乎寸心者耶？』

今據上海圖書館藏本影印。（王凱）

癸未重九讌集編一卷

清黎庶昌、［日本］重野安繹等撰，清孫點輯。清光緒鉛印本。一册。每半葉十行，行二十一字，白口，單黑魚尾，四周雙邊。

黎庶昌（1837—1897），字蒓齋，自署黔男子，貴州遵義（今遵義市）人。清同治元年（1862），以廩貢生上書言事，受賞識，委知縣。師事曾國藩，受古文法，與張裕釗、吴汝綸、薛福成等友善，相與講求古文義法，被目爲『曾門四弟子』。光緒二年（1876），隨郭嵩燾出使歐洲。七年，奉調任駐日大臣。十年，丁母憂歸國。十三年，復任駐日使臣。著有《拙尊園叢稿》《丁亥入都紀程》《西洋雜志》《曾文正公年譜》，編有《續古文辭類纂》《古逸叢書》《日東文宴集》等。《清史稿》卷四百四十六有傳，生平還可見夏寅官《黎庶昌傳》、葉昌熾《黎庶昌蒓齋事實》。

重野安繹（1827—1910），字士德，號成齋，日本薩摩（今鹿兒島）人。以薩摩藩士入藩校通士館，又入昌平黌，從古賀茶溪、羽倉簡堂學。維新後出仕文部省，於明治四年（1871）入修史局負責編修《大日本編年史》。明治十二年創麗澤社，對明治文運之維持貢獻甚大。創建東京大學國史學科，奠定國史學發展基礎。日本明治時期『漢文三大家』之首。日本首位『文學博士』。著有《萬國史綱》《國史綜覽稿》《國史眼》《成齋文集》《成齋遺稿》等。近藤春雄《日本漢文學大事典》有傳。

孫點（1855—1891），字君异，號聖與、頑石，别署三夢詞人，安徽來安（今來安縣）人。拔貢生。候補直隸州判。光緒八年左右入山東學政張百熙幕。光緒十三年三月、次年一月兩次東渡日本，與日本漢詩家酬唱。其中光緒十四年爲駐日公使黎庶昌隨員，整理刊印黎庶昌宴飲雅集《癸未重九宴集編》《戊子重九宴集編》《己丑宴集續編》等。光緒十七年五月十二日，於歸國船上，投海自沉。著有《歷下志游》《夢梅華館詩集》《夢梅華館日記》《嚶鳴館春風疊唱集》《嚶鳴館疊唱餘聲集》《嚶鳴館百疊集》等。生平見《［民國］安徽通志藝文考稿》、神田喜一郎《日本填詞史話》。

是編外封書名下署『古梅題字』，『古梅』乃黎庶昌之日本友人岩谷修之字，内封書名後題『黎庶昌署檢』。卷首有黎庶昌《重九讌集詩序》、重野安繹《癸未重陽宴集記》、藤野正啓《大清公使署重陽宴集序》、石川英《清館觀菊賦》。是集爲光緒九年九月九日重陽節，黎庶昌任駐日公使時，與中日友人登高宴集之唱和作品。是日，黎庶昌與重野安繹等二十一位中日友人雅集於使署西樓，其中中國文士共八位，日本友人共十三位。其時積雨初霽，秋光燦然，諸人詩酒罄歡，酬唱環疊。參與唱和者有黎庶昌、重野安繹、中村正直、岩谷修、姚文棟、黃超曾等十八人，所作詩歌共五十五首，多爲次韵之作。黎庶昌首唱《癸未重九集兩國文人作萸酒之會於使署西樓賦此起興》《即席再賦呈諸公》七律兩首，重野安繹、中村正直、岩谷修、長松幹、三島毅、龜谷行、森大來、方濬頤、陳允頤、黃超曾皆次其韵。宴中主賓款洽諧和，正如藤野正啓序中所言：『筆以代舌，調笑交謔，盡歡極愉，頹然酣醉，不知烏帽之落也。』

黎庶昌自序亦曰：『諸君子服膺聖學，經書潤其腹，韋素被其躬。國殊而道同，群離而情萃。《傳》曰：「登高能賦，可以爲大夫。」宜有以張今日之雅者。』可見當日之盛况。

今據上海圖書館藏本影印。（張媛穎）

同根草四卷

清屈茝纕、清屈蕙纕撰。清光緒二十九年（1903）刻本。二册。每半葉十行，行二十四字，黑口，單黑魚尾，四周單邊。

屈茝纕（1854—1944），字雲珊，浙江臨海（今臨海市）人。屈蕙纕姊，葛咏裳繼室。著有《紉秋樓詩文叢》。《全清詞鈔》卷三十四有傳。

屈蕙纕（1860—1932），字逸珊，浙江臨海（今臨海市）人。王咏霓繼室。民國十年（1921）創辦黄岩縣立崇誠女子高等小學，任校長。後又創辦女子師範講習所。自幼工於吟咏，與姊茝纕唱和，成《同根草》二卷。另著《含青閣詩草》三卷，《詩餘》一卷。《全清詞鈔》卷三十四有傳。

是集外封寫明《同根草》爲屈茝纕、屈蕙纕姐妹閨中唱和之作，另有屈茝纕出閣後，屈蕙纕所著《含青閣詩草》同版付梓。卷首有光緒二年九月十六毛祥麟《同根草序》、光緒二十九年六月朱謙光《同根草叙》、郭傳璞題詞七絶四首。共收詩四百四十六首，其中屈茝纕詩一百七十一首，屈蕙纕詩二百七十五首。内容多寫景咏懷，體裁多七言絕句與律詩。唱和形式多樣，次韵、同題、和意等皆有。另有多首與其他師友唱和之作，如蕙纕《和素士先生暑月大雨感而有賦原韵》，茝纕《和戚少鶴師丹崖登高原韵二首》以及蕙纕《同和二首》等。卷末以蕙纕《懷雲姊》一詩作結。

毛祥麟序曰：『予受而讀之，覺韵致天然，若新篁之甫炙，奇花之初胎。《離騷》之音，淵源三百，屈君之家學在是而兩媛得之，故美人香草餘韵猶存歟？』

今據上海圖書館藏本影印。（苑麗麗）

雪堂倡和集三卷

清鄧琛、清殷雯、清張承祜撰，清鄧琛輯。清光緒刻本。一册。每半葉十行，行二十一字，黑口，無魚尾，四周雙邊。

鄧琛（？—1891），字獻之，號雪堂，湖北黄岡（今黄岡市）人。清道光二十三年（1843）舉人。曾任蒲縣、介休知縣，官至刑部郎中。晚年講學問津書院、河東書院。以詩書畫名於世，爲『清末黄岡七子』之一。著有《荻訓堂詩鈔》。《［乾隆］蒲縣志》卷六有傳。

殷雯，字東坪，一字子犖，號秋潭老漁，湖北黄岡（今黄岡市）人。光緒二十年（1894）舉人。曾入張之洞幕府，充自强學堂教習，編譯西書，又嘗爲潛江傳經書院山長。博涉群書，詩文名播江漢，爲『清末黄岡七子』之一。著有《東坪詩鈔》《東坪文鈔》。《湖北文徵》第十二卷、李森林編《問津人物》鄉賢部有傳。

張承祜，原名翊辰，字次常，湖北麻城（今麻城市）人。曾受張之洞賞識，肄業經心書院。光緒十一年拔貢。翌年朝考，授直隸同知銜。五十年間，歷知臨潁、新鄭、太康、諸、嘉、淇、延津、商城等縣。善詩文、書法。著有《敦夙好齋集》八卷。《〔民國〕麻城縣志前編》卷九有傳。

是集由時任黃岡縣學教諭楊守敬題寫書名，卷首有殷雯序。光緒八年，黃州知府英啓設志館，主修府志，鄧琛、殷雯、張承祜等人預其事。光緒九年夏五月，英啓以志館湫隘，命鄧琛移居東坡雪堂。鄧琛有感於四十年後再至雪堂，作《移居雪堂詩并序》，殷雯、張承祜等人和之。鄧琛居雪堂期間，『暇輒要同劇飲，燒燈覓句』，頻開雅集，與殷雯、張承祜諸人叠相唱和，後裒三人所作詩爲《雪堂唱和集》三卷，卷上收鄧琛詩四十一首，卷中收殷雯詩四十一首，卷下收張承祜詩二十二首，共計一百零四首。其詩以七律爲主，七絶、七古亦相間作，多寫會飲之樂、游賞之趣與祖餞之懷，往往一韵一步，興酣時至有再三叠次者。如鄧琛《九日赤壁》一題，殷雯曾叠韵四首以和；殷雯《送鄭德夫葆清之官皖省》詩，鄧琛亦叠至三首。鄧琛時以刑部郎中致仕鄉居，而殷雯爲黃州府學優廪生，張承祜爲麻城縣學選拔廪生。前輩後學之交，堪稱佳話。

殷雯序稱此唱和曰：『一篇之出，不必同工；一題之拈，不必互見。要其塗歸有在，罔戾厥衷。并付麻紗，各申愉慨。』

今據國家圖書館藏本影印。（陳思晗、楊春妮）

同文集一卷

日本向山榮、日本長岡護美等撰，清黄超曾輯，清陳洙重選。民國八年（1919）陳氏刻《房山山房叢書》本。一册。每半葉十一行，行二十三字，下黑口，單黑魚尾，左右雙邊。

向山榮（1826—1897），號黄村，日本江户（今東京市）人。初從千阪莞爾學，後入昌平黌，曾爲幕府駐法國公使。善詩，宗蘇東坡。明治維新後在東京結晚翠吟社。著有《游晃小草》《景蘇軒詩鈔》。近藤春雄《日本漢文學大事典》有傳。

長岡護美（1842—1906），字雲海，日本熊本（今熊本縣）人。熊本藩藩主細川齊護第六子，明治皇后之兄，封子爵，是日本明治時期重要人物。留學英美，歷任駐荷蘭公使、高等法院陪審官、貴族院議員等。明治十三年（1880）創立興亞會，倡導『興亞論』，擔任過日本東亞同文會副會長、興亞會會長、亞細亞學會會長、東亞同文學院院長，爲近代中日交流作出了重要貢獻。著有《雲海詩鈔》《南清游草》。生平見朱壽朋《東華續録》（光緒朝）。

黄超曾，生卒年不詳，字吟梅，崇明（今屬上海市）人。縣學生，援例授同知。工詩文，擅丹青。嘗從黎庶昌使日本，與其國人士交甚歡，唱酬無虚日。著有《東瀛游草》《吟梅先生集外詩》。《［民國］崇明縣志》卷十二有傳。

陳洙，生卒年不詳，字杏川，號珠泉，别號清華道人，江蘇江浦（今屬南京市）人。貢生。清光緒三十一年

（1905）應聘入江南製造局任總辦，先後參與《談氣爆藥新書》《美國憲法纂釋》《礦學考質》等書的翻譯、潤色、校勘。著有《怡松軒金石偶記》，輯有《房山山房叢書》。來新夏《清代目録提要》有傳。

是集卷首有民國八年閏八月江浦陳洙序。據知，光緒年間，黄超曾嘗從黎庶昌使日本，『與日人士酬唱歡洽，有《同文集》之編』。辛亥之後，陳洙『删存其半，重刊餉世』。全書共收向山榮、長岡護美、龜谷行、城井國綱、關根桑、岩谷修等四十一位日本詩人詩作七十七首，詩體以七言絶句和七言律詩居多，次韵爲主，大都爲寫給黄超曾的酬贈之作。

今據上海圖書館藏本影印。（王凱）

山海題襟集不分卷

清錢國祥、清江標等撰，清錢國祥輯。清末式詁堂紅格鈔本。一册。每半葉十行，行二十一字，黑口，單黑魚尾，四周單邊，紅格。

錢國祥（1835—1908），字乙生，號南泉，一作南錢，又號乙仲氏，江蘇吳縣（今屬蘇州市）人。錢辰次子。師從蔣德馨、俞樾。廩貢生，候選訓導。清光緒十七年（1891），任上海製造局兼翻譯館校勘，教習廣方言館、畫圖館工藝學徒，從事十年，造就甚衆。著有《南錢文稿》《乙仲氏詩集》《式詁堂詩稿》《錢國祥日記》等。《［民國］吳縣志》卷六十六有傳。

江標（1860—1899），字建霞，一作建赮，號師鄦，又號萱圃，江蘇元和（今屬蘇州市）人。光緒十五年進士，選庶吉士，授編修。光緒二十年任湖南學政，提倡新學，協助巡撫陳寶箴推行新政，戊戌政變以黨錮卒於家。著有《黄堯圃年譜》《紅蕉詞》等，輯刊《靈鶼閣叢書》。生平見葉昌熾《江標建福事實》、胡思敬《江標傳》。

是集卷首有光緒十六年五月萬立鈞序，及光緒二十四年十月錢國祥所記作者姓氏爵里。據序可知，錢國祥『嘗於八閩山左幕中，裒其所作暨友朋唱和，彙爲《山海題襟集》』。集中作品大致爲光緒九年至光緒十三年所作，凡三十三家，收詩二百三十三首，以詩之先後爲次。以和韵計，大概分爲七場唱和。第一場用江標組詩《魯游紀事詩》韵，尾字押『津』『烟』『安』『歌』四字，共得五律七十二首。第二場用錢國祥《曉發麻沙重至建陽》詩韵，尾字押『暉』字，共得七律三十七首，其中錢國祥九叠原韵。第三場用江湜《春風樓題壁》詩韵，尾字押『時』字，共得七律十三首。第四場用汪鳴鑾《臘八粥》組詩韵，尾字押『甜』『岩』二字，共得七律三十六首。第五場用程祚昌《除夕見贈》詩韵，尾字押『如』字，得五律二十二首。第六場用陸懋珍《蓮子湖頭不系舟四首》韵，陸氏原作爲七言絶句四首，尾字分押『游』『流』『秋』『溝』四字韵，錢國祥次韵三首，尾字分押『游』『秋』『溝』三字。第七場用程秉釗《博羅道中》詩韵，尾字押『星』字，共得七律四十六首。

萬立鈞序稱：『其中更迭唱和，奪隘争新，如滄海奇流，層峰叠翠。』可見當時文采風流。

今據國家圖書館藏本影印。（王春、尚鵬）

臘八唱和一卷曹南佳話一卷

清汪鳴鑾、清陸爾昭等撰，清錢國祥輯。稿本。一册。每半葉九行，行二十一字，黑口，單黑魚尾，四周雙邊，藍格。

汪鳴鑾（1839—1907），字柳門，號郎亭，浙江錢塘（今屬杭州市）人。清同治四年（1865）進士，選庶吉士，授編修。歷官陝甘、江西、廣東等省學政，及工部侍郎、吏部侍郎、五城團防大臣、總理各國事務衙門大臣等職。清光緒二十一年（1895）革差，永不叙用。歸後主講杭州詁經精舍、敷文書院。精於説文之學，能篆書。著有《郎亭書目》《能自彊齋文稿》《寒松閣談藝録》等。生平見《清史稿》卷四百四十二、葉昌熾《清誥授光禄大夫吏部右侍郎柳門公墓誌銘》。

陸爾昭，生卒年不詳，號惕身，江蘇陽湖（今陽湖縣）人。光緒八年舉人。歷任候選訓導、代理餘杭知縣、江山知縣等職。生平見《［光緒］武陽志餘》卷八、《［光緒］餘杭縣志稿》。

錢國祥簡介，見《山海題襟集》提要。

《臘八唱和》一卷，爲光緒十年汪鳴鑾與各地方官員共度臘八，以臘八粥爲題唱和之詩集。是集共收汪鳴鑾、陸爾昭、嚴文瀾、步鳳鳴、江標、梅啓熙、錢國祥等二十三人唱和詩一百一十六首。由汪鳴鑾首唱，其餘二十二人皆和其『甜』『鹹』韵。

《曹南佳話》一卷，乃諸友以詩贊魏丹之子十歲通六經、工吟咏，有神童之稱而成。是集共收魏丹、嚴興傑、劉雙秀、何福絟、侯斌、錢國祥等十八人詩詞共二十七首，其中詩二十四首，詞三首。

今據上海圖書館藏本影印。（張媛穎、王凱）

詩夢鐘聲録一卷

清李嘉樂、清龔易圖等撰。清光緒刻本。一册。每半葉十行，行二十字，白口，單黑魚尾，左右雙邊。

李嘉樂，生卒年不詳，字憲之，一字德申，河南光州（今潢川縣）人。清同治二年（1863）進士，改庶吉士，授編修。歷官福建道御史、江蘇按察使、江西布政使等職。著有《仿潛齋詩鈔》《齊魯游草》等。《晚晴簃詩匯》卷一百六十一有傳。

龔易圖（1835—1893），字藹仁，號含真，福建閩縣（今屬福州市）人。清咸豐九年（1859）進士。歷官濟南知府、江蘇按察使、廣東布政使、湖南布政使等職。通禪理，工詩文，擅書畫，喜藏書。著有《烏石山房詩存》。《［民國］閩侯縣志》卷六十八有傳。

是集卷首有俞樾序、清光緒十九年（1893）六月榮廷序，序後附《詩夢鐘聲録姓氏》，卷末有李嘉樂跋。光緒十一年春，時李嘉樂任江蘇按察使。閑暇之餘，與其僚友及邦之賢士大夫於吴地名園中結修梅詩鐘社，『喜以二題之絶不相類者合作一聯，又以二字之絶不相類者分置一聯中，而又用竟陵王故事，刻燭成詩，限以晷刻』。是年五月，李嘉樂改任江西布政使，將去姑蘇，將數月間吟咏之作輯爲《詩夢鐘聲録》。該集共收李嘉樂、龔易圖、姚覲元、潘祖同、洪鈞、龔壽圖、吴承潞、朱福清、蔡世保、沈玉麒、惲炳孫、彭翰孫、榮廷十三人詩鐘六百一十五對，涉及九十四個主題，包括嵌字體和分咏體兩種詩鐘體制。其中，嵌字體除鳳頂格、燕頷格、鳶肩格、蜂腰格、鶴膝格、鳧脛格、雁足格七種正格外，還包括蟬聯格、雙鈎格、碎錦格、碎流格、魁斗格、鴻爪格、五四捲簾格、三四轆轤格八種别格，詩鐘體制可謂十分豐富。

俞樾《詩夢鐘聲録》序云：『余按劉彦和《文心雕龍·麗辭篇》云：「言對爲美，貴在精巧；事對取先，務在允當。」今觀此編，或則言對，或則事對。以二題爲一聯，所謂事對也，既允當如此；以二字爲一聯，所謂言對也，又精巧如彼。雖劉彦和見之，亦必許爲玉潤雙流矣。』

今據南京圖書館藏本影印。（王凱）

泮林唱和集一卷

清馬先登、清葉伯英等撰，清馬先登輯。清光緒十一年（1885）同州馬先登敦倫堂刻本。一册。每半葉十行，行二十三字，白口，單黑魚尾，左右雙邊。

馬先登（1807—？），字伯岸，號龍坊、告存漫叟，陝西大荔（今屬渭南市）人。清道光二十七年（1847）進士。歷任陽武、永寧知縣，纍官至開封知府，加鹽運使銜。著有《勿待軒文集存稿》《勿待軒詩集存稿》《勿待軒詩話存稿》《歸田聯咏隨筆》《護送越南貢使日記》《再送越南貢使日記》等，編刻有《關西馬氏叢書》。生平見《漫叟自訂年譜》、《［民國］續修大荔縣志稿》卷十。

葉伯英（1825—1888），字孟侯，號冠卿，安徽懷寧（今屬黄山市）人。附貢生。歷任户部主事、直隸清河道、陝西按察使、陝西布政使、陝西巡撫等職。著有《文廟禮樂録》《關中書院課藝學齋日記》等。《［民國］懷寧縣志》卷十八有傳。

是集内封右上書『光緒乙酉鎸』，中題署名，左下署『敦倫堂藏板』，卷前有光緒十年十月十七日鞠捷昌序，卷後有馬先登跋語二篇。據知，道光五年，馬先登進學爲生員，至光緒十一年已有六十年，遂依當時科舉禮儀『重游泮水』，即在一甲子後重舉生員入學儀式，并作重游泮水感懷詩七律二首，遍邀同人和之，爲其邑留下儒林佳話。是集共收録馬先登原唱七律二首、葉伯英等三十八人和詩九十五首、馬先登第一篇跋語後所附叠原韵詩二首。其中屠佩泗、李廷瀛、朱續馨、曹謙四人兩叠原韵作詩四首，易鳳翥三叠原韵作詩六首，殷允中四叠原韵作詩八首，穆偉作七古一首，張禄堂次原韵二首并作不和韵詩二首。解登瀛、張箴、宋佑文、張鏡堂、王法齡、黨述六人詩作均不和韵。其餘諸人皆次韵賦詩二首。

是集沿襲重游泮水唱和詩作之舊例，頌高壽，揚科名。馬先登稱：『渥荷諸大雅惠賜和章，率皆音韵鏗鏘，句意嚴整，百變而不離其中，猗歟盛哉！』

今據國家圖書館藏本影印。（尚鵬）

絮庭酬唱集一卷

清朱家驊、清朱家駒等撰，清朱家驊輯。清光緒十三年（1887）刻本。一册。每半葉十行，行二十一字，白口，單黑魚尾，左右雙邊。

朱家驊（1853—1927），一名朱韵華，字雲逵，號粥叟、天香深處客、心岫詞人，奉賢（今屬上海市）人。庠生。工詩。著有《天香簃詩存》。生平見蔡卓勳《天香簃詩存序》。

朱家駒（1857—1942），字昂若，一字廷良，號吟薇、遯庵、遯叟，謚端毅，奉賢（今屬上海市）人。光緒五年舉人。十六年任肇文、文游書院講席。清宣統元年（1909）任江蘇省諮議局議員。工詩詞，善書法。吴昌碩評其書法『名重藝林，求者踵接』。著有《聞妙香齋詩存》《稀齡唱和集》《重游泮水唱和集》等，分纂《江蘇通志》。生平見唐文治《奉賢朱遯叟先生家傳》。

是集内封有陳鵬翀題寫書名，牌記題『光緒十三年仲秋月開雕』。卷首有光緒十三年四月中旬朱家駒序。卷末有朱家驊跋語。末頁左下角鎸『松江華署東首杜文魁齋錦濤刻刷』。朱序曰：『《絮庭酬唱集》者，仙瀛畫舫生暨吟素月女史與余兄弟閑中贈答之作也。歲丁亥暮春之初，余偕雲哥步訪畫舫於杜曲。』可知此次唱和之時間與由來。卷中作者僅署雅號，經初步考證，爲朱家驊（天香）、朱家駒（吟薇）、朱家騏（跨虹）、張辰（畫舫）、康漪（素月）、朱伯良（昨非）。是集收録此六人詩詞二百六十首，其中詩二百四十六首，詞十四首。詩詞多次韵。六人中，康漪是張辰繼妻，張辰原配爲朱氏女，故康漪呼朱家驊、朱家騏、朱伯良爲兄，呼朱家駒爲弟，彼此姻親往來，且交情深厚，故集中所收詩多留别勸慰、贈答戲謔之作，情感真摯深切、細膩動人。

今據南京圖書館藏本影印。（喻夢妍、廖瑜璞）

嶽游唱和集一卷

清釋敬安、清吴嘉瑞撰。清光緒十四年（1888）刻本。一册。每半葉十行，行十八字，黑口，雙黑對魚尾，左右雙邊。

釋敬安（1852—1912），字寄禪，俗姓黄，名讀山，出家後名敬安，别號八指頭陀，一作八指杜多，湖南湘潭（今湘潭縣）人。清同治七年（1868）投湘陰法華寺出家。光緒三年秋，在阿育王寺佛舍利塔前燒去左手二指并剜臂肉燃燈供佛，因自號八指頭陀。後歷任衡陽羅漢，衡山上封、大善，寧鄉溈山，長沙神鼎、上林諸寺主持，晚年主寧波天童寺。一九一二年，任中華佛教總會首任會長。是年冬，圓寂於北京法源寺。著有《嚼梅吟》《白梅詩》《八指頭陀詩集》《八指頭陀詩續集》。生平見馮毓孳《中華佛教總會會長天童寺方丈寄禪和尚行述》、《清四明天童寺沙門釋敬安傳》。

吴嘉瑞，生卒年不詳，字吉符，號雁舟，又號寶覺居士，湖南長沙（今長沙市）人。光緒十五年（1889）進士，授編修。曾任雲南正考官、會試同考官。光緒二十四年在貴州省成立『仁學會』，傳播維新思想。二十八年任都匀知府，二十九年任思州知府，創辦思州官立中學堂。三十一年到日本考察學務。三十三年任大定知府。清宣統三年（1911）任貴東道。後加入貴州自治學社，任學社的法政學堂監督。一九一一年十一月，貴州宣布獨立，任貴州軍政府古州分府副都督。後回湖南發起成立佛學會，任會長。一九一六年七月至一九一七年十月，任湖南省政府民政廳長。《貴州省志》第二編有傳。

光緒十三年九月，釋敬安陪吴嘉瑞游南嶽衡山，唱和之作都爲一帙，成《嶽游唱和集》。是集内封有徐樹鈞篆文題寫書名，牌記題『光緒十四年戊子春正月校刊』，卷首有《嶽游圖》一幅，其後有光緒十四年十月十六黄彝凱《叙》并陳三立、張祖同、袁緒欽、羅正鈞、程頌萬五人題詞，卷末有光緒十四年九月黄彝壽跋。該集共收詩二十六首，釋敬安與吴嘉瑞各作十三首，以五古爲主，皆寫景紀游之作，多佛禪之思、自然之趣。

陳三立評價二人之詩曰：『居士詩意理精妙，合真康樂；頭陀詩神衺雄渾，植體泉明。南維盤盤，得兹贊頌，當有靈精下視。』

今據國家圖書館藏本影印。（王天覺）

舊雨聯吟一卷

清葉衍蘭、清張鳴珂等撰，清易順鼎輯。清光緒十四年（1888）秋夢庵刻本。一册。每半葉九行，行二十一字，白口，雙黑對魚尾，四周雙邊。

葉衍蘭（1823—1897），字南雪，號蘭臺，廣東番禺（今屬廣州市）人。清咸豐六年（1856）進士，改庶吉士。歷官户部主事、軍機章京。晚年主南海各書院講席。著有《清代學者像傳》《海雲閣詩鈔》《秋夢庵詞鈔》等。譚獻以其詞與沈世良、汪瑔詞彙刻爲《嶺南三家詞鈔》。《［宣統］番禺縣續志》卷二十有傳。

張鳴珂簡介，見《春柳唱和詩》提要。

易順鼎（1858—1920），字中實，一作仲碩，一字實甫，號眉伽，别號哭庵，湖南龍陽（今屬漢壽縣）人。光緒元年舉人，湖廣總督張之洞延主兩湖書院講席。甲午間兩度赴臺灣助劉永福抗日。歷官廣西右江道、太平思順道、臨安開廣道、欽廉道、廣肇羅道等。袁世凱稱帝時，任印鑄局局長。帝制失敗後，縱情青樓。工詩，與樊增祥齊名稱『樊易』。著有《丁戊之間行卷》《四魂集》《琴志樓游山詩》等。生平見陳衍《易順鼎小傳》。

是集牌記題『秋夢盦刊』，卷首有光緒十四年十二月除夕前五日易順鼎序。該集收録葉衍蘭與八位友人咏物酬唱詩作四十九首，皆爲七言律詩，風格細膩纏綿，婉轉綺麗。分爲兩題，一題爲葉衍蘭所作《鴛鴦十二首》，情文相生，膾炙人口。《[宣統]番禺縣續志》記載：『衍蘭以咏鴛鴦得名，人以崔珏比之。』在當時唱和者甚多，此集依次收録張鳴珂、劉光煥、王人文和作各四首，譚獻和作一首，多不次原唱之韵。一題爲葉衍蘭首唱《游絲四首和友人作》，汪瑔、徐琪、易順鼎、蔡世佐、許善長同作和詩各四首，其中易順鼎、許善長之作次葉衍蘭原詩韵。

易順鼎稱葉衍蘭詩作曰：『非止體物瀏亮，抑亦緣情綺靡。風流哀怨，獨出冠時。』

今據上海圖書館藏本影印。（郭繁榮、吴志敏）

戊子重九讌集編一卷

清黎庶昌、日本長岡護美等撰，清孫點輯。清光緒鉛印本。一册，與《枕流館宴集詩編》合刊。每半葉十行，行二十一字，白口，單黑魚尾，四周雙邊。

黎庶昌簡介，見《癸未重九讌集編》提要。

長岡護美簡介，見《同文集》提要。

孫點簡介，見《癸未重九讌集編》提要。

是編内封書名後題『黎庶昌署檢』。卷首依次列：光緒十四年（1888）九月十二日孫點《例言六則》、孫點《重九讌集記》、九月九日島田重禮《上黎公使書》、九月十日蒲生重章《重陽讌集記》、矢土勝之《大清節署戊子重陽讌集序》、小牧昌業《戊子重九讌集詩序》、井上陳政《重陽讌集序》。光緒十四年九月九日重陽節，黎庶昌再駐日本東京，於霞關節署設萸酒之宴，與都下文儒樽罍酬唱，賓主共三十二人。其中，參與唱和者二十六人，中國文士八位、日本友人十八位，共得唱和詩歌六十三首。黎庶昌首唱《戊子九日宴諸名人於使署即席成此爲諸公先引并以博粲》，岩谷修、重野安繹、神波桓、石川英、陳榘、劉慶汾、孫點七人皆次其韵。其中石川英一人次韵五首，其餘各次一首。黎庶昌又作《拙詩諸君皆有和章即席賦謝》，重野安繹、三島毅、南摩綱紀、宮島誠一郎、向山榮、岡千仞、劉慶汾、孫點八人再次其韵。座中饗宴豐美，賓主更相疊唱，實乃一時之盛會。矢土勝之序謂黎庶昌此讌集曰：『往登其署，則率幕僚迎接，其容温、其情真，使賓客各罄歡。而幕僚諸士皆雋秀有文，一獻一酬，一唱一和，觴咏之盛，所未曾聞也。』

今據上海圖書館藏本影印。（張媛穎）

枕流館宴集詩編一卷

日本南摩綱紀、日本岡千仞等撰，清孫點輯。清光緒鉛印本。一册，與《戊子重九讌集編》合刊。每半葉十行，行二十一字，白口，單黑魚尾，四周雙邊。

南摩綱紀（1823—1909），字士張，通稱八之丞、三郎，號羽峰，日本會津（今屬福島縣）人。曾就學於昌平黌，詩文俱佳。後爲東京大學教授，并爲宫中講解經書，被推舉爲帝國教育會名譽會長、日本弘道會副會長。南摩之學，以朱子學爲宗，兼采諸家，以期中正。詩以杜甫爲宗。能書。著有《環碧樓遺稿》《内國史略》《追遠日録》等。近藤春雄《日本漢文學大事典》有傳。

岡千仞（1833—1914），字振衣，通稱啓輔，號鹿門，日本仙臺（今仙臺市）人。早年就學於昌平黌。歷任仙臺養賢堂教授、東京府學教授，修史館協修，東京圖書館館長。明治十七年（1884）曾來中國游歷，訪問李鴻章，陳述革新中國政治的意見。著有《藏名山房初集》《藏名山房雜著》等。近藤春雄《日本漢文學大事典》有傳。

孫點簡介，見《癸未重九讌集編》提要。

是編内封題『枕流館宴集編，黎庶昌署檢』。卷首有重野安繹《枕流館宴集序》、星野恒《枕流館宴集引》、蒲生重章《枕流館雅集記》、孫點《枕流館宴集記》。清光緒十四年八月二十九日（1888 年 10 月 4 日），重野安繹、井上陳政等人設宴於濱街之枕流館，賀黎庶昌再任駐日公使，賓主唱和，以成是集。與會者共二十四人，參與唱和者十三人，其中日本友人共六位，爲南摩綱紀、岡千仞、岩谷修、向山榮、三島毅、龜谷行；中國文士共七位，爲黎庶昌、陳榘、錢德培、徐致遠、劉慶汾、陶大鈞、孫點。共收詩歌二十八首，多次韵之作。如岡千仞《枕流館勝集賦呈黎大使乞政》詩，陳榘、徐致遠、劉慶汾、孫點次其韵；黎庶昌《重野成齋邀同漢學諸公宴余於枕流館即席賦此博粲》詩，三島毅、孫點次其韵，龜谷行和其韵。座中諸人詩酒相酬，情誼藹然。

孫點記此次讌集曰：『言笑宴宴，酬酢永日。館臨墨江，風帆在望，雲樹隱約，波紋沄沄。顧視斜日，映照酡顔，歸鴉成陣，咿呀賡答。語聲、笑聲與管弦聲、宛轉歌聲參雜其間，而不復能辨。主賓歡暢，漏二下始各散。』

今據上海圖書館藏本影印。（張媛穎）

紫泥酬唱集一卷

清樊增祥、清黄彭年撰，清樊增祥輯。清光緒十九年（1893）渭南縣署刻《樊山集》本。一册。每半葉十二行，行二十三字，黑口，單黑魚尾，左右雙邊。

樊增祥（1846—1931），字嘉父，號雲門，别署樊山，晚號鰈翁、天琴老人，湖北恩施（今恩施土家族苗族自治州）人。光緒三年進士。歷任陝西宜川縣令、渭南縣令、陝西按察使、浙江按察使、江寧布政史等職。辛亥革命後，避居上海，專心著述。民國四年（1915）移居京師，出任袁世凱政府參政。與周樹模、左紹笏并稱『楚中三老』。工詩善文，詩格綿密艷麗，用典精工，有『樊美人』之稱。著有《樊山政書》《樊山公牘》《樊山集》《續集》《時文》《樊山集外》等。生平見王森然《樊增祥先生評傳》，錢海岳《樊樊山方伯事狀》，蔡冠洛《樊增祥傳》，程翔章、程祖灝《樊增祥年譜》，薛超睿《樊增祥傳論》。

黄彭年（1823—1891），字子壽，號陶樓，貴州貴築（今屬貴陽市）人。清道光二十五年（1845）進士，選庶吉士，授編修。歷任湖北安襄鄖荆道、糧儲道、湖北按察使、江蘇布政使、湖北布政使等職。著有《東三省邊防考略》《金沙江考略》《銅運考略》《陶樓文鈔》《陶樓詩鈔》《紫泥日記》等。生平見陳定祥《清黄陶樓先生彭年年譜》、姚永概《黄子壽先生墓表》、《清史稿》卷四百三十四、《［民國］貴州府志》人物志三。

光緒十五年，黄彭年出任江南鄉試監臨，樊增祥受邀從旁協助，期間兩人更唱叠和，後樊增祥輯録爲《紫泥酬唱詩》一卷。是集起於鄉試前，黄彭年道過上海，以詩向樊增祥索和；止於鄉試後，黄彭年勘察徒陽水利，樊增祥和詩送別。《紫泥酬唱詩》爲樊增祥《樊山集》第十四卷，依據別集編纂之體例，黃彭年原作附於樊增祥詩作後。是集收録樊增祥詩作五十二首，黃彭年詩作三十首。《紫泥酬唱詩》延續鎖院唱和傳統，以鄉試流程、場景爲唱和内容，全面展現江南鄉試之實景。

今據國家圖書館藏本影印。（尚鵬）

嚶鳴館春風疊唱集一卷

清孫點撰。清光緒十五年（1889）鉛印本。一册。每半葉十行，行二十三字，白口，單黑魚尾，四周雙邊。

孫點簡介，見《癸未重九讌集編》提要。

是集内封書名左側署『孫君昇著，岩谷修題』，牌記鎸『光緒己丑夏仲用聚珍版印於日東槎次』。卷首有傅雲龍序、光緒十五年四月中旬徐廣坤序、四月初四日蹇念恒序、三月中旬陳榘序、五月下旬石川英序、五月二十四日矢土勝之序。正文大題下鈐『孫君昇海外藏』印。光緒十五年二月二十二日，清朝駐日公使黎庶昌於紅葉館開春季親睦會。期間黎庶昌首賦七律一章，與會諸人以險韵難和，回應者寥寥。孫點席間次韵四首，後又陸續疊韵，積至二十四首。孫點將二十四首疊韵詩及參會者評跋五十篇輯爲《嚶鳴館春風疊唱集》一卷。二十四首疊韵詩後，附光緒十五年三月十三日孫點識語。卷末附中日朝五十家評跋，其中中國有黎庶昌等十六家，朝鮮有金嘉鎮一家、日本有伊藤博文等三十三家。孫點二十四首疊韵詩以分贈友人爲主，兼顧述懷、紀事、感時、論詩等話題，此舉頗有騁才炫技之意。

陳榘稱孫點二十四首叠韵詩曰：『凡記事記言，議政讀史，贈友懷人，皆殽列於廿四叠韵中。無韵不響，無語不新，如奇山异溪，争妍獻媚，層出無窮。既可啓觀者之心思，亦足知騷人之腹笥矣。』日本小山朝弘亦言：『今君异先生和至二十四首之多，詩膽之大，才調之美，真可驚异矣。』

今據上海圖書館藏本影印。（尚鵬）

嚶鳴館叠唱餘聲集一卷

清孫點、清徐少芝等撰，清孫點輯。清光緒十五年（1889）鉛印本。一册。每半葉十行，行二十三字，白口，單黑魚尾，四周雙邊。

孫點簡介，見《癸未重九讌集編》提要。

徐少芝，字致遠，江蘇六合（今屬南京市）人。生平不詳。

光緒十五年春，孫點刊成《嚶鳴館春風叠唱集》後，分贈中外親友。是年冬，孫點彙輯夏秋間續叠《嚶鳴館春風叠唱集》詩韵八首與徐少芝等二十位親友所贈次韵詩作五十九首，刊刻爲《嚶鳴館叠唱餘聲集》一卷。是集内封書名左側署『孫君异著，中秋梧竹題』，卷首有光緒十五年十一月孫點自序，卷末有佐藤雲韶《書嚶鳴館春風叠唱集後》。是集一分爲二：一爲孫點叠韵詩作八首，承《嚶鳴館春風叠唱集》二十四叠韵後，依次署『二十五』至『三十二』叠；二爲徐少芝等二十位親友叠韵詩作五十九首，多爲孫點岳父劉伯符官江蘇丹陽時，偕子弟賓朋所作，其中夏寶泰所作達十四首。

佐藤雲韶《書嚶鳴館春風疊唱集後》稱孫點詩曰：『其詩或雄渾偉麗，如房杜之相業；或格律謹嚴，如李靖、李勣部勒三軍；其縱横放逸者，如秦叔寶、尉遲敬德陷敵陣，同工异曲，諸體畢備，非才調之美，詩膽之大，烏能如此。』

今據上海圖書館藏本影印。（尚鵬）

嚶鳴館百疊集一卷

清孫點撰。清光緒十六年（1890）鉛印本。一册。每半葉十行，行二十三字，白口，單黑魚尾，四周雙邊。

孫點簡介，見《癸未重九讌集編》提要。

《嚶鳴館百疊集》乃繼《嚶鳴館春風疊唱集》《嚶鳴館疊唱餘聲集》後，孫點刊刻的第三部以『嚶鳴館』命名之唱和詩集。是集外封及内封書名後皆署『古梅修題』，『古梅』乃黎庶昌之日本友人岩谷修之字。牌記署『君异使東十種之一，光緒庚寅秋仲用聚珍版印行』。卷首有光緒十六年閏二月黎庶昌序、八月廿六日江標序、十一月西島醇序、該年秋海鹽陳明遠序，及孫點編《嚶鳴館百疊集目録》，石英畫《嚶鳴館覓句圖》，孫點自題《百字令》詞一闋，余誠格所撰《余序》。卷末有明治二十三年（1890）十月日本秋葉斐《書嚶鳴館百疊集後》。是集收録孫點光緒十六年春季詩會時步黎庶昌舊韵和詩六十八首，加之《嚶鳴館春風疊唱集》與《嚶鳴館疊唱餘聲集》所載三十二首，共得百首，故名。其中前二十四首爲《嚶鳴館春風疊唱集》所收全部詩歌，第二十五首至三十二首收入《嚶鳴館疊唱餘聲集》。

黎庶昌評價是集道：『選詞命意，愈出愈奇，蓋極詩家鈎心鬥角之能事矣。』今據南京圖書館藏本影印。（王天覺）

櫻雲臺讌集詩文一卷

清黎庶昌、清陳明遠等撰。清末鉛印本。一册。每半葉十行，行二十三字，白口，單黑魚尾，四周雙邊。

黎庶昌簡介，見《癸未重九讌集編》提要。

陳明遠（？—1920），字哲甫，號銷翁，浙江海寧（今海寧市）人，一説浙江海鹽（今海鹽縣）人。廪貢生。清光緒年間以道員候補廣東。曾隨徐承祖、黎庶昌出使日本，爲使館參贊。又督辦黔南礦務。民國後寓居上海，曾加入文學團體希社。工詩文，擅書法。生平見《大清縉紳全書》。

光緒十六年（1890），黎庶昌時任駐日大使，每逢佳節，遂與中、日友人集結宴飲，酬唱贈答。三月三日，黎氏招同人集於紅葉館，張文字飲。出於禮節，四月八日，日本長岡護美、重野安繹在上野櫻雲臺回請黎庶昌及其僚屬觀景賞花，極宴席之娱，暢文字之樂，成此一卷。是集共收録黎庶昌、陳明遠、長岡護美、副島種臣等三十六位中日詩人唱和詩篇五十五首，其中七律四十九首，七絶六首，多次韵之作，或次此次宴飲詩所用之韵，或次紅葉館宴飲詩所用之韵。詩篇以國别爲序，中方十二名詩人詩作在前，日方二十四名詩人詩作在後。卷尾附有重野安繹《櫻雲臺讌集記》、鹽谷時敏《櫻雲臺宴集序》、西島醇《櫻雲臺雅集記》等三篇文章。

今據南京圖書館藏本影印。（豆國慶）

庚寅讌集三編三卷

清黎庶昌、［日本］長岡護美等撰，清孫點輯。清光緒十六年（1890）鉛印本。三册。每半葉十行，行二十三字，白口，單黑魚尾，四周雙邊。

黎庶昌簡介，見《癸未重九讌集編》提要。

孫點簡介，見《癸未重九讌集編》提要。

長岡護美簡介，見《同文集》提要。

是編内封書名後題「黎庶昌署檢」，卷首有光緒十六年十月黎庶昌《燕集三編統序》，卷末有光緒十六年十一月上旬孫點《讌集三編後序》。此集乃黎庶昌再爲駐日公使時，於光緒十六年庚寅與友人唱和之詩。

卷上《修禊集》又名《紅葉館讌集》，前有日本石川英《讌集編序》、西島醇《紅葉館讌集記》、蒲生重章《庚寅重三紅葉館讌集記》。正文收録黎庶昌、長岡護美、中村正直等二十九人庚寅三月三日於紅葉館讌集唱和詩作六十二首。次爲《附録》，收録羅兆載、周之翰等七人詩作十九首。次爲《疊韵彙録》，收録黎尹融、徐樹績、萬釗、劉文瀛四人疊韵唱和詩六十六首。

卷中《登高集》，前有庚寅晚秋岩谷修題簽、村瀨緒畫《芝山話别圖》，庚寅十一月淺田常《奉送大清公使蒓齋黎公序》，依田百川《奉送欽差大臣蒓齋黎公序》，小山朝弘《奉送蒓齋黎先生還國序》，石川英《送黎星使歸國序》，西島醇《送星使黎公還國序》，淺田惟恭《奉送大清公使蒓齋黎公序》。正文收録黎庶昌、長岡護美、副島種臣等六十七人庚寅重陽登高唱和詩作一百八十四首。次爲《附録》，收録水越成章、關本寅、下條豐陵三人詩作四首。

卷下《題襟集》，前有重野安繹《奉送黎公使歸國序》、島田重禮《奉送清國公使欽差大臣蒓齋黎君序》、三島毅《奉送黎公使歸清國序》、日下寬《奉送黎節使蒓齋先生序》、鹽谷時敏《奉送黎大使歸國序》、澀谷啓藏《奉送大清欽差大使黎公歸國序》、星野恒《奉送黎公使還國序》、金井之恭《奉送黎星使歸國序》、矢土勝之《黎公使送别集序》。正文收録庚寅九、十月間日本諸人爲黎庶昌等人餞别時，彼此唱和詩作二百六十首，作者有黎庶昌、陳明遠、孫點、小笠原長育、渡邊清等七十八人。

光緒十六年黎庶昌序曰：『光緒十三年余奉命再至，國好日密，駸駸乎有唐世遺風。愈益無事，益得與諸君子道故舊，爲燕樂，於是會者愈繁，詩與文日益多。歲不下數十聚，或有作，或無作，隨員孫子君异皆理而董之，使自成帙。今年冬，余任滿，將歸國。又有餞别、留别之燕，詩文之外，踵而爲圖，酬唱倍於曩昔，非一編可容。孫子因綜前後所得，彙爲《讌集三編》。』此爲是集之由來。

今據南京圖書館藏本影印。（周丹丹）

紅葉館留别詩一卷

清陳明遠、日本重野安繹等撰。清光緒十八年（1892）刻本，附於《紅葉館話别圖題詞》後。每半葉八行，行十八字，黑口，單黑魚尾，四周雙邊。

陳明遠簡介，見《櫻雲臺讌集詩文》提要。

重野安繹簡介，見《癸未重九讌集編》提要。

光緒十六年，陳明遠任日本使館參贊期滿，將與駐日公使黎庶昌等人離日歸國，日本、朝鮮友人集紅葉館餞別，席間多唱和，後彙爲《紅葉館留別詩》。是集收録陳明遠、岩谷修、矢土勝之、兒島光亨、李鶴圭五人唱和詩作四十一首，陳明遠、村瀨緒、金井之恭、日下部東作、大島正人、孫點、陳啓緒、李鶴圭、劉慶汾、陶大均等三十八人聯句詩一首。首列陳明遠作《庚寅重九黎蒓齋節使庶昌留别日本諸文士於紅葉館招余陪飲即席放歌示日東諸友》等詩二十二首，其中《小集紅葉館留别日本朝鮮諸名流》七絶六首，岩谷修、矢土勝之、兒島光亨三人次韵和之，各作六首，李鶴圭則以七古一章和之。

石川英《紅葉館話别圖序》謂陳明遠在日之交游與創作曰：『比年以來，兩國無事。先生雍容壇坫，詩酒徵逐，與吾曹相酬接。每讌集編出，同人無不讀先生之作，擊節嘆賞。蓋其才氣浩瀚，足以震鑠古今、和鳴金石，夫豈徒驚客座而壓流輩而已哉。』

今據南京圖書館藏本影印。（尚鵬）

京輦題襟集二卷

清樊增祥、清李慈銘等撰，清樊增祥輯。清光緒十九年（1893）渭南縣署刻《樊川集》本。一册。每半葉十二行，行二十三字，黑口，單黑魚尾，左右雙邊。

樊增祥簡介，見《紫泥酬唱詩》提要。

李慈銘（1830—1895），初名模，字式侯，後改今名，字愛伯，號蒓客，室名越縵堂，晚年自署『越縵老人』，浙江會稽（今屬紹興市）人。光緒六年進士。歷官户部郎中、山西道監察御史。著有《越縵堂詩初集》《白華絳跗閣詩初集》《杏花香雪齋詩集》《霞川花隱詞》《桃花聖解庵樂府》《湖塘林館駢體文》《越縵堂駢體文》等。《清史稿》卷四百八十六有傳。生平還可見平步青《掌山西道監察御史督理街道李慈銘傳》、李慈銘自編《早歲大事記》、陳仲瑜《李慈銘年譜》。

光緒十六年八月，樊增祥入京，與李慈銘、沈曾植、吴慶坻、黄體芳等師友詩酒唱酬，殆無虚日。自秋徂春，諸人唱和詩作至數百首。後經樊增祥輯爲《京輦題襟集》二卷。卷上爲《樊山集》第十五卷，卷下爲《樊山集》第十六卷，依據别集編纂體例，諸位師友之原作、和作附於樊增祥詩作後，共計十五人詩二百八十三首。十五人分别爲：樊增祥、李慈銘、沈曾植、鮑臨、吴慶坻、黄紹箕、黄體芳、陸廷黻、潘遹、濮子潼、瞿鴻禨、王仁堪、吴講、袁昶、張預。唱和内容，多咏師友間之交往。樊增祥等人頗嗜叠韵創作，光緒十七年叠韵『禱金危危日』詩與叠『春』字韵詩唱和多達數十次，頗有文人騁才之意。錢基博《現代中國文學史》稱樊增祥『次韵叠韵之作尤多，無非欲因難見巧也』，移之於此集，亦爲知言。

今據國家圖書館藏本影印。（尚鵬）

斑箱唱和詩一卷

清王佑曾撰。清光緒二十八年（1902）文安王佑曾刻本。一册，附於《銅劍堂存稿》後。每半葉八行，行二十一字，白口，黑單魚尾，左右雙邊。

王佑曾（1848—？），字蓮堂，文安（今河北省文安縣）人。廩貢生。曾官博野縣教諭，安徽桐、陵、五河知縣。著《銅劍堂存稿》。《［民國］文安縣志》卷四有傳。

是集正文首行題《斑箱唱和詩并序》，序言略述題名緣由，乃其友人戴世文任博野知縣期間（1890—1896），作七絶二首相贈，其一首句押『斑』字韵，其二首句押『箱』字韵，王佑曾步其韵共作詩五十四首，均押『斑』『箱』韵，是典型的次韵唱和詩。然是集不録戴世文詩，僅録王佑曾一人之作。

今據首都圖書館藏本影印。（苑麗麗）

湘社集四卷存二卷

清易順豫、清易順鼎等撰，清易順鼎、清程頌萬編。清光緒十七年（1891）長沙刻本。三册。每半葉九行，行二十一字，黑口，單黑魚尾，四周雙邊。

易順豫（1865—？），字由甫，一字叔由，湖南龍陽（今屬漢壽縣）人。易順鼎弟。光緒二十九年進士。歷任刑部主事，江西臨川、吉安、廬陵等地知縣。後爲輔仁大學教授。著有《琴思樓詞》《無庵文鈔》等。生平見《〔民國〕吉安縣志》卷一、三十一，錢仲聯《光宣詞壇點將録》。

易順鼎簡介，見《舊雨聯吟》提要。

程頌萬（1856—1932），字子大，一字鹿川，晚號十髮居士，湖南寧鄉（今寧鄉市）人。光緒二十三年，創辦私立湖北中西通藝學堂，後任湖北高等工藝學堂監督，兼管湖北工藝局，此後又曾創辦造紙廠等，畢生致力於教育和實業。著有《石巢詩集》《美人長壽庵集》《定巢詞》等。《〔民國〕寧鄉縣志》有傳。

是集内封署『湘社集四卷，十髮居士頌萬題』，牌記署『光緒十七年辛卯刊於長沙』，卷首有湘社集總目。光緒十七年，易順鼎、易順豫兄弟二人由龍陽至長沙，與程頌萬、程頌芳、鄭襄、袁緒欽、何維棣、姚肇椿、王景崧、吴式釗、王景峨、周家濂等人交游往還，後由程頌萬發起，成立湘社，主要成員即上述十二人。湘社成立後，衆人常舉行詩酒文會，吟咏唱酬，所作詩、詞、聯句等作品，由程頌萬、易順鼎二人整理，彙刻成《湘社集》四卷。卷一共收録古今體詩一百九十一首、卷二收詞一百一十三闋、卷三收斷句一百聯、卷四收序八篇。諸人唱和之作以寫景、咏物、贈别、抒懷爲主，或描繪湖湘之美景，頌贊故土風物；或書寫友朋之聚散，抒發離愁别緒；或表現仕途之坎坷，傾吐胸中塊壘。

此本現藏首都圖書館，缺後兩卷，今據以影印。（蔣李楠）

琴音三疊集二卷

清俞樾、清徐琪、清金保權撰。清光緒二十六年（1900）刻本。二册。每半葉八行，行二十字，下黑口，單黑魚尾，四周雙邊。

俞樾簡介，見《秋蘭詩鈔》提要。

徐琪簡介，見《文待詔書落花唱和詩》提要。

金保權（1872—1941後），字子才，廣東番禺（今屬廣州市）人。徐琪弟子。光緒二十三年舉人，署江西贛縣知縣。光緒二十五年任廣州同文館教習。光緒三十年赴日視察。著有《東游詩記》《辛未六十周甲詩》《辛巳七十自述》。生平見《詞綜補遺》卷六十六《金保權小傳》。

是集内封有光緒二十六年宗室壽蔭題寫書名，卷前有光緒二十六年十一月張雋序。光緒十七年徐琪督學廣東，番禺士人金保權以應童子試得其賞識，而爲其入室弟子。二人時常詩歌唱和。徐琪廣東三年任滿後，與金保權仍保持异地唱和。光緒二十三年，金保權再赴京應試，徐琪時在京任館職，徐琪師俞樾亦在京，三人唱和不斷。後三年金保權整理此師門唱和集，名曰『琴音三疊集』。是集分上下兩卷，『前列俞、徐兩公原唱，後列和作，間有和韵而叠韵，叠韵而再三再四者』，收録光緒十七年至二十三年之間三人唱和詩一百四十二首。卷上收徐琪原唱二十八首，金保權和詩五十一首，爲光緒十七年相識廣東後到二十三年金保權赴京秋試之前二人唱和詩作。卷下收徐琪詩三十四首，俞樾詩十首，金保權詩一十九首，爲光緒二十三年金保權入京應試之時三人唱和詩作。

張雋序曰：『今子才與俞、徐二公唱妍酬麗，詩筒往復萬里間，洵屬詞場佳話。』

今據國家圖書館藏本影印。（謝安松）

耋齡酬唱集一卷附八旬自述百韻詩一卷

清黃炳垕、清俞光曾等撰，清黃炳垕輯。清光緒刻本。一册。每半葉九行，行二十三字，黑口，雙黑對魚尾，四周雙邊。

黃炳垕（1815—1893），字慰廷，號蔚亭，晚號庚翁，浙江餘姚（今餘姚市）人。黃宗羲七世孫。清同治九年（1870）舉人。精曆算之學，曾爲左宗棠測造沿海經緯輿圖。旋受聘主講寧波辨志精舍。重行誼。著有《黃忠端公年譜》《五緯捷術》《交食捷算》《測地志要》《誦芬詩略》等。《疇人傳四編》卷八有傳。

俞光曾（1821—？），原名俞照墀，字彤甫，號香屏，浙江烏程（今屬湖州市）人。與黃炳垕同出史衡塘門下。清道光十九年（1839）舉人。同治三年任獨山知州，五年任松桃同知。生平見《［光緒］烏程縣志》卷十、十八。

光緒十八年（1892）九月，黃炳垕時年七十八歲，作《八旬自述百韻詩》，并郵寄親友，唱和往來，預備將自作首唱詩與和詩提前編訂成册，以賀將來八十大壽。跋文最晚一篇寫於光緒十九年五月，該集應於此時編輯完成。然黃炳垕逝於光緒十九年冬，未及八十而卒。集中詩歌易給人時序錯亂之感，因爲部分詩歌用『預設』時間寫作，假設詩歌作於光緒二十年即黃炳垕八十大壽之年，部分詩歌則用當下時間寫作，即據光緒十八年首唱詩寫作時間展開唱和。如黃炳垕《八旬自述百韻詩》末云：『明春重樂泮。』下有自注曰：『余自道光乙未入泮，至光緒乙未例得重游泮宮矣。』『光緒乙未』爲光緒二十一年，可知該詩以光緒二十年八十大壽爲預設寫作時間。另有施同文所作七律：『轉瞬春光明又媚，重游頖壁擷香芹。』注曰：『計先生明年重游泮水。』也是以黃炳垕預設光緒二十年爲寫作時間計算。而俞樾詩云：『憐余老治六書學，亥字畸零算不清。』自注云：『余明年亦七十三矣。』俞樾生於道光元年，作此詩時七十二歲，則作於光緒十八年。又費德宗跋署：『光緒十有八年歲次壬辰九月既望，受業費德宗頓首拜識於長城學舍。』則光緒十八年是唱和發生及此集創作的真實時間。

是集卷首附黃炳垕《八旬自述百韻詩》一卷。正文收録俞光曾、王鑑等七十二人詩一百六十四首、《百字令》詞一闋。以體例編排，依次爲俞光曾所作和韻詩一首；王鑑、陸祖亮等作五古九首；洪維嶽所作五排一首；俞樾、忠滿等作七古七首；葉維廉所作七排一首；崧駿、劉宗標等作五律二十一首；葉昌熾、吴蓉等作七律七十四首；俞鳳煦、朱啓鵬等作七絶五十首；褚成鈺所作詞一首。卷末有光緒十九年春月唐咏常跋、光緒十八年九月費德宗跋、光緒十九年五月陳霖跋。

唐咏常跋贊黃炳垕曰：『杜工部云：「老來漸於詩律細。」非徵君之筆大如椽、心細若髮，曷足當此？享長齡，負盛名，風行海内，門下多才，宜哉！』

今據南京圖書館藏本影印。（喻夢妍、廖瑜璞）

芹池叠喜詩一卷

清徐琪撰。清光緒二十二年（1896）仁和徐琪刻《香海庵叢書》本。一册。每半葉十行，行二十一字，下黑口，單黑魚尾，左右雙邊。

徐琪簡介，見《文待詔書落花唱和詩》提要。

是集封面與内封皆爲光緒二十二年俞樾題簽，卷前依次有光緒二十二年四月吴光奎序、四月俞樾序、九月十六徐琪自序。據知，光緒十九年徐琪出任廣東學使，任職三載。遇重游泮水之耆舊，各賦詩贈答。後别爲一集，名爲《芹池叠喜詩》。是集共收録徐琪詩作二十七首，分贈胡慶漣、楊在玲、楊炯、朱士棨、陳月樵、楊康、馮迪秋、歐陽衢、劉其淵、姚軾、馮藩昌、戴尚新、陳繼龍、施汝霖、李鳳儀、吕遇鴻、黄雋、蕭溥均、梁敦厚、吴美龍、莫楷、顔韜、馬岐章、虞世範二十四人，其中十首爲叠韵之作。卷尾有『門下士李廷颺、金保權校字』。其後附録有徐琪《吴聚垣給諫以其令叔子春廣文重游泮水詩見示依韵率和四律》《曲園師以重游泮水試草寄示謹賦二律爲賀》詩六首，詩後附光緒二十二年端午前五日徐琪跋語。

徐琪序曰：『昔王定保作《摭言》，多紀唐時科第之盛。李肇《國史補》亦然。獨泮林佳話，多未紀述。似此編之刻，有足資後人采擇者，豈尋常吟風弄月之比乎？』吴光奎稱此集曰：『戛玉敲金，纏綿悱惻，一種敬老憐才之真意溢於行間。』

今據國家圖書館藏本影印。（尚鵬）

尋詩集一卷附磨磚吟一卷

朝鮮李乾夏、朝鮮李暐等撰，清黄膺輯。清光緒十九年（1893）龍喜社刻本。一册。每半葉十行，行二十字，黑口，單黑魚尾，左右雙邊。

李乾夏（1835—1913），字大始，號仁崖，本貫全州，生於京畿道廣州。朝鮮宗室。朝鮮哲宗六年（1854）進士。歷任弘文館副校理、金堤郡守、都總府副總管、吏曹參判、禮曹參判、漢城府判尹、内部大臣、學部大臣、忠清南道觀察使、中樞院贊儀等職。光緒十九年充貢使，出使中國。能詩善文。生平見朝鮮《承政院日記》、朝鮮《高宗實録》、《晚晴簃詩匯》卷二百。

李暐（1839—1914），字盛汝，號盛齋，本貫德水（今京畿道開豐郡）。朝鮮高宗十九年（1882）增廣試進士。歷任弘文館副校理、定州牧使、内務府參議、吏曹參議、司憲府大司憲、禮房承旨、景慕宫提舉、江陵府觀察使、江原府觀察使等職。光緒十九年充貢使，出使中國。生平見朝鮮《關東倡義録》、朝鮮《高宗實録》、《晚晴簃詩匯》卷二百。

黄膺，生卒年不詳，字鹿泉，又作鹿荃、麓泉，晚號蓼園，湖南善化（今屬長沙市）人。清同治十二年（1873）舉人。歷官户部主事、雲南緬寧通判、廣西知州等職。工詩文。著有《蓼園詩草》等。生平見《［光緒］湖南通志》卷一百四十三。

是集内封上題『磨磚吟附』，中題書名，下署『龍喜社刊』。卷首有光緒十九年正月二十五日洪汝仲序。集後附《磨磚吟》一卷。光緒十九年春，户部主事黄膺在龍喜社設宴招待朝鮮使臣李乾夏、李暐、沈遠翼、崔性學等人，主客賦詩若干首，彙爲《尋詩集》一卷。是集收録朝鮮李乾夏、李暐、沈遠翼、崔性學及龍喜社成員黄膺、徐世昌、王以敏等凡二十五人唱和詩四十六首。唱和形式有同題、和韵、用韵等，以餞别朝鮮使臣爲主要内容。

《尋詩集》後附《磨磚吟》一卷，收録崔性學、顧璜、徐世昌、孟繼壎、成昌、徐樹鈞、黄膺七人唱酬詩三十九首，從唱和詩題、唱酬對象以及韵脚來看，是『餞别朝鮮使君』唱和活動的延續，表達贈别、留别之意。除最後一詩外，均爲次韵七律。卷末有扈魯外叟跋，湖南圖書館所藏版本此跋下署『黄膺識』，則『扈魯外叟』或爲黄膺之號。

《尋詩集》及所附《磨磚吟》，是中朝詩人文學文化交流的重要見證。

今據國家圖書館藏本影印。（彭健）

和珠玉詞一卷

清張祥齡、清王鵬運、清況周頤撰。清光緒二十年（1894）刻本。一册。每半葉十行，行二十字，黑口，單黑魚尾，左右雙邊。

張祥齡（1853—1903），字子苾，又作子馥、子芾，號芝馥，四川漢州（今屬廣漢市）人。光緒二十年進士，改庶吉士。歷任陝西懷遠、大荔、南鄭等地知縣。著有《六箴塊林漫録》《受經堂詩文集》《子苾詞鈔》《半篋秋詞》等。與王鵬運、況周頤有聯句唱和詞集《和珠玉詞》，與鄭文焯、易順鼎、易順豫、蔣文鴻有聯句唱和詞集《吴波鷗語》。生平見《[民國]衡山縣志》卷二、廖平《清誥封朝議大夫張君曾恭人墓誌銘》。

王鵬運(1848—1904),字幼霞,一字幼遐,中年自號半塘老人,晚號鶩翁及半塘僧鶩,廣西臨桂(今屬桂林市)人。清同治九年(1870)舉人。歷任侍讀學士、江西道監察御史、禮科給事中等職。著有『七稿九集』,即乙稿《袖墨集》《蟲秋集》、丙稿《味梨集》、丁稿《鶩翁集》、戊稿《蜩知集》、己稿《校夢龕集》、庚稿《庚子秋詞》《春蟄吟》、辛稿《南潛集》,晚年刪定爲《半塘定稿》兩卷,彙刻《花間集》以迄宋、元諸家詞爲《四印齋所刻詞》。生平見況周頤《禮科掌印給事中王鵬運傳》。朱蔭龍、劉映華、馬興榮均作有《王鵬運年譜》。

況周頤(1859—1926),一作況周儀,字夔笙,又字揆孫,別號玉梅詞人,晚號蕙風詞隱、阮盦、阮堪,廣西臨桂(今屬桂林市)人。光緒五年舉人。曾任内閣中書、會典纂修。著有《第一生修梅花館詞》(含《新鶯詞》《玉梅詞》《錦錢詞》《蕙風詞》《菱景詞》《二雲詞》《餐櫻詞》《菊花詞》《存悔詞》)、《阮盦筆記》《香東漫筆》《蕙風詞話》《玉棲述雅》《詞學講義》,輯有《薇省詞鈔》《粤西詞見》。生平見馮開《清故通議大夫三品銜浙江補用知府況君墓誌銘》、鄭煒明《況周頤先生年譜》。

光緒二十年,張祥齡入京赴殿試。六月,經況周頤介紹結識王鵬運。三人遂於四印齋『手《珠玉》一編,字櫛句規』,聯句盡和晏殊《珠玉詞》,歷時五日,得詞一百三十八闋,名曰《和珠玉詞》。是集卷首有光緒二十年七月七日馮煦序、六月二十四日王鵬運序,後列《珠玉詞目録》,標題下題『揚州晏氏家刻本』。目録後有況周頤集《珠玉詞》句作《浣溪沙》《臨江仙》題詞二闋。卷端大題下署:『漢州張祥齡子苾、臨桂王鵬運幼霞、況周儀夔笙連句。』

馮煦序曰:『昔方千里和《清真》,今半塘諸子和《珠玉》,一慢一令,嶷然兩大,亦他日詞家掌故。』

今據首都圖書館藏本影印。（尚鵬）

鹿鳴雅咏四卷首一卷

清劉鳳苞、清楊良翹等撰，清徐棻輯。清光緒二十一年（1895）長沙緑蔭草堂刻本。三册。每半葉九行，行二十一字，白口，雙黑對魚尾，四周雙邊。

劉鳳苞（1826—1905），字毓秀，號采九，湖南武陵（今屬常德市）人。清同治四年（1865）進士，選庶吉士。歷任雲南元江知州、大理知府、永昌知府等職。後主講朗江書院，出任長沙城南書院山長，兼任湖南師範館監督。撰有《南華雪心編》《桃源縣志》《晚香堂賦鈔》《晚香堂詩鈔》《晚香堂試帖》等。生平見《劉鳳苞朱卷》、李波《劉鳳苞年譜簡編》。

楊良翹（1869—1934），字舒民，號梅溪，湖南永定（今屬張家界市）人。少年求學於岳麓書院。光緒二十三年拔貢。先後任福建建寧知縣、浦城知縣、漳州知府、厦門海關厘金局長等職。民國五年（1916）任常澧鎮守使署秘書長，九年任大庸縣咨議局副局長。著有《梅溪詩草》。《大庸縣志》有傳。

徐棻（1811—1896），字芸渠，號養性居士、養心居士，湖南長沙（今長沙市）人。清道光二十一年（1841）進士，選庶吉士。曾官内閣中書、起居注主事。清咸豐三年（1853）返湘，以辦團練、籌糧餉助剿太平軍，經曾國藩保奏，於同治三年獲賜四品卿銜。相繼主講長沙城南、岳麓書院。光緒十一年蒙詔以『耆儒碩德，成就後學』晋三品卿銜。光緒二十年重赴鹿鳴，加二品卿銜。輯有《頖壁重賡》《鹿鳴雅咏》。生平見《［同治］長沙縣志》卷

九、《鹿鳴雅咏》卷首《吴中丞奏摺》。

光緒二十年，適逢徐棻鄉試中舉六十周年，循例應重宴鹿鳴。經王先謙疏請，張之洞、吴大澂聯名上奏，光緒帝上諭『准其重赴鹿鳴宴』。徐棻賦《甲午重宴鹿鳴紀恩詩》七律四首，一時和者甚衆。後經其輯録，刻爲《鹿鳴雅咏》四卷。是集牌記鐫『光緒乙未刊於長沙』，後列《鹿鳴雅咏目録》。首一卷收録《上諭》《吴中丞奏摺》《吴中丞代奏謝恩摺》及徐棻《甲午重宴鹿鳴紀恩詩四章》。正文四卷依照作者官職或籍貫分爲《湘江集》《燕臺集》《桂林集》《西川集》，收録劉鳳苞、楊良翹等一百二十一人各體和詩四百八十七首，其中一百零六人次原唱韵，胡先岳、黄焕琨、繼良、來熊、徐樹堃、紀堪錚六人兩叠原韵，作詩八首。此外，《湘江集》末附楊毓麟《岳麓院長八旬有三重宴鹿鳴序》一篇。

吴大澂代奏謝恩摺謂徐棻曰：『重逢鄉舉，渥荷天恩。歌《鹿鳴》之三章，座依齒長；捧龍綸之五色，秩晋頭銜。頒芝綍以惠耇年，俾藝林傳爲盛事。』

今據上海圖書館藏本影印。（尚鵬）

落花酬唱集初編不分卷

清沈宗疇、清夏仁澍等撰。清光緒二十四年（1898）拜鴛樓刻本。二册。每半葉八行，行二十一字，黑口，單黑魚尾，四周雙邊。

沈宗疇（1865—1926），後改名宗畸，字孝耕，一字太侔，號南雅、繁霜閣主、天虚我生、瘦腰生，廣東番禺（今屬廣州市）人。少隨父入京，師從鄭杲，才學兼優。以《落花詩》得名，人呼爲『沈落花』。光緒十五年舉人。光緒三十四年於京成立『著涒吟社』。著有《便佳簃雜鈔》《東華瑣録》《宣南夢憶録》《拜鴛樓校刻五種》等。生平見《［宣統］番禺縣續志》卷十六、李澄宇《沈宗畸傳》。

夏仁澍（1883—1914），又名夏雨龍，安徽廬江（今廬江縣）人。清末舉人。曾跟隨孫中山任同盟會會員。袁世凱竊位後，被袁逮捕入獄，釋放回鄉病故。生平見戎毓明《安徽人物大辭典》。

是集内封有光緒二十四年文廷華題寫書名，背面有沈宗畸姬人拜鴛《讀夫子落花原唱敬題》七絶四首，後列唱和同人姓氏，并有光緒二十三年秋江峰青序、二十四年二月夏仁瑞序、二十二年五月唐際虞序、二十四年初春何震彝序、二十三年八月張翰芬序，及况周頤、黄鼎銘、張翼、丁文琥、萬釗、潘飛聲、夏仁瑞、金綬熙八人題辭。光緒二十一年，沈宗畸哀紅顔知己蕊芬所适非偶，作《落花詩》以吊之。其詩序云：『蕊芬詞史誤嫁東風，求死不得。予聞而傷之，爲賦落花七律十章，并具清酌哭吊於小闌干畔。花魂有知，庶幾來享。』《落花詩》曾刊登於《申報》，大江南北和者數百人。沈宗畸選録成集，并於光緒二十四年刊刻，共收録唱和詩四百首，皆爲七律。沈宗畸四叠其韵作四十首，夏仁澍、潘飛聲、李東沅、楊葆光、楊彦深、趙時桐等三十二人和詩三百六十首。詩歌多述花落憫春，嘆紅顔薄命之意，哀傷悱惻，令人動容。正如張翰芬序云：『盥露誦《落花》之什，凄然三叠陽關；臨風懺飛絮之因，醒矣十年杜牧。』

今據上海圖書館藏本影印。（彭健）

琴鐸唱和集二卷

清李寶元、清許時中等撰。清光緒二十四年（1898）刻本。一册。每半葉九行，行二十一字，黑口，單黑魚尾，四周雙邊。

李寶元，生卒年不詳，字莘田，原爲四川成都人，以父李維楨主講眉山書院多年，遂籍於四川眉州（今眉山市）。光緒朝歲貢生。歷任重慶府教授、納溪縣教諭。《［民國］眉山縣志》卷十一有傳。

許時中，生卒年不詳，字午樓，江蘇荆溪（今屬宜興市）人。清同治九年（1870）庚午科江南鄉試第一。歷知宜賓、德陽、納溪諸縣，被讒落職。後以趙爾巽薦，復原職，權知眉州直隸州，多平盜之功。清亡，僑居江寧終老。著有《自怡齋古文》。《［光宣］宜荆續志》卷九有傳。

是集内封爲許時中題簽，牌記隸書『光緒戊戌年新鐫於納溪』十字。卷首有光緒二十四年五月許時中弁言，及同年四月十六日李寶元序。光緒二十二年，李寶元爲納溪縣教諭，『縣令許時中與訂交。公餘輒寄情游咏，閲數年，彙所爲詩文成帙，曰《琴鐸集》付梓』（《［民國］眉山縣志》卷十一）。李寶元序云：『夫以鳴琴布化，傳餘響於花封；秉鐸揚休，播好音於芹水。』『鳴琴』『秉鐸』分别指代許、李二人縣令、教諭身份，即書名『琴鐸』之由來。是集分上下兩卷，收各體詩共計三百三十四首。其中許時中一百四十九首、李寶元一百六十二首，地方文士唱和詩作附於二人相關作品後，乃爲：蕭啓湘、李盛卿各四首，許乃武二首，史悠定、林榕、趙藩、李步漢、李廷英各一首。後附所填辟歷環圖（辟歷環，又作『霹靂環』，一種詩歌游戲，填十四字爲環形圖，拆解後能讀成一首回文詩），李寶元四環、許時中三環、許乃武一環，讀爲八首。

許時中弁言謂此唱和曰：『不有唱者，何伸雅懷？不有和者，孰賡同調？李莘田廣文自丙申秉鐸此邦，一見如故，工於文詞，彼此唱酬。花晨月夕，有觸斯鳴；臨水登山，無唱不和。裒然成帙，可謂一時之盛。』

今據國家圖書館藏本影印。（陳思晗、楊春妮）

琴鐸唱和續集一卷詩餘唱和集一卷詩餘唱和續鈔一卷

清許時中、清李寶元等撰。清光緒二十五年（1899）刻本。一册。每半葉九行，行二十一字，黑口，單黑魚尾，四周雙邊。

許時中簡介，見《琴鐸唱和集》提要。

李寶元簡介，見《琴鐸唱和集》提要。

《琴鐸唱和續集》卷首有光緒二十五年四月末李寶元序。據知，自去年《琴鐸唱和集》付梓後，許、李及諸人復唱和不輟，『篇章互寄，詩筒往還』，遂將所得詩作裒爲續集，共收詩一百五十四首，其中許時中六十二首、李寶元七十首。附録時中父許乃武十二首、侯化宣七首、瞿朝宗二首、蕭啓湘一首。詩作以七律、七絶二體爲主，皆依字次韵，多寫重陽、元日、上巳等節令交游活動。

《詩餘唱和集》卷首有光緒二十四年七月李寶元序，謂許、李諸人『詩篇唱和之暇』，亦『擇調之新穎者』，填詞唱答，輯爲一帙。是集收録詞作計五十八闋，其中許時中二十四闋、李寶元二十七闋，附許乃武三闋、蕭啓湘四闋。成帙翌年，間有詞作，又增補爲《續鈔》一卷，録存許時中、李寶元詞各十二闋，附許乃武原唱一闋。至《琴鐸唱和續集》開雕，乃取二帙附入合刊，以副『詩餘』之名。詞牌以《憶江南》《春光好》《一半兒》等小令爲主，多傷春懷秋、四時即景之作。唱和但求同調，多不依韵，較詩作爲寬。

今據國家圖書館藏本影印。（陳思晗）

旌陽古迹唱和詩一卷

清許時中、清李寶元等撰。清光緒二十八年（1902）納溪學堂刻本。一册。每半葉九行，行二十一字，黑口，雙黑對魚尾，四周雙邊。

許時中簡介，見《琴鐸唱和集》提要。

李寶元簡介，見《琴鐸唱和集》提要。

是集内封有許時中父許乃武題簽，牌記鎸『光緒壬寅首夏刊於納溪學堂』，卷前有光緒二十七年九月李寶元序。光緒二十五年，許時中任德陽縣令，『政平訟理，俗靖浮囂。或因公訪古，或乘興探幽，足迹所經，口吟輒起』，『邑人士相與迭和』，所得甚多。之後李寶元將其中咏古篇什整理付刊，因題名『旌陽古迹唱和詩』。該集共收録詩作二百零六首，其中許時中、李寶元各五十九首，李炳靈二十首，黄景春十六首，楊藻、黄天錫各十一首，劉俊官十首，蕭啓湘九首，陳震六首，蔡承雲四首，朱焕章一首，以次韵爲主。

《[民國]德陽縣志》稱許時中曰：『暇更周巡縣境，咨詢利病，經行所至，諸多咏題，刊爲《旌陽唱和集》，爲士林所膾炙云。』

今據國家圖書館藏本影印。（陳思晗）

紀月吟旌陽留别唱和集合編一卷

清許乃武、清許時中等撰。清光緒二十八年（1902）納溪學堂刻本。一册。每半葉九行，行二十一字，黑口，雙黑對魚尾，四周雙邊。

許乃武，生卒年不詳，字木民，江蘇荆溪（今屬宜興市）人。許時中父。廩貢生。以子時中貴，封贈資政大夫、四川補用道。著有《木民漫筆》。生平見《［光宣］宜荆續志》卷八、十一。

許時中簡介，見《琴鐸唱和集》提要。

是集内封有許乃武題『旌陽紀月、留别唱和集合編』，牌記鎸『光緒壬寅首夏刊於納溪學堂』，卷前有光緒二十七年季夏李寶元序。全卷詩作由兩部分組成，其一是光緒二十六年，許乃武作《紀月詩》十三首，分賦一月至十二月及閏月，許時中、李寶元、李炳靈、黄天錫、楊藻、劉俊官、彭縉臣相繼和之，共得詩一百零四首。其中許乃武、許時中、李寶元、楊藻、劉俊官詩首句用前人成句，彭縉臣詩通篇均集前人成句。其二是許時中將由德陽縣調任納溪縣，行前作《留别旌陽士民四律》，李炳靈、黄景春、李寶元、蕭啓湘、楊藻、朱焕章、劉俊官、舒鵬程、趙天福、劉第、彭縉臣、侯化宣、徐爾音、劉秉忠、李廷英十五人各依原韵和作四首，黄天錫、陳錫霈僅和兩首，彭述與劉讀藜另作送别詩六首，臨行時許時中再作話别詩兩首，李寶元和之，共計七十八首。之後李寶元將二者彙輯成編付梓，故題名『紀月』『留别』云云。

今據國家圖書館藏本影印。（陳思晗）

城東唱和詞一卷

清吴昌綬、清張祖廉撰。民國十四年（1925）朱印本。一册。每半葉九行，行十六字，黑口，四周單邊，朱格。

吴昌綬（1851—1924），字伯宛，一字印臣或印丞，號甘遯，晚號松鄰，浙江仁和（今屬杭州市）人。吴焯後裔。清光緒二十三年（1897）進士，官内閣中書。民國後，任北洋政府司法部秘書。以藏書、刻書著稱。藏書處曰『雙照樓』。著有《松鄰遺集》《吴郡通典備考》等，輯刻有《松鄰叢書》《勞民碎金》等。生平見《晚晴簃詩匯》卷一百八十二。

張祖廉（1873—？），字彦雲，浙江嘉善（今嘉善縣）人。光緒二十八年舉人，次年經濟特科考取知縣。曾任學部總務司行走、弼德院秘書。民國後曾任隴秦豫海鐵路督辦。著有《八識田齋駢文》《文選類韵》《定庵先生年譜外記》《長水詞》等，輯印有《娟鏡樓叢刻》。生平見《嘉善文史資料》第八輯。

是集内封有鄭沅篆書題寫書名。卷首有民國十四年十月十五日曹秉章序，光緒二十五年九月歙縣閔爾昌序。卷末有民國十四年閏四月張祖廉後記。據知，『城東』爲蘇州婁門東北隅，爲張、吴二人寓居之處，因以名集。此集收録詞作三十二首，使用詞牌十三調，爲光緒二十四、二十五年張祖廉與吴昌綬同寓蘇州時唱和所作。

内容多爲游行紀事，感懷思人，傾訴衷腸。集中附文兩篇，一是張祖廉《滿江紅》詞後附其《故清處士方仰之墓誌銘》，一是吴昌綬《一萼紅》詞後附其《人日薦白石道人倡和詞序》。

閔爾昌序稱二人唱和曰：『若二君者，狎主騷雅，擘切聲律，機趣横溢，音響以和，何其婉約而綿麗也。』

今據國家圖書館藏本影印。（銀文）

漸源唱和集四卷

清潘恩榮、清李維翰等撰，清王咏霓輯。清光緒二十六年（1900）刻本。二册。每半葉十行，行二十四字，黑口，黑單魚尾，左右雙邊。

潘恩榮，生卒年不詳，字筱齋，安徽休寧（今休寧縣）人。監生。生平見《縉紳全書》。

李維翰（1840—？），字藝淵，湖南邵陽（今邵陽市）人。清咸豐九年（1859）舉人。先後任湖南寧鄉縣教諭、内閣中書、臨江知府、南康知府等職。著有《慕萊堂詩文徵存》。生平見《清代官員履歷檔案全編》。

王咏霓（1839—1916），字子裳，號六潭，浙江黄岩（今屬台州市）人。光緒六年進士。歷官刑部主事，安徽鳳陽知府、池州知府、太平州知府。光緒十年以隨員身份陪同許景澄出使歐洲。辛亥革命後，里居不仕。著有《黄岩金石志》《道西齋日記》《函雅堂集》《芙蓉秋水詞》《桐絮詞》等，輯有《漸源唱和集》《唱和續集》《唱和三集》《池陽唱和集》。生平見《［民國］台州府志》卷一百二十、項士元《王六潭先生年譜》。

是集内封有績溪周懋泰署『漸源唱和集四卷』，卷首有光緒二十五年九月二日李維翰序、光緒二十六年二月顧森書序。全集『依得詩先後爲次』編排，收録潘恩榮、李維翰、王咏霓、潘宗信、胡洪度、金恩灝、程福滋、胡慶元等七十六人唱和詩作五百六十四首。李維翰《漸源唱和集序》言：『漸源集者，黄岩王子裳太守屯溪臨别贈答諸作，集之以名其編也。』漸源即漸水源頭之意。漸水出績溪大鄣山，因參與唱和活動之人『多徽屬英俊』，故以『漸源』名集。唱和始於光緒二十四年，終於光緒二十六年，含三部分内容：一爲潘恩榮卸任返浙之留别唱和，和者二十八人；二爲王咏霓將赴皖城，親友贈别之作，和者四十六人；三爲王咏霓在皖城，與當地詩友之贈答唱和，和者十七人。是集最突出之特徵爲組詩次韵，以潘恩榮《交卸屯溪浙鹽局務回杭留别》四首韵貫穿首尾，其中王咏霓叠至四十韵，『直欲壓倒元白而軼蘇黄』。

顧森書序稱此唱和云：『太守（王咏霓）緣情托興，最豪且健，十叠韵而未有已。其餘雖多寡有差，而亦大都同題，無弗共韵，鈎心緯思，用意緻密。音節詞采之競勝，熿炳詞壇，以視西昆、坡門，今豈有遜於古哉？』

今據上海圖書館藏本影印。（尚鵬）

唱和續集八卷

清王咏霓、清王咏蟾等撰，清王咏霓輯。清光緒二十七年（1901）刻本。八册。每半葉十行，行二十四字，黑口，單黑魚尾，左右雙邊。

王咏霓簡介，見《漸源唱和集》提要。

王咏蟾，字子辛，浙江黄岩（今屬台州市）人。王咏霓弟。生平不詳。

是集內封有寧海王元綎署『唱和續集八卷』。卷首有光緒二十七年一月朱孔彰序、二月陳祖綬序。《唱和續集》乃《漸源唱和集》之續，收録王咏霓光緒二十六年擔任鳳陽知府期間，以《漸源唱和集》中詩韵，與親友唱和之作，共輯蔡履階、蔡增榮、曾光煦、曾行淦、陳季同、陳祖綬等八十四人之詩詞一千一百八十四首。所收詩作始於光緒二十六年，終於光緒二十七年。據陳祖綬序可知，唱和含四部分内容：一悼王咏霓妾朱天球，抒紅顔易逝之慨；二痛庚子事變，表時局動蕩之憂；三念家國命運，寄個人經世之志；四惜友朋情誼，言詩酒唱酬之樂。唱和詩作爲組詩次韵，以《漸源唱和集》中潘恩榮《交卸屯溪浙鹽局務回杭留别》四首韵貫穿首尾。卷七、八尤爲獨特，改詩爲詞，仍『借用唱和詩韵』。王咏霓叠至三十六韵、陳祖綬叠至三十韵，正可見朱序所言『選韵之難工，不如依韵之見巧』。

今據首都圖書館藏本影印。（尚鵬）

唱和三集十卷

清葛咏裳、清王咏霓等撰，清王咏霓輯。清光緒二十九年（1903）刻本。四册。每半葉十行，行二十四字，黑口，單黑魚尾，左右雙邊。

葛咏裳（1843—1905），字逸仙，一字叔霓，浙江臨海（今臨海市）人。光緒六年進士，官兵部車駕司主事。娶屈茝纕爲繼室，與王咏霓爲連襟。著有《史記批注》《漢書批注》《三國志批注》《葛叔霓校抱朴子内外篇》《輒囊瑣記》，編有《山後葛氏家譜》。生平見《光緒庚辰科會試葛咏裳朱卷》。

王咏霓簡介，見《漸源唱和集》提要。

是集承《漸源唱和集》《唱和續集》而來，爲光緒二十七年至二十九年間王咏霓與親友唱和作品之結集。内封有朱謙題寫書名，卷前有光緒二十九年四月八日王元綎序。正文首頁大題下鈐『曾藏毗陵胡氏豹隱廬』印。此集共收録葛咏裳、王咏霓、王淵等七十六人唱和詩詞一千二百四十九首（第五卷第一頁缺，趙允元《送蒿庵師觀察河東七叠前韵》四首不存，柳汝士《送夢華郡伯擢河東八叠前韵》存後三首）。其中前八卷爲詩作，後二卷爲詞作。卷末附王咏霓《金縷曲·感逝用彈指詞悼亡韵》《鶯啼序·十六夜月有感》二首。此集主題較爲鬆散，仍是以王咏霓爲中心的交游之作。最突出之特徵即叠韵，全集詩詞皆次前兩集組詩、組詞韵。

王元綎序曰：『蓋次韵難而叠韵爲尤難。今觀集中和作叠韵之多者，以葛武部逸仙爲最，陳大令墨農次之。而先生（王咏霓）之詩則多至九十叠，詞則多至五十五叠。噫，盛矣！是人之所畏其難者，而先生獨從容大雅，無一字無來歷，如庖丁之解牛，批郤導窾，因其固然，恢恢乎游刃有餘地也。』

今據南京圖書館藏本影印。（尚鵬）

春蟄吟一卷

清鄭文焯、清王鵬運等撰。清光緒二十七年（1901）刻本。一册。每半葉十行，行二十字，黑口，單黑魚尾，左右雙邊。

鄭文焯（1856—1918），字俊臣，號小坡，又號叔問，晚號鶴、鶴公、鶴翁、鶴道人，別署冷紅詞客、石芝崦主、大鶴山人，遼寧鐵嶺（今鐵嶺市）人，隸漢軍正黄旗籍，一説漢軍正白旗籍。光緒元年舉人。曾任内閣中書，後旅居蘇州。工詩詞，通音律，擅書畫。詞集有《瘦碧冷紅》《比竹餘音》《苕雅餘集》等，其後删存諸詞集爲《樵風樂府》九卷。後吴昌綬收集其生平著述，合刊爲《大鶴山房全集》。《［民國］吴縣志》卷七十九有傳。戴正誠撰有《鄭叔問先生年譜》。

王鵬運簡介，見《和珠玉詞》提要。

與此集唱和相關之中心人物還有朱祖謀、劉福姚。朱祖謀（1857—1931），原名朱孝臧，字藿生，一字古微，一作古薇，號漚尹，又號彊村，浙江歸安（今屬湖州市）人。光緒九年進士，選庶吉士，授編修。歷任會典館總纂總校、侍講學士、禮部侍郎、廣東學政等職。後辭官寓居蘇州，任教於江蘇法政學堂。著有《彊村詞》，輯有《彊村叢書》《湖州詞徵》《國朝湖州詞録》。生平見陳三立《光禄大夫禮部右侍郎朱公墓誌銘》、馬興榮《朱祖謀年譜》。

劉福姚（1864—1910），原名福堯，字伯棠，一字伯崇，號忍庵，一號守勤，廣西臨桂（今屬桂林市）人。光緒十八年狀元，授修撰。歷任侍講學士、貴粤等省鄉試正副考官、翰林院秘書郎兼學部圖書局總務總校等職。著有《忍盦詞》。《晚晴簃詩匯》卷一百七十七有傳。

光緒二十六年十二月至二十七年三月間，王鵬運、朱祖謀、劉福姚感於庚子西狩之事，借詞抒懷，唱和往還，『拈調四十六，得詞百二十四』。此外，鄭文焯、張仲炘、曾習經等十一人亦時有參與，得詞二十五闋，附於三人之後。是集卷首目録下，王鵬運以數語交待唱和時間、篇數及參與人員。卷端大題下有王鵬運光緒二十七年元日題記，言『春非蟄時，蟄無吟理』，以物候之徵點明吟咏之旨，寄托身世家國之感，又言『蓋自《庚子秋詞》斷手，又兩合朔，且改歲矣』，指明《春蟄吟》爲《庚子秋詞》之續篇。是集共收詞一百五十九闋，其中王鵬運四十五首，朱祖謀四十三首，劉福姚三十五首，三人聯句一首，鄭文焯一首，張仲炘五首，曾習經五首，劉恩黻十三首，于齊慶二首，賈璜一首，吴鴻藻二首，恩溥一首，楊福璋一首，成昌三首，左紹佐一首。所用詞調以長調爲主，多依韵、次韵之作。

阿英《關於庚子事變的文學》評《春蟄吟》曰：『所譜大都是傷感的哀音。』

今據首都圖書館藏本影印。（尚鵬）

墨癡唱和集二卷

清章鍾亮、清張之純撰。清光緒三十一年（1905）木活字本。一册。每半葉九行，行二十七字，白口，單黑魚尾，四周雙邊。

章鍾亮（1845—？），字恂齋，一字心齋，號虞欽、墨稼，江蘇江陰（今江陰市）人。光緒二十年舉人。官候選教諭。著有《紀元編》《墨稼廬文存》《宣哲集》《墨稼廬詩草》等。《［民國］江陰縣續志》卷十五有傳。

張之純（1854—？），字爾常，一字二敞，號癡山，江蘇江陰（今江陰市）人。光緒二十六年恩貢。官安徽候補直州判。著有《叔苴吟》《聽鼓閑吟》《癡山隨筆》等，編著有《中國文學史》（師範學校教科書），分纂《［民國］江陰縣續志》。生平見《［民國］江陰縣續志》卷十三。

是集外封書名下署『乙巳孟秋蓴樓題簽』，『蓴樓』乃合肥李國棣之號。卷首有光緒二十八年正月張廷壽題序與光緒二十七年十一月章鍾亮自序，隨後有癡山主人張之純《墨癡唱和集題詞》，此後列《諸家題詞》，收劉樹屏、張廷壽、楊翰元、李國棣、李靖國、徐祖昶、趙震、金武祥、言尚璆、陸鵬舉、張洵佳、徐旭、曹輔臣、程肇基十四家題詞。卷末有光緒二十九年言尚璆跋語。

光緒二十七年秋，章鍾亮、張之純同客安徽，時相唱和，以詩慰藉寂寥、相互規勸、游戲競技，抒發羈旅之愁、時事之慨、懷古之思，結爲一集，於兩人號中各取一字，命名爲『墨癡唱和集』。然集中所收，有光緒二十六年春章、張二人感時唱和之作，亦有光緒三十年章鍾亮《六十自述》詩及張之純《和自述原韵》，可知二人唱和有年矣。是集共收二人唱和詩詞一百八十九首，其中章鍾亮詩九十二首、張之純詩八十八首；收詞九首，其中章鍾亮詞四首、張之純詞五首。另附張廷壽與二人唱和詩十六首。章、張二人唱和作品體裁多樣，以七律爲主，多次韵。

張廷壽序曰：『墨稼，龍也；癡山，雲也，其行文亦如之。夭矯變化而不可以端倪者，其順天而天不違乎？』

今據首都圖書館藏本影印。（薛夢穎、郭雪穎）

侍鶴山人六秩壽詩唱和集二卷

清鄭觀應、清盛宣懷等撰。清光緒二十八年（1902）木活字本。二册。每半葉十行，行二十四字，白口，雙黑順魚尾，四周雙邊。

鄭觀應（1842—1922），本名官應，字正翔，號陶齋，別號杞憂生，晚年自號羅浮偫鶴山人，廣東香山（今中山市）人。懷經世之志，『自備資斧游歷外邦，上自各國政治，下至一切製造、種植等事，靡不竭力講求、精心研究』。歷任揚州寶記鹽務經理、英商太古輪船公司總理、上海機器織布局總辦、上海電報分局總辦、上海輪船招商局幫辦和總辦、漢陽鐵廠和粤漢鐵路公司總辦等。與唐廷樞、徐潤、席正甫并稱爲晚清『四大買辦』。著有《盛世危言》《易言》等。生平見夏東元《鄭觀應傳》。

盛宣懷（1844—1916），字杏蓀，又字幼勖，荇生、杏生，號次沂，又號補樓，别署愚齋，晚年自號止叟，江蘇武進（今屬常州市）人。諸生。洋務派代表，歷任上海輪船招商局會辦、中國電報局總辦、津海關道兼津海關監督、郵傳部尚書等職，創建中國通商銀行，創辦南洋公學，被譽爲『中國實業之父』『中國商父』『中國高等教育之父』。著有《愚齋存稿》《盛宣懷未刊信稿》等。《清史稿》卷四百七十一有傳。生平還可見《盛宣懷檔案選編》一百卷、《龍溪盛氏宗譜》。

是集外封書名下題『癸卯重陽日墨侯署檢』，卷前有光緒二十八年何卓勳《香山鄭陶齋觀察六十自壽詩序》，卷後有同年張希文《六秩唱和詩集跋》。此集乃爲鄭觀應六秩賀壽唱和詩集，收録鄭觀應六十自壽詩及盛宣懷、王之春、陳旭、龍騫、戴振年、胡焕、梁鎮南、王澧、劉沛然、文廷式等二百二十人所贈賀壽詩共計四百八十二首，均爲七言律詩。其中鄭觀應原唱兩首，答謝詩兩首，他人贈壽詩三十六首及次韵和詩四百四十二首。是集雖無目録，但編纂井然有序，集中標有如『原唱』『各吟壇賜贈』『各吟壇賜和』等小標題，標題後附相關詩作。

何卓勳亦評鄭觀應原唱曰：『觀察吟情雲上，壯志風生。愛國之心，藴乎字裏；憂民之念，溢於行間。』

今據上海圖書館藏本影印。（喻夢妍、廖瑜璞）

侍鶴山人七秩唱和詩集一卷

清鄭觀應、清鄧華熙等撰，清何卓勳輯。清宣統二年（1910）上海著易堂鉛印本。一册。每半葉十三行，行二十七字，白口，單黑魚尾，四周雙邊。

鄭觀應簡介，見《侍鶴山人六秩壽詩唱和集》提要。

鄧華熙（1826—1916），字筱赤，又字小石、小赤，廣東順德龍山鄉（今屬佛山市）人。清咸豐元年（1851）舉人。歷任刑部員外郎、刑部郎中、監察御史、雲南大理知府、雲南按察使、湖北布政使、江蘇布政使、安徽巡撫、山西巡撫、貴州巡撫、署漕運總督等職，賜太子少保銜，官居二品。卒謚『和簡』。工書，善畫山水、花卉。著有《鄧和簡公奏議》《説文擇録》《鄧和簡公書牘存稿》等。生平見《鄧華熙日記》。

何卓勳，生卒年不詳，號閬樵，廣東高要（今屬肇慶市）人。諸生。鄭觀應晚輩好友，長居上海十餘年。清光緒十年（1884）鄭觀應曾有《與何閬樵茂才論實業亟宜振興書》與其論及中國近代實業現狀。生平見何卓勳《侍鶴山人七秩唱和詩集序》、夏東元《鄭觀應年譜長編》。

宣統二年初夏，鄭觀應年近七十。時上海輪船局推鄭觀應入都請工商郵傳部注册，故鄭觀應『書懷四律留别滬上吟壇并寄修真道友』并乞賜和。諸家紛紛和作，彙成此集。外封及内封有宣統二年十月汪洵題寫書名。卷前有侍鶴山人七十歲小像，上有戴振年題字：『英雄肝膽，菩薩心腸。詩宗李杜，道契老莊。』并有宣統二年十月鄭潤林序、何卓勳序。是集依次收録鄭觀應留别詩、自壽詩及諸家和詩共二百九十六首，唱和者有鄭觀應、鄧華熙、萬立唐、劉炳照、許炳榛、李翹燊、何卓勳等一百零一人。集中收五言古體兩首，爲陳元凱、王允晰所作；五言律詩三首，爲鄭觀應自壽詩一首與涂九疇贈壽詩兩首；七言律詩二百九十一首，其中鄭觀應留别詩四首，餘下皆爲諸家次韵和詩。集中和詩内容豐富，詩下多有小字注解，於後人瞭解當時社會體制、文化風俗亦有助益。

何卓勳序曰：『庚戌，觀察年届古稀，復以佳章徵吟。凡顯宦大紳、文人墨客、閨中之名彦、方外之高流，莫不剪玉爲詞，裁金作句，歡諧魚藻，壽祝棗梨，裒然成帙。』

今據上海圖書館藏本影印。（喻夢妍、廖瑜璞）

四明酬唱集二卷

清黄大華、清陸廷黻等撰，清黄大華輯。清光緒二十九年（1903）勾東譯社鉛印本。四册。每半葉十行，行二十一字，白口，雙黑對魚尾，四周雙邊。

黄大華（1855—1910），字伯子，號鞠友，湖北武昌（今屬武漢市）人。光緒十五年進士。歷任錢塘、鄞縣、諸暨、德清等縣知縣，兼任杭、嚴二州漕運守備，因勤於政事，成績斐然，保升知府，欽加鹽運使銜。清宣統元年（1909）任浙江省咨議局議案審查委員會委員。從政之餘，鑽研經史，潛心著述，所編《東漢三公年表》《三國志三公宰輔年表》《隋唐之際月表》等十餘種史表，被世界書局刊入《二十五史補編》。著有《夢紅豆村詩集》《夢紅豆村文集》。《［民國］德清縣新志》卷六有傳。

陸廷黻（1837—1922），字己雲，號漁笙，浙江鄞縣（今寧波市）人。清同治十年（1871）進士，改庶吉士，授編修。曾官甘肅學政。歸里後主崇實、月湖書院。著有《思舊録》《鎮亭山房詩文集》等。《［民國］鄞縣通志》有傳。

是集内封書名下署『癸卯春日王謹引貫敬題』，牌記鎸『光緒癸卯暮春刊於勾東譯社』，卷前有光緒二十九年正月十五日陸廷黻序，及《同人姓氏爵里録》。序稱：『武昌黄公以名進士捧檄來浙，歷宰劇邑。前年冬由錢塘來權縣事，下車伊始，即有和錢公小林棲詩，尋以留别錢塘詩分貽鄉士大夫，屬而和者如宫商之迭奏，公因輯而存之。他有所作，亦并附焉。』據知，是集乃光緒二十七至二十九年黄大華任鄞縣縣令期間，與同僚、友朋等唱和之結集，有留别錢塘詩唱和，癸卯上元夜觀燈、游天童寺等唱和。參與者共計六十四人，除官員、文士外，還有僧人、閨秀及奴僕。此集分爲上下兩卷，卷上收四十一位詩人詩作一百二十八首，卷下收四十五位詩人詩作三百四十二首。後有附録，收録黄大華僕人周興、殷元二人詩作八首。

陸廷黻序言稱黄大華此舉曰：『公餘之暇，因得與此邦人士，賡唱迭和，譜爲風謡，以備輶軒之采擇，何其盛也。』

今據國家圖書館藏本影印。（周丹丹）

東瀛唱和録一卷

清黄璟、清吴家修等撰。清光緒鉛印本。一册。每半葉十行，行三十二字，下黑口，單黑魚尾，四周雙邊。

黄璟，生卒年不詳，字小宋，號蜀泉、鐵石道人、二樵樵者，廣東南海（今屬佛山市）人。歷官河南浚縣知縣、陝州知州、北洋農務局總辦等職。工詩畫、擅刻印。著有《四百三十二峰草堂集》。《〔民國〕陝縣志》卷十五有傳。

吴家修，字仲舉，號緘齋，江蘇通州（今屬南通市）人。恩貢生。歷任教習、知縣、候補知府、直隸候補道等。生平見《〔光緒〕通州直隸州志》卷十一、《李鴻章全集》之《奏議》十四、十五。

是集外封有孫家鼐題簽，卷首有王瑚序，後有龐鴻書、孔憲邦、蕭遇春、吴錢孫、荒浪坦、薛廷棨六家題詞。光緒二十八年（1902）六月，袁世凱派北洋農務局總辦黄璟偕日本顧問、農學士楠原正三赴日本購辦農學器具，并考察農業新法。黄璟在日三月，『彼邦士大夫皆以得接豐采爲歡，乞詩書畫者日不暇給』，中日友人往來唱和，加之赴日前與友朋留别贈答之作，得《東瀛唱和録》一卷。正文大題下署『南海黄璟小宋』，以黄璟唱和詩爲綱編排，他人原作或和作附於黄璟相關詩作後，共收黄璟、吴家修、楊穀成、森太來、永井久等十八人詩作九十三首，其中聯句詩二首，黄璟作五十二首。唱和内容駁雜，多以尋詩求句、往來贈答、鬥詩量才、宴飲紀事、集句題畫爲主。

王瑚序稱黄璟此次出使與唱和曰：『禾殖於野，富藏於民，士興於學，而觀察所爲詩乃被之閭閻，薦之朝廟，上追《三百篇》之遺。异日見之，已於此行卜之矣。』

今據國家圖書館藏本影印。（銀文）

去宋唱和集一卷

清葉赫餘慶、清唐宗沅等撰，清葉赫餘慶輯。清光緒二十八年（1902）刻本。一册。每半葉八行，行十九字，白口，單黑魚尾，四周雙邊。

葉赫餘慶，生卒年不詳，字珊汀，正紅旗（滿洲）人。清同治十三年（1874）進士，曾任河南歸德知府。生平見《［光緒］鹿邑縣志》葉赫餘慶序。

唐宗沅，生卒年不詳，字少秋，晚號拙老人，又號批翁，江蘇丹徒（今屬鎮江市）人，晚年寓居泰州。工文辭，善書畫，尤長鐵筆。著有《桐陰堂印圭》《三峰草堂類稿》《拙翁詩鈔》等。《揚州歷史人物辭典》有傳。

是集外封和内封均有李標鳳題寫書名，牌記鎸『光緒壬寅十月刊於大梁』。正文首録餘慶《去宋留别二律録呈教政》，題下序曰：『光緒壬寅秋八月，慶自睢陽簡調廣平。』宋州，别名睢陽郡，治所在宋城縣（今河南省商丘市睢陽區）。餘慶在睢陽任職十三年，調任之際，感慨己身宦游之苦，及與諸僚友離别之愁，賦七律二首。唐少秋、裘季青、扈漢渟、陳蔗生等十七位同人唱和其詩。餘慶復又和作十二首。集末附録陳葆生與餘慶酬和《金縷曲》三首。是集共收詩四十二首，詞三首，多次韵。卷末署『男延倬、延偉、延儒校刊』。

今據國家圖書館藏本影印。（郭繁榮、吴志敏）

滇闈唱和詩鈔一卷

清林紹年、清張星吉等撰，清林紹年輯。清光緒二十九年（1903）刻本。一册。每半葉九行，行二十一字，白口，單黑魚尾，四周雙邊。

林紹年（1849—1916），字贊虞，號健齋，福建閩縣（今屬福州市）人。清同治十三年（1874）進士，授編修。歷任雲南昭通知府，貴州按察使，雲南、貴州、廣西、河南巡撫，民政部右侍郎，弼德院顧問大臣等職。辛亥革命後，以清室遺老自居。著有《林文直公奏稿》。生平見其子林葆恒《林文直公行述》。

張星吉（1852—1911），字翊辰，一作翼辰，山東菏澤（今菏澤市）人。光緒十二年進士。歷任雲南迤南、迤東道道員，廣西右江道道員等。光緒二十九年任雲南鄉試正考官。著有《濰濱集》。《［民國］山東通志》卷二百有傳。

光緒二十九年，雲南舉行癸卯科鄉試，時任雲南巡撫的林紹年充任考官，作七律《癸卯秋闈即事》四首，『時闈内外諸公及都人士見而和者，詩筒絡繹，隨得隨鈔，裒然成帙』。後在陳燦、馮譽驄幫助下，輯録刊刻爲《滇闈唱和詩鈔》一卷。是集内封書名下署『癸卯九月』，左題『光緒二十九年歲在癸卯，民國元年體安製』。卷前有光緒二十九年十月初一林紹年自序。是集收録七十九人唱和詩作三百四十七首，諸人和作皆次林紹年原韵。其中王勳所作僅存三首；謝化南、陳源馨、謝懷宣、周開忠兩叠原韵，各作八首；錢登熙、馮譽驄三叠原韵，各作十二首；其餘諸人均作四首。卷末附録林紹年七律《辛丑八月和仲仙中丞秋闈即事原韵》四首。

是集雖屬科舉闈場唱和，但亦反映時事、寄寓性情，誠如林紹年序所言：『茲篇所録，述事之餘，間寓風勉，蓋亦各觸所遇，而善抒情懷也。』

今據國家圖書館藏本影印。（尚鵬）

小小唱和集五卷

清玉紅新小郎、清小玉維命花撰，清惜花前度郎編。清光緒三十年（1904）鉛印本。二册。每半葉十一行，行二十六字，白口，單黑魚尾，四周雙邊，緑格。

是集外封書名下署『蘭君題簽』，内封書名下題『玉紅詞客署簽』，牌記署『光緒甲辰年季冬月印』。卷前有光緒三十年二月花朝龍眠雪鑪氏序及是年十二月惜花前度郎序，後有根墨魏太郎、寄蓀管大郎、石屏袁大郎等十二家題句三十六首，題句後有雪鑪氏《小小唱和集書後》和西陵散人《聞玉紅徵君述高校書五律詩記》。是集署『玉紅新小郎、小玉維命花撰』，玉紅新小郎之姓名俟考；小玉維命花據惜花前度郎《小小唱和集序》可知，其本名爲高紅兒，本士人之女，淪落風塵，遇於玉紅，遂相讌游唱和，倚聲鬥韵，照耀一時。是集卷一、二收小玉詩四十五首、小郎詩四十七首，卷三、四收小玉詞十三闋、小郎詞二十七闋，多采用同題、同調和次韵的形式，卷五收小玉、小郎文各五篇，又附小郎贈小玉聯四副。集中除描寫悲歡離合的旖旎之作外，亦有高古沉痛如《紀難》八首者。

惜花前度郎序稱小玉、小郎之作曰：『夫公子、花史皆有大過人者，詩好，詞更好，而以文章爲最好。』

今據南京圖書館藏本影印。（王春）

古稀唱和録一卷

清錢國祥、清衛恩祥等撰。清光緒三十年（1904）鉛印本。一册。每半葉十二行，行二十四字，上黑口，單黑魚尾，四周雙邊。

錢國祥簡介，見《山海題襟集》提要。

衛恩祥，字端生，江蘇蘇州（今蘇州市）人。貢生。其餘不詳。

是書外封篆書書名下題「光緒甲辰初秋汪鳴鑾署檢」，鈐汪鳴鑾「郎亭」印。光緒三十年，錢國祥於七十壽辰之際，作七律《歲在閼逢執徐夏五月七十初度感懷四首》，衛恩祥、汪鳴鑾、俞樾、孫景康、王亦曾等親友遂紛紛投贈和作。錢國祥「依和到之先後爲序」輯録，共收二十四人唱和詩作一百一十二首，均次錢國祥原作韵。卷末附有錢國祥《五十感懷詩》四首，《六十感懷詩》八首。全集圍繞錢國祥七十壽辰，或叙其交誼，如汪鳴鑾「相從五十二春秋，彈指流光各白頭」；或頌其高壽，如蔣雲階「八千春又八千秋，南極星輝最上頭」；或歌其德行，如華祖綬「古貌古心不習時，清名更自患人知」。集中詩作不乏憂時之意，如衛恩祥「北海頻遭兵火劫，南邦競效島夷裝」，蔣雲陛「絶好金甌竟不完，感懷時局轉旋難」，達錫純「平生常抱先憂志，每論時艱輒悚惶」等。

今據上海圖書館藏本影印。（尚鵬）

沆瀣集一卷

清張之洞、清樊增祥撰。清末重印清光緒二十八年（1902）西安臬署刻《樊山續集》本。一册。每半葉十二行，行二十三字，黑口，單黑魚尾，左右雙邊。

張之洞（1837—1909），字孝達，號香濤，别號壺公，又稱廣雅，南皮（今河北省南皮縣）人。清同治二年（1863）探花，授編修。歷任湖北學政、四川學政、湖廣總督、兩江總督、體仁閣大學士、軍機大臣等職。致力於洋務運動，創辦漢陽鐵廠、萍鄉煤礦等。與曾國藩、李鴻章、左宗棠并稱『晚清中興四大名臣』。卒謚『文襄』。著有《張文襄公全集》。《清史稿》卷四百三十七有傳。

樊增祥簡介，見《紫泥酬唱詩》提要。

是集收録光緒三十年以後張之洞所作五十六首詩歌及樊增祥和詩，共計一百一十二首，被收入《樊山續集》卷二十五中。編排上，先録張之洞『甲辰以後詩』，内容有《游蘇門山四首》《登臨》《金陵游覽詩》等游賞寫景之作，亦有《讀宋史》等咏史之作，《惜春》等咏懷之作。體裁既有古體，亦有近體，以絶句居多。後録樊增祥『奉和張少保師甲辰以後詩』，所作五十六首詩，全爲依題奉和之作，多不次韵。

今據國家圖書館藏本影印。（郭繁榮、吴志敏）

耆齡酬唱集一卷

清忻繼述、清張世訓等撰，清忻繼述輯。清宣統元年（1909）忻受豫木活字本。一册。每半葉十行，行二十一字，白口，單黑魚尾，四周單邊。

忻繼述（1846—？），字宰岳，號載鶴、吾過主人，浙江鄞縣（今屬寧波市）人。清光緒二十二年（1896）貢生。工書，能詩文。其餘不詳。

張世訓，浙江鄞縣（今屬寧波市）人。光緒十一年舉人。纂修《（浙江鄞縣）大步東張氏夏房譜》《（浙江鄞縣）雲龍碶張氏地房譜》《（浙江寧波）甬東樓氏宗譜》《（浙江鄞縣）三橋李氏宗譜》。生平見《［光緒］慈溪縣志》之《同事職名》。

是集内封有王禹襄題寫書名，牌記鎸『宣統建元孟夏刊印』。卷首有光緒三十二年十二月忻繼述自序，卷末有宣統元年忻繼述之子忻受豫跋語。光緒三十一年，忻繼述於六十壽辰之際感慨歲月蹉跎，效杜甫《書懷》、陸游《遣悶》賦七律四首以抒懷。親友門生張世訓、吴品諧、郭然益、謝燮霖、謝謙益、包用康、金寶南、陳毓鎬、李翊勳、忻槐芳等一百零二人和之，共得詩四百二十四首，彙爲是集。和詩圍繞忻繼述原作展開，多表達對忻繼述之尊崇與祝福。體裁有五律和七律，七律以次忻繼述原作韵居多。

忻受豫跋曰：『本擬早付剞劂，以公同好。家嚴因諸君子惠我好音，頌多規少，謙退不敢當，事遂寢。經門下再四慫恿，辭不獲已，今春始命受豫繕寫清本，友生眷族次第排印。以家嚴之潛德而得諸君子實事表彰，可喜也。』

今據上海圖書館藏本影印。（薛夢穎、郭雪穎）

大梁留别唱和集一卷

清陳夔龍、清俞樾等撰，清陳夔龍編。清宣統三年（1911）鉛印本。一册。每半葉十行，行二十三字，下黑口，雙黑對魚尾，四周雙邊。

陳夔龍（1857—1948），又名陳夔鱗，字筱石，一作小石、韶石，號庸庵、庸叟、花近樓主，貴州貴築（今屬貴陽市）人。清光緒十二年（1886）進士。歷任順天府尹、河南布政使、河南巡撫、江蘇巡撫、直隸總督兼北洋大臣等職。入民國後退隱上海。著有《庸庵尚書奏議》《夢蕉亭雜記》《花近樓詩存》等。生平見高振霄《清授光禄大夫太子少師故直隸總督北洋大臣陳公墓誌銘》。

俞樾簡介，見《秋蘭詩鈔》提要。

光緒三十一年，陳夔龍從河南巡撫調任江蘇巡撫，作《大梁雜感即以留别》組詩八首。和者衆多，詩作彙爲此集。是集共收録俞樾、高樹等三十四人所作次韻唱和詩三百二十首，以七律爲主。全集以『留别』『送别』爲主，陳夔龍首唱詩吐露自己即將離别河南之眷念與不捨，如『壁上鴻留指爪痕，此邦於我太温存』等。與之唱和者多在詩中表達送别之意，如瑞良詩『三年駪轡從公持，又是河梁送别時』，又如馮光元詩『未向灞橋樽酒酹，已教惆悵黯銷魂』等；也有詩句稱贊陳夔龍在河南任上的政績，如許祐身詩『請看三載循良績，河慶安瀾堠息烽』等。此外，集中還有陳夔龍作《五十自述用大梁留别韵》組詩八首，及俞樾和詩八首。

今據國家圖書館藏本影印。（喻夢妍、廖瑜璞）

丙午春正唱和詩二卷

清延清、張英麟等撰，清延清輯。清宣統三年（1911）京師崇文坊錦官堂石印本。二册。每半葉九行，行二十四字，無格。

延清（1846—？），字子澄，號小恬、鐵君，鑲白旗（蒙古）巴里克氏。清同治十三年（1874）進士。歷任工部郎中、侍讀學士、侍講學士等職。著有《四時分韵試帖詩》《遺逸清音集》《庚子都門紀事詩》《錦官堂詩草》等。生平見《同治庚午科大同年齒録》《京口八旗志》。

張英麟簡介，見《三山同聲集》提要。

是集外封有王垿題寫書名，内封有惲毓鼎題寫書名，牌記題『師崇文坊錦官堂編次寫印』。卷首有清光緒三十二年（1906）二月何乃瑩序、六月十一日張寶森序、三月三日李恩綬序，何序首行下鈐『咏春所收』印。後列劉恩溥《題子澄學士丙午春正唱和詩》題辭一首、張寶森題辭四首、汪鳳藻題辭一首。此唱和發生於光緒三十二年正月，多爲延清首唱，諸僚友同人和之。詩作以唱和時間爲序，分上平韵、下平韵輯爲二册。第一册收録延清、張英麟、耿道冲等十二位詩人詩作六十首，第二册收録延清、何乃瑩、吴蔭培等十二位詩人詩作六十七首。附録收延清詩十一首、張恩壽和延清詩四首。詩歌或咏早朝盛况，或紀宴飲集會，或叙同僚友誼，或述京城風物等，既有極盡歌功頌聖、賦咏太平之能，也有對時局前景之憂慮，以七律、七絶爲主，多次韵、依韵之作。張寶森序云：『今之論者謂庚子之詩鳴其哀，丙午之詩鳴其樂，用各不同，而吾謂其致一也。』又云：『至集中唱和諸詩，雍容華貴，俊逸清新，固爲有目者所同賞。』

今據國家圖書館藏本影印。（周丹丹）

松鶴介壽圖唱和集二卷

清許少期、清劉光珊等撰，清許少期輯。清光緒三十四年（1908）石印本。一册。每半葉九行，行二十一字，白口，單黑魚尾，四周雙邊。

許少期（1837—？），號省漚。道士。清同治十年（1871）、十一年間應召入京，供職内廷，授提舉，掌京畿道録司。時人稱其『雖年届古稀而鶴髮飄然，童顔如昨』。生平見姚應泰《松鶴介壽圖序》、蔡嘉勳《誥授奉政大夫省漚尊兄大人七十令旦壽序》。

劉光珊（1847—1917），原名銘照，後改炳照，字伯蔭，又字光珊，號蕢塘，又號語石，晚號復丁老人，江蘇陽湖（今屬常州市）人。諸生。晚年捐納得五品銜候選訓導，誥封奉政大夫。工詩詞，極好篆刻。光緒二十一年，與夏孫桐、鄭文焯等於蘇州城西藝圃結『鷗隱詞社』。民國二年（1913），參與詩社『淞社』。著有《留云借月庵詞》《無長物齋詩存》《復丁老人詩記》《感知集》《無長物齋詞存》《稀齡集》等。生平見其自著《復丁老人詩記》。

是集收録許少期六十歲、七十歲『自壽詩暨松鶴介壽圖小像合諸名公唱和題咏之作』，另有許氏四十歲時他人所贈詩，共含詩、詞二百五十一首，賦一篇。卷上收録許少期七十自壽詩七律八首及詞兩首、他人贈壽詩及唱和詩一百二十首，《松鶴介壽圖賦》一篇。卷前有許少期像，題『聽香仙館主人七十有五小像』；後有光緒三十四年九月姚應泰《松鶴介壽圖序》，首行下鈐『孫祖基』等印；再後有光緒三十二年正月蔡嘉勳《誥授奉政大夫省滬尊兄大人七十令旦壽序》；另有劉繼增、顧汝鶚等六人題辭九首；卷後附張元旭、華鴻模等十四人所作賀許少期七旬之壽聯十四副。卷下收録許少期六十自壽詩七律四首及詞兩首，并他人贈壽唱和詩一百零六首。卷前有許少期四十歲時戊辰榜眼黄自元、丙子探花馮文蔚等九位名流所作題小像詩九首，光緒二十二年許少期《松鶴介壽圖自叙》與《擬五老耆英會小序》詩一首，蔡瑞勳序，并華世芳、曹貽孫等九人題辭十一首，及許少期自作詩四首與《千年調》二闋，卷末附徐士佳、華鴻模等十三人所作賀許少期六旬之壽聯十三副。參與唱和者有許少期、劉光珊、朱以增、蔡嘉勳、吴光奇、華鴻模、周文溶、徐子淵、長尾甲（日本）等八十二人。集中收録詩作多步許少期自壽詩韵，偶有例外，如孫福保《集杜五古一章》等。

姚應泰序謂許少期作詩之情狀曰：『時而焚香兀坐，閉閤吟詩，於蒸丹餌朮之餘，究島瘦郊寒之旨。偶有所作，輒與諸名流迭相倡和，由是名高蓮社，才溢騷壇，言志遣懷，老而不輟。』又謂此唱和集曰：『大有清新俊逸之觀，絶無衰老頹唐之態，此又道之入於儒而勝於儒者也。』

今據上海圖書館藏本影印。（喻夢妍、廖瑜璞）

池陽唱和集二卷

清姚永概、清王咏霓等撰，清王咏霓輯。清光緒三十三年（1907）鉛印本。一册。每半葉十一行，行二十六字，白口，雙黑對魚尾，四周雙邊。

姚永概（1866—1923），字叔節，號幸孫，安徽桐城（今桐城市）人。光緒十四年解元。姚瑩之孫。素有文名。師從吴汝綸治學。光緒二十九年，桐城中學堂成立，姚永概爲總監之一，又被聘爲安徽高等學堂總教習。民國初，嚴復任北京大學校長，邀姚永概任北大文科學長。一九一八年徐樹錚在北京創辦正志學校，聘姚永概爲教務長。參與纂修《清史稿》。著有《慎宜軒集》《慎宜軒日記》，編有《孟子講義》《左傳選讀》《初學古文讀本》。生平見金天羽《皖志列傳稿》、汪國恒《近代詩人小傳稿》。

王咏霓簡介，見《漸源唱和集》提要。

是集内封有汪根甲篆書題寫書名，并鈐『田龍』印。卷前有光緒三十三年十一月何維棣序。卷端大題下署『六潭居士編次』，旁鈐『綺芬藏』印。是集主要收録光緒三十二年夏王咏霓出知池州，政務閑暇時與賓朋僚屬詩酒酬唱之作。此外還收録是年八月至十一月間，王咏霓赴武昌及返台州期間之唱和詩作。此集共收姚永概、王咏霓、馬長儒、張寳書、許晋祁、杜葆光、李長鬱、王佑曾等四十四人唱和詩作二百二十二首，大致以時間先後爲序編排。内容上或咏雅集宴會，或狀游覽山水，或記送别餞行，多爲同人酬唱贈答，尤喜叠韵，有多至十一叠者。

何維棣序稱王咏霓此集唱和曰：『君既至郡，訟清政舉，輒以暇日因公臨眺，或召僚屬從游賦詩，得《池陽唱和集》二百餘篇，都爲二卷。賓朋贈答，風矩不減錢、劉。至於選勝尋幽，則康樂之清遒、眉山之豪宕，時一遇之。』

今據上海圖書館藏本影印。（尚鵬）

茂苑吟秋集一卷

清羅長祫、清陳夔龍等撰。清光緒三十二年（1906）刻本。一册，每半葉十行，行二十五字，白口，單黑魚尾，四周雙邊。

羅長祫（1865—1911），字申田，湖南湘鄉（今湘鄉市）人。光緒二十一年進士，改庶吉士，授編修。曾官江南候補道、駐藏左參贊等職。在藏爲亂兵所戕。著有《寄傲軒詩草》《思兄樓文稿》等。生平見《清史稿》卷四百六十九。

陳夔龍簡介，見《大梁留别唱和集》提要。

是集内封有俞樾篆文題寫書名，牌記署『光緒三十二年仲冬月㪺刊』，共收録羅長祫、陳夔龍、朱家寶、汪鳴鑾等三十二人詩一百一十一首，詞一首。唱和時間集中在光緒三十二年重陽至三十三年五月，期間主要唱和活動有六次，依次爲：一爲光緒三十二年重陽，羅長祫、陳夔龍、朱家寶等九人游拙政園登高唱和，羅長祫首唱，每人作詩四首，共計三十六首，皆爲七律次韵唱和。二爲同年九月，羅長祫仕學速成科畢業，次『朱陸鵝湖講學詩歌』韵，賦詩贈諸君子，左樹珍、萬繩武、戴壽昌等十九人作和詩二十四首，并附朱熹、陸九淵、陸九齡三人唱和原作三首，皆爲七律次韵唱和。三爲同年九月二十六日，汪鳴鑾於網師園宴陳夔龍等諸位同人，羅長祫次陳氏《游石公山》原韵賦詩首唱，俞樾、陳夔龍、汪鳴鑾、朱惠元等和之。詩凡十一首，并附陳夔龍原作一首，皆爲七律次韵唱和。四爲陳夔龍題《清江浦餞民圖》，作五律二首首唱，朱家寶、羅長祫先後和之。詩凡六首，皆爲五律次韵唱和。五爲陳夔龍於拙政園餞别朱家寶賦詩首唱，羅長祫、朱家寶依次和韵。詩凡三首，皆爲七律次韵唱和。六爲光緒三十三年五月三日陳夔龍生辰之際，陳啓泰賦詩二首爲之壽，陳夔龍、羅長祫分别作詩和之。詩凡六首，皆爲七律次韵唱和。除上述唱和之作外，集中尚載羅長祫詞一首、詩十七首，俞樾贈羅長祫詩三首，陳夔龍贈詩兩首，朱家寶、俞陛雲、王樹敏贈詩各一首，及《江蘇陸軍征兵歡迎羅參謀軍歌》一首（作者不詳）。

今據南京圖書館藏本影印。（豆國慶）

二山唱和集一卷

清陳瀏撰。民國鉛印本。一册。每半葉九行，行二十三字，白口，單黑魚尾，四周雙邊。

陳瀏（1863—1929），字湘濤、亮伯、孝威，號定山、寂園、垂叟、睇海樓主等，江蘇江浦（今屬南京市）人。清光緒十一年（1885）拔貢，朝考第一，以七品京官簽分刑部浙江司。歷官總理衙門記名章京、外務部郎中。光緒三十四年，任福建鹽法道，後爲劾罷。民國初，任交通部秘書、兼權電政司長。因不滿袁世凱復辟，掛冠去職，南游廣東巡按使朱慶瀾幕府。繼而受聘入京參修清史。後以地方長官之邀，携家游黑龍江。一九二九年冬，卒於黑龍江寓所。早負文名，精書法篆刻、瓷器鑒賞。著有《寂園説印》《斗杯堂詩集》《斗杯堂札記》《繡詩樓詩》等，多收録於《寂園叢書》中。生平見鍾廣生《清授資政大夫福建鹽法道陳公行狀》。

是集卷首署「江浦寂園叟」，共收録陳瀏詩作一百一十八首，含所附舊作《天風閣詩》一首。另附録吏部官員韓某詩二首。作品多係與吴保初及吴氏姬妾、弟子、友人唱和。吴保初，字彦復，號君遂，晚號癭公，安徽廬江人，家有北山樓，故又稱北山先生。而陳瀏號定山，詩中亦往往以『北山』『定山』對舉，此蓋題名『二山唱和集』之由來。據集中丙午、丁未等時間，可判斷大致作於光緒三十二、三十三年。惜是集衹收陳氏之作，吴保初唱和作品如《喜陳孝威見過》《酬陳孝威刑部》《和陳亮伯刑部原韵》《得陳定山瀏書却寄》《再答定山》《和定山雜詩》等，散見於吴氏《北山樓集》。陳瀏詩稱『吴癭平生我最親』，字裹行間，皆流露出陳吴『二山』之深厚情誼。

集後附録《天風閣詩賸》，收詩二十七首，殘句若干，多作於光緒二十一年，亦間或與吴保初相關。

今據國家圖書館藏本影印。（陳思晗）

潛廬壽觴酬唱集一卷

清盛慶蕃、清楊葆光等撰，清盛慶蕃輯。清光緒三十三年（1907）刻本。一册。每半葉九行，行十八字，白口，單黑魚尾，左右雙邊。

盛慶蕃（1828—1919），字劍南，浙江餘杭（今屬杭州市）人。廪貢生。光緒間曾任湯溪縣、建德縣訓導。工詩善書。編著有《潛廬壽觴酬唱集》。生平見《［民國］湯溪縣志》卷八、《［民國］建德縣志》卷九。

楊葆光（1830—1912），字古醞，號蘇庵，别號紅豆詞人，婁縣（今屬上海市）人。諸生。曾官浙江新昌、龍游、宣平等地知縣。善詩詞，工書畫。著有《蘇庵集》。《［民國］宣平縣志》卷九有傳。

是集乃盛慶蕃八十壽慶唱和作品集。内封有陳豪題寫書名，牌記鎸『光緒歲次丁未三月』。此集收録盛慶蕃、楊葆光、顧曾沐、任賢、陳雲衢、丁乃昌等二十五人唱和詩。盛慶蕃首唱四首，題爲《八十自壽》，其餘二十四人分别和詩，每人四首，凡一百首，皆爲七律，且爲次韻之作。詩歌或贊盛氏德行學養；或祝龍馬精神、英耆永保；或述招賢引才、勸學興學之功等。

今據上海圖書館藏本影印。（彭健）

百老吟一卷

清繆荃孫、清繆朝荃等撰，清錢溯耆輯。清宣統二年（1910）太倉錢氏聽邠館刻本。一册，與《百老吟後編》《百老吟三編》合刻。每半葉十行，行二十一字，白口，單黑魚尾，左右雙邊。

繆荃孫（1844—1919），字炎之，又字筱珊，晚號藝風，江蘇江陰（今江陰市）人。清光緒二年（1876）進士，授編修。光緒三十三年創辦江南圖書館，宣統二年奉調北京創辦京師圖書館，民國四年（1915）出任清史館總纂，被譽爲中國近代『圖書館之父』。先後任南菁書院、鍾山書院山長。著有《藝風堂文集》《藝風堂藏書記》《藝風堂讀書記》等，編有《江蘇通志》《江陰縣續志》《續國朝碑傳集》《常州詞録》等，選刻叢書有《雲自在龕叢書》《對雨樓叢書》《藕香零拾》《烟畫東堂小品》等。《［民國］江陰續志》卷十五有傳。

繆朝荃（1841—1915），字伯楚，號蘅甫、紉蘭，江蘇太倉（今太倉市）人。清同治九年（1870）優貢。生平酷嗜典籍，對鄉邦文獻搜羅最勤。光緒年間建有藏書樓『東倉書庫』，收藏善本書數萬卷。撰有《東倉書庫目録》《繆紉蘭詩稿》《清抱居詩稿》等，輯刻《東倉書庫叢刻》《彙刻太倉舊志五種》等。生平見《蘇州通史》之《志表卷》。

錢溯耆（1844—1917），字籥龢，號伊臣、聽邠，江蘇太倉（今太倉市）人。同治九年優貢。曾官直隸深州知州。著有《聽邠館尺牘》等，輯有《南園賡社詩存》《滄江樂府七種》《錢敏肅公奏疏》等。生平見秦綬章《清故誥授資政大夫花翎二品銜補用道直隸深州直隸州知州錢君墓誌銘》。

光緒三十三年，繆朝荃寄繆荃孫五律六首，繆荃孫以五古二篇答之。錢溯耆、劉炳照等人争次答詩之韻唱和，後經錢溯耆輯録，刊刻於宣統二年。因這些詩作首二句押『老』字韻，且多達百餘首，是集遂被稱爲《百老吟》。外封書名下題『宣統庚戌仲夏李泰來署簽』；内封中題書名，右上書『宣統庚戌夏五』，左下書『陽湖汪洵署檢』；牌記題『太倉錢氏聽邠館刊』。卷前有宣統二年十二月劉炳照《百老吟叙》，後列《百老吟詩人姓氏録》。是集共收録繆荃孫、繆朝荃、錢溯耆、錢綏槩、錢紘槩、朱錕、長尾甲等三十人詩作一百五十一首。卷後有宣統二年十月繆朝荃跋。

劉炳照序：『君（錢溯耆）偶次藝風「老」字韻寄懷，予復依永酬之。滬瀆、婁江同社諸子各有所作，傳箋之使不絶於道。予亦興往情來，叠至四十餘首。唱和之盛，前此所未有也。』

今據首都圖書館藏本影印。（尚鵬）

百老吟後編一卷

清陳世培、清陳洙等撰，清錢溯耆輯。民國元年（1912）太倉錢氏刻本。一册，與《百老吟》《百老吟三編》合刻。每半葉十行，行二十一字，白口，單黑魚尾，左右雙邊。

陳世培，生卒年不詳，字仲笙，號敦齋，江蘇元和（今屬蘇州市）人。廪貢生。歷官試用訓導、靖江教諭、代理上海教諭、太倉州學正等。工文詞。著有《聽香館詩文》。生平見《［民國］太倉州志》卷十一。

陳洙簡介，見《同文集提要》。

錢溯耆簡介，見《百老吟》提要。

光緒三十三年，繆朝荃寄繆荃孫五律六首，繆荃孫以五古二篇答之。錢溯耆、劉炳照等人争次答詩之韵唱和，後經錢溯耆輯録爲《百老吟》一卷，刊刻於宣統二年。結集後，唱和之風未止，詩友陸續投贈次韵之作，錢溯耆遂於民國元年彙集刊刻《百老吟後編》。内封有吴昌碩題寫書名，牌記題「壬子太倉錢氏聽豳館續刊」。卷前有繆荃孫序，後列《百老吟詩人姓氏續録》。是集共收録陳世培、陳洙、劉炳照、左連奎、潘飛聲、楊芃棫、沈焜等二十九人詩作八十五首。

《後編》詩作，均次繆荃孫《寄贈家蘅甫同年二首》韵，詩題自擬，抒寫身世之感、易代之悲。正如繆荃孫序曰：『僕本恨人，又逢晚境，偷生海角，乞活經方。和韵未能，彩筆已還郭璞；屑涕不已，鼓琴何待雍門。固不徒身世衰落之悲，抑又抱家國無窮之恨，以示蘅甫、聽邠、復丁，蓋同兹一嘆也。』

今據首都圖書館藏本影印。（尚鵬）

百老吟三編一卷附編一卷

清陳家蔭、清潘飛聲等撰，清錢溯耆輯。民國四年（1915）太倉錢氏刻本。一册，與《百老吟》《百老吟後編》合刻。每半葉十行，行二十一字，白口，單黑魚尾，左右雙邊。

陳家蔭，字季英，安徽懷寧（今懷寧縣）人。清宣統元年（1909）任内閣中書。其餘不詳。

潘飛聲（1858—1934），字蘭史，號劍士，又號獨立山人，廣東番禺（今屬廣州市）人。清光緒二十五年（1899），德國柏林大學聘請潘飛聲爲漢文學教授。後赴香港，擔任《華報》《實報》筆政。參加南社，與高天梅、俞劍華、傅屯良并稱『南社四劍』。著有《西海紀行卷》《天外歸槎録》《説劍堂詩集》《説劍堂詞集》《在山泉詩話》《兩窗雜録》等。生平見毛慶耆《潘飛聲小傳》、丁麗《潘飛聲先生年譜》、林傳濱《潘飛聲年譜》。

錢溯耆簡介，見《百老吟》提要。

光緒三十三年，繆朝荃寄繆荃孫五律六首，繆荃孫以五古二篇答之。友朋争次答詩之韵唱和，後經錢溯耆輯録爲《百老吟》《百老吟後編》。民國二年，錢溯耆於滬上結識潘蠖，贈其《百老吟》及《後編》。潘蠖携之歸鄉，鄉里父老閲之，紛紛投贈和作，錢溯耆遂合前存舊作，於民國四年刊成《百老吟三編》。正編、後編與三編詩作均次繆荃孫《寄贈家蘅甫同年二首》韵，詩題自擬，多爲交游感懷之作。

是集内封有吴昌碩題寫書名，牌記署『乙卯春三月古倉錢氏聽邠館補刊』，卷前有《百老吟三編詩人姓氏録》。此集以詩寄贈先後爲序，共收録陳家蔭、潘飛聲、施贊唐、胡念修、金武祥、劉承幹等四十八人詩作一百四十七首。後有《百老吟附編》，録趙陳德音、潘姜鳳章、顧陳定文三人詩作七首。卷末有一九一四年秋潘文熊、潘蠖跋。

潘文熊跋曰：『讀是集者，不啻聚群老於一堂，借以聯情道志，而下泉之思、榛苓之慕，亦時於此寄之，是足見東南文獻之留遺與思古之人心未泯也。』

今據首都圖書館藏本影印。（尚鵬）

枯木禪七十唱和詩一卷

清釋空塵、清秦敏樹等撰，清釋空塵輯。清宣統元年（1909）《香畾室詩集》木活字本。一册。每半葉九行，行二十字，下黑口，單黑魚尾，四周單邊。

釋空塵（1839—1913），號雲閑上人，俗姓姜，江蘇如皋（今如皋市）人。擅琴，兼能書畫。著有《枯木禪琴譜》等。生平見《枯木禪七十唱和詩》卷首楊葆光《小傳》。

秦敏樹（1828—1915），原名嘉樹，字散之，一字稚梅，晚號冬木老人，江蘇吴縣（今屬蘇州市）人，世居西洞庭秦家堡。曾官浙江候補縣丞、天目山巡檢。後歸隱。能詩，兼工山水。著有《小睡足寮詩鈔》。《[民國]吴縣志》卷七十九有傳。

是集卷首有宣統元年十月楊葆光序，後列清光緒三十四年（1908）七月楊葆光所撰雲閑小傳。雲閑大師七十歲時作《自述詩》四首，門下弟子、各界人士唱和者甚多，雲閑以得詩先後爲次録之，題爲《七十贈言》，共收詩一百六十七首。和者有秦敏樹、楊葆光等四十五人。除秦敏樹、李鏡熙、朱德鑣、王維鑅、許甪龢、于鬯、朱兆蓉七人之作外，餘作皆次雲閑大師《自述詩》四首之韵。詩歌内容皆爲祝壽之語并贊雲閑之高超琴藝。

楊葆光序稱雲閑大師是集曰：『語曰：「言之無文，行之不遠。」又曰：「文，所以載道也。」師之行誼既與道合，則其見者亦皆清微淡遠，不外敦厚之遺。』

今據首都圖書館藏本影印。（苑麗麗）

鎖院吟秋唱和集一卷

清孫崇緯、清黄膺等撰。清宣統二年（1910）雲南財政局鉛印本。一册。每半葉十一行，行二十八字，白口，雙黑對魚尾，四周雙邊。

孫崇緯（1854—？），字似喬，號星樓，江蘇泰興（今屬南通市）人。清光緒九年（1883）進士。歷任刑部主事、刑部郎中、雲南普洱知府等職。著有《留餘堂古今體詩遺稿》《西征草》《從扈草》《南游草》。《［宣統］泰興縣志續》卷九有傳。

黄膺簡介，見《尋詩集》提要。

宣統元年，雲南己酉科考試，雲南提學使郭燦招黄膺、孫崇緯等人襄校考卷。適逢中秋，孫崇緯作七律四首，和者甚衆，後輯録爲《鎖院吟秋唱和集》一卷。是書外封上題『鎖院聯吟』，下題『葆青署簽』，『葆青』乃龔維錡之字；內封署『鎖院吟秋酬唱集』；卷端大題爲『鎖院吟秋唱和集』。牌記中間署『宣統二年庚戌四月昆明排印』，左下鎸『雲南財政局鉛印館排』。卷前有郭燦作題詞二首，并和孫崇緯詩韵四首。正文首列孫崇緯於考闈中秋偶成七律四首，和之者有黄膺、馮譽驄、施文熙等三十八人。其中孫崇緯六叠原韵，作詩二十四首；黄膺四叠原韵，作詩十六首；馮譽驄、諶毅三叠原韵，各作詩十二首；龔維錡、蕭端楙、馮慶榜、黄乾濟兩叠原韵，各作詩八首。其餘諸人均次韵原唱，作詩四首。此外，徐旭因孫崇緯、黄膺『徵促和什』，『强以倚聲壘之』，作《滿江紅·和老農》《念奴嬌·和夢隱兼老農》二闋，黄膺、孫崇緯、童益泰三人和之。是集合計收録唱和詩詞二百二十四首，其中詞八首。卷後附録孫崇緯、黄膺、徐旭、鄭溱、馮譽驄、西山老樵、陳慶佑等人所作贈答唱和之詩四十八首。

今據國家圖書館藏本影印。（尚鵬）

龍馬潭唱和詩集二卷

清趙藩、清鍾壽康等撰，清顔楷輯。清宣統元年（1909）鉛印本。一册。每半葉十行，行二十四字，白口，單黑魚尾，四周雙邊。

趙藩（1851—1927），字樾村，一字介庵，别號蝯仙，晚號石禪老人，雲南劍川（今劍川縣）人。清光緒元年（1875）舉人。清末歷任易門訓導，四川永寧道道員、川南道按察使等職。入民國曾任衆議院議員、護法軍政府交通總長。工詩善書。著有《向湖村舍詩初集》《小鷗波館詞》等集。生平見《道光同光四朝史詩·乙集》卷四。

鍾壽康，生卒年不詳，字文叔，浙江會稽（今屬紹興市）人。監生。歷任四川華陽知縣、什邡知縣、瀘州知州、潼川知府等職。生平見《[民國]重修什邡縣志》。

顔楷，字伯慈，江蘇丹徒（今屬鎮江市）人。生平不詳。

龍馬潭位於瀘州城東北二十里，始建於宋嘉祐中。清光緒二十三年(1897)夏大水泛漲，龍馬潭壁牆坍塌。宣統元年，分巡使趙藩、知州鍾壽康募資籌款，修葺龍馬潭，十一月事畢。郡中名士爲此宴飲賦詩，趙藩即席首唱二首，諸人和之，裒爲此集。卷首有宣統元年冬顔楷序及同年十二月萬慎《重修龍馬潭記》，并録趙藩七律詩二首。是集分爲上、下二卷，卷上收録鍾壽康、陳矩等五十人和趙藩詩作二百六十首。詩歌内容圍繞龍馬潭展開，或述龍馬潭傳説，或咏龍馬潭物産，或譽重建龍馬潭之功業、恩澤，或美主賓和睦、記觴咏之樂。卷下前有宣統元年六月趙藩《重修江山平遠堂記》，共收趙藩、鍾壽康等九人平遠堂唱和詩三十首，皆爲七言律。江山平遠堂位於諸葛忠武祠旁，且因此祠而立，故詩歌既述平遠堂之歷史由來，亦贊譽諸葛孔明之功業抱負和鞠躬盡瘁之奉獻精神，多發歷史興亡感慨。卷末附趙藩《景忠樓銘叙》、鍾壽康《寄暢樓跋語》及《寄暢樓詩》二首。

顔楷序稱此集曰：『夫山川不能語，得人而名；丹艧不能永，托文字而壽，其大較然也。則是集也，其亦《漢上題襟》《松陵酬唱》諸集之嗣音也。』

今據國家圖書館藏本影印。（彭健）

圭塘倡和詩一卷

袁世凱、沈祖憲等撰，袁克文輯。清宣統豹龕石印本。一册。每半葉八行，行十六字，黑口，無魚尾，四周單邊。

袁世凱（1859—1916），字慰亭，一作慰廷，號容庵、洗心亭主人，河南項城（今項城市）人。清末歷任駐朝通商大臣、山東巡撫、直隸總督、北洋大臣、軍機大臣、外務部尚書、内閣總理大臣等。辛亥革命後脅迫孫中山讓位，任中華民國大總統，繼而復辟稱帝，被推翻。因尿毒症不治身亡。駱寶善、劉路生主編有《袁世凱全集》。生平見徐忱《袁世凱全傳》、内藤順太郎《袁世凱年譜》。

沈祖憲，生卒年不詳，字吕生，浙江會稽（今屬紹興市）人。清光緒五年（1879）優貢。曾任直隸深州知州。後入袁世凱軍幕，任其秘書。與吴闓生合作《容庵弟子記》。《詞綜補遺》卷八十三有傳。

袁克文（1890—1931），字豹岑，號寒雲，河南項城（今項城市）人。袁世凱次子。擅詩文、書法，好昆曲、古錢，自言『志在做一名士』。著有《寒雲手寫所藏宋本提要廿九種》《古錢隨筆》《寒雲詞集》《寒雲詩集》等。《民國人物小傳》第五册有傳。

宣統元年（1909）元月，袁世凱被攝政王載灃開缺養疴，移居河南省彰德府城北洹上村。次年春日，袁世凱召集親友幕僚，於洹上游園賞景，賦詩唱和。同年袁克文將唱和詩作彙爲一編，以洹上村圭塘橋命名爲《圭塘倡和詩》。是集内封有袁克文題寫書名，卷前有宣統二年袁克文題記，卷末鎸『華陽高世异校寫』，共收録袁世凱等十九人唱和詩作六十五首（其中聯句詩兩首），依詩韵劃分，可分爲十三場唱和。依次爲：一、袁世凱作《次王介艇丈游養壽園韵》，沈祖憲、董士佐、凌福彭三人次韵和之；二、史濟道、權静泉作《月下游養壽園聯句上容庵師》，袁世凱次韵和之，後陳夔龍、費樹蔚、凌福彭、丁象震、沈祖憲、徐沅六人次韵呈袁世凱；三、袁世凱作《春日飲養壽園》，費樹蔚、謝愃、沈祖憲、閔爾昌四人次韵和之；四、袁世凱作《憶庚子舊事》，吴保初次韵和之；五、袁世凱作《春雪》，田文烈、陳夔龍、嚴震、謝愃、丁象震、朱家磐、史濟道、權静泉、吴保初、閔爾昌十人次韵和之，其中史濟道、權静泉二人聯句和之；六、袁世凱作《清明偕叔兄游養壽園》，謝愃、閔爾昌、沈祖憲三人次韵和之；七、袁世凱《寄陳筱石制軍二首》，陳夔龍、費樹蔚、沈祖憲三人次韵和之；八、袁世凱作《次張馨庵都轉賦懷見示韵》，費樹蔚次韵和之；九、袁世凱作《雨後游園》，王錫彤、謝愃、沈祖憲三人次韵和之；十、袁世凱作《嘯竹精舍》，董士佐、袁克文二人次韵和之；十一、袁世凱作《登樓》，沈祖憲、王錫彤、袁克文三人次韵和之；十二、袁世凱作《晚陰看月》，沈祖憲、袁克文二人次韵和之；十三、袁世凱作《海棠花二首》，沈祖憲、袁克文二人次韵和之。

另首都圖書館藏民國二年（1913）本《圭塘倡和集》一卷，内封右下鈐『百竟之盦』印，卷前有張城《圭塘倡和圖》、民國二年十一月王式通序，卷末有宣統二年（1910）袁克文題記（國圖本置於卷首）、『豹龕校寫本』鈐印、宣統三年三月孫雄題詩七律四首。此集收録袁世凱等十九人唱和詩作五十六首，比國圖本增加詩作四首：沈兆祉《次韵春日飲養壽園》，董士佐、沈祖憲《次韵憶庚子舊事》，王廉《次韵春雪》。減少詩作十三首：徐沅《次韵上容庵宫太保》、謝愃《春日飲養壽園》、沈祖憲《次韵上容庵府主爲二客祈禱問答之體》《次韵雨後游園》《又叠前韵仿齊梁體柬鮑岑公子》、袁克文《嘯竹精舍》《登樓》《晚陰看月》《海棠花二首》。

今據國家圖書館藏本影印。（尚鵬、喻夢妍）

考闈唱和集一卷

崇芳、張英麟等撰，崇芳輯。清宣統二年（1910）石印本。一册。每半葉八行，行二十字，無格。

崇芳，生卒年不詳，正黄旗（滿洲）舒穆魯氏。清光緒二十四年（1898）進士。歷任國子監助教、安徽道監察御史、都事司員外郎、資政院議員等職。生平見李啓成校訂《資政院第一次常年會議員小傳》。

張英麟簡介，見《三山同聲集》提要。

與此集唱和相關之中心人物爲善佺。善佺（1861—1911後），字堯仙，號芝樵，又號瀛孫，鑲白旗（滿洲）必禄氏。光緒二十年舉人。光緒三十四年授法部右參議。生平見《光緒甲午科鄉試善佺朱卷》。

宣統二年八月二十四日至九月十二日，第一届司法官考試於京師舉行，善佺等二十三位考官『試事餘閑，吟情小寄』，於此期間開展唱和，後輯録爲《考闈唱和集》一卷。是集外封有劉敦謹題寫書名，卷前有宣統二年十二月崇芳《弁言》。此次唱和由法部考闈總辦右參議善佺首唱，作七律《庚戌法部考驗法官闈中即事》一首，并自叠前韵，再作一首。和之者有張英麟、紹昌、王垿、陳康瑞、吉同鈞等二十二人。每人和作多寡不均。其中黄德章、蕭之葆、慶珍、悦潓、楊履晋、徐謙、永寶各作一首，紹昌、王垿、陳康瑞、張家駿、麥鴻鈞、張丕基、劉敦謹、胡祥麟、定信、路善基各作兩首，李步沆、陳棣堂各作三首，張英麟、馬振理各作四首，吉同鈞作五首。

此集延續闈場唱和傳統，又增司法考試等時政内容。崇芳《弁言》曰：『古雲樓下，大開選佛之場；叙雪堂中，多作持衡之客。則有金貂世胄、白鹿雄才，領法院之班僚，總扃門之職務。朝山夜斗，忽發清謳；簾雨棟雪，輒成律語。』

今據國家圖書館藏本影印。（尚鵬）

消寒唱和詩不分卷

清闊普通武、張英麟等撰。清宣統二年（1910）德興堂印字局鉛印本。一册。每半葉九行，行二十二字，白口，單黑魚尾，四周雙邊。

闊普通武（1859—？），字安甫，號青海、楂客，正白旗（滿洲）人。清光緒十二年（1886）進士，授内閣學士，後又任禮部左侍郎。曾向光緒帝舉薦維新派人士。戊戌政變後，加副都統銜，爲西寧辦事大臣。著有《湟中行紀》《草鬘室詩草》等。《清代人物傳稿》有傳。

張英麟簡介，見《三山同聲集》提要。

是集外封書名下題小字『庚戌』。内封中題書名，右上題『庚戌嘉平』，左下有『黄山遯叟署』，鈐『劭農』印。卷首有序，未署撰者姓名，後附《庚戌消寒同人紀年》。宣統二年冬，張英麟等人於京師舉消寒詩社，序云：『宣統二年庚戌冬至後，同人約作消寒雅集。』《庚戌消寒同人紀年》以年齒爲序，共列十人，分别爲張英麟、王振聲、吕海寰、何乃瑩、延清、效曾、闊普通武、鍾靈、桂春、王垿。此集共收詩一百零四首，内容多述消寒宴飲之樂，多依韵和次韵之作。《消寒唱和詩》共九集，每集設主持一名，且記有具體日期。如『消寒第一集，張振卿主之，十二月初一日』；『消寒第二集，王劭農主之，十二月初十日』；『消寒第三集，吕鏡宇主之，十二月廿二日』等。至次年辛亥（1911）二月初六日，方舉第九集。各集依年齒由諸君分别主之，第九集本爲桂春主持，因其『拜綏遠將軍之命，無暇作主』，故改由王埒主之。

張英麟《十全歌》描述吟社唱和盛況，詩云：『十人六百二十八，題詩聊借剡藤滑。泛掃一堂相唱酬，僮僕幾輩論膺揭。』

今據國家圖書館藏本影印。（王凱）

塵思一卷

余寀、張燦奎等撰，余寀輯。清宣統三年（1911）鉛印本。一册。每半葉九行，行二十二字，白口，無魚尾，四周單邊。

余寀（1881—？），字節高，安徽望江（今望江縣）人。附生。歷任山西候補道、安徽諮議局議員、湖北清鄉總辦等職。生平見《民國人物大辭典》。

張燦奎，生卒年不詳，字星孤，廣西龍州（今龍州縣）人。清同治六年（1867）舉人。清光緒二年（1876）任新寧州學正。曾參與編纂《新寧州志》《扶南縣志》《宿松縣志》等。生平見《［光緒］新寧州志》卷三。

是集内封題寫書名，鈐『斌孫之印』。卷首有宣統三年六月安陸張思叡序、宣統三年夏五月秀山黄廷輔跋及同年春暮望江余寀序，卷中有張燦奎補序一篇。宣統二年秋，余寀在河東官舍會辦財政、陸軍等事務。公暇之餘，輒與兩局從事相酬唱。聯唱逐時，集成一帙。『檢視所拈韵，適有「思」與「塵」二字，遂名曰《塵思》。』全書共收詩二百六十首，皆爲七言律詩，且多爲次韵之作。參與唱和者有張燦奎、余棨、吴鍾源、銀元熹、胡其傑、王鍾槐、章之傑等四十九人。

張思叡《塵思序》云：『至若嘉名肇錫，取義「塵思」，尤所謂志潔行芳，意内言外，蟬蜕泥淤，皭然不滓者矣。』

今據上海圖書館藏本影印。（王凱）

書名筆畫索引

四畫

五畫

六畫

七畫

八畫

九畫

十畫

十一畫

十二畫

十三畫

十九畫

二十畫

二十一畫

二十二畫

二十四畫

二十八畫

《提要》與《叢刊》所收書對照表

書名	《提要》頁碼	《叢刊》册號・頁碼
昆山顧桂軒先生百咏天香集一卷	一	一・一
玉堂聯句一卷	二	一・五九
斯文會詩一卷	三	一・一〇七
雨夜聯句卷一卷七君子傳一卷七人聯句詩卷跋一卷	四	一・一二九
賜歸贈別卷一卷	六	一・二三九
鶯湖唱和卷一卷	七	一・二六七
江南春詞集一卷附録一卷附考一卷	九	一・二八五
西湖聯句一卷	一一	一・三八三
太湖新録一卷	一三	一・三九七
和朱淑真斷腸詞一卷	一四	一・四一七